THE 荆棘鸟

THORN

[澳大利亚]考琳·麦卡洛 著
曾胡 译

BIRDS

译林出版社

图书在版编目（CIP）数据

荆棘鸟 /（澳）考琳·麦卡洛
（Colleen McCullough）著；曾胡译．—南京：译林出
版社，2021.3（2024.4 重印）
书名原文：The Thorn Birds
ISBN 978-7-5447-8458-0

Ⅰ.①荆… Ⅱ.①考…②曾… Ⅲ.①长篇小说－澳
大利亚－现代 Ⅳ.① I611.45

中国版本图书馆 CIP 数据核字（2020）第 217563 号

荆棘鸟 ［澳大利亚］考琳·麦卡洛 / 著 曾 胡 / 译

责任编辑 赵 薇 宗育忍
装帧设计 朱赢椿
封面插图 风 四
校 对 张 萍
责任印制 颜 亮

原文出版 Avon, an imprint of HarperCollins Publishers, 2005
出版发行 译林出版社
地 址 南京市湖南路 1 号 A 楼
邮 箱 yilin@yilin.com
网 址 www.yilin.com
市场热线 025-86633278
排 版 南京展望文化发展有限公司
印 刷 江苏凤凰扬州鑫华印刷有限公司
开 本 880 毫米 ×1240 毫米 1/32
印 张 22.25
插 页 4
版 次 2021 年 3 月第 1 版
印 次 2024 年 4 月第 10 次印刷
书 号 ISBN 978-7-5447-8458-0
定 价 68.00 元

12

每个月梅吉都恪尽本分地给菲、鲍勃和其他的兄弟写一封信，全是说北昆士兰州的情况，谨慎而富于幽默感，丝毫也没露出过她和卢克的不和。这也是一种自尊心。德罗海达那边所了解到的就是，穆勒夫妇是卢克的朋友，她寄宿在他们那里，因为卢克常常出门。当她写到这对夫妻的时候，字里行间流露出对他们真正的挚爱，所以，德罗海达的任何一个人都没有什么可担忧的，除了她从来不回家看看使他们颇为伤心之外。然而，她怎么能告诉他们，她无钱探家，嫁给卢克·奥尼尔是多么悲惨呢！

她偶尔会鼓起勇气插进一两句话，随随便便地问一问拉尔夫神父的情况，鲍勃难得能记起把从菲那里听到过的有关主教的一点点情况写下来。后来，来了一封通篇都是谈他的信。

“梅吉，有一天他突然来了，”鲍勃的信中写道，“看上去他有点心烦意乱、垂头丧气。我得说，他是因为在这儿没看到你才感到沮丧的。他都快气疯了，因为我们没有把你和卢克的事告诉他。但是，当妈妈说，你为这事胡思乱想，不想让我们告诉他的时候，他便闭了嘴，连一个字也不提了。不过我想，他比我们任何一个人都要想你。可是，我认为这是挺自然的，因为你和他在一起的时间比我们要多。我想，他总把你看成他的小妹妹。他来回地走动着，好像无法相信你突然就不见了，可怜的家伙。我们也没给他看任何照片，你们根本就没照过什么结婚照，这真是可笑。直到问起照片以前，我根本就没发觉这一点呢。他问过，你是不是有孩子了。我说，我想不会有的。梅吉，你没有孩子吧？从你结婚到现在有多久了？过去两年了吧？一定是这样的，因为现在是7月了。光阴似箭，是吗？我希望你不久就会有几个孩子，因为我想，主教听到这个会很高兴的。我提出要把你的地址给他，他说不必了，并说给他地址也没有用处，因为他将要和他为之工作的大主教一起到希腊的雅典去一段时间。那大主教的名字是某个达戈人的名字，我一直记不住。梅吉，你能想象得到他们是坐飞机去的吗？这是千真万确的！不管怎么说，他一旦发现在德罗海达没有你和他在一起，他就待不久，只是骑一两回马，每天给我们做做弥撒。他到这儿六天后便走了。"

梅吉放下了这封信。他知道了，他知道了！他终于知道了。他会想些什么？他会感到怎样地伤心呢？他为什么要逼迫她做了这件事？这并没有使事情变得更好些。她不爱卢克，永远也不会爱卢克的。他除了是个替身，是个能给她孩子——这些孩子的模样和她本来能和拉尔夫·德·布里克萨特一起生下的孩子十分相似——的男人之外，什么都不是。啊，上帝，真是乱套了。

迪·康提尼-弗契斯宁愿住在世俗的旅馆里，也不愿住在雅典正教会宅第为他提供的房间里。某些时候，他的使命是十分微妙的。和希腊正教会的高级教士们所讨论的事情早已经过时了，罗马教廷对希腊正教和俄国东正教有一种偏爱，这种偏爱对新教是不可能有的。正教会毕竟是分立的教会，而不是异教。它们的主教和罗马的主教一样，可以不间断地追本溯源到圣彼得[①]。

大主教知道，这次委派给他的是一项外交使命，是为了罗马的

① 耶稣十二门徒之一，见《圣经·彼得书》。

更重要的大事打下基础。他的语言天赋又一次带来了好处，因为他那口流利的希腊语使他在博取好感方面得到了加分。他们一直用飞机把他送回了澳大利亚。

他办事要是少了德·布里克萨特神父乃是不可思议的。这几年来，他愈来愈依靠那个令人惊异的男人了。此人是个玛扎林，一个真正的玛扎林。大主教阁下对玛扎林红衣主教的赞赏远远超过对里彻留红衣主教的赞赏，因此这种对比就是一件很值得荣耀的事。他的神学观点趋于保守，他的道德观亦是如此。他的头脑既快捷又敏锐。从他的脸上根本看不出他心里在想什么，而且他还有一套懂得如何取悦一起相处的人的精湛技巧——不管他喜欢他们还是讨厌他们，也不管他是赞同他们的观点还是见解相左。他不是个拍马屁的人，而是一个外交家。要是有人经常使他引起梵蒂冈统治层的那些人的注意，他声望的崛起是指日可待的。这将使迪·康提尼-弗契斯阁下感到高兴，因为他不想和德·布里克萨特失去联系。

天气很热，但是，在经过悉尼的那种潮湿之后，拉尔夫神父并不在乎干燥的雅典空气。他照常穿着靴子、马裤和法衣，快步沿着石面的坡道向卫城[1]走去，穿过蹙着眉头的普罗庇隆，经过厄瑞克修姆，沿着倾斜的滑溜溜的粗石台阶登上巴台农神庙[2]，又往下向远处的那堵墙走去。

风吹乱了他鬓角染霜的黑色鬈发，他站在那里，越过这座白色的城市，望着那生机盎然的丘陵和清澈的、蓝中透绿的爱琴海。在他的正下方是普拉卡以及那里的咖啡馆的屋顶和波希米亚人的居住区，还可以望见一座岩石环形大剧场的一面。远处，是罗马圆柱、十字军的要塞和威尼斯人的城堡，但是却根本看不到土耳其人留下

① 在旧希腊都城。

② 祭祀雅典娜女神的神庙。

的踪迹。这些希腊人是多么令人神迷心醉啊。他们如此仇恨统治了他们700年的那个民族，以至于他们一旦获得了自由，连一座清真寺或一个伊斯兰教建筑的尖顶都没留下来。它是如此古老，到处都是丰富的遗产。当伯利克里[①]在这些基石上覆盖大理石的时候，当罗马已经是个村野小镇的时候，他们诺曼底人还是茹毛饮血的野蛮人呢。

只有现在，在11 000英里之外的地方，他才能在思念梅吉的时候不想哭泣。即使这样，在他还没来得及控制住自己的感情时，远处的山峦也模糊了片刻。既然他要她这样做，他怎么能埋怨她呢？他马上就明白她为什么决心不告诉他了，她是不想让他见到她的新婚丈夫，或使他成为她新生活的一部分啊。当然，他心中本来认为，不管她嫁给谁，抑或不和那人一起住在德罗海达，也会住在基兰博，继续住在他能得知她安然无恙的地方。这样既免使他牵挂，也没有什么危险。但是，现在他一旦想到了这一点，便明白这是她最终的愿望。是的，她是打算好要离去的，只要她和这个卢克·奥尼尔在一起，她就不会回来。鲍勃说过，他们正在省吃俭用，打算在西昆士兰买一块产业。这个消息无异于一记丧钟。梅吉打算永远不回来了。他所忧虑的是，她想要终老彼处。

可是，你幸福吗？梅吉？他对你好吗？你爱这个卢克·奥尼尔吗？他是个什么样的人，使你从我身上移情于他？他不过是个普普通通的牧羊工，而使你竟然喜欢他超过了伊诺克·戴维斯、利亚姆·奥鲁尔克或阿拉斯泰尔·麦克奎恩吗？是因为我不认识他，所以无法进行比较吗？梅吉，你是以此来折磨我，对我进行报复吗？可是你为什么还没有孩子呢？那个男人像个流浪者似的在那个州里

① 伯利克里（前495—前429），希腊政治家。

到处漫游，让你和朋友们住在一起，这到底是怎么回事？难怪你没有孩子，这是因为他和你在一起的时间不长。梅吉，这是为什么？你为什么要嫁给这个卢克·奥尼尔？

他转过身，从卫城上走了下来，在雅典那车水马龙的街道上漫步着，在埃夫利皮多大街附近的露天市场上徘徊着。这里的人群，在阳光下发着臭气的大筐大筐的鱼，蔬菜和一个挨一个挂在那里的、带金银丝的拖鞋吸引住了他。女人们在拿他打趣，对他说着不知羞耻的、赤裸裸的调情话，这是与他自己那种清教徒式的修养相去甚远的一种文化传统。她们不顾廉耻的赞美中充满了淫欲（他再也想不出比这更好的词儿了），使他感到极其窘迫。但是，作为对非凡的体形美的一种赞赏，他在精神上还是能接受的。

旅馆坐落在奥基尼亚广场旁，极为豪华、昂贵。迪·康提尼-弗契斯大主教正坐在阳台窗边的一把椅子中沉思默想。拉尔夫主教走进去的时候，他转过头来，微笑着。

“来的正是时候，拉尔夫。我想要祈祷。”

“我想，一切都妥当了吧？有什么复杂的情况吗，阁下？”

“没有这种事。今天我收到了蒙泰沃迪红衣主教的一封信，转达了教皇陛下的意思。”

拉尔夫主教觉得自己的双肩一紧，耳朵周围的皮肤莫名其妙地感到一阵刺痛。“请告诉我吧。”

“等这些会谈一结束——而它们已经结束了——我们就要动身到罗马去。在那里，我将被赐予红衣主教的四角帽，并且在教皇陛下的直接监督下，在罗马继续我的工作。”

“而我呢？”

“你将成为德·布里克萨特大主教，并且返回澳大利亚，继我之后就任教皇使节。”

那周围皮肤发疼的耳朵变得又红又烧，他的头在发晕，感到震惊。他，一个非意大利人，得到了教皇使节的殊荣！这是闻所未闻的！哦，然而靠着它，他会成为德·布里克萨特红衣主教的！

“当然，你得首先在罗马接受训练，并接受指示。这将需要六个月，这期间我将和你在一起，把你介绍给我的那些朋友。我想让他们认识你，因为我把你送到梵蒂冈帮助我工作的时候会来到的，拉尔夫。”

“阁下，我对您无以为报！这次异乎寻常的机会全仰仗您鼎力玉成。”

“拉尔夫，当一个人足以脱颖而出的时候，是上帝给予了我足够的智慧去发现他！现在，让我们跪下祈祷吧。上帝是十分仁慈的。”

他的念珠和祈祷书就放在旁边的桌子上，拉尔夫主教的手颤抖着伸过去拿念珠，把祈祷书碰落在地板上。书落到一半的时候打开了。离那本书较近的大主教将它拾了起来，奇怪地看着一个棕色的、薄如罗纱的东西，那东西以前是一朵玫瑰花。

“妙极了！你为什么要保存着这个呢？这是对你的家，或你母亲的一种怀念吗？”那双能识透一切诡诈和装模作样的眼睛直直地看着他，已经来不及掩饰自己的感情或恐惧了。

“不，”他做出一副苦相，“我不想纪念我的母亲。”

“可它一定是对你意义非凡，所以你才如此挚爱地把它夹在这本你最弥足珍贵的书页里。它说明什么呢？”

“一种像我对上帝一样抱有的纯洁的爱，维图里奥。它给这本书除了带来荣誉之外，什么都不会带来的。”

“这个我推断得出来，因为我了解你。但是这爱会危及你对教会的热爱吗？”

“不会的。为了教会，我摒弃了她，我会永远摒弃她的。我已经离开她迢迢万里了，我决不会再回去的。”

“这样，我终于理解这种悲哀了！亲爱的拉尔夫，这不是像你想的那样糟糕，真的，不是的。你会在生活中为许多人做很多好事，你会受到许多人的爱戴。她心中蕴藏着像这朵花一样陈旧而又芳香的回忆，是决不会再生妄念的。因为你像保留着这朵玫瑰花一样保留了你的爱。”

“我认为她根本不会理解。”

“哦，是的。倘若你这样爱她的话，那她应该是个能够理解你的女人。否则，你会忘掉她，并且将这个长期保留的纪念品抛弃。”

“曾经有好几次，在我要从我的邮车上走下来，去看她的时候，我制止住了自己。”

主教悠闲地从椅子中站了起来，走过去跪在了他朋友的旁边。除了对他来说有不可分割的上帝和教会之外，这个俊秀的男人是他所热爱的少数人之一。

“你不会离开教会的，拉尔夫，这一点你很清楚。你属于教会，你以前一直是这样。将来也永远会这样。这种使命对你来说是一项真正的使命。现在我们祈祷吧，在我的后半生，我将在我的祷文中加进《玫瑰经》。在我们走向永生的过程中，仁慈的上帝降予我们许多忧伤和痛苦。我们必须学会忍受它，我忍受的和你一样多。”

8 月底，梅吉接到了卢克的一封信。信中说，他因为得了威尔病[①]，住进了汤斯威尔医院，不过他没有什么危险，不久就会出院。

“因此，看来咱们用不着等到年底再度假了，梅格。在我没有完全恢复之前，无法回到甘蔗地干活了，我确信最好的办法是去度一个体体面面的假期。所以，大概一个星期后我将前去接你。我们将到艾瑟顿高原上的伊柴姆湖过两三个星期，直到我身体恢复到能够

---

① 这是由德国医生阿道夫·威尔发现的一种钩端螺旋体病，症状为全身发冷，伴有发烧，肌肉疼痛。

回去干活儿为止。”

梅吉简直无法相信，也不知道她是否愿意和他一起去，现在机会自己送上门来了。尽管治愈心灵的痛苦所需要的时间比治愈身体上的创伤要长得多，但蜜月期间在邓尼客店所受的折磨已经快淡忘了，失去了叫她感到恐惧的力量。由于读了不少书，现在她已经明白多了，那一次很大程度上是由于她和卢克的无知。哦，仁慈的上帝，保佑这次度假将带来一个孩子吧！安妮不会在意身边有个孩子的，她喜欢这样，路迪也会喜欢。他们已经跟她这样说过好几百遍了，希望卢克哪怕有一回多待上一阵儿，以改变他妻子那种不生育、没有爱情的生活方式。

当她把那封信的内容告诉他们的时候，他们都很高兴，可私下里却表示怀疑。

“鸡蛋说到底还是鸡蛋，那个卑鄙的家伙会找到不带她去的理由的。”安妮对路迪说。

卢克不知从什么地方借了一辆小汽车，一大清早就把梅吉接走了。他显得很瘦，脸上皱皱巴巴的，发黄，好像落入了困境似的。梅吉大吃一惊，把箱子递给了他，爬上汽车，坐在了他的旁边。

“卢克，威尔病是怎么回事？你说你没有什么危险，可是依我看，好像你确实病得很厉害。”

“哦，那不过是某种黄疸病罢了，大多数蔗工迟早都会得的。这种病是蔗田里的耗子传染的，一个割口或发炎的地方都会使我们染上这种病。我的身体很健康，所以，和其他得了这种病的人相比，我的病并不太厉害。一个江湖医生说，我很快就会变得精神焕发的。”

他们往上开进了一个林莽苍然的峡谷，这条道路是通往内陆的。下面有一条河，河水轰鸣翻滚，在斜过道路的右上方的某个地方，一道十分壮观的瀑布飞泻而下，直投河中。他们驾车在峭壁和瀑布之间一条湿漉漉的、闪闪发光的拱道中穿过，这里闪动着奇异的光彩和幻影。他们越往上攀，空气就越凉，清爽异常。梅吉已好久未领略到沁人心脾的冷空气吹拂着她的感觉了。这片丛林倾斜着映他们的眼帘，密密层层的，无人敢走进去。茂盛的藤蔓从一个树冠爬到另一个树冠，纠缠盘扭，漫无边际，就像是一张巨大的绿色丝绒披覆在这片森林之上，沉甸甸地垂下来，树干都几乎看不见了。在这绿荫下，梅吉隐隐约约看见了令人叹为观止的花朵和蝴蝶。大车轮一般的蛛网上，漂亮的、像斑块一样的大蜘蛛一动不动地待在网心。令人难以置信的菌类附生在长满苔藓的树干上。鸟儿拖着红色或淡黄色的长尾毛。

伊柴姆湖在高原的顶上，那未受到破坏的景色质朴宜人。在夜色降临之前，他们走到了寄宿处外面的游廊上，望着那静静的湖水。梅吉想看那些被称为“飞狐”的巨大的食果蝙蝠。它们就像制造毁灭的急先锋似的盘旋着，数千只一齐向发现了食物的地方扑将下去。它们异乎寻常地大，令人厌恶，但是却极其胆小，非常温和。看到它们黑压压地、有节奏地鼓动着翅膀，铺天盖地地飞过时，倒真让人有些胆寒哩。梅吉在黑米尔霍克的外廊上从来没有错过观看它们。

这真是一件乐事啊。躺在软乎乎、凉爽爽的床上，用不着在一个地方老老实实地躺着，直到这地方被汗水溻了之后再小心翼翼地换个新地方，那个老地方无论如何也不会干的。卢克从他的箱子里拿出一个扁平的、棕色的小包裹，从里面拿出一把圆形的小东西，把它们在桌边摆成了一排。

梅吉伸手取了一个，仔细地看看。“这是什么啊？”她好奇地问道。

“避孕套，”他忘记了两年以前自己决定不告诉她他已经实行避孕的事，“在我进你那里边之前，我先在自己身上把它戴上。不然的话，我也许会弄出孩子来的，在没有搞到自己的土地以前，咱们花不起这个钱。”他赤裸着身体坐立在床沿上，他很瘦，肋骨和髋骨突出。但是他那双蓝眼睛却在灼灼闪光，伸手攥住她那只拿着避孕套的手。“快了，梅格，快了！我估计再有5000镑咱们就能在恰特兹堡的西边买下一块最好的产业地了。”

“那你已经得到这笔钱了，”她十分平静地说道，“我可以给德·布里克萨特神父写信，请他贷给我们这笔钱。他不会要我们的利息的。”

“你千万不能这样！”他气冲冲地说，“去它的吧，梅格，你的自尊心到哪儿去了？我们要靠干活得到我们所拥有的东西，而不是靠借！我一辈子从来没有欠过任何人一分钱，现在我也不打算开这个头。”

她几乎没有听他在说些什么，透过朦胧的红光怒视着他。她一生中还未曾这样愤怒过呢！骗子，说谎的人，自私自利的人！他竟敢对她做出这种事来，跟她要诡计，使她不生孩子，试图使她相信，这是因为他想成为一个牧场主！他倒会自得其乐，与阿恩·斯温森和甘蔗在一起。

她不动声色地压下了自己的怒火，这使她都感到意外。她把注意力转到了她手中的那小橡皮圈上。“告诉我这些避孕套是怎么回事，它们是怎样阻止我怀孩子的。”

他走了过来，贴在她的身后，他们的身体贴在了一起，使她发起抖来。他认为这是激动所致，而她明白这是出于厌恶。

“你什么都不知道吗？梅格？”

“是的。”她撒了谎。无论如何，对于使用避孕套来说，这是实话。她想不起在哪里见到过提起它们的文字。

他的两手抚弄着她的乳房，使她觉得痒酥酥的。“看，在我来事的时候，我就会射出些东西——我也不知道是什么——假如我什么都不戴就进你那里的话，它就会留在里边。当它在那里停留到足够的时间或留在那里的时候，就会形成一个孩子。”

这么说，果不其然！他戴上了这东西，就像一根香肠蒙上了一层膜！骗子！

他关上了灯，把她扯倒在床上，没用多大工夫，他就摸索着戴上了他那防止怀孩子的东西。她听见他弄出了和那天他在邓尼客店卧室里弄出来的同样的响声，心里明白这声音就说明他已经把避孕套拉上去了。这个骗子！可是，怎么才能智胜他呢？

她竭力不让他看到他把她弄得有多疼，咬牙忍耐着。假如这是一件很自然的事，为什么非这么痛不可呢？

“这很不愉快，是吗，梅吉？”云雨过后，他问道。“第一次以后还是这么疼，你那里一定是太细小了。好吧，我不再来了。要是我弄弄你的乳房，你不会介意的，对吗？”

“哦，这有什么关系呢？”她筋疲力尽地问道，“假如你的意思是不打算让我感到疼痛的话，那好吧！”

“你应该再来点儿情绪，梅格！”

“为了什么？”

可是，他的劲头儿又来了。

自从他有时间和精神干这个，已经过去两年了。哦，和一个女人在一起真是妙极了，令人兴奋，像偷吃禁果一样。他丝毫也不觉得已经和梅格结了婚。这和在基努那旅店后边的圈地里搞一个小妮子，或者和趾高气扬的卡迈克尔小姐一起靠在剪毛棚的墙上胡闹一回没有任何区别。梅吉的乳房真吸引人，她骑坐在他身上的时候那乳房显得那样结实。他就喜欢这种样子，打心眼儿里愿意从她的乳房上得到乐趣……

啊哈，我的好先生，我会惩罚你的！你等着瞧吧，卢克·奥尼尔！虽然这使我痛苦至极，但我会得到我的孩子！

由于离开了滨海平原的炎热和潮湿，卢克恢复得很快。他吃得很好，体重恢复到了能重操旧业的程度。他的皮肤逐渐从病态的黄色转变成了往日的棕色。由于热切的、反应灵敏的梅吉在他眠床上的诱惑力，劝说他把最初两周的假期延长到三个星期。尔后的第四个星期，是不太困难的。但是，一个月快结束的时候，他开始反对了。

“再也没什么借口了，梅格。我像以前一样身强力壮了。咱们高高地坐在这个世界顶峰上，像个国王和王后似的花着钱，可阿恩需要我。”

“卢克，你不愿重新考虑一下吗？如果你真想的话，我现在就可以把牧场给你买下来。”

当然，他不愿意承认这一点，但是，甘蔗对他的诱惑，某些男人绝对需要劳作的奇怪爱好，这在他身上已经是深入骨髓了。只要卢克身上仍然具备那种年轻人的力量，他就要保持对甘蔗的忠诚。梅吉唯一所能盼望的事情，就是给他生一个孩子，一个基努那附近产业的继承人，来迫使他改变主意。

于是，她返回了黑米尔霍克，等待着，盼望着。行行好吧，行行好吧，来一个孩子吧！一个孩子会解决一切问题的，有个孩子该叫人多高兴啊。事情果不其然。当她把这件事告诉安妮和路迪的时候，他们都大喜过望。尤其是路迪——他竟然是个不可多得的人物，居然做出了精巧至极的童衣和刺绣品。梅吉从来没有时间去掌握这两种技艺。于是，在他用那双粗硬得不可思议的手捏着华丽的织物上上下下穿动时，梅吉和安妮一起收拾着儿童室。

唯一的麻烦是，那婴儿的胎位不正。梅吉不知道这是由于天热，还是由于她心绪不佳造成的。孕妇的晨呕整天地延续着，在呕吐应当停止的时候又持续了很长时间。尽管她的体重已经很轻，但她开始备受全身水肿的折磨，血压到了让史密斯大夫感到忧虑的地步。起初，他说在剩下的妊娠期之中，她应当住进凯恩斯的医院。可是，因为她既无丈夫，又无朋友陪伴，经过再三考虑，他断定让她与路迪和安妮在一起，由他们照顾她，要好一些。可是，在她妊娠期的最后三个星期，她非得去凯恩斯不可了。

“要尽力让她丈夫回来照料她！”他对路迪喊道。

梅吉即刻写信告诉卢克，她已经怀孕，并且充满了女性的信心，一旦这个没有想到的事情成为无可置疑的事实，卢克会兴奋得发狂的。但是卢克的回信粉碎了这种错觉。他大发其怒。他所想到的是，他要是做了父亲，就意味着他就会有两张要吃闲饭的嘴，而不是其他什么。对梅吉来说，这无异于吞下了一丸苦药，但是她吞下去了。她没有别的办法。现在，这即将出世的孩子就像她的自尊心一样，把她和卢克紧紧地拴在了一起。

但是她感到了不幸，束手无策，完全失去了爱：就连这婴儿也不爱她，不想被她怀着或生下来。她能感觉得到这婴儿就在她的身体里，这无力的小东西孱弱地不肯长大成人。要是她受得了 2000 英里的火车旅行回家的话，她早就一走了之了，可是史密斯大夫坚决地摇着头。在这种身体衰弱的时候，坐一个星期的火车，那就会使这婴儿送命的。尽管梅吉感到失望、沮丧，但她还不至于糊涂到做出伤害这婴儿的事来。然而，随着时间的推移，那种有个属于她自己的人让她去照看的激情和渴望消失了、破灭了。那犹如负担似的孩子越坠得沉，她就越是满腹怨怼。

史密斯大夫说，得让她早些转到凯恩斯去。他不敢肯定在邓洛伊生孩子，梅吉是否能活下来。这里只有一家小诊疗所。她的血压很难对付，水肿依然不消。他说起了血中毒和惊厥症，以及其他一长串医学词汇，吓得安妮和路迪赶紧同意了，尽管他们极希望能看到这孩子在黑米尔霍克呱呱坠地。

到 5 月底的时候，离分娩只有四个星期了，离梅吉摆脱这个令人无法忍受的负担、这个令人生厌的孩子只有四个星期了。她正在学会讨厌这个婴儿，讨厌这个在未发现它将带来麻烦之前是如此望眼欲穿地想得到的生命。**为什么**她要假定，一旦它的存在变成现实，卢克便会盼望得到这个孩子呢？自从他们结婚以来，没有任何态度或举动表明他会这样。

到时候了！应当承认这是一场灾难，抛弃她那愚蠢的自尊心，并从这场毁灭中抢救出她所能抢救出的东西。他们各自选择结婚的原因完全是南辕北辙！他是为了她的钱，而她是企图在逃避拉尔夫·德·布里克萨特的同时，又能保住拉尔夫·德·布里克萨特。爱情是不能虚情假意的，只有爱才能帮助她和卢克克服在他们各自追求的不同目的和愿望方面所遇到的巨大困难。

真是怪透了，她似乎对卢克根本恨不起来，反而越来越经常地恨拉尔夫·德·布里克萨特了。然而说到底，拉尔夫对她要比卢克仁爱得多，公平得多。他一次也没有怂恿她把他想象成任何角色，除了教士和朋友之外。甚至在那两次他吻了她，而她已经心猿意马的时候也没有这样。

那为什么这样生他的气呢？为什么要恨拉尔夫，而不是卢克呢？这只能怪她自己胆小、勇气不足。她感到强烈的、撕心裂肺的怨恨，因为在她狂热地爱着他，想要得到他的时候，他坚决地拒绝了她。只能怪她那愚蠢的冲动，就是这种冲动导致她嫁给了卢克·奥尼尔。这是对她自己和拉尔夫的一种背叛。假如她永远不能和他结婚，和他一起睡觉，给他生孩子，这没有什么了不起的。假如他不想得到她——他**确实不想**得到她——这也没有什么关系。事实仍然是，她想要得到的是他，她根本就不应该退而求其次的。

但是，知错无补于事。和她结婚的仍然是卢克·奥尼尔，她怀的依然是卢克·奥尼尔的孩子。她想起这是他的孩子，而且是在他不想要她时怀上的，怎么能感到幸福呢？可怜的小东西。至少在她出生的时候，她应该得到自己应得的那一份慈爱，应该能感受到这样的爱。只是……要是对拉尔夫·德·布里克萨特的孩子，她有什么不愿意给呢？但这是不可能的，永远无法实现的。他服务于一个宗教组织，而它坚持要全部得到他，甚至连他身上对它没用的那一部分，即他的男子身份，它都要得到。教会作为一个宗教组织，需要他为它的权力而做出牺牲。这样便把他浪费了，把他的存在打上了非存在的印记，以确保在他中途却步的时候，他也就永远停留在那里了。总有一天她要为她的欲望付出代价的。总有一天，再也不会有更多的拉尔夫·德·布里克萨特的，因为他们会珍视自己的男子气质，认为她对他们的这种要求是毫无用处的，没有任何意义……

她蓦地站了起来，摇摇摆摆地向起居室走去。安妮正坐在那里看着一本秘密出版的禁书，诺曼·林赛的小说《红堆》。显然，对其中每一个禁忌的字眼儿她都感到其乐无穷。

“安妮，我想，你将会实现你的愿望。”

安妮心不在焉地抬起眼来。“什么，亲爱的？”

“请给史密斯大夫打个电话。我现在就要在这儿生这个可怜的孩子了。”

“啊，我的上帝！到卧室去，躺下——不是你的卧室，是我们的！”

史密斯大夫一边诅咒着怪诞的命运和妊娠推算的不准确，一边急急忙忙地开上他那辆破旧的汽车出了邓洛伊，车的后边是穿着黑衣服的本地助产士。他把他那间小小的诊疗所里能带得了的设备全都带上了。把她带到诊所来没有益处；他在诊疗所能做的，在黑米尔霍克也能做。不过，她应该去的地方是凯恩斯。

“你通知她丈夫了吗？”他一边脚步很重地踏上前门的台阶，一边问道。助产士跟在他的身后。

“我发了一个电报。她在我的房间里。我想，在那儿你的活动余地更大些。”安妮道。

安妮步履蹒跚地跟在他们后面，走进了她的卧室。梅吉正躺在床上，睁大两眼，除了身子蜷着，两手偶尔地抽动一下外，没有痛苦的迹象。她转过头来朝安妮笑了笑，安妮看到她那双眼睛充满了恐惧。

“我很高兴没有去凯恩斯，”她说道，“我母亲从来没在医院里生过孩子，爸爸说过，她生哈尔那次很可怕。可是她活下来了，我也会这样的，我们克利里家的女人轻易死不了。”

几个小时以后，大夫和安妮在走廊里碰了头。

“对这个小女人来说，这是一件又长又苦的事。头一次生孩子很难得轻而易举，可这个孩子胎位不正，而她却一味拖延，哪儿都不去。她要是在凯恩斯的话，可以进行剖腹产，可是在这儿就谈不上这码事了。她只好全靠自己把胎儿推出来。”

“她神志清醒吗？”

“嗯，清醒。了不起的小东西，既没有叫喊，也没有抱怨。依我看，最好的人常常时运最不济。她一个劲儿问我拉尔夫是不是到这儿来了，我不得不向她乱七八糟地瞎编了一通。我想，她丈夫的名字叫卢克吧？”

“是的。”

“嗯——哦，也许这就是她为什么要问这个拉尔夫了，不管他是谁。卢克不是个能使人得到安慰的人，对吧？”

“卢克是个坏种。”

安妮向前一探身，两手扶在了外廊的栏杆上。从邓尼的路上正开来一辆出租汽车，拐了一个弯，爬上了黑米尔霍克的斜坡。她的好目力一下就辨别出汽车的后座上坐着一个黑发男人。她松了一口气，高兴地嚷了起来。

“我无法相信我亲眼看到的事情，不过我想，卢克终于想起他还有个老婆了！”

“安妮，我最好还是回到她那儿去，让你去对付他。在没有搞清是否是他的情况下，我不会向她提起有人来了。倘若是他的话，就给他一杯茶，把不中听的话留着过一会儿再说。他需要听听不顺耳的话。”

出租汽车停了下来。让安妮大为吃惊的是，司机爬下车来，向后门走去，替他的乘客打开了门。经营邓尼仅有的一辆出租汽车的乔·卡斯梯哥赖恩通常不是这样谦恭有礼的。

“黑米尔霍克到了，大人。”他深深地鞠了一躬，说道。

一个穿着长而飘逸的黑法衣的男人走下车来，腰间缠着一条紫红色的罗缎圣带。当他转过身来的时候，有那么一阵工夫，安妮糊涂了，以为卢克·奥尼尔和她玩了一个精心安排的鬼把戏呢。随后，她看到这是一个完全不同的男人，足足比卢克大 10 岁。我的天哪！当那优雅的身影一步两级地登上台阶的时候，她想道，这是我所见到过的最漂亮的男人！是一位大主教，一点儿不错！一位天主教的大主教怎么会想起了像路迪和我这样一对老路德教[①] 教徒呢？

“是穆勒太太吗？”他低下头，用那双冷淡的、带着和善和笑意的蓝眼睛望着她，问道。他似乎已经看到了他将要见而尚未见到的什么东西，而且在极力控制着旧日的感情。

“是的，我是安妮·穆勒。”

“我是拉尔夫·德·布里克萨特大主教，教皇陛下驻澳大利亚特使。我听说，有个卢克·奥尼尔太太和你们住在一起吧？”

“是的，先生。”拉尔夫？**拉尔夫**？就是**这个**拉尔夫吗？

“我是她的一个老朋友。不知我是否能见到她？”

“哦，我相信她一定会很高兴的，大主教。”不，不对，人们是

① 由 16 世纪德国宗教改革运动的倡导者马丁·路德（1483—1546）所创立的一个基督教新派。

不说大主教的，而是说大人，就像乔·卡斯梯哥赖恩那样——“在正常的情况下她会高兴的，可是眼下梅吉正在分娩，正难受着哪。”

这时，她发现他根本无法控制自己的感情，只不过他把这种感情约束在思想的深处，变成了一种深深的凄楚罢了。他的眼睛是那样湛蓝，她觉得自己能淹没在那双眼睛里。眼下她从这双眼睛里看到的表情，使她搞不清梅吉到底是他的什么人，而他又是梅吉的什么人。

“我**就知道**事情不对头了！有很长时间，我就感到有些不对头，可是，最近我的担忧变成了一种无法摆脱的感情。我不得不亲自来看看，让我见见她吧！如果你希望有一个理由的话，那么我是一个教士。”

安妮根本就没打算拒绝他。“来吧，大人，请从这里过来。”她架着双拐、拖着脚缓缓往前走，脑子里还在转着：房子里干净整洁吗？我灰尘满面吗？我们把那个发了臭的陈羊腿扔出去了呢，还是留在这地方到处散着臭味呢？像他这样一位重要人物登门来访，今天是什么日子啊！路迪，难道你就不肯把你的肥屁股从拖拉机上挪个窝，进来看看吗？那孩子老早就该把你从甘蔗田里找回来了！

他连理也没理跪在床边的史密斯大夫和那个助产士，就好像他们不存在似的，他的手向她伸了过去。

“梅吉！”

她从那缠身的恶魔中拔了出来，忧虑全消。她看着那张她所热爱的脸紧挨着她的脸，他那浓密的黑发已经是两鬓微微染霜了，那漂亮而高雅的脸庞上略有一些细纹。要是说他有什么变化，那就是他显得更坚韧，那双湛蓝湛蓝的眼睛，充满了爱和渴望地盯着她的眼睛。以前她怎么会把卢克和他混在了一起呢？世上没有一个人像他，对她来说，也永远不会再有了。她背叛了自己对他的感情。卢克是镜子的背面，而拉尔夫却像太阳那样灿烂，那样遥远。哦，看到他有多好啊！

“拉尔夫，帮帮我吧。”她说道。

他动情地吻着她的手，随后把她的手拉到了他的面颊上。“我会永远帮助你的，我的梅吉，这你是知道的。”

“为我祈祷吧，为这孩子祈祷吧。如果说谁能救我们的话，那就是你了。你比我们离上帝近得多。没有人想要我们，以前就没有人想要我们，连你也不要。”

“卢克在哪儿？”

“我不知道，也不在乎他在哪儿。”她闭上眼睛，头在枕头上摇动着，但手指却紧紧地攥着他的手，不愿放开。

这时，史密斯大夫碰了碰他的肩头。“大人，我想现在您该出去了。”

“要是她有生命危险，你会叫我吧？”

“我会的。”

路迪终于从甘蔗田里回来了，激动得像发了狂似的，因为这里谁都找不到，他又不敢走进卧室去。

“安妮，她好吗？”当他的妻子和大主教一起走出来的时候，他问道。

“到目前为止没什么事。大夫自己也没把握，不过我想，他是抱着希望的。路迪，咱们这儿来了一位客人。这位是拉尔夫·德·布里克萨特大主教，梅吉的老朋友。”

路迪比他的老婆会来事，他单膝跪下，吻了一下那只伸向他的手上的指环。“请坐，大人，您先和安妮聊着，我去烧壶水，沏些茶来。”

“这么说，你就是拉尔夫了。”安妮说道。她把双拐靠在了一张竹桌旁。这时，那位教士坐在了她的对面，法衣的衣褶在他的周围散开，他跷起腿，那双锃亮的马靴光可鉴人。这动作对一个男人来说太有些女人气了，但他是个教士，所以没有什么关系。然而，他的身上还是有一种强烈的男子气，不管他的腿是否交叉着。也许他并不像她起初认为的那样老，也许，他也就是四十刚出头。对一个极其动人的男子来说，这是一种怎样的浪费啊！

“是的，我就是拉尔夫。”

“自从梅吉一开始分娩，她就总是问起一个叫拉尔夫的人。必须承认，我完全蒙了。我记不起以前她曾提到过谁叫拉尔夫。”

“她不会提起的。”

“你是怎么认识梅吉的，大人？认识多长时间了？”

教士苦笑了一下，那双单薄的、非常优美的手的手指紧紧地交叉在一起，就像是尖尖的教堂顶。“从梅吉 10 岁的时候我就认识她了，那时他们刚刚乘船从新西兰来。事实上，你也许可以说，我为了梅吉，是不惮赴汤蹈火，饱尝感情上的饥馑，经受生与死的考验的。我们不得不忍受这一切。梅吉是一面镜子，从中我被迫看到了自己必然死亡的命运。”

“你爱她！”安妮的声音十分惊讶。

“永远。”

“对你们俩来说这是一个悲剧。”

“我本来希望仅仅对我是个悲剧。请把她结婚以来都发生了什么事告诉我吧。自从我最后一次见到她，已经有许多年了，可是对她的情况我总是不乐观。”

“我会告诉你的，不过，只能在你把梅吉的情况告诉我之后。哦，我指的不是个人私事，只是有关她来邓尼之前过的是什么样的生活。路迪和我，我们对她一无所知，除了知道她曾住在基兰博附近的某个地方之外。我们愿意多了解一些，因为我们非常喜欢她。但是，她连一件事都不曾告诉过我们——这是自尊心，我想。”

路迪端进来一个托盘，上面有茶水和食物。他坐了下来。这时，教士把梅吉嫁给卢克之前的生活概括地向他们讲了一下。

“再有 100 万年我也决不会猜到一点儿的！想想吧，卢克竟然轻率地带着她离开了那一切，让她干一个管家妇的活儿！而且厚着脸皮约定把她的工资送到**他的**银行账户下！你知道这可怜的小东西自从到这儿以来，钱包里连一分钱也没有吗？去年圣诞节的时候，我让路迪给了她一笔现金奖金，可是那时候她需要那么多东西，不到一天就把那些钱都花光了，而她再也没从我们这儿多拿到一分钱。”

“用不着为梅吉感到难过，”拉尔夫大主教有点儿苛刻地说道，“我认为她并没有为自己感到难过，自然也不会为缺钱而感到难过的。这里的生活毕竟给她带来了几分快乐，对吗？要是她缺少了这种快乐，混不下去的时候，她是知道该到哪儿去的。我要说，卢克那种冷淡对她的伤害远胜于缺钱。我可怜的梅吉！”

安妮和路迪两个相互补充着，大略地描述了一下梅吉的生活，而德·布里克萨特大主教则坐在那里，两手依然像教堂尖顶似的那样交叉着，凝视着外面旅人蕉那摆动着的、可爱的扇叶。他脸上的肌肉连一回也没动过，那双漂亮的、超然的眼睛也没有任何变化。自从他为维图里奥·斯卡班扎，即迪·康提尼-弗契斯红衣主教服务以来，已经学会了许多东西。

当这故事讲完以后，他叹了口气，把凝神的眼光转到了他们那焦灼的脸上。“唔，由于卢克不会帮助她，似乎我们必须帮助她了。要是卢克真的不想要她，她最好离开这里，回德罗海达去。我知道你们不想失去她，但是为了她，应该尽力劝她回家去。我将为她从悉尼给你们寄一张支票来，这样，她就不必为张口向她哥哥要钱而感到为难。当她回到家中的时候，她就可以告诉他们她愿意怎么样了。”他瞟了一眼卧室的门，身子没有动，“仁慈的上帝，让这孩子生下来吧！”

可是，这孩子几乎过了 24 小时才落地，而梅吉由于筋疲力尽和疼痛，几乎死将过去。史密斯大夫给她用了大量的鸦片酊，以他那种老派之见，鸦片酊依然是最好的东西。她好像在随着飞速旋转的噩梦而眩晕着，梦魇中虚虚实实的东西在撕扭纠缠着，利爪抓、铁叉戳，号哭、哀鸣、狂吼，搅成了一团。有时，当痛苦的呼喊高起来的时候，拉尔夫的脸会在片刻间缩在一起，然后又舒展开来。但是她一直记着，他就在这里。她知道，有他在这里守望着，她和孩子都不会死的。

史密斯大夫暂时休息了一会儿，留下助产士独自在那里照应。他匆匆忙忙地吃了些东西，来了一点儿有劲头的朗姆酒，并且发现其他的人都还没有轻率地想到梅吉会死。他倾听着安妮和路迪讲述有关她的事情，他们认为把这些事告诉他是明智的。

“你是对的，安妮，”他说道，“那段马背上的生活也许就是她现在碰上麻烦的原因之一。对那些必须经常骑马的女人来说，横坐马鞍被淘汰了是一件糟糕的事情。分腿跨马使肌肉的发育不正常。”

“我听说，这是一种荒诞不经的说法。”大主教温和地说道。

史密斯大夫恶狠狠地望着他。他不喜欢天主教教士，认为他们是一群假充圣人、满口胡言的傻瓜。

“随你怎么想吧，”他说，“不过，请告诉我，大人，如果事情到了非在梅吉的生命和婴儿的生命之间进行选择的关头，您的问心无愧的建议是什么？”

“大夫，教会在这一点上是不会动摇的。不能做什么选择。既不能以婴儿的死来挽救母亲，也不能以母亲的死来拯救婴儿。”他也对史密斯医生回报了一个恶狠狠的微笑，“但是，大夫，假如事情到了那种地步的话，我会毫不犹豫地告诉你：挽救梅吉，让那婴儿到地狱去。”

史密斯大夫笑得喘不过气来了，拍了拍他的后背说：“你真了不起！放心吧，我不会把您说的话到处乱传的。不过，到目前为止，婴儿是活了，我也看不出要发生什么死人的事。”

可是，安妮心中却在暗想着：倘若这孩子是你的，我不知道你会怎样回答，大主教？

大约三个小时以后，当傍晚的太阳黯然地在薄雾弥漫的巴特莱·弗里尔山上空渐渐西沉的时候，史密斯大夫从卧室里走出来。

“嗯，完事了，”他带着几分满意说道，“虽然梅吉还有许多麻烦，不过，她会安然无恙的。那婴儿是个皮包骨头的、虚弱的女孩子，5磅重，脑袋特别大。她那叫人极讨厌的头发和她那股脾气倒是很相配，以前我在新生婴儿中还从来没有见过呢。你就是用斧子也休想弄死那小家伙，这我是知道的，因为我差点就要试试了。”

路迪喜洋洋地打开了他保存的一瓶香槟酒。他们五个人手拿着斟得满满的玻璃杯站在那里；教士、医生、助产士、农场主夫妇一起为那位母亲和她的那个尖叫着的、怪脾气的婴儿的健康和幸福而干杯。今天是6月的第一天，是澳大利亚冬季的第一天。

来了一位护士顶替助产士，并且留在这里，直到宣布梅吉完全脱离危险时为止。大夫和助产士走了，安妮、路迪和大主教则去看望梅吉了。

她躺在双人床上，显得那样可怜、消瘦，拉尔夫大主教不得不把另一种完全不同的痛苦深压在心底——这种感情后来还是没有压住——他验证着这种痛苦，忍受着这种痛苦的折磨。梅吉，我那忍受着折磨、筋疲力尽的梅吉……我会永远爱你的，但是我不会给你像卢克·奥尼尔的那种爱的，尽管心里充满了嫉妒。

躺在墙边那个柳条摇篮中的小人儿只知道断断续续地号哭，根本没有理会围站在一旁、低头凝视着她的那些人的关注。她不满地哭喊着，不停地哭喊着。护士把她和摇篮一起抬了起来，放进了指定作她的儿童室的那个房间。

“她的肺部肯定没有任何毛病。”拉尔夫大主教面带微笑地坐在床边上，握着梅吉那没有血色的手。

“我想，她对来到这世间还有点意见。”梅吉向他报以微笑，说道。他显得老多了！他还是像以前那样结实，那样温和，但是老多了。她把头转向安妮和路迪，将另一只手伸了出去。“我亲爱的好朋友！要是没有你们，我该怎么办呢？卢克有信儿吗？”

“我接到了一封电报，说他太忙，来不了，但是希望你运气好。”

“真难为他了。”梅吉说道。

安妮很快地弯下腰去，吻了一下她的面颊。“亲爱的，我们让你和大主教说说话，我想你们有许多旧话要叙叙的。”她靠在路迪的身上，向那护士勾了勾手指。那护士正呆呆地望着这位教士，好像不敢相信自己的眼睛似的。“来吧，内蒂，和我们一块儿喝杯茶。要是梅吉需要你，大人会告诉你的。”

“你打算给你这个吵吵嚷嚷的女儿取个什么名字？”当门关上，只剩下他们两人时，他问道。

“朱丝婷。”

“这个名字很好，可你为什么选中了这个名字呢？”

“是在什么书里看到的，我喜欢这个名字。”

“你不想要她吗，梅吉？”

她的脸皱缩在一起，似乎只剩下了那对眼睛。那眼睛显得十分柔和，闪动着迷茫的光，既没有恨，也没有爱。“我觉得我想要她，是的，我很想要她。为了得到她我要过手腕。但是在怀她的时候，除了觉得**她**不想要我之外，什么都感觉不到。我觉得，朱丝婷将来不会是我的，也不会是卢克或其他任何人的。我想，她永远属于她自己。”

“我得走了，梅吉。”他和蔼地说道。

现在，这双眼睛更加凄楚，更加明亮了，她的嘴扭成了一种不愉快的样子。“我就等着**这句话**呢！真有意思，我一生中遇到的男人全都是匆匆离去，不是吗？”

他躲过了这个话题。“梅吉，别这样心酸。想到你这个样子，我真不忍离去。不管以前你遇到什么样的事，你总是保持着你的可爱，这是我在你身上发现的惹人喜爱的东西。为了这个，你不要改变这种气质，不要变得冷酷起来。我知道，当想到卢克毫不关心，来都不来的时候，一定是很可怕的，但是不要改变你的性格。你再也不会成为我的梅吉了。”

但是她仍然半带怨恨地看着他。“哦，别胡诌了，拉尔夫！我不是你的梅吉，从来就不是！你不想要我，把我送给了他，送给了卢克。你认为我是什么人，是圣人还是修女？哦，我不是！我是一个普普通通的女人，你毁掉了我的生活！这些年来，我爱着你，也想忘掉你，可是，当后来我嫁给了一个我认为有点儿像你的男人时，他却不想要我，也不需要我。去求一个男人，让他要我，得到我，难道不是太过分了吗？”

她开始啜泣起来，尽力在压抑着。她的脸上出现了痛苦的细纹，以前他从来没见过。他知道，这些细纹不会留在她脸上的，只要她一恢复健康便会平复。

“卢克并不是一个坏人，甚至也不是一个不可爱的人，”她接着说道，“他只是一个男人而已。你们全都一样，就像是毛茸茸的大飞蛾，在一块透明得眼睛看不到的玻璃后面，为了追求一团令人眼花的火焰而撞得粉身碎骨。而假若你们真的想法飞进了玻璃之中，便落在火中烧死了。可是，留在清爽的夜空中，既有食物，又能生下小蛾子。你明白这些吗？想要得到这些吗？不！你们又回身去追求那火焰，毫无意义地扑打着翅膀，直到把自己烧死了事！”

他不知道该对她说些什么，因为他从来没有看到她思想的这一面。她是一直就有这种想法的，还是由于她这种可怕的困境和被遗弃才使她产生了这种想法的呢？梅吉竟然说出了这样的话！他几乎没有用心听她说了些什么。她竟然说出了这些话，这使他心烦意乱，也无法理解这些话是由于孤独和内疚才说出来的。

“你还记得我离开德罗海达那天夜里你送我的那朵玫瑰花吗？”他柔声问道。

“是的，我记得。”那声音失去了生气，那双眼睛也没有凄婉之光。现在，这眼光就像一个失去了希望的人那样盯着他，像她母亲的眼睛那样毫无表情，呆滞失神。

“我仍然保存着它，在我的弥撒书里。每一次我看到那种颜色的玫瑰时，就想到了你。梅吉，我爱你。你就是我的玫瑰，是我的生活中最美丽的人的形象和最美好的怀念。”

她的嘴角又往下一沉。眼中闪动着紧张而又激烈的眼光，这眼光里含有怨恨的神色。“一种形象和怀念！一种人的形象和怀念！是的，完全正确，我对你不过就是如此！你除了是个罗曼蒂克的、充满了梦想的傻瓜之外，什么都不是，拉尔夫·德·布里克萨特！你对生活除了我称之为飞蛾的概念之外，什么都没有！难怪你成了一名教士！你过不了普普通通的生活，假如你是个普通人的话，你还不如普通人卢克呢！

“你说你爱我，但是你根本不知道什么是爱。你只是嘴上说说你脑子里记住的那些词儿罢了，因为你认为它们说起来好听！我无法回答的是，为什么你们男人不想想办法，没有我们女人也过得下去。这正是你们愿意做的事，对吗？你应当想个办法解决互相嫁娶的问题，你就会快乐非凡了！”

“梅吉，别这样！千万别这样！”

“哦，去吧！我不想看到你！拉尔夫，你把那件东西，你那珍贵的玫瑰花忘掉吧——它是让人感到不愉快的、带刺的荆棘！”

他离开了房间，连头都没回。

对那封通知他已经光荣地当上了一个体重5磅、名叫朱丝婷的女孩的父亲的电报，卢克根本就没耐烦做一个答复。梅吉慢慢地恢复了，那孩子也长得壮了一些。也许，如果梅吉想法喂她的话，她和这个骨瘦如柴、脾气很大的小东西的关系能更和睦一些。但是，卢克如此喜欢吮吸的那对丰满的乳房却滴奶不出。她想，这是一种具有讽刺意味的公平。她只是按照风俗习惯所要求的那样，恪尽其责地给这个红脸红头发的小东西换衣服，用奶瓶喂她，等待着心中开始产生某种美妙而激越的感情。可这种感情从来没有产生过。她觉得自己没有遍吻那张小脸的愿望，也不愿紧紧捏着那小小的手指或做些当母亲的喜欢为婴儿干的那些傻事。梅吉觉得她不像是她的孩子，这孩子也不想得到她或需要她，正如她对它的感觉一样。它！它！她！她！她甚至连应该称它为她都记不住。

路迪和安妮绝没有想到梅吉会不喜欢朱丝婷，她对朱丝婷的感情还不如她对她母亲生的那些小弟弟呢。不管朱丝婷什么时候哭喊，梅吉一定是在旁边，将她抱起来，低声地哼唱着，摇着她，没有任何一个婴儿的身上比她更干爽，更舒服了。奇怪的是，朱丝婷好像并不愿意被人抱起来或听着哼唱。要是把她独自撂在一边，她反倒很快就安静下来。

随着时间的推移，她的外表也变得好看了。她那婴儿皮肤上的赤红已经消失，变得透明了，可以看见那细细的蓝色血管。这透明的皮肤和那红色的头发很相配，她那对小胳膊小腿儿长得胖乎乎的，十分可爱。她的头发开始卷曲，变得浓密起来，从此便显出了和她的外祖父帕迪的头发一模一样的桀骜不驯的形状。大家都焦急地等待着看看她的眼睛会变成什么颜色。路迪打赌说会变成她父亲那样的蓝色，安妮认为会变成像她母亲那样的灰色，而梅吉没有定见。可是，朱丝婷的眼睛却完全自成一格，一点儿也说不上是什么颜色。六个星期的时候，那双眼睛开始起变化，到第九个星期的时候，那双眼睛的颜色和样子最后定型了。谁都没见过任何东西像她那双眼睛。虹膜的最外边是一圈深灰色，但是虹膜本身却十分浅，既说不上是蓝色，也说不上是灰色。能够说得出来的最接近的颜色就是某种银白色。这是一双眼神专注、叫人不自在的、不像人的眼睛，颇有些像睁眼瞎；但是，随着时光流逝，事实证明显然朱丝婷的视力没有问题。

尽管史密斯大夫没有提到这一点，但是当她出生的时候，他对她脑袋之大感到担心，在她生命的头六个月，他密切地注视着她的头。他感到迷惑，尤其是在看到那双奇怪的眼睛之后，不知她的脑子中是否也许有他依然称之为水的东西，尽管时下的教科书上称之为脑积液。可是，朱丝婷显然并未有任何大脑机能不全或脑畸形之苦，只是头很大而已。随着她的成长，身体其他部分多多少少与之相匹配了。

卢克仍然待在外面。梅吉曾三番五次地给他写信，但是他既不回信，也不回来看看他的孩子。从某种角度来说，她感到高兴。她不知道该对他说些什么，也不认为他会对这个是他女儿的古怪的小东西着迷。倘若朱丝婷是个大胖儿子，他或许会发发慈悲，但是梅吉非常满意的是，她不是个儿子。她的出生证明了了不起的卢克·奥尼尔并不是个完美无缺的人，因为假若他是这样的人，那他肯定除了生儿子以外，什么都不会生的。

这孩子比梅吉状态要好得多，更快地从出生的磨难中恢复了。到四个月的时候，她不常哭了，当她躺在摇篮里的时候，开始自己和自己开心了，乱拨乱捏着挂在伸手所及的地方的亮闪闪的彩色珠子。但是，她从来不对任何人笑，甚至煞费苦心地做出许多可笑的姿势也逗不笑她。

雨季提前在10月份就来了，这是一个十分潮湿的雨季。湿度升到了百分之百，并且停在了那里。每天总有几个小时大雨滂沱着，抽打着黑米尔霍克，使红色的土壤变得稀烂，淋透了甘蔗地，注满了又宽又深的邓洛伊河。但是河水并没有漫出来，因为这条河很短，水很快就流进了大海。朱丝婷躺在摇篮里，透过那双古怪的眼睛凝视着她的世界。梅吉百无聊赖地坐在那里，望着巴特莱·弗里尔山在密密的雨幕中时隐时现。

太阳出来了，地面上腾起了蜿蜒的水雾，湿淋淋的甘蔗闪着亮，像钻石一样折射出了七色。河流宛如一条金色的巨蛇。随后，突然现出一道双层彩虹，挂在天穹之上，两道弯弯的彩虹完美无缺，和阴沉沉的、深蓝色的云层相比，显得色彩绚丽。那云层只能使北昆士兰的景色显得暗淡、朦胧。在北昆士兰州，一切都摆脱不了一种淡淡的红色，梅吉认为她已经明白为什么基兰博的乡村是一片灰黄了。北昆士兰也是一种色彩独占上风啊！

12 月初的一天，安妮走到了外面的走廊里，坐在她的身边，望着她。啊，她是这样的瘦，毫无生气！就连那头可爱的金红色头发也显得枯涩了。

“梅吉，我不知道我是不是干了什么错事，但不管怎么说，我是干了，我希望在你说不之前，至少先听我说两句。”

梅吉从彩虹那里转过身来，微笑着。“安妮，你的话听起来这样一本正经！我必须听些什么呢？”

“我和路迪为你感到担忧。自从朱丝婷出世，你就没有完全恢复起来，而现在雨季来了，你显得更糟糕了。你不吃东西，体重也下降了。我一直认为这里的气候不适合你，但是，只要你身体还没拖垮，你总是设法适应这种气候。我们现在觉得你面带病容，除非采取些措施，不然你就真会得病的。”

她吸了一口气。“所以我两三个星期之前，给我在旅游部门工作的一位朋友写了信，定下让你去度个假。别因为花销的问题提出反对意见，这既不会使卢克也不会使我们破费的。大主教给我们寄来了一笔数目很大的支票给你用，而你哥哥给我们寄来了另一张支票，供你和孩子用——我认为他是暗示让你回家去待一段时间——这也是德罗海达所有人的意思。经过我们商讨以后，我和路迪断定我们所能做的最好的事情，就是用这些钱的一部分让你去度个假。可是我认为回德罗海达的家中去度假不合适。我和路迪觉得你需要的是一段思考的时间。朱丝婷不去，我们不去，卢克不去，也不到德罗海达去。梅吉，你以前独身行动过吗？到了你独自行动的时候了。因此，我们已经在麦特劳克岛给你订了一所小别墅，两个月的时间，从 1 月初到 3 月初。我和路迪会照看朱丝婷的。你知道，她不会受到任何伤害，不过，哪怕我们有一点点为她担心，记住我们的话，我们都会马上通知你。那个岛上有电话，所以，把你叫回来用不了多长时间。”

彩虹已经消失，太阳也不见了。又要开始下雨了。

“安妮，过去的三年中，要不是因为你和路迪的话，我早就疯了。这你是知道的。有时候，我会在夜里醒来，心里在想，如果卢克把我和一些不厚道的人放在一起，会发生什么事。你们比卢克还要关心我呀。”

“废话！要是卢克把你和没有同情心的人放在一起，你大概早就回德罗海达了，谁说得准呢？也许那是最好的办法。”

“不。我和卢克之间并不愉快，不过对于我来说，留在这里处理我和卢克的问题更好一些。”

雨已经开始缓缓地越过迷蒙的甘蔗田，就像是一把灰色的砍刀，刀锋所过之处一切都看不见了。

“你说得对，我身体不好，”梅吉说道，“自从怀上朱丝婷，我的身体就不行了。我极力想恢复起来，但我想一个人到了一个关头，就没有力量做到这一点了。哦，安妮，我厌倦透了，沮丧透了！对朱丝婷来说，我连个好母亲都不是，对不住她。我是把她带到世上的人，她并没有要求我这样。但是，最让我沮丧的是卢克连一个让我使他幸福的机会都不给。他不愿意和我住在一起，也不愿意让我为他置个家，他不想要我们的孩子。我不爱他——我从来没有像一个女人应当爱她所嫁的男人那样爱过他，也许他从言语中觉察到了。假如我曾经爱过他的话，也许他的行动就不一样了。所以，我怎么能怪他呢？我想，我只能怪自己。”

“你爱的是大主教，对吗？”

“哦，从我是个小姑娘的时候起，我就爱他了！他来的时候，我对他太无情了。可怜的拉尔夫！我没有权利说我对他讲的那番话，你知道，这是因为他从来都不赞成这件事。我希望他能有时间去理解当时我是处在痛苦中，筋疲力尽，十分不幸。当时我只是在想，按理说那应该是他的孩子，可那永远不会是，也绝不可能是他的孩子。这不公平！新教的牧师可以结婚，为什么天主教徒就不行？用不着费劲告诉我，牧师对他们教民的关心和教士不一样，因为我不会相信你的话。我遇到过没心肝的教士和杰出的牧师。但是，由于教士的禁欲主义，我不得不离开拉尔夫，和别的人建立家庭，过日子，给别人生孩子。安妮，有些事你知道吗？像拉尔夫那样的人认为打破誓言是一种可憎的罪孽。我恨教会认为我爱拉尔夫或他爱我是犯罪。”

“出去一段时间吧，梅吉。休息休息，吃些东西，睡睡觉，不要发愁。然后，当你回来的时候，也许就能有某种方式劝卢克去买下那牧场，而不是口头说说了。我知道你不爱他，可是我想，假如他给你一个机会，你也许和他在一起就会幸福的。”

那双灰色的眼睛和落在房子周围的滂沱大雨颜色是一样的。雨声渐大，到了震耳的地步，落在铁皮的屋顶上，发出了令人难以置信的喧响。

“但那也不过如此，安妮！我和卢克到艾瑟顿高原的时候，我至少已经弄明白，只要他还有劲割甘蔗，就不会离开它的。他热爱这种生活，实际上他也是这样做的。他喜欢和像他那样有力气的、不愿受束缚的人在一起，喜欢从一个地方游荡到另一个地方。现在我开始这样想，他压根儿就是个流浪者。要是他被甘蔗弄得过于筋疲力尽，别的什么都干不了的时候，他才需要一个女人，才需要欢乐。我怎么形容好呢？卢克是这样一种男人，如果他能从食品箱里吃到东西，能睡在地板上，他就实在是没什么可想的了。你不明白吗？人们无法像感染一个喜欢美好事物的人那样去感染他，因为他不喜欢美好的东西。有时我想，他藐视美好、漂亮的东西。它们太柔和了，会使他变得软弱。我根本没有足够的魅力去改变他眼下的生活道路。”

她不耐烦地抬眼瞟了一下廊庑的顶棚，好像对那震耳的声音感到厌倦。“安妮，我不知道我是否能坚强到足以忍耐未来 10 年或 15 年无家无业的孤寂，或者不管多长时间，直到卢克干不动的时候为止。在这里和你们在一起真是太好了，我不想让你觉得我不知好歹。但是，我想要一个**家**！我希望朱丝婷有弟弟、妹妹，希望擦拭掉我自己家具上的灰尘，希望为我自己的窗子做窗帘，在自己的炉子上给自己的男人做饭。哦，安妮，我只是个普普通通的女人，我没有抱负，没有智慧，也没受过教育，你是了解的。我所希望的就是一个丈夫，孩子，我自己的家，和来自**某个人**的一点点爱。”

安妮掏出了手绢，擦着眼睛，又竭力想笑。“咱们俩是一对多么爱流泪的人啊！可是我能理解，梅吉，真的能理解。我和路迪结婚十年了，这是我生活中唯一幸福的事。我在 5 岁的时候得了小儿麻痹症，使我变成了这副样子。我确信没有人会看上我一眼，他们也确实不曾看我一眼，上帝明鉴。遇上路迪的时候，我是 30 岁，靠教书过日子。他比我小 10 岁，当他说他爱我，想娶我的时候，我无法把他的话当真。梅吉，毁掉一个还很年轻的男子的生活有多可怕呀！有五年时间，我用一种你无法想象的直截了当的恶劣态度对待他，可是，他还是热心地往我这儿跑。于是，我就嫁给了他，我得到了幸福。路迪说他也感到幸福，可我不敢肯定。他已经做出了许多让步，包括孩子。这些年来，他显得比我还老，可怜的人。”

“安妮，这是由于生活和气候的缘故。”

雨就像它开始时那样，又突然停了，水汽氤氲的天空中又出现了七彩缤纷的彩虹。轻飘的云层里淡紫色的巴特莱·弗里尔山隐约可见。

梅吉又说道：“我会去的。我很感激你想到了这个，也许我需要的就是这个。可是，你肯定朱丝婷不会出现太大的麻烦吗？”

“天哪，不会的！路迪把一切都算计好了。安娜·玛丽亚——在你之前她常常给我干活——有个妹妹，叫安农齐亚塔，她想到汤斯威尔去干保育工作。但是3月份之前她还满不了16岁，最近几天就要从学校毕业了。因此，你离开的时候，她打算到这里来。她也是一个有经验的保姆，在台梭里奥的苏格兰人那儿看过一大群孩子哩。”

“麦特劳克岛在什么地方？”

“就在大堡礁上的降灵水道附近。是个非常清静幽僻的地方，我想，那是度蜜月最好的胜地。你是知道这类事的——不住中心饭店，而是住小别墅。你用不着非到喧闹的餐厅去吃饭，也用不着客客气气地和那些根本谈不来的人交往。每年的这个时候，那里差不多阒无人迹，因为有夏季旋风的危险。潮湿并不是个问题，但似乎谁也不愿意夏天到珊瑚礁上去。也许因为平时去珊瑚礁的人大部分都是从悉尼或墨尔本来的，所以他们宁愿留在原地度过愉快的夏季。南方人早在三年之前就把6月、7月和8月岛上的度假别墅预订完了。”

13

1937年的最后一天，梅吉坐火车到汤斯威尔去了。尽管她的假期刚刚开始，但她已经感到好多了，因为她已经把邓尼那种糖蜜的臭气甩在了身后。汤斯威尔是北昆士兰最大的拓居地，是一个繁荣的市镇，数千居民住在建于桩基上的白色房子里。由于火车和船衔接得很紧，她没来得及仔细看看这个城市。但是从某种意义上来说，就这样匆匆忙忙地往码头赶，来不及想什么，梅吉并不感到遗憾。经过16年前她跨越塔斯马的那次可怕的航行之后，她决不愿意坐比“瓦希尼号”还要小得多的船，进行36小时的航行。

但是，在碧绿的、风浪轻柔的水面上航行，其滋味大不相同，而她已经26岁，不是10岁了。空气正处在两个旋风之间，海浪懒洋洋的。尽管刚刚日当中午，可是梅吉却放倒头，睡了一个没有梦的好觉，直到第二天早晨6点钟，端着一杯茶和一盘普普通通甜饼干的服务员把她叫醒。

甲板上，又是一番不同的澳大利亚景致。高远晴朗的天空上发着柔和而暗淡的光，东方的海平线上泛起了一抹粉红的、珠光般的绚丽光芒，直到太阳离开了海平线。初升时的红光消散了，白昼来了。轮船无声无息地在纯净的水面上滑行着，水面半透明，能看到水下几英寻[①]处紫色的礁窟，鱼儿活跃的身影倏忽游过。远处的海面

① 英寻，长度单位，1英寻合1.829米。

绿中透蓝，点点深紫色处是覆盖在海底的海藻或珊瑚。无论从哪一边看，它们都像是岸边长满了棕榈、铺满了耀眼白沙的岛屿，像礁石上会长出水晶一样浑然天成——就好像是覆盖着丛林的、山岭纵横的岛屿或平原。灌木丛生的礁岛略高出水面。

“平坦的岛屿是真正的珊瑚岛，”一个船员解释道，“如果它们呈环形或封闭成珊瑚湖，便叫作环礁，但如果只是高出海面的礁块，就叫作珊瑚礁。这些小山似的岛屿是山峰的顶部，但是，它们依然被珊瑚礁包围，并且形成了环礁。”

“麦特劳克岛在哪儿？”梅吉问道。

他不解地望着她。一个女人独自到像麦特劳克这样度蜜月的岛上去度假，听起来不合常理。“现在我们正驶向降灵水道，然后驶向太平洋边缘的岛礁。来自数百英里以外深太平洋的激浪就像直达快车似的冲击着麦特劳克岛的海岸，声若轰雷，你连想想事情都办不到。你能想象在这样的海浪上航行是什么滋味吗？”他若有所思地叹了口气，“我们将在日落前到达麦特劳克岛，太太。”

日落前一小时，这艘小轮船在冲向岸边又退回来的浪中穿行着。岸边浪花飞涌，在东边的天际腾起高高的水雾。细长桩子上的栈桥从岛礁上伸出了半英里，任凭低海潮的冲刷。那些基桩，可以毫不夸张地说，是在摇晃着。栈桥后面是又高又陡的海岸线，它完全不像梅吉想象的那样充满了热带的绚丽景致。一个老头儿站在那里等候着，帮助她从船上走到栈桥上，并从一个海员的手里接过了她的箱子。

“你好，奥尼尔太太，”他向她致意，“我是罗布·沃尔特。希望你的丈夫最终也能有机会来到敝地。每年的这个时候，麦特劳克岛上的人不太多，这里实际上是一个过冬的胜地。”

他们一起沿着晃动的厚木板走着，露出海面的珊瑚没入了残阳的夕照，没入了有点儿吓人的海，海面上反射出深红色泡沫发出的驳杂缤纷的光。

“退潮了，不然你的旅行就要吃点苦头啦。看见东边那个水雾飞溅的地方了吗？那就是大堡礁的边缘。麦特劳克是因为紧靠着它才幸免于难的。那边惊涛拍岸的时候，你会觉得岛身仿佛总是在晃动。”他帮助她上了一辆小汽车，“这里是麦特劳克的迎风面——显得有点儿荒凉、冷清，是吗？可是等你看到了背风面，啊，那里可妙极啦！”

他们上了车，车沿着麦特劳克岛上一条狭窄的道路，吱吱嘎嘎地碾着碎珊瑚，以毫无顾忌的速度飞驰着。对于本岛唯一的一辆小车来说，这种速度是自然而然的。他们穿过棕榈树和浓密的下层林丛，路的一侧耸立着一座山，这座山横跨岛背，约4英里长。

“哦，真漂亮啊！”梅吉说道。

他们已经驶上了另一条道路，这条路沿着环礁湖岸边松散的沙地环岛一周。这片湖水呈新月形，陷了下去。远处是飞溅的白色浪花，海在那里被环礁湖边缘上令人目眩神迷的地带阻隔开来，珊瑚礁怀抱里的水面却是一派宁静，波澜不兴，就像是一面青铜色的光洁银镜。

“本岛宽4英里，长8英里。”她的导游解释道。他们驶过一幢错落有致的白房子，它有着深深的游廊和橱窗式的窗子。“这是百货商店，”他带着一种主人的炫耀之情说道，“我和女主人住在那里，我可以奉告，她对于一个女人独自到这儿来是不太高兴的。我会勾引人家，她是这样说的。不过我们还是按旅游局的安排去办吧。你还是住在一处完全宁静幽雅的地方为好，把你安排得离我们住的地方远些，女主人就会平静一些的。你住的那个地方一个人也没有，仅有的一对夫妇住在另外一边。你可以光着身子在那里玩乐——没人会看到你的。你住在那里的时候，女主人不会让我走出她的视线之外。你要是需要什么，只要拿起电话就成了，我会给你带来的，但我决不会一直走到你住的地方去。不管女主人乐意不乐意，我每天日落的时候要来拜访你一次，只是为了确认你是否平安无事。你最好在那个时间待在屋子里——穿上合适的衣服，以防女主人骑马赶来。”

这小别墅是一层三居室的房子，独自占有一片白色的沙滩。两座陡然伸入海中的山尖夹峙着海滩，道路在这里到了尽头。房子内部十分朴素，但是很舒适。这座岛自身能发电，因此，这里有一台小电冰箱，有电灯，主人答应过有的电话，甚至还有一台无线电收音机呢。厕所是冲水式的，有干净的水洗澡。舒适实用的现代化设备比德罗海达和黑米尔霍克还要多。梅吉饶有兴致地想着。一眼就可以看出，大部分主顾都是从悉尼或墨尔本来的，他们十分习惯过文明生活，无法离开这些东西。

在罗布急急忙忙赶回到那位多疑的女主人身边时，房子里只剩下梅吉一人。她没有打开行李，而是先查看了一下她的领地。这张双人床比她新婚之夜时的那张睡榻要舒服得多。另一方面，这是一个真正的蜜月天堂，顾客们所想要的东西就是一张体体面面的床。而邓尼客店的顾客通常都是酩酊大醉的，对凸凹不平的弹簧也就不在乎了。冰箱和架空的食品橱里都塞满了食物，柜台上放着一大篮香蕉、西番莲果、菠萝和芒果。她没有什么理由吃不好、睡不好。

第一个星期，梅吉除了吃和睡以外，似乎无事可做。她既没有弄明白自己有多么疲劳，也没有发觉正是邓洛伊的气候伤了她的胃口。在那张舒适的床上，她一躺下就能睡着，伸直身子，一睡就是10到12个小时。从离开德罗海达以后，食物就没有过这样的诱惑力。她醒着的每一分钟几乎都在吃，甚至在海水里泡着时也在吃。说实话，除了浴缸外，那里是吃芒果的最佳场所。这些芒果汁水四流。由于她这片小小的海滩在环礁湖之内，所以海面静如明镜，波澜不兴，非常浅。这一切她都喜欢。游泳她一窍不通，但是在盐分如此之高的水中，海水好像能把她浮起来，她开始实验起来了。当她一次能漂浮 10 秒钟的时候，真是欣喜若狂。摆脱地面拉力的念头使她渴望像鱼那样往来自如。

因此，倘若说她因为没有伴侣而感到沮丧的话，那只是因为她想求某人教她游泳而不得。除了这一点之外，她一个人独居独处，真是妙不可言。安妮太对了！在她的一生中，房子里总是有人的。而没有人在屋里是如此令人心怡神驰，感到绝对的宁静。她丝毫没有觉得孤寂，既不想安妮和路迪，也不想朱丝婷和卢克，而且是三年以来头一次没有怀念德罗海达。老罗布从不打扰她的隐居生活，只是在每天日落的时候，把车吱吱嘎嘎地顺着道路开到能看到她从游廊上友好地招手的地方，确认她没有不妙的迹象，然后便掉转车头，悠闲而去。他那位漂亮得惊人的女主人冷酷地骑着马，挎着枪。有一次，他给她打了一个电话，说他准备用他那条玻璃底的船带住在这里的那对夫妇出海，并问她是否愿意同行。

透过玻璃看着下面那千姿万态、精巧优美的世界，就好像买门票进入了一个耳目一新的陌生星球。令人神爽、亲切宜人的海水中漂浮着各种精美优雅的生物。她发现，活珊瑚的颜色并不像商店柜台上当礼品摆着时那样鲜艳夺目。它们是淡粉色、米色和蓝灰色的，每一个球形部和枝杈的周围都摇曳着一种妙不可言的彩虹色，就像是一种清晰的辉光。12 英寸宽的大海葵边缘漂动着蓝色、红色、橘黄或紫色的触手。带凹槽的白色海蚶子像石块一样大，逗弄着粗心大意的考察者们通过它们那多毛的唇部隐隐约约地观察里面那色彩富丽、动个不停的东西，心里干着急。镶着红边的扇形生物在水流中歪向了一边。海藻那艳绿色的条带散乱而飘逸地舞动着。船上的四个人看到了一条美人鱼，谁都没有感到意外：它那光滑的胸部发着微光，拖着一条弯弯曲曲的、闪亮的尾巴，松散低垂地披着云朵一般的、令人目眩的毛发，带着动人的微笑嘲讽地向航海者们发出使人心迷神摇的咒语。[①]可是还有鱼呢！它们就像是活生生的闪光的宝石，成千上万地飞速游过。圆的像中国的灯笼；细长的像枪弹，披着五颜六色的鳞片，生机勃勃地闪着斑斓的光。可分解光线的海水也被搅得五彩缤纷，金黄和深红的鳞片像熊熊的火焰，银蓝色的鳞片显得阴冷，有些令人目眩的碎纹鳞囊比鹦鹉的皮色还要绚丽。这里有鼻尖如针的颌针鱼，扁鼻子的鮟鱇鱼，牙齿尖利的梭鱼。一条肚子呈海绵状的鲶鱼半隐半现地潜藏在洞穴之中。有一次，一条光滑、灰色的小鲨鱼无声无息地在他们下方游动着，好像在那儿定住了似的。

“不过别担心，”罗布说道，“我们这里太靠南了，不会有青海蜇的，如果说在这片珊瑚礁地区有什么东西会使你丧命的话，最可能的就是一种小石鱼。不穿鞋可千万别在珊瑚礁上走。”

是的，梅吉很高兴她能出海。不过，她并不渴望再去，也不想和罗布带来的那对夫妻交朋友。她浸在海水中，在阳光下散步，躺着。真是怪透了，她甚至都不想找书读，因为这里似乎总有一些有趣的东西可看。

她已经采纳了罗布的建议，不再穿衣服了。起初，要是一个小树枝“啪”地响一声，或一只椰子像枪弹一样从树上落下来的时候，她就像一只在微风中嗅到了野狗气味的兔子，飞也似的在身上盖上一块东西。可是，经过几天独得其乐的索居之后，她开始真正感觉到不会有任何人到她的附近来了。确实像罗布说过的那样，这里完全是一个幽僻隔绝之地，害羞腼腆是多余的。在小路上散步，躺在沙滩上，在温暖而多盐的水中涉行。她开始感到自己就像是一只生来就关在笼子里的野兽，突然被放到了一个柔和、充满阳光、广阔

① 希腊神话传说中半人半鸟的海妖塞壬，常以美妙的歌声诱惑过往的海员，使他们迷航触礁而亡。后亦有传说此种海怪是美人鱼。

而又令人欢快的地方。

离开了菲，离开了她的哥哥们，离开了卢克，离开了那支配着她整个生活的严酷现实，梅吉发现了一种纯粹的悠闲。脑子里充满了五花八门的成形或未成形的新奇念头。她一生中第一次在意识中没有记挂着要干这个活儿或那个活儿。她很惊奇地发觉，身体总是处于繁忙之中对人类全面精神活跃度的发挥是最大的阻碍。

几年前，拉尔夫神父曾问她想什么，她回答说：爸爸、妈妈、鲍勃、杰克、休吉、斯图、小弟弟们、弗兰克、德罗海达、房子、干活儿和降雨。她没有说到他，但是，在心里总是把他放在这个名单的第一位。现在，又加上了朱丝婷、卢克、路迪、安妮、甘蔗、思乡。当然，后来她发现永恒的安慰在书里。但是这些东西只是在毫无联系的一团纷乱之中在脑子里浮现出来，又消失无踪。她没有机会，也没有这种训练，使她能安静地坐下来，想一想她梅吉·克利里。梅吉·奥尼尔是何许人？她想要得到什么？她认为她降生在这个世界上是为了什么？她为自己缺乏训练而感到哀伤，这是个疏忽，她也没有时间矫正自己。但是，这里却有时间，有宁静，身体健康，闲散，百无牵挂。她可以躺在沙滩上，试着思索一下了。

哦，拉尔夫啊。一丝绝望的苦笑。这可不是个好开头，但是，从某种意义上来讲，拉尔夫就像是上帝。一切都与他相始终。自从他蹲在尘土飞扬的基里车站广场，双手抱起她的那天傍晚起，拉尔夫就存在了，尽管在她的有生之年再也不会见到他了。但是，在她行将入墓的最后一刻，她想到的似乎很可能就是他。多可怕啊，一个人能意味着如此之多的东西，有如此之重要的意义。

她曾对安妮说过什么来着？她的愿望和需要十分一般——一个丈夫，孩子，一个自己的家，有个人让她去爱。这些要求好像并不过分。毕竟大多数女人都得到了这些。但是到底有多少女人是真正心满意足于得到这些的呢？梅吉认为她会满足的，因为她要获得这些是如此艰难。

承认它吧，梅吉·克利里。梅吉·奥尼尔。你想得到的人是拉尔夫·德·布里克萨特，而你却偏偏得不到他。然而，作为一个男人，他似乎为了其他人而毁灭了你。那么，好吧。假如爱一个男人之类的事办不到，那么就去爱孩子，而你也将得到孩子们的爱。这也就是说，要轮到爱卢克和卢克的孩子们了。

啊，仁慈的上帝啊，仁慈的上帝！不，**不仁慈**的上帝！除了从我身边夺走了拉尔夫，上帝为我做过些什么呢？上帝和我，我们互相不喜欢。而你对某些事情不了解吗，上帝？像过去那样，你并没有恐吓我。但我多么畏惧你，畏惧你的惩罚啊！由于畏惧你，我一生都在走着一条笔直而狭窄的小路。然而上帝给我带来了什么呢？一丝一毫也没有，尽管对你书中的每一条戒律我都凛遵不违。你是个骗子，上帝，是个令人畏惧的恶神。你把我们当成小孩子一样来对待，在我们面前以惩罚相威胁。但是，你再也吓不住我了。因为我应该恨的不是拉尔夫，而是你。都是你的过错，不是可怜的拉尔夫的。他只是在对你的恐惧之中生活着，就像我以前那样。他居然能爱你，我真不理解。我不明白你有什么可值得热爱。

然而，我怎么才能不爱那个爱上帝的男人呢？不管我如何艰苦努力，都似乎无法不爱他。他是一轮明月，我正在为他空抛泪。哦，梅吉·奥尼尔，你千万不能为这轮明月而哭泣了，它也就是这个样子了。你必须满足于卢克和卢克的孩子。你要不择手段地使卢克放弃那可恶的甘蔗，和他一起在那连树木都不见的地方一起生活。你应当告诉基里银行的经理，你将来的进项应当记在你自己的名下，你要用这笔钱在那没有树林的家园中获得卢克不打算向你提供的舒适和方便。你要用它来使卢克的孩子们得到正规的教育，确保他们永远不缺钱用。

也就是说一切就是这样了，梅吉·奥尼尔。我是梅吉·奥尼尔，不是梅吉·德·布里克萨特，连听起来都有些怪气。我倒情愿成为梅格安·德·布里克萨特呢，尽管我一直就讨厌梅格安这个名字。哦，我会为那些不是拉尔夫的孩子而懊悔吗？问题就在这里，是吗？一遍又一遍地对你自己说吧：你的生活是你自己的，梅吉·奥尼尔，你**不会**耽于一个你永远得不到的男人和孩子的梦幻之中。

喂！就这样跟你自己说！回忆已经过去的事，那些**必须**埋葬的事是没有用的。将来就是这么回事，将来是属于卢克和卢克的孩子们的。它不属于拉尔夫·德·布里克萨特。他属于过去。

梅吉在沙滩上翻了个身，哭了起来，自从她3岁以来还没有这样哭过呢：号啕恸哭，只有螃蟹和小鸟在倾听着她那凄凉哀婉的恸哭。

安妮·穆勒是有意选择麦特劳克岛的，打算在她可能的时候把卢克送来。梅吉尚在路途上的时候，她就给卢克拍了一封电报，说梅吉极其需要他，请他回来。从天性上来说，她并不打算干扰其他人的生活，但是她爱梅吉，可怜梅吉，溺爱那个梅吉生的、父亲是卢克的、棘手而又任性的小东西。朱丝婷必须有个家，有双亲。看到她离开将会是令人伤心的，但这总比目前的局面要好。

两天之后，卢克来了。他是在去悉尼的殖民制糖公司的路上顺道来的，所以，中途弯一弯，他没有太多的时间。到了该他看看这孩子的时候了。要是个男孩子的话，那这孩子一出生他就会来的。但是传来的消息是个女孩，他觉得晦气透了。要是梅吉坚持要生孩子的话，那至少得到买下基努那的牧场那天再说呀。女孩子一点儿用处也没有，只能把一个男人吃穷。等她们长大成人的时候，就会给其他什么人干活儿去，而不像男孩子那样，在他的老父亲晚年之时能助他一臂之力。

“梅格怎么样了？”他一边往前廊走，一边问道，“我希望她没什么吧？”

“你希望她没事。不，她没什么毛病。我一会儿就会告诉你的。但是，先来看看你那漂亮的女儿。”

他低头凝视着那婴儿，嘻嘻笑着，觉得很有趣儿，可是没动什么感情，安妮想。

“她的眼睛怪极了，我还从来没有见过这样的眼睛呢，”他说道，“我不知道它像谁？”

“梅吉说，据她所知，不像她家里的任何人。”

“也不像我。这个逗人的小东西，她是个返祖的人。她看上去不太高兴，是吗？”

“她怎么能显得高兴呢？”她气冲冲地说道，极力压着自己的火气，“她没见过她的父亲，没有一个真正的家。要是你继续这样干的话，在她长大之前是不会有这种可能性的。”

“我正在攒钱呀，安妮！”他抗议道。

“废话！我知道你已经有多少钱了。我在恰特兹堡的朋友们常常给我寄当地的报纸，我看到过一些广告，南边有比基努那近得多、富饶得多的产业。现在是经济萧条期，卢克！你可以用比你在银行现存的钱少得多的数目买下一片非常棒的地方，这你是了解的。”

“就算是这么回事吧！现在经济萧条正在继续，而且西边从琼尼到艾德这片地区旱得出奇。干旱已经是第二个年头了，可还是根本不下雨，一滴雨也没有。我立刻就敢打赌，德罗海达正在受旱灾的危害，因此，你认为温顿和布莱克奥一带的旱情会怎样呢？不，我想我应该等一等。”

“等到土地的价格在风调雨顺的季节里涨起来？算了吧，卢克！现在到买地的时候了！加上梅吉每年可以保证有2000镑的收入，就是一次十年大旱你也能撑得下去的！只要别在地上种牧草就行了。靠梅吉的2000镑过日子，一直等到雨水到来，然后再把你的牧草种上。”

“我还没做好离开甘蔗田的准备呢。”他依然在盯着他女儿那奇异的眼睛，固执地说道。

“终于说实话了，对吗？你干吗要承认呢，卢克？你不想结婚，倒挺愿意按目前这样子生活、吃苦，和男人们厮混在一起，干活干到把五脏六腑都累出来，就像我认识的每个澳大利亚男人那样！这个乱七八糟的国家到底是怎么回事？是男人在有老婆孩子的情况下，宁愿和另一些男人一起过日子吗？倘若他们真正需要的是单身汉的生活，那他们干吗要结婚呢？你知道在邓尼有多少被遗弃的妻子在孤独地过着一分钱掰两半花的生活，竭尽全力把她们那些没有父亲的孩子抚养成人吗？哦，他只不过是在甘蔗田里，他会回来的，你知道，这只不过是短短一段时间罢了。哈！每一次邮车来的时候，她们都站在前门，等待着邮件，巴望着那个坏种能给她们一点点钱。可大多数情况下，他没有寄来，有时也寄来一些——不够用，但总算有了点儿东西能使生活维持下去！”

她大发其火，浑身直哆嗦，那双温和的棕色眼睛熠熠发光。“你知道吗？我在《布里斯班邮报》上看到，在文明世界，澳大利亚的弃妇占比最高。这是我们胜过其他任何一个国家的东西——这不是一个值得骄傲的纪录！”

“安静点儿，安妮！我并没有抛弃梅格。她很安全，也没有饿肚皮嘛。你是怎么啦？”

“我为你对待你妻子的方式感到恶心，就是这么回事！看在敬爱的上帝的分上，卢克，成熟一些吧，暂时负起你的责任吧！你有一个妻子和孩子！你应该为她们安个家——做一个丈夫和父亲，别做一个该死的陌路人！”

“会的，会的！可是现在还不行。我必须继续在甘蔗田里干两三年，这是肯定无疑的。我不想说我要靠梅格供养，这就是在情况变得好起来之前我所要做的事情。”

安妮蔑然地撇了撇嘴。“哼，全是胡扯！你是为了她的钱才和她结婚的，不是吗？”

他那张棕色的脸涨得紫红。他不愿看着她。“我承认钱能成事，但是，我娶她是因为我喜欢她胜过其他任何人。”

“你喜欢她！那么爱不爱她？”

“爱！什么是爱？除了女人在想象中的臆造之外，根本就没有这么回事，就是这样。”他从儿童床上和那双变幻莫测的眼睛上转过身来。他不敢肯定长着那样眼睛的人会不明白刚才的那番话。“要是你告诉我的话讲得差不多了的话，告诉我梅格在哪儿吧。”

“她身体不好，我把她送出去一段时间。哦，别慌！没用你的钱。我希望我能规劝你去和她碰面。但是我明白了，这是不可能的。”

“这是办不到的。阿恩和我正在赶路，今晚要到悉尼去。”

“梅吉回来的时候，我对她说什么呢？”

他耸了耸肩膀，巴不得赶紧离开。“我管不着。哦，告诉她再多等一段时间吧。现在，在家庭事务上她已经先行了一步，要是儿子就好说了。”

安妮靠在墙上支撑着身子，俯向柳条摇篮，抱起了那婴儿，随后设法拖着脚走到床边，坐了下来。卢克没有动一动去帮帮她，或接过那孩子的意思。他看上去好像怕他的女儿。

“去吧，卢克！你配不上你所拥有的东西。我看着你就恶心。回到该死的阿恩、该死的甘蔗田和累死人的活儿那去吧！”

他在门口停了停。“她管这孩子叫什么？我把她的名字忘记了。”

“朱丝婷，朱丝婷，**朱丝婷！**”

“无聊的名字。”他说着，便去了。

安妮把朱丝婷放在床上，老泪纵横。除了路迪，所有的男人都该死，他们该死！难道是路迪身上那种温柔、多情善感、几乎是女人般的性格才使他去爱的吗？卢克说得对吗？难道这只是女人想象中的虚构吗？或者这是某种唯有女人才能体会到的感情，还是女人对男人来说是无足轻重的？哪个女人也拉不住卢克，没有一个女人曾经办到这一点。他所需要的，女人无法给他。

可是第二天，她就平静下来了，不再觉得她是徒劳无益的了。那天早晨接到了梅吉寄来的一张明信片，说她对麦特劳克岛渐渐热心起来了，而且她身体如何如何好。从信里可以看出一些令人欣慰的东西。梅吉觉得好多了。当雨季开始好转时，她就会回来的，而且能正视她的生活了。可是，安妮决意不把卢克的事告诉她。

在安妮用牙叼着装满了孩子的必需品——干净的尿布，爽身粉盒和玩具——的小篮子蹒跚地向外走去时，南希——这是安农齐亚塔的简称——便抱着朱丝婷走到了前廊上。她坐在一把藤椅上，从南希手中接过孩子，开始用南希已温好的莱克托根奶瓶喂她。这叫人心情愉快。生活是非常快乐的。她已经竭尽全力要使卢克明白情理，假如她失败了，那至少意味着梅吉和朱丝婷将在黑米尔霍克能再待上一段时间。她不怀疑，梅吉最终将认识到，要挽救她和卢克的关系是无望的，随后便会返回德罗海达。但是，安妮害怕这一天的到来。

一辆红色的英国赛车在通往邓尼的道路上轰鸣着，爬上了长长的、陡峭的车道。这是一辆崭新而昂贵的汽车，它的机壳上罩着皮套，银色的排气管和鲜红的漆面闪闪发光。有那么一阵工夫，她没有认出从低矮的车门中跳下来的男人是谁，因为他身着北昆士兰的服装，除了一条短裤外什么都没穿。天哪，这人多英俊哪！她想着，赞赏地打量着他。当他一步跨过两级台阶走上来的时候，她隐约地想起了什么。我希望路迪不要吃那么多，那他就有可能和这个小伙子有几分相像了。现在，看上去他可不像是个毛头小伙儿了——瞧他那不可思议的染霜的双鬓吧——但是，来人不像是普通蔗工，因为蔗工的形象不会这么体面。

当那双沉静而冷淡的眼睛望着她的眼睛时，她知道他是何许人了。

“我的天哪！”她说道，婴儿的奶瓶落到了地上。

他将奶瓶捡起来，递给了她，然后靠在了走廊的栏杆上，面对着她：“没事儿。橡皮奶头没有碰到地面，你可以接着喂她。”

那孩子恰好因为失去了那个必需品而开始抖动，安妮把橡皮奶头塞进了她的嘴里，这才缓过劲儿来讲话。“哦，大人，真是太出人意料了！”她的眼睛上下打量着他，被逗笑了，“我得说，你看上去不怎么像一位大主教。你以前也不大像，即便是穿上了适合的衣装。在我的心目中，总觉得不管哪个宗教派别的大主教一定是又肥胖、又自得的。”

“眼下，我不是一个大主教，只是一个正在度假的教士，因此，你可以叫我拉尔夫。我上次在这儿的时候，就是这个小家伙让梅吉遇上了那么大的麻烦吗？我可以抱抱她吗？我想，我能设法以适当的角度拿着这个奶瓶的。”

他坐进了安妮旁边的一把椅子中，接过了孩子和奶瓶，继续喂她。他的腿随意地交叉着。

“梅吉给她起了个名字叫朱丝婷吗？”

“是的。”

“我喜欢这个名字。老天爷呀，看看她头发的颜色吧！完全和她外祖父的头发一样。”

“梅吉也是这么说的。我希望这可怜的小家伙将来别长满一脸雀斑，不过，我想她会这样的。”

“唔，梅吉就是那种红头发的人，可是她没有雀斑，尽管梅吉的肤色和纹理与她不同，更暗一些。”他放下了空奶瓶，让那孩子直直地坐在他的膝盖上，面对着他，让她微微前倾，并且开始有节奏地使劲抚摩她的后背。“在我执行任务时，有时不得不去访问天主教的孤儿院，所以，我和孩子们倒颇有些实际的交往。我所喜欢的那家孤儿院的冈萨修女说，抚摩婴儿的后背是让他打嗝的唯一方法。把孩子放在肩头上，孩子的身体就不能充分地向前弯曲，嗝就不会这么容易出来的，而且在打嗝的时候常常会带出许多奶来。让婴儿这样在中间弯着身子，就能把奶抑制住，又让气体出来。”好像是证实他的论点似的，朱丝婷打了几个大嗝儿，可是肚里的食物却没有出来。他大笑起来，又抚摩起来，当再也没什么动静的时候，便把她舒舒服服地抱在自己的臂弯里。“多么让人难以置信的怪眼睛啊！极其动人，对吗？梅吉确实生了一个非同寻常的娃娃。”

“别转换话题。如果你能为人父，一定是出色的父亲，神父。”

“我喜欢婴儿和孩子，一直都是这样的。欣赏他们对我来说比较容易办到，因为我无须担负父亲们那些不愉快的责任。”

“不，这是因为你像路迪。你身上有一点儿女人的东西。”

显然，平日性格孤僻的朱丝婷回报了他的爱抚，她已经睡着了。拉尔夫让她躺得更舒服一些，从自己的短裤口袋里掏出了一包开波斯坦牌香烟。

“喂，把烟给我，我替你点上。”

“梅吉在哪儿？”他问道，从她手中接过一支燃着的香烟，“谢谢。对不起，请给你自己取一支吧。”

“她不在这里。她还从来没像生朱丝婷的时候那样糟糕过呢，似乎是雨季的到来使她终于垮了下去。于是，我和路迪把她送到外面去住两个月。她大概在 3 月初回来。还要再住七个星期呢。”

在安妮讲话的当儿，她已觉察到他神色的变化。仿佛他的打算和得到某种特殊快乐的指望突然之间全都化为乌有了。

他深深地吸了一口气。“这是第二次没有找到她并说再见了……去雅典时是一次，现在又是一次。那时，我离去了一年，那次本来是要在那里待更长时间的。自从帕迪和斯图死后，我再也没有去过德罗海达。可是，当要离去的时候，我发现我不能没见梅吉就离开澳大利亚。可她已经结婚了，走了。我想去追她，可是，我知道这对她或卢克都不合理。这次来，是因为我知道我不会伤害任何人。”

“你要去哪儿？”

“去罗马，去梵蒂冈。迪·康提尼-弗契斯红衣主教已经接替了不久前去世的蒙泰沃迪红衣主教的职位。我早就知道他要召我去的。这是一个很大的荣幸，而且还不止这样。我无法拒绝前去。”

“你要离开多久？”

“哦，我想，很久。在欧洲，仗打得很激烈，尽管战争似乎离这里很远。罗马教廷需要召回它所拥有的每一个外交家，感谢迪·康提尼-弗契斯红衣主教，我被归入了外交家之列。墨索里尼和希特勒结成了紧密的同盟，他们是一丘之貉。不知为什么，梵蒂冈却不得不把天主教和法西斯主义这两种完全对立的意识形态调和起来。这不是轻而易举能办到的。我的德语讲得很好。在雅典的时候，我学会了希腊语，在罗马的时候，学会了意大利语。我还能流利地讲法语和西班牙语。”他叹了一口气。“我一直有一种语言天赋，并且精心地修炼这种才能。我的调动是势在必行的。”

“嗯，大人，除非你明天就启程，不然你还是可以见到梅吉的。”

安妮还没来得及往下想想，话已经蹦出来了。在他离开之前为什么梅吉不能见他一面呢？尤其是在他——像他似乎认为的那样——行将离去很长时间的时候。

他的头转向了她。那双漂亮而冷漠的蓝眼睛显得十分聪慧，要愚弄他是难上加难。哦，是的，他是个天生的外交家！他对她说的话，以及她思想深处想到的每一条理由都非常明白。她屏住呼吸，渴望听到他的回答。可是，他沉默良久，只是坐在那里，盯着外面那绿莹莹的甘蔗田，甘蔗田一直延伸到涨满了水的河边。他忘记了睡在他臂弯里的孩子。她入迷地盯着他的侧影——那眼睑的曲线，平直的鼻子，守口如瓶的嘴，意志坚定的下巴。在他凝望着这片景色的时候，心中有哪些力量正在你争我斗？爱情、愿望、责任、权术、意志力、渴望，怎样进行复杂的平衡？他正在头脑中进行权衡，哪种力量和哪种力量在进行抗争呢？他的手把香烟举到了唇边。安妮看见他的手指在颤抖，她无声地吁了一口气。那么，他并不是个冷漠的人。

大约有 10 分钟，他什么也没说。安妮又给他点了一支开波斯坦牌纸烟，递给他，换下了那个已经燃完的烟蒂。他又沉着地抽了起来，他的凝视一次也没有离开远山和天空低压的雨季的云层。

“她在哪儿？”随后，他以一种完全平平常常的声音问，在把第一个烟蒂从前廊的栏杆上扔出去之后，又把第二个烟蒂扔了出去。

这回轮到她考虑了。他的决定就取决于她是如何回答的。一个人把另外一个人推上这样的方向，这方向将导致这个人不知道自己处于何种位置，或要得到什么——这样做对吗？她完全忠实于梅吉。老实讲，这个男人发生什么事，她是丝毫也不关心的。从他的情况看来，一点儿也不比卢克强。在干完那种男人的事以后抬腿就走了，没有时间，也根本没有打算把一个女人放在心上。他们使女人无休无止地流连于某种幻想，也许这种幻想只存在于糊涂人的头脑之中。郁闷的、充满糖蜜味的空气中除了炼糖场冒出的烟在飘动之外，空无一物。但是他想要的正是这个，他愿意在追求这种虚空之中消耗自己和生活。

不管梅吉对他来说意味着什么，他并没失去敏锐的辨别力。安妮开始相信，除了他那古怪的理想之外，他对梅吉的爱是胜过一切的。但即使是为了她，拉尔夫也不愿危及他升迁的机会，这机会能使他有朝一日把他想要得到的东西抓到手。不，即使为了她，他也不能放弃这个机会。因此，假若她回答说，梅吉在某个人们熙来攘往的旅馆，在那里他有可能被认出来，他是不会去的。谁也没他清楚，他不是那种混在人群里可以不起眼的人。她舔了舔嘴唇，开口说道：

“梅吉在麦特劳克岛的一个小别墅里。”

“在什么地方？”

“麦特劳克岛。那是靠近降灵水道的一个疗养胜地，那里是为隐居独处而特别设计的。此外，每年的这个时候，那儿几乎没有一个人。”她忍不住补充了一句，“别担心，没有人会看到你的。”

“多让人放心呀。”他非常轻地将那睡着的孩子从怀里移了出来，递给安妮。“谢谢你。”他说道，向台阶走去。随后，他又转过身来，眼神情真意切。“你错了，”他说道，“我只是想看看她，除此之外就没有别的。任何可能危及梅吉，使她的灵魂不道德的事，我是决不会干的。”

“或者使你自己灵魂变得不道德，对吗？那么，你最好像卢克·奥尼尔那样走吧。他巴不得这样做呢。这样做你肯定不会使梅吉或你本人出乖露丑的。”

“要是卢克突然出现该怎么办呢？”

“没有那种机会。他已经到悉尼去了，3月以前是不会回来的。他能够知道梅吉在麦特劳克岛的唯一途径就是我，而我是不会告诉他的，大人。”

“梅吉盼着卢克去吗？”

安妮苦笑了一下。“哦，亲爱的，不。”

“我不会伤害她的，”他坚持说道，“我只是想去看望她一会儿，就是这样。”

“我完全明白，大人。但事实依然是，如果你想得到更多的话，那反倒会使她少受许多伤害。”

当老罗布的汽车吱吱嘎嘎地沿着道路而来时，梅吉正站在小别墅的廊庑下，扬起一只手，表示一切如意，什么都不需要。他停在了往日停车的地方，准备倒车。但是在他倒车之前，一个穿着衬衫、短裤和凉鞋的男人从车里跳了出来，手里提着箱子。

“嗨——奥尼尔太太！”当他走过来时，罗布大喊大叫着。

但是梅吉决不会再把卢克·奥尼尔和拉尔夫·德·布里克萨特搞错了。那不是卢克，即使离得很远，光线也在迅速地暗下来，她也不会弄错。在他沿着道路向她走过来的时候，她默默地站在那里等着拉尔夫·德·布里克萨特。他已经断定，他毕竟还是想得到她了。他在这种地方和她会面，并自称卢克·奥尼尔，这不可能有其他理由的。

她身上的任何器官似乎都不起作用了，不管是双腿，头脑，还是心脏。这是拉尔夫索求她来了，为什么她不能动感情呢？为什么她不顺着路跑过去，扑进他的怀里？为什么做不到见到他时除了欣喜若狂外，什么都不放在心上呢？这是拉尔夫，他就是那个她想从生活中驱逐出去的人。她不是恰恰用了一个多星期的时间试图把这个事实从她的头脑中抹去吗？他该死！他该死！为什么当她终于开始把他从思想中赶出去——如果说还没有从心中赶出去——的时候，他**偏偏**来了呢？哦，这一切又要重新开始了！她不知所措，浑身冒汗，生气发怒。她木然地站在那里等着，望着那优美的身影变得越来越大。

“你好，拉尔夫。”她咬着牙关说道，没有看他。

“你好，梅吉。”

“把你的箱子拿进来吧。你想喝杯热茶吗？”她一边说着，一边领着他走进了起居室，依然没有看他。

“那就喝杯茶吧。”他说道。他也和她一样不自然。

他跟着她走进了厨房，望着她。她把一只电水壶的插头插上，从放在水槽上的一个小热水器中往电水壶里倒满了水，自顾自忙着从餐具柜里取出茶杯和托盘。她把一个装着阿落兹饼干的5磅重的大铁罐递给了他。他从里面抓出了两三把家常小甜饼，放在了一个盘子里。电水壶开了，她便把热水全都倒了出来，用勺子往里放着松散的茶叶，又用沸腾的水将它注满。她端着放满了甜饼的盘子和茶壶，他跟在她身后，拿着茶杯和托盘，回到了起居室。

这三个房间是建成一排的，起居室的一边通往卧室，另一边通往厨房，厨房的旁边是浴室。这就是说，这幢房子有两个廊子，一个面向道路，另一个面向海滩。天完全黑了，热带地区黑得就是这样突然。但是，从敞开的移门中穿过的空气却充满了海浪溅起的水点。远处，海浪拍打在礁石上，涛声阵阵，柔和而温暖的风穿过来，穿过去。

尽管两个人连一块饼干都吃不下去，但他们都在默默无言地喝着茶，沉默一直延续到喝完茶。他转过眼去盯着她，而她还是继续凝视着面向道路的那个廊门外一株生气勃勃的、古怪的小棕榈树。

“怎么啦，梅吉？”他问道。他的话是那样慈爱，温柔，她的心狂跳了起来，仿佛要被这种痛苦折磨死似的。这是一句成年男人对小姑娘的熟悉的问话。他根本不是到麦特劳克岛来看望这个女人的，而是来看望这个孩子的。他爱的是孩子，不是女人。自从她长大成人的那一刻起，他就讨厌这个女人了。

她的眼睛转了过来，望着他，充满了惊讶、痛恨和怒火。甚至现在他还是这样！时间停滞了，她就这样盯着他，而他则吃惊地屏住了呼吸，不得不望着这成年女子那双清澈如水的眼睛。梅吉的眼睛。哦，上帝啊，梅吉的眼睛！

他对安妮·穆勒讲的话殆非虚言。他只是想来看看她，别无其他意思。尽管他爱她，但是他不打算成为她的情人。他只是来看看她，和她谈谈，作为她的朋友，睡在起居室的长沙发上，与此同时，试图将她对他那种绵绵无尽期的迷恋之根挖掉。他认为，只要他能看到这条根完全暴露出来，他会获得精神手段把它彻底铲除的。

要使他自己适应一个乳房丰满、腰如杨柳、臀部腴圆的梅吉真是太难了。但他已经适应了，因为当他看着她的眼睛时，就好像看见了一泓清水，在圣殿之灯的照耀下，映出了他的梅吉。自从第一次看到她，就有一种愿望和一个幽灵紧紧地吸引着他，使他解脱不得。在她那令人苦恼地起了变化的身体之内，这些东西仍然没有任何变化。但是，当他能够从她的眼睛里看到这些东西依然存在的时候，他就能接受那已经起了变化的身体，使那身体对他有吸引力了。

检验一下他自己对她的种种愿望和梦想，他从未怀疑，在她生朱丝婷那天，对他变得就像一只发怒的猫之前，她也是同样对他怀有种种愿望和梦想的。因此，在他的怒火和痛心消失以后，他还是把她的举动归之于她所经受的痛苦，这种痛苦对精神的折磨比对肉体的折磨更大。现在，看到她终于表现出来这种感情，他马上就明白当她摆脱了童年的眼光，而开始以成年女子的眼光来看待世界的那一刻起，也就是在玛丽·卡森的生日宴会以后，在墓地发生的那一幕是怎么回事了。当时，他向她解释他为什么不能对她表现出特殊的注意，因为这样人们会认为他对她表现出了一种男人的兴趣。她那时望着他，眼睛里有一种他没有理解的东西。随后她转开了目光，而在她的眼光又转回来的时候，那种表情就不见了。现在他明白了，从那时起，她就用不同的眼光来看待他了。在她吻他的时候，她的吻并不是那种仓促的、怯懦的亲吻，就像他吻她那样。后来，她又回到了思念他的老路上去了。他却一成不变地保持着自己心中的幻象，他培养着这些幻象，尽可能把它们塞进他那一成不变的生活模式中，就像苦行僧穿着马毛衬衣那样，须臾不可离。而她始终把他当作女人爱情的对象，把她的爱给了他。

他承认，从他们第一次接吻的那时候起，他就想从肉体上得到她了，但是这种愿望从来没有像他对她的爱那样使他苦恼。他把这两者是分开来看的，是有所区别的，并不是同一个事物的两个方面。她，这个可怜的、误解了他意思的人儿，在这个特殊的怪念头上却从来没有死过心。

这时候，只要有任何办法离开麦特劳克岛，他都会像俄瑞特斯飞快地从复仇三女神身边离开那样离开她的[①]。但是他无法离开这个岛屿。他宁愿毫无意义地在黑夜里漫游，也没有勇气留在她的面前。我怎么办，怎样才可能补救目前的局面呢？我**确实**爱她！而且，假如我爱她的话，那一定是因为她现在这种样子，而不是因为她停留在青少年时的那种样子。我一直爱着的是她身上那些富于女子气质的东西。这就是压在他身上的重负。因此，拉尔夫·德·布里克萨特，拿去你的蒙眼罩吧，她实际是怎样，就怎样看待她，而不是把她当作多年前的样子。16 年了，难以置信的漫长的 16 年啊……我已经 44 岁了，她是 26 岁。我们俩都不是孩子了，可是我还远未成熟啊。

在我走出罗布的汽车时，你就认为是这么回事了，对吧，梅吉？你以为我终于让步了。但是还没有容你缓口气，我就向你表明你是大错而特错了。我就像扯下了一块陈年破布似的扯下了你这种幻想的面纱。哦，梅吉！我对你做了些什么事啊？我怎么能这样鲁莽，这样以自我为中心呢？我来看你别无其他意思，如果此行不会使你心伤欲碎的话。这些年来，我们完全是互相矛盾地相爱着呀。

她依然在望着他的眼睛，她的眼睛里充满了愧怍、羞辱，但是，当他的脸上终于现出令人绝望的怜悯的表情时，她似乎发觉她大错

---

① 据希腊神话，阿伽门农和克吕泰涅斯特拉的儿子俄瑞特斯为了给父亲报仇，杀死了他的母亲。黑夜的女儿、复仇三女神专门惩罚杀死母亲的人，她们追击着俄瑞特斯，使他到处狂奔，处于疯狂状态。

特错了，对此她感到恐惧。而且，还不止如此呢！她似乎发觉他已经知道了她的过失。

走，跑吧！跑呀，梅吉。带着被他击破的自尊从这里跑开！她刚一想到这里，就付诸行动，她从椅子中站了起来，赶紧逃跑。

她还没跑到廊子里，他就抓住了她，奔跑的冲力使她猛地转了过来，撞在了他的身上，撞得他晃了两下。为保持他灵魂完美的令人苦恼的斗争，意志对愿望的长期压抑，全都不重要了。一辈子的努力在顷刻间冰消瓦解。所有那些力量都休眠了，沉睡了。他需要一种混沌状态的生发、弥漫，在这种状态中，理智屈从于情欲，理智的力量在肉体的热情中泯灭。

她抬起了胳臂抱住了他的脖子，而他的双臂痉挛地抱住了她的后背。他低下了头，用自己的嘴探寻着她的嘴，找到了。她的嘴不再是一种有害的、留在记忆中的不愉快的东西，而是真真切切的。她那搂着他的双臂就好像无法忍受他离去似的。她那样子仿佛连骨头都酥了。她就像沉沉黑夜那样神秘莫测，纠缠着回忆和愿望、不愉快的回忆和不愉快的愿望。这些年来他一定是渴望着这个，渴望着得到她的；他一定是在竭力否认她的力量，竭力不把她当作女人来想的！

是他把她抱到床上的，还是他们走过去的？他想，一定是他把她抱过去的，不过他不敢肯定。只是她已经在床上，他也在床上了。她的皮肤在他的手下，他的皮肤在她的手下。哦，上帝！我的梅吉，我的梅吉！他们怎么能把我培养得只会从幼稚的观点来看待你，把你看成是神圣不可侵犯的东西？

时间不再以时、分、秒来计算了，而是开始从他的身边漂流而去，直到它变得毫无意义，天地间只剩下了一种比真正的时间更为真实的深沉的尺度。他能感觉到她，然而他并没有感到她是另外一个实体。他想使她最终并永远成为他自己的一部分，成为他身上的一种嫁接物，而不是一种总让人觉得她是独立存在的共生物。从此，他再也不能说他不知道那隆起的乳房、小腹和臀部，以及那肌肉的褶皱和其间的缝隙是什么滋味了。确实，她被创造出来是为了他的，因为他也是为了她而创造出来的。16年来，他左右着她，塑造着她，而根本没有想到他是在这样做，更没有想到他为什么要这样做。他忘记了他曾经放弃了她，而另外一个男人却把结局给予了她，这个结局本来是由他开头，并且是为了他自己，一直就打算由他自己来品尝这结局的。她是他垮台的根源，是他的玫瑰花，是他的创造物。这是一场梦，他情愿永远不从这梦境中醒过来。只要他是个男人，具有一个男人的身体，就情愿永远也不醒过来。**哦，亲爱的上帝啊！我知道了，我知道了！**我知道为什么在她已经长大成人，再也不是一种理想和一个孩子的时候，我还长时间地把她当成一种理想和孩子。但为什么非得到这步田地才悟到此理呢？

这是因为，他认为他的目的至少**不是**成为一个男人。他的目的不是一个男人，永远不是一个男人；而是某种伟大得多的东西，某种超乎仅仅成为一个男人的命运的东西。然而，他的命运毕竟在这里，在他的手下，浑身微微颤抖着，燃起了熊熊情焰。**一个男人，永远是一个男人。**老天爷啊，你就不能使我免遭这种命运吗？我是一个男人，永远成不了神。生活在人世间去追求神性，这不过是一种幻觉。我们这些教士都渴慕成仙得道吗？我们断然弃绝了一种无可辩驳地证明我们是男人的行为。

他用胳臂搂着她的头，用充满泪水的眼睛望着那平静的、微微发亮的脸庞，望着她那赛似玫瑰花苞的嘴，微微地张着，气喘吁吁，无法抑制地发出了惊喜的“哦哦”声。她的胳臂和腿绕在他的身上，就像是把他和她缚在一起的有生命力的绳索，柔滑、壮健，使他神荡魂摇。他把下巴放在她的肩膀上，他的面颊贴着她那柔软的面颊，沉浸在一个男人在与命运搏斗时那种令人发狂而又气恼的紧张状态之中。他的脑子感到眩晕、颓丧，变成了一团漆黑，失去了光明。因为有那么片刻，他好像置身于阳光下，随后那光辉渐趋暗淡，变成了灰色，终于消失了。他成为了一个男人，就无法再成为其他了。但这并不是痛苦的根源。痛苦在于最后的那一刻，那有限的一刻，在于寂然而凄凉地认识到：这种痴迷狂喜正在消逝。他不忍心放开她，现在，在他占有她的时候不忍放开她。他是为了自己才造就她的。于是，他紧紧地抱着她，就像一个在荒凉的海中溺水的人紧紧抱住了一根残桅断桁似的。过了一会儿，在一次相类似的、迅速到来的高潮中，他的情绪又活跃高涨起来，再次屈服于那谜一般的命运。这是男人的命运。

什么是睡眠？梅吉不知道。是一种生活中的幸事，一种暂息吗？是一种死的模仿吗？是一种必不可少的讨厌事吗？不管它是什么，反正抵挡不住，睡着了。他躺在那里，胳膊搭在她的身上，头靠在她的肩膀上。他甚至睡着了还在占有着。她也疲倦了，但是她不愿意让自己睡着。不知怎的，她觉得，她一旦放松了对自己意识的控制，那么当她再度恢复这种意识的时候，他就会从她的意识中消失。只有等他醒来，那寡言的、美丽的嘴首先说几句话之后，她才能入睡。他会对她说什么呢？他会后悔吗？她给他的快乐能抵得过他所丢弃的东西吗？这么多年了，他和这种快乐搏斗着，也让她和他一起搏斗。她几乎无法使自己相信，他到底屈服了。但是，由于今天这一夜，以及由于他长期拒绝她的局面已不复存在而产生的痛苦，他还是有些话会讲的。

她幸福极了，比经历了记忆中的任何乐事都要感到幸福。从他把她从门边拉回来的那一刻起，事情就变成了一种富于诗意的身体接触，就变成了一种胳臂、手、皮肤的纯粹快乐的举动了。我生来就是为他的，只为他……这就是为什么我对卢克如此情淡意薄！事实证明，由于他在她的身体上突破了忍耐力的界限，她所能够想到的就是，她要把一切都给他。这对她来说比生命还重要。他决不会后悔的，决不会的。哦，他的痛苦！有几次她似乎确确实实地体会到了这种痛苦，就好像这痛苦是她自己的一样，而这也是她快乐的源泉。他的痛苦中有着某种公正的报应。

他醒来了。她低头望着他的眼睛，看到在那蓝色的眼睛中爱情依然如故。自从孩提时代起这种爱就温暖着她，给她以意志力量。他的眼光中还有一种深深的、隐约可见的疲倦。这不是身体的疲倦，而是灵魂的疲倦。

他正在想，在他一生中，还从来没有醒来时看到有另一个人睡在同一张床上。从某种意义上来说，这比先前的性行为更使他感到亲切，着意地表明了和她感情上的联系，表明了和她的依恋。就像充满了大海气味的轻盈而漂渺的空气，就像阳光普照下的花草树木，如此令人心醉。有那么一阵子，他就像插上了一对各不相同的奔放不羁的翅膀在翱翔着：一个翅膀是由于放弃了与她搏斗的戒律后产生的宽慰，另一个翅膀是放弃了这场长期而又令人难以置信的该死的战斗之后的平静。他发现投降比打仗要甜美得多。啊，可是我和你恶战过一场呀，我的梅吉！然而，最终我必须粘在一起的不是你的碎片，而是我自己那被割裂的整体。

你卷进了我的生活中，向我表明：一个像我这样的教士的骄傲是多么虚假，多么自以为是。我像金星那样渴望升到只有上帝才能存在的地方去，也像金星一样落下来了。在玛丽·卡森面前，我保持了纯洁、服从，甚至穷困。但是，在今天早晨之前，我根本不懂得什么是谦卑。仁慈的上帝啊，要是她对我毫无意义，也许还容易忍受。可是，我有时觉得我爱她远胜过爱你。这就是你惩罚的一部分。我从来没怀疑过她，而你呢？不过是一个骗局，一个幽灵，一个玩笑。我怎能爱一个玩笑呢？然而我却爱了。

“要是我能打起精神的话，我要去游个泳，然后做早饭。”他特别想说点什么话，于是便说道。他觉得她贴在他的胸前笑了。

“只管游泳吧，我来做早饭。在这里什么都不用穿，谁也不会来的。”

“真是个天堂！”他两腿一转，离开了床。他站了起来，伸了伸四肢，“这是一个美丽的清晨，我不知道这是不是个好兆头。”

只是因为他离开了床，她已经油然而生别离的痛苦了。当他向对着海滩的门走去，走到了外面，又停了一下的时候，她躺在那里望着他。他转过身来，伸出了一只手。

“跟我来吗？咱们可以一块儿吃早饭。”

涨潮了，礁石已经被淹没，初升的太阳很热，但吹个不停的海风却十分凉爽。草叶低垂在渐次消失的、已经看不出是沙滩的沙子上，在那里，螃蟹和昆虫匆匆忙忙地寻觅着食物。

“我觉得，以前我仿佛从来没有看到过世界似的。”他注目前方，说道。

梅吉抓住了他的手。她产生了一个念头，发现阳光普照下的一切比夜色中朦胧的现实世界更为莫测。她的眼睛停在了他的身上，感到很痛苦；心情不一样的时候，世界也显得不一样了。

于是，她说道：“以前的世界不是咱们的世界。你说呢？这才是咱们的世界，只要它持续下去。”

“卢克是个什么样的人？”吃早饭的时候，他问道。

她偏着头，考虑了一下。“外表不像我以前想的那样和你那么相似。那些日子我特别怀念你，还没有习惯没有你的日子。我相信，我嫁给他是由于他使我想起了你。不管怎么样，我当时打定主意要嫁给某个人，而他比别人都要强。我并不是指这个人有价值，长得漂亮，或其他任何一种女人们认为应该在丈夫身上发现的令人满意的东西。从某种意义上来说，我很难确认什么。我能够确认的也许就是他长得很像你。他也不需要女人。”

他的脸抽动了一下。“梅吉，你是这样看我的吗？”

“我想是这样的吧。我永远也不会明白为什么会这样，但是我是这样想的。在卢克和你的身上有一种共同的东西，认为需要女人是软弱的表现。我指的不是一起睡觉，我是说需要，真正的需要。”

“就算承认这一点，那你还想得到我们吗？”

她耸了耸肩，略带着几分怜悯地笑了笑。“哦，拉尔夫！我并不是说那是无足轻重的，那当然会使我感到很不幸，可事情就是这样。我是个傻瓜，在无法根除你们这种想法的时候，我却偏偏空耗心思，试图去根除。我最好的办法是利用这种弱点，而不是无视它的存在。因为我也有愿望和需要。表面上看，我想得到和需要像你和卢克这样的人，或许我本不该像现在这样在你们两个人身上消耗我自己。我本来应该嫁给一个像爸爸那样好心、厚道、朴实的人，嫁给一个确实想得到我，并且需要我的人。但是我想，每一个男人的身上都有一种参孙[①]的特点。在你和卢克这样的男人身上也有这种特点，只不过在你们的身上显得更突出。”

他似乎一点儿也没有感到受了凌辱。他微笑着。“聪明的梅吉！”

“这不是什么聪明智慧，拉尔夫，不过是一般的情理罢了。我根本不是一个十分聪明的人，这你是了解的。可是，看看我的哥哥们吧。我觉得他们可能不会结婚，甚至找不到女朋友。他们腼腆得厉害，他们害怕女人的威力会凌驾于他们之上，而且他们是一心一意关心妈妈的。”

光阴飞逝，日夜更迭。甚至连夏日的瓢泼大雨也是美好的。不管是裸体在雨中漫步还是倾听雨打铁皮屋顶的声音，夏雨也像阳光

①《圣经》中的人物，以身强力壮而著称。

一样充满了温暖的爱抚。在乌云遮日的时候，他们也去散步，浪迹海滩，戏水作乐，他正在教她游泳呢。

有时，当他不知道他在被别人注视着的时候，梅吉就望着他，竭力想把他的面容深深地铭刻在她的脑子里。因为她想起，不管她如何爱弗兰克，但随着岁月的流逝，他的形象，他的容貌已经漫漶不清了。这里是他的眼睛、鼻子、嘴、黑发上那令人吃惊的霜鬓，高大硬朗的身体，那身体依然保持着年轻人的颀长、肌肉紧绷，然而却稍有些僵硬，不那么灵活了。他转过身来，发现她在注视着他，他的眼睛里便带着一种难以解脱的悲伤，这是一种在劫难逃的神态。她理解这含蓄的信息，或者说，她认为她能理解。他必须离去了，回到教会和他的职务上去了。也许，他的人生态度再也不会依然如故，但是对他更有用了，因为只有那些曾经失足堕落的人才明了荣枯兴衰之道。

一天，他们躺在海滩上。西沉的落日将海水染成了一片血红，珊瑚沙蒙上了一派迷离的黄色。他转向了她。

“梅吉，我从来没有这样幸福过，或者说，从来没有这样不幸过。”

“我明白，拉尔夫。”

“我相信你是明白的。这就是我为什么爱你的缘由吗？梅吉，你并没想怎么太脱离常规，然而你又完全非同一般。以前那些年我意识到这一点了吗？我想，我一定是意识到了。瞧我那种对金红色头发的迷恋吧！我很少知道它将把我引到什么地方去。我爱你，梅吉。”

“你要走了吗？”

“明天，必须走。在不到一个星期的时间里，我的船将驶向热那亚[1]了。”

---

① 意大利一海港城市。

“热那亚？”

“实际上是去罗马。要待很久，也许是我的后半生。我不敢说。”

“别担心，拉尔夫，我会让你走，不会有任何大惊小怪的，我的时间也快到了。我将要离开卢克，回家，回德罗海达去。”

“啊，亲爱的，不是因为这个，因为我吧？”

“不，当然不是，”她说了谎，“你来以前我就打定主意了。卢克不想得到我，不需要我。他一点儿也不会想我的。但是我需要一个家，一个我自己的天地。现在我想，德罗海达将永远是这样的地方。在我当管家妇的家里，对朱丝婷的成长是不适合的，尽管我知道安妮和路迪并不把我当作女管家来看待。但是我会这样想的。而且等朱丝婷长大，懂得她没有一个正常的家时，她也会这样想的。从某种意义上来说，她将永远不会喜爱那种生活，但我要为她尽我所能。所以，我要回德罗海达去。”

“我会给你写信的，梅吉。”

“不，不要写信。你认为有过这番经历之后，我还需要信吗？在我们之间，我不需要任何可能落到无耻之徒手中的、能危及你的东西。因此，不要写信。要是你能来澳大利亚的话，到德罗海达一访是自然的、寻常的事，不过我要提醒你，拉尔夫，在你这样做之前要三思而后行。世界上只有在两个地方，你是属于我的，胜过于上帝——在这里，麦特劳克和德罗海达。”

他把她拉到了自己的怀中，搂着她，遍吻着她那鲜亮的头发。“我由衷地希望我能娶你，再也不和你分开。我不想离开你……从某种意义上来说，我永远也不能再摆脱你了。我要是没有到麦特劳克来就好了。但是我们已经无法改变我们现在的关系，也许还是这样好。我了解了我自身的许多东西。要是我没有来的话，恐怕我永远不会了解，或面对它的。对付已知的总是比对付未知的要好。我爱你，以前一直是这样的，将来也永远是这样，记住这话吧。”

罗布先生自从把拉尔夫带到这儿以来，第一次出现在这里。在他们依依惜别的时候，他耐心地等待着。显然，他们不是一对新婚夫妇，因为他比她来得晚，又去得早。也不是不正当的情人。他们已经结了婚。这情况已经全都表现得一清二楚。不过，他们相爱甚深，确实爱得深。就像他和他的女主人。年龄相差大，但却是一桩美满的婚姻。

“再见，梅吉。”

“再见，拉尔夫，注意自己的身子。”

“我会的，你也要注意。”

他低头吻着她。尽管她已经下定了决心，可还是紧紧地依偎着他，但是当他拉开她搂他脖子的手之后，她便把手死死地放在背后，并且一直放在那里。

他走进了汽车，在罗布掉转车头的时候，他坐在那里，随后，便透过挡风玻璃凝望着前方，一次也没有回头望她。罗布想，能够这样做的人真是少有的男子汉，连一句动听迷人的话都没听他说。他们默默无言地穿过了瓢泼大雨，终于来到麦特劳克的海边，上了栈桥。当他们握手的时候，罗布望着他的脸，感到十分惊讶。他从来没有见过如此富于男子气、如此悲伤的眼神。冷漠之情永远从拉尔夫大主教的眼神中消失了。

当梅吉返回黑米尔霍克的时候，安妮马上就明白，她将要失去梅吉了。是的，同样还是这个梅吉——可不知怎么回事，她变得好得多了。不管拉尔夫大主教在去麦特劳克之前是怎样在心里下定决心的，但是，在麦特劳克，事情终究是按着梅吉的愿望而不是按着他的愿望发展的。在时间方面，亦是如此。

她把朱丝婷抱在自己的怀中，仿佛她现在才理解生育朱丝婷意味着什么。她微笑着站在那里，一边环视着房间，一边摇晃着那小东西。她的眼睛碰上了安妮的眼睛，显得生机盎然，闪着热情的光芒，使安妮觉得自己的眼睛也由于同样的快乐而充满了泪水。

“我对你真是感激不尽，安妮。”

“呸，感激什么？”

“感激你送去了拉尔夫。你一定知道，那样就意味着我将要离开卢克了，所以我才这样感激你，亲爱的。哦，你没有想到这样做会使我怎样吧！你知道，我本来已经打定主意和卢克过下去了。现在，我要回德罗海达，再也不离开那里了。”

“我真不愿意看到你走，尤其不愿意看到朱丝婷走。可是我为你们俩高兴，梅吉。卢克除了给你不幸之外，什么都不会给你的。”

“你知道他在哪儿吗？”

“他从殖民制糖公司回来过。现在正在因盖姆附近割甘蔗。”

“我得去看他，告诉他。而且，尽管我很厌恶这个想法，但还是要和他一起睡觉。”

“什么？”

那双眼睛在灼灼闪光。“不来月经已经有两个星期了，我的月经向来都很准的。那次月经不来，我就生了朱丝婷。我怀孕了，安妮，我知道我是怎么回事！”

“我的上帝！”安妮目瞪口呆地望着梅吉，好像以前从来没看透过她似的。也许，她就是没有看透过梅吉。她舔了舔嘴唇，结结巴巴地说：“这可能是一场虚惊。”

但是梅吉自信地摇了摇头。“哦，不会的。我怀孕了。有些事情人们心里偏偏十分有底。”

“要是你有身孕，那可是遭罪了。”她讷讷地说。

“哦，安妮，别糊涂啦！难道你不明白这意味着什么吗？我永远不会得到拉尔夫的，我一直就很清楚，我永远得不到拉尔夫。可是，我得到了，得到了！”她大笑着，紧紧地抱着朱丝婷，安妮真害怕那孩子会叫起来，但奇怪的是，她没有叫。“我已经得到了教会决不会从拉尔夫身上得到的那部分东西，他的这一部分会一代一代地延续下去。通过我，他将继续活下去，因为我知道那将是一个儿子！而那个儿子还会有儿子，他们也将有儿子——我将战胜上帝。我从10岁的时候起，就爱拉尔夫，要是我能活到100岁的话，我依然爱他。但他不是我的，可他的孩子是我的、我的，安妮，我的！”

“哦，梅吉！”安妮无可奈何地说道。

那激情和亢奋过去了。她又变回那个熟悉的梅吉了，沉静、温柔，但却隐隐地显出一丝铁一般坚定的神态和承担许多不幸的能力。现在，安妮小心地走动着，心里才对她把拉尔夫·德·布里克萨特送到麦特劳克岛这件事感到惊讶。有谁能把这个局面扭转过来呢？安妮认为这是不可能的。事情一定本来就是存在的，它隐藏得这样好，绝难让人起疑。梅吉身上有的远不只是隐隐约约的一丝铁一般的坚定，她通体是钢铸的。

“梅吉，要是你全心全意地爱我，能替我记住一些事情吗？”

那双灰眼睛的眼角皱了起来。“我会尽力而为的！”

“这些年来，在我读完了自己的书之后，也把路迪那些大部头的书基本上浏览过了。尤其是那些记载着古希腊传说的书，因为它们使我着迷。人们说，希腊人有一种能描述一切的语言，没有一种人类的处境希腊人没有描述过。”

“我知道。路迪的书我也看过一些。”

“那你不记得了吗？希腊人说，众神认为不可理喻地爱某个东西，是一种有违常情的事。你记得吗？他们说，当有人这样爱的时候，众神就会变得嫉妒起来，而且会在这爱的对象开出怒放的花朵时，将它摧折。梅吉，这里面有一种教训。爱得太深，是亵渎神明的。”

“亵渎神明，安妮，这话说在点子上了！我不会亵渎神明地去爱拉尔夫的孩子的，而是以圣母那样的纯洁去爱他。”

安妮那双棕色的眼睛显得十分凄切。啊，但她的爱是那样纯洁吗？她爱的对象[①]在他风华正茂的时候被杀死了，不是吗？

梅吉把朱丝婷放进了摇床。“是那么回事。拉尔夫我得不到，我能得到他的孩子。我觉得……哦，就好像我的一生有了目的，这三年半来真是糟心透了。我当时已经开始认为我的生活没有目标了。”她果断地粲然一笑，“我要尽一切可能保护这孩子，不管我要付出多高的代价。首要的事情就是，任何人，包括卢克在内，都没有权利来怀疑他是我唯一有权给他取名字的人。和卢克睡觉的想法使我恶心，但我会去这样做的。倘若能有助于这孩子，我宁愿和魔鬼睡觉。然后，我将回家去，回德罗海达，并且希望我再也别见到卢克。”她从摇床边转过身来，“你和路迪会去看我们吗？德罗海达总是为朋友们敞开大门的。”

“一年去一次，只要我们活着，你就能每年见到我们的。我和路迪想看着朱丝婷长大。”

当小火车摇摇晃晃、颠簸着行驶在通往因盖姆的迢迢路程上的时候，只有拉尔夫的孩子这个念头才使梅吉没有丧失勇气。她深信此行若不是为了新生活，再与卢克同睡一张床对她来说真是罪莫大焉。但是，为了拉尔夫的孩子，她确实愿意和魔鬼打交道。

从实际可行的观点来看，这也不是件容易的事，这她是明白的。但是，她已经就自己能够预见到的情况制订了自己的计划。说来也真奇怪，她还得到了路迪的帮助。要对他瞒得严严实实是不可能的，他十分精明，况且安妮又十分信任他。他悲伤地望着梅吉，摇着头，随后便向她出了一些极高明的主意。当然，安妮没有提起她此行的

---

① 指圣子耶稣，他是圣母的独子。

真实目的。但是，他就像大多数博览群书的人那样能熟练地进行推理。

“在卢克割完甘蔗，筋疲力尽的时候，你不能告诉他你打算离开他，”路迪体贴地说道，“假如你在他情绪好的时候告诉他要好得多，对吗？最好是在他值周做饭的那个星期六晚上或星期日见他。据传闻，卢克在割甘蔗的那伙人里是最好的厨师——他还是在干低级剪毛工的时候学会做饭的，剪毛工们吃饭要比砍蔗工挑剔。你知道，这就是说做饭不会使他发愁。他也许会发现这就像伐木一样容易。那时，你就会成功，梅吉。当他在工棚厨房干了一个星期之后，真正感到愉快的时候，你再随随便便地把这个消息告诉他。”

看来，梅吉早就不再是个动不动就脸红的人了。她镇静地望着路迪，连脸皮都没红一红。

“路迪，你能打听到哪个星期轮到卢克做饭吗？要是你们打听不到，我还有什么办法可以打听到？”

“哦，没问题，”他快活地说道，“我在那里有耳目，梅吉，我会打听到的。”

当梅吉在外表看起来最体面的因盖姆旅馆里登完记以后，已经是星期日那天的下午了。所有的北昆士兰城镇有一件事是很出名的：每一个街区的四角都有客店。她把她的小箱子放进了自己的房间里，然后又循原路回到了那间不惹人喜欢的门厅，找到了一部电话。旅店里有一个参加热身赛的橄榄球队，走道中全是光着膀子、喝得醉醺醺的运动员。他们在她身前身后喝着彩，充满感情地拍拍打打，显然是冲着她的。还没等用上电话，她已经吓得直发抖了。这场冒险中的每一件事似乎都是一个严峻的考验。在这片喧声闹语和近在眼前的醉醺醺的面孔中，她努力地叫着布朗农场，卢克那伙人就在这个农场里割甘蔗。她请求转告卢克，他的妻子在因盖姆，想要见他。老板看她感到害怕，便陪着她走回了她的房间，并且等在那里，直到听见她转动钥匙，打开了自己的房门。

梅吉靠在门上，松了一口气，身上直发软。即使这就意味着在回到邓尼之前不能再吃到东西的话，她也不愿冒险到餐厅去了。很幸运，旅店老板正好把她安排在女浴室的隔壁，因此，如果有必要的话，她是能走完这段路程的。在她认为她的两腿足以支撑她的时候，便摇摇晃晃地走到床边，坐在了床上。她低着头，看着自己那颤抖着的双手。

一路上，她都在想着把这件事办成的最好的办法，她心中的一切都在呼唤着，快些，快些！到黑米尔霍克定居之前，她从来没有读到过描写勾引人的书。即使是现在，已经读过了一些详细的描写，她对自己这样做的能力依然没有把握。但是，她不得不这样做，她知道，一旦她开始和卢克说话，一切就会结束。她的舌头渴望把她对他的真实看法告诉他。但比这更重要的是，带着拉尔夫的孩子返回德罗海达的愿望会使她谨慎地咽下她的话。

闷热的、甜腻腻的空气使她发抖，她脱去了衣服，躺在床上，闭上了眼睛，希望除了想使拉尔夫的孩子安全而将要耍的手腕之外，什么都不想。

当卢克在9点钟独自一人走进旅馆的时候，那些橄榄球运动员根本就没让他感到担忧。大部分运动员已经喝得不省人事了，少数几个还能用腿站住的人，除了他们的啤酒杯，什么事都注意不到。

路迪讲得对极了，在一个星期的炊事工作结束之后，卢克正在休息，极想改变一下生活，浑身上下，一团和气。当布朗的小儿子带着梅吉的口信到工棚去的时候，他正在洗着最后一顿晚餐的碟子，打算骑自行车到因盖姆去，和阿恩以及每星期日晚上定期欢饮的伙伴们会面。和梅吉见面正是一个令人惬意的改变。从在艾瑟顿高原度假以来，他发现自己偶尔会想她，只是因为他害怕引起她哭诉什么咱们安个自己的家之类的话头，才使他每次到邓尼附近时，总是躲开黑米尔霍克的。可现在她自己找他来了，而他也一点儿都不反对同床过一夜。于是，他急急忙忙地洗完了盘子。他蹬着自行车出去不到半英里，就有幸地搭上了一辆卡车。可是，当他从搭乘的车上下来，骑着自行车走过三条街区，往梅吉落脚的地方赶去的时候，他原来的某种指望都落空了，所有的药店都打烊了，而他身边没有避孕套。他停了下来，盯着一个满是带着斑斑点点的巧克力和死绿头蝇的橱窗，随后耸了耸肩。哦，他必须抓住机会，那也就是今晚了。要是弄出孩子的话，那这次一定走运，会是个男孩的。

梅吉听到他的敲门声时，紧张地跳了起来。

“谁？”她问道。

“卢克。”传来了他的声音。

她转动着钥匙，把门开了一个小缝，当卢克将门推大时，她躲在了门后。在他进来的一刹那，她砰地关上了门，站在那里望着他，他也望着她，望着她那已经变大、变圆，比以往更加诱人的乳房，那乳头不再是浅粉色的了，而是由于怀了孩子，变成了紫红色。如果他需要刺激的话，它们是绰绰有余的。他伸手把她抱了起来，抱到了床上。

一直到天色大亮，她也没说一个字，尽管她的神色欢迎他把自己渴望的情绪弄到了以前他未曾体味过的狂热的程度。现在，她躺在那里，往旁边移了移，令人莫名其妙地离开了他。

他舒舒服服地伸着懒腰，打着哈欠，清了清嗓子：“梅格，什么事使你到因盖姆来的？”

她转过头来，那双充满了蔑视的大眼睛在凝视着他。

“喂，是什么事使你到这儿来的？”他着恼地重复道。

没有回答，只有那镇静而锐利的凝视，好像她不屑于回答似的。经过这一夜之后，这种表情委实荒谬。

她微笑着，张开了嘴唇。“我是来告诉你，我要回家，回德罗海达去。”她说道。

有那么片刻，他不相信她的话，随后，他贴近了她的脸，发现她的话殆非虚言。“为什么？”他问道。

“我告诉过你，要是你不把我带到悉尼去的话，会发生什么事情的。”她说道。

他的惊愕之态是真真切切的。“可是，梅格！那是18个月之前的夸张说法呀！而且我让你度过假了，在艾瑟顿阔阔气气地过了他妈的四个星期！除此之外，我花不起钱带你去悉尼呀！”

“从那时起，你已经去过两次悉尼了，两次都没带我去，”她固执地说道，“第一次我可以理解，因为我正怀着朱丝婷，但老天爷知道，自从去年1月的雨季以来，我是可以出去度假的。”

“哦，基督啊！”

“卢克，你是个什么样的小气鬼呀，”她温和地说道，“你从我这里拿去了完全属于我的20 000镑钱，可是你却舍不得花上区区几镑钱带我去悉尼。你和你的钱！你叫我恶心。”

“我没有碰那笔钱，”他无力地说道，“钱全在，一分都没动，反而多出来了。”

“是的，很对，放在银行里，在那里总会这样的。你根本就没打算花它，对吧？你打算崇拜它，就像崇拜一头金牛。承认吧，卢克，你是个守财奴。在这笔交易中你真是个不可原谅的白痴！你用连对待两条狗都不如的办法来对待你的妻子和女儿，无视她们的存在，更不要说她们的需要了！你这个自鸣得意、自高自大、自私自利的坏种！”

他脸色煞白，颤抖着，想从肚子里搜出些话来，尤其是经过昨夜之后，遭到梅格这样的攻击就像被一只苍蝇噎得要死过去似的。她那不公正的谴责使他感到震惊，但是他似乎束手无策，没法使她理解他动机的纯正。她一个女流之辈只看得见表面的东西，就是不能欣赏在这一切背后的宏伟蓝图。

于是，他说道："哦，梅格。"声音里充满了惶惑、绝望、屈从。"我从来没有亏待过你，"他补充道，"是的，从来没！谁也不能说我对你冷酷无情。谁也不能！你吃得饱，头上有屋顶蔽身，你昨晚还很有激情呢——"

"哦，是的，"她打断了他的话，"在这件事上我能赞同你。我从来没这么有激情。"她摇摇头，大笑起来，"这有什么用？就像是在对牛弹琴。"

"我也许会说同样的话。"

"当然可以。"梅吉下了床，穿上了她的紧身短裤，冷冷地说道。"我不打算和你离婚，"她说，"我不想再结婚了。要是你想离婚的话，你知道去哪儿找我。严格地根据法律来讲，我也是个有过错的人，对吗？我遗弃了你——至少这个国家的法院会这样看的。你和法官可以互相倾吐女人背叛和忘恩负义的苦水。"

"我从来没有遗弃你。"他坚持着。

"卢克，你可以拿着我的 20 000 镑。但是，其他的钱你一分也休想拿到，我将来的进项将用来养朱丝婷，也许还有另外一个孩子，假如我有幸的话。"

"原来如此！"他说道，"说来说去你是想再要一个该死的孩子，是吗？这就是你为什么要到这儿来——要向我做最后的告别，要从我这里得到一个最后的小礼物，然后带回德罗海达去！另一个该死的孩子，这不是**我**的意思！绝不是我的意思，对吗？对你来说，我不过是个种人罢了！基督啊，这是什么样的欺骗！"

"大多数男人都在欺骗女人，"她毫不留情地说道，"你对我说出了最糟糕的话，卢克，它的严重性你永远不会理解的。高兴起来吧！过去的三年半里，我给你挣的钱比你砍甘蔗挣的还要多。假如再有一个孩子的话，和你毫无利害关系。就是在眼下，我也绝不想再看到你，只要我活着，就不想看到你。”

她穿上了衣服。当她拎起放在门边的手提包和小箱子的时候，她转过身来，手握着门把。

“卢克，我给你一点儿忠告吧。在你老得再也割不动甘蔗的时候，给你自己再另找个女人吧，你太贪得无厌了。你的嘴张得太大，就像吞下一条大蟒似的整个地吞下了一个女人。唾液还能忍受，但别流得像洪水那么多。”她刻毒地张开手捂在嘴上，“你使我想呕吐！卢克·奥尼尔，了不起的人是我！你一钱不值！”

她走了以后，他坐在床边上，呆呆地盯了半天那关上的门。随后，他耸了耸肩，开始穿衣服。在北昆士兰，穿衣服用不了多大工夫，只是一条短裤而已。要是他着急的话，他可以乘阿恩和伙计们的车回工棚去。好心的老阿恩，亲爱的老伙计。一个男人就是一个傻瓜。性生活是一回事，可男伴完全是另外一回事。

第五部

1938—1953

菲

Five

1938—1953

Fee

14

梅吉不希望任何人知道她回来了。她和老布鲁伊·威廉姆斯一起坐着邮政卡车向德罗海达而来，朱丝婷睡在她座位旁的一个篮子里。布鲁伊见到她十分高兴，急于想知道她在过去的四年中都做了些什么。但是，当他们接近庄园的时候，他陷入了沉默，推想她一定是希望安安静静地回家。

又回到了棕色和白色之中，回到了尘土之中，回到了北昆士兰如此缺乏的令人惊叹的纯洁和闲适之中。这里没有恣意横生的植物，再也用不着耗神费力、手脚不停地收拾房间了。这里只有像灿烂的星空一样缓慢转动的老一套的生活。袋鼠比以往更多了。还有那可爱、匀称的小芸香树，如此丰满、安详，几乎显得忸怩。卡车上空的粉翅鹦鹉在喧闹着，翅膀下露出一片粉红色。鸸鹋在飞奔着。兔子连蹦带跳地从路上跑开，身后蹬起一团白土烟。褪了色的死树干兀立在草原中。森林的蜃景滞留在远方弧形的地平线上，它们是从迪班-迪班平原上折射过来的，只有那森林底部飘忽不定的蓝影才说明它们并非真景。乌鸦凄凉地、令人焦虑地聒噪着，她突然发觉这久违的声音是她日思夜想的，但自己之前从未意识到。干燥秋风卷起的朦胧尘雾像是在下着一场暴雨，而这片草原，大西北银灰色草原就像在感谢天恩似的逶迤直接天穹。

德罗海达，德罗海达！魔鬼桉和懒洋洋的、高大的胡椒树上，翻飞着嗡嗡叫的蜜蜂。畜牧围场和乳黄色砂岩的建筑依然如故，迥然一色的绿草坪围绕着大宅。花园里盛开着秋天的花卉，香罗兰和百日草，紫菀和大丽花，金盏草和金盏花、菊花、月季花、玫瑰花。史密斯太太目瞪口呆地站在砾石面的后院里，随后，她便大笑着喊了起来。明妮和凯特跑了过来。有力的胳膊拥着她，就像链条缠绕着她的心。德罗海达是家，这里就是她的心脏，永远是。

菲走出来看看她们为什么在这里大惊小怪。

“嗨，妈。我回来了。”

那灰色的眼睛神色未变，但是梅吉从她的眼神里仍然可以看出，妈妈是感到高兴的，只不过她不知该怎么表达出来而已。

“你离开卢克了？”菲问道，觉得这是理所当然的事。这才使史密斯太太和女仆们发觉她是孑然一身回来的。

“是的。我再也不会回到他身边去了。他不想要一个家，不想要他的孩子们或我。”

“孩子们？”

“是的。我又要生另一个孩子了。”

仆人们发出了一片噢噢哟哟之声。菲用那审慎的声音说出了她的看法，把高兴压在心底。

“要是他不想要你，那你回家来是正确的。在这儿我们会照顾你的。”

这是她旧日的房间，能眺望家内圈地和花园。新婴儿生下来以后，将和朱丝婷住在隔壁的房间里。哦，在家里多好啊！

鲍勃见到她也很高兴。他越来越像爸了，变成了一个有点驼背、肌肉发达的人，好像太阳把他的皮肤和骨头都烤出了颜色。他也同样有一种温和的力量，但也许是由于他从来也没有当过一个大家的长者，因此缺乏爸爸那种慈父的风度。而且，他也像菲。沉静，富于自制力，感情不形于色，见解不闻于声。梅吉猛然间惊讶地想到，他已经三十过半了，仍然没有成婚。随后，杰克和休吉也回来了，他们俩就像和鲍勃从一个模子里刻出来的，但没有他那种权威。他们用腼腆的微笑欢迎梅吉回家。她想，一定是这样的，他们太腼腆了，这是大地的性格，因为大地不需要感情的表达或社交的风度。它需要他们给予的，就只是默默无言的爱和全心全意的忠顺。

这天晚上，克利里家的男人全都待在家里，卸那辆詹斯和帕西在基里装上了玉米的卡车。

“梅吉，我从来没见过这么旱的天，”鲍勃说道，“两年没下雨了，一滴都没下。兔子的祸害比袋鼠还严重，它们吃的草比绵羊和袋鼠加在一起还多。我们想试着人工喂养，可你知道绵羊是怎么回事。”

梅吉最了解的就是绵羊。它们是一群白痴，连理解生存基本之道的能力都没有。这些带毛的贵族老爷在繁殖选育中完全被培养成了一种智力低下、平平庸庸的牲畜。除了草或从它们天生的环境中割来的灌木以外，绵羊什么都不吃。但是，这里偏偏没有足够的人手去割灌木来满足上十万只绵羊的需求。

“我可以派上用场吧？”她问道。

“可以呀！梅吉，要是你还像以前那样骑马在内围场干活的话，就可以多一个男人去割灌木了。”

正如双生子所言，他们永远不离开家了。14 岁的时候，他们永远离开了里弗缪学院，那时，他们还不能以足够的速度跑过这片黑壤平原呢。他们的相貌已经像青少年时代的鲍勃、杰克和休吉了。老派的斜纹布和法兰绒衣服已逐渐被大西北牧场主的服装替代：白色的厚毛头斜纹棉腰布，白衬衫，宽边的平顶灰毡帽，平跟的半腰松紧帮马靴。只有那一小撮住在基里棚屋区的土著居民才模仿美国西部的牛仔，穿着流行一时的高跟靴，戴着斯特森帽[①]。对一个黑壤

① 一种年拉着宽帽檐，帽顶很高的帽子。

平原的人来说，这身打扮是一种无用的装腔作势，是异域文化的一部分。一个人穿着高跟靴是无法穿过灌木丛的，而他却不得不常常穿过灌木丛，而一个斯特森帽又太热、太沉了。

栗色牝马和黑阉马已经死了，马厩里空空如也。梅吉坚持说，她骑一匹牧羊马也很好，可鲍勃还是到马丁·金的牧场去为她买了两匹有部分纯种血统的役用马——一匹是黑鬃黑尾的米色牝马，一匹是长腿的栗色阉马。由于某种原因，失去了那匹栗色老牝马对梅吉的打击比她和拉尔夫的分手还要大。这是一种滞后反应，栗色牝马的死似乎使他已离去的事实显得更为揪心。但是，再次到围场上去，骑马带狗，吸着被咩咩叫的羊群踏起的灰尘，望着飞鸟、天空和大地，这真是太好了。

天干旱得厉害。在梅吉的记忆中，德罗海达的草地总是能设法挺过每次干旱的，但这次就不同了。现在，草地显得斑斑驳驳，在一丛一簇的草之间露出了黑色的地面。地面上网着细密的裂纹，就像是一张张干渴的嘴。弄到这步田地是兔子的过错。她不在的四年中，它们突然在一年之中大量地繁殖了起来，尽管她认为在这之前，它们就已成了一大祸害。几乎就在一夜之间，它们的数量远远超出了饱和点。到处都是兔子，它们也吃宝贵的牧草。

她学会了下兔夹子，从某种角度来说，她不愿看到那些可爱的小东西被钢齿弄得血肉模糊。但她是一个相当热爱土地的人，不会在这种不得已而为之的事情面前畏葸不前。在要活下去的名义下开杀戒算不得残酷。

“让上帝惩罚那个把第一批兔子运到这里的想家的英国佬吧。”鲍勃抱怨地说道。

兔子不是澳大利亚的土产。它们被多愁善感的人们引进过来，大大破坏了这个大陆的生态平衡。在这里，绵羊和牛是不存在这种问题的，这些东西从被引进来的那一刻起就是遵循科学方法放牧的。

澳大利亚没有天生的食肉兽来控制兔子的数量，进口的狐狸繁殖不起来。人肯定是一种非天然的食肉者。但是这里人太少，兔子太多了。

在梅吉的肚子大得不能再骑马之后，她的日子都是在庄园里和史密斯太太、明妮、凯特一起度过的，为那在她肚子里蠕动的小家伙做衣服，打毛衣。他（她总是把那小家伙想成“他”）是她的一部分，朱丝婷永远不会成为这部分的。她没有受恶心或情绪低落的折磨，急切地盼望把他生下来。也许，部分是由于这个缘故，朱丝婷被忽视了。现在，这个浅色眼珠的小东西已经由一个没头脑的婴儿变成了一个极其聪明的小姑娘。梅吉发现自己对这个变化过程和这孩子着了迷。从她对朱丝婷淡然处之以来，已经过去很长时间了。现在她渴望给她女儿以无限的爱，紧紧地抱着她，吻她，和她一起笑。被人有礼貌地拒绝是一种打击，可是，朱丝婷正是这样对待她每一个充满柔情的表示的。

詹斯和帕西离开里弗缪学院的时候，史密斯太太本打算把他们再置于她的羽翼之下，后来她沮丧地发现，他们大部分时间都在外面的围场上。于是，史密斯太太便转向了小朱丝婷，并且发觉她也像梅吉那样被拒之于千里之外。朱丝婷似乎不想让人紧抱、亲吻或逗着笑。

她走路和说话都开始得很早，九个月的时候就会了。她一旦能够用腿站起来，能支配那发音清晰的舌头，就自己走路，能准确地做自己想做的事情。她既不吵吵嚷嚷，也不反抗，只是性格极其刚强。关于基因梅吉根本不懂，但是，假如她懂的话，她也许就会知道这是克利里、阿姆斯特朗和奥尼尔血统混合的结果。

但是，最让人吃惊的是，朱丝婷竟顽固地拒绝微笑或放声大笑。德罗海达的每一个人都曾绞尽脑汁地做出怪样，想让她稍稍咧嘴笑笑，但都没有成功。说到这种天生的一本正经，她倒是胜她外祖母一筹。

10月的第一天，朱丝婷正好16个月的时候，梅吉的儿子在德罗海达降生了。他几乎早生了四个星期，而且使人措手不及。她很厉害地宫缩了两三次，羊水便破了。他是由刚刚给医生挂完电话的史密斯太太和菲接生的。梅吉几乎没有时间扩张盆骨。疼痛微乎其微，折磨很快就过去了，以前恐怕很少有过这样快的。尽管她不能不感到一阵剧痛，但由于他如此突然地降生到世界上，梅吉还是觉得好极了。生朱丝婷的时候，她的乳房完全是干瘪的，这次奶水却充足得直往外流。这回不再需要奶瓶了。

他长得真漂亮！个子又高又苗条，完美无缺的小脑壳上长着一头淡黄色的鬈发，活灵活现的蓝眼睛，这双眼睛后来丝毫也没有改变颜色。它们怎么会变化呢？它们是拉尔夫的眼睛，就像他长着拉尔夫的手，拉尔夫的鼻子和嘴，甚至拉尔夫的脚那样。梅吉未免太过分了，她竟然十分感谢卢克的身材和肤色与拉尔夫十分相像，面貌也十分相像。但是那双手，那眉毛的样子，那毛茸茸的额前发尖，那手指和脚趾的形状却更像拉尔夫，不像卢克。希望最好谁都不记得是哪个男人长着这种样子吧。

"你想好了他的名字吗？"菲问道，孩子好像很喜欢她。

梅吉望着抱着自己的孩子的菲，心里十分高兴。妈妈又要去爱了，哦，也许她不会像爱弗兰克那样去爱他，但至少她会产生某种感情的。

"我打算叫他戴恩。"

"多古怪的名字！怎么？这是奥尼尔家族的名字吗？我想你和奥尼尔家的缘分尽了吧？"

"这和卢克毫无关系。这是**他**的名字。不是别人的。我讨厌家族的姓氏。这就好像希望把某个不同的人的一部分安到一个新人的身上。我直截了当地管朱丝婷叫朱丝婷，是因为我喜欢这个名字，而我管戴恩叫戴恩也是同样的道理。"

“唔，确实很有道理。”菲承认道。

梅吉疼得缩了一下，她的乳房奶水过足了。“妈，最好把他给我。哦，我希望他饿了！而且，我希望老布鲁[1]能把吸奶器拿来。不然，你得开车到基里去买一个。”

他饿了。他使劲拉着她，笨拙的小嘴把乳房吮得发疼。她低头望着他，望着他那紧闭的眼睛和乌黑的、尖梢金黄的睫毛，望着他那酷肖其父的眉毛和那不停地吮动着的小脸蛋。梅吉爱他爱得心发疼，比他吮奶产生的疼痛还要厉害。

有他就够，也只能满足于他一个。我不会再有孩子了。拉尔夫·德·布里克萨特，你爱那个上帝胜于爱我，你绝不会知道我从你——从他那里偷来了什么。我永远也不会把戴恩的事告诉你的。哦，我的孩子！把他换到枕头上去要比躺在她的臂弯里舒服得多，也更容易看到他那张完美无瑕的小脸儿。我的孩子！你是我的，我永远不会把你的身世泄露给别人。最不能泄露的就是你的父亲，他是一个教士，他是不能承认你的。这样不是妙极了吗？

4月初，轮船抵达了热那亚港。拉尔夫大主教在一派百花怒放的地中海春光中踏上了意大利的土地，乘上了一趟开往罗马的火车。如果他提出要求，是可以乘一辆梵蒂冈的小汽车去罗马的，但是，他害怕感觉到教会的气氛再次紧紧地包围他，他想尽可能把这一刻推迟。不朽城[2]真是名不虚传，他想道。他透过出租汽车的窗子凝视着那些钟楼和穹顶，落满了鸽子的广场和罗马的圆柱——柱基已经在地下深埋了好几个世纪。哦，对他来说，它们都是多余的。对他重要的是罗马那称之为梵蒂冈的一部分。在那里，除了豪华的公共

① 布鲁伊的昵称。

② 罗马的别称。

建筑外，就是豪华的私邸。

一位穿着黑色和米色相间长袍的多明我会[①]修道士领着他穿过了高大的大理石走廊，这里面的青铜雕像和石雕像抵得上一座博物馆。他们经过了一些风格各异的画像，有乔托[②]的、拉斐尔[③]的、波提切利[④]的、弗拉·安吉利科[⑤]的。他现在是在一位大红衣主教的接待室里，无疑，家境富裕的康提尼-弗契斯家族给它可敬的后代子孙们的环境大增光彩。

维图里奥·斯卡班扎·迪·康提尼-弗契斯红衣主教坐在一个房间里，这房间里布置着象牙和金制的摆设，色彩富丽的挂毯和画，铺着法国地毯，陈列着法国家具。那只戴着闪闪发光的红宝石戒指的光滑小手向他伸了出来，欢迎他。拉尔夫大主教高兴地垂下目光，穿过房间，跪了下来，接住那只手，吻着那戒指。他把自己的面颊贴在那只手上，知道他不能说谎，尽管在他的嘴唇触到那超世俗的权力和世俗权威的象征之前他曾打算恢复往日的神态。

维图里奥红衣主教将另一只手放在那弯下去的肩膀上，向那位修道士点了点头，示意他退下去。随后，当门轻轻地关上时，他的手便从那肩膀向头发上移去，停在了那黑密的头发上，轻轻地把那半挡在前额上的头发向后弄平。这头发已经发生了变化，用不了多久，就不再是乌黑如漆，而是铁灰色了。那弯下的脊背直了起来，两肩向后移去，拉尔夫大主教直直地抬头看着他主人的脸。

---

① 又称“布道兄弟会”，是天主教托钵修会的主要派别之一。13世纪初由西班牙人多明我（1170？—1221）所创立。该会成立之后不久，即受罗马教皇委派，主持异端裁判所。

② 即乔托·迪邦多内（约1266—1337），意大利文艺复兴初期的画家、雕刻家和建筑师。

③ 即拉斐尔·桑西（1483—1520），意大利文艺复兴盛期的画家和建筑师。

④ 即桑德罗·波提切利（1446—1510），意大利文艺复兴时期的画家。

⑤ 即弗拉·安吉利科（1387—1455），俗称古依多·第·彼埃特罗，是意大利文艺复兴早期的僧侣画家。

啊，起变化了！那张嘴瘪了进去，显得十分痛苦，更加无助了。那双颜色、形状和相互搭配如此漂亮、优雅的眼睛，和他记忆中的那双似乎永远是他身体一部分的眼睛完全不一样了。维图里奥红衣主教总是有一种幻想，认为耶稣的眼睛是蓝色的，和拉尔夫的眼睛一样：镇定，不为他目睹的一切所动，因而能囊括一切，理解一切。不过，这也许是一种错误的幻想。没有眼神的表达，一个人怎能感知到人性和自己的痛苦呢？

"喂，拉尔夫，坐下吧。"

"阁下，我想忏悔。"

"等一下，等一下！我们先谈一谈，用英语谈。这些天，到处都是耳朵，不过，感谢耶稣，幸亏没有听得懂英语的耳朵。请坐，拉尔夫。哦，见到你太高兴了！我渴望你那聪慧的忠告、推理能力和你那至高无上的友谊。他们给我的临时助手无法取代你在我心中的位置。"

他能感觉到自己脑子已经猛地一下子变得发僵了，觉得自己的头脑是在用呆板的语言进行着思维。拉尔夫·德·布里克萨特比大部分人都清楚地了解一个人在交往中的变化，甚至讲话时语言的变化意味着什么。那些偷听的耳朵对极其流畅的英语口语是无能为力的。于是，他在不远的地方坐了下来，正对着那穿着鲜红波纹绸的瘦小身影。这件衣服的色彩变幻不定，鲜红的色泽与其说是其本身色彩醒目，倒不如说它与周围的环境融成了一体。

几个星期来他所感到的极度的厌倦似乎减轻了一些。他不知道自己为什么如此渴望这次会面。这时，他心里已经有了底，他会被理解、被宽恕的。由于他的失节，由于他的为人处世不像他原来所渴望的那样，由于他使一位风趣、仁慈而又忠实的朋友大失所望，他感到内疚神明。他的罪愆就在于他走进这个纯洁的地方时，自己再也不是个纯洁的人了。

“拉尔夫，我们是教士，但是，在这之前我们是另一种东西，一种我们没有成为教士之前的东西。尽管我们是孤傲的，但我们也无法逃避这一点。我们是男人，有男人的弱点和失算之处。无论你告诉我什么，也无法改变我们在过去年代的共事中我对你形成的印象。无论你告诉我什么也不能使我低估你，或减少对你的爱。因为这许多年来，我知道，你已经摆脱了我们那种内在的弱点和人性，但是我知道，这种东西肯定在你身上苏醒过，因为我们大家同样有过这样的事。甚至连教皇本人亦是如此。他是我们之中最谦恭、最富于人性的人。”

“我违背了我的誓言，阁下。这是不能轻易宽恕的。这是亵渎神圣。”

“当你许多年之前接受了玛丽·卡森太太的财产时，你就已经违背了安贫乐穷的誓言。那是遗留给慈善事业和管区众教徒的，不是这样吗？”

“那么，三个誓言[①]都被破坏了，阁下。”

“我希望你叫我维图里奥，就像以前那样！拉尔夫，我既没有感到震惊，也没有感到沮丧。这是我们的耶稣基督的意旨。我想，你也许已经吸取了深刻的教训，这种教训通过危害性较小的途径是学不到的。上帝神秘莫测，他的天机超乎我们可怜的理解力。不过我认为，你所做过的事不是轻佻的，你誓言的遗弃不是无价值的。我太了解你了。我知道你是个禀性高傲的人，极其热爱成为一个教士的想法，有强烈的独往独来的意识。你需要这种特殊的教训来压压你那傲骨，使你明白你首先是一个男人，并非像你想象的那样孤高，这是可以允许的，对吗？”

---

① 指忠贞，对教会的服从和安贫守穷这三个誓言。

“是的，我缺少人情味，并且相信，从某种角度来说我渴望成为上帝那样的人。我犯下的罪孽是深重的、不可原谅的。我不能宽恕自己，所以，我怎能希望神的宽恕呢？”

“这是傲慢，拉尔夫，**傲慢**！宽恕不是你的职责，你还不明白吗？只有上帝才能宽恕。只有上帝！对于诚心诚意的忏悔，他是会宽恕的。你知道，他曾经宽恕了那些伟大得多的圣徒，以及名副其实的恶棍所犯下的罪孽。你认为恶魔撒旦就不会被宽恕吗？他在他反叛的那一刻就已经被宽恕了。他之所以遭罹地狱之苦的命运，是他自己的过错，不是上帝要这样的。他不就是这样说的吗？‘宁为地狱之王，不做天堂之仆！’因为他不能克服自己的傲慢，不肯使自己的意志服从另一个人的意志，尽管那另一个人就是上帝本人。我不想看到你犯同样的过错，我最亲爱的朋友。人情味是你所缺少的一种素质，但这正是造就一位大圣人——或一个伟大的人的素质。在你没有把宽恕这种事留给上帝去做之前，你是不会获得真正的人性的。”

那坚定的脸庞抽动了一下。“是的，我知道您是对的。毫无疑问，我**必须**承认我的现状，努力成为一个更好的、把我身上现存的这种傲慢彻底根除的人。我忏悔，因而我将坦白，等候宽恕。我**确实**感到痛悔。”他叹了口气；他的眼神流露出了他那审慎的语言所不能表达的——在这个房间里无法表达的——内心冲突。

“但是，维图里奥，从某种意义上来说，当时我是无能为力的。我既不能毁灭她，又不愿这灭顶之灾落到我的头上。当时，似乎不存在着选择的问题，因为我确实爱她。这不是她的过错，我从来没有想把这种爱情发展到肉体的程度。你知道，她的命运变得比我的命运更重要了。在那一刻之前，我总是首先考虑到自己，认为我比她更重要，因为我是一个教士，而她则是低人一等的人。但是，我明白我要对她的生存负责……当她还是个孩子的时候，我本来可以让她在我的生活中消失的，可是我没有这样做。我把她珍藏在我的心中，而她已知道这一点。倘若我真的把她从我心中驱除，她是会知道的。那样，她就会成为我无法影响的人了。”他笑了笑，“您知道，我已经坦白了许多情况。我稍稍尝试了一下我自己创造出的东西。”

“就是那玫瑰吗？”

拉尔夫大主教的头往后一仰，望着那制作精巧的天花板以及天花板上那镀金的装饰和莫兰诺吊灯。“那还能是谁呢？她就是我唯一企图塑造的人。”

“那么她，这朵玫瑰将会安然无恙吗？你这样做不会比拒绝她使她受到的伤害更大吧？”

“我不知道，维图里奥。我希望我知道就好了！那时，好像那样做是唯一可行的。我没有普罗米修斯[①]那样的先见之明，卷进狂热之中使一个人的判断力降低。此外，那也很简单……就发生了！不过我想，也许我所给她的，她大部分都需要，认识到了她作为一个女人的身份。我并不是说**她**不知道她是一个女人。我是说**我**不知道。要是我第一次认识她时她是一个女人的话，事情也许就是另一种样子了，可是我认识她的许多年中，她只是个孩子。”

“拉尔夫，你的话听起来倒挺一本正经，而不像是做好了接受宽恕的准备。这很伤感情，对吗？你是能够有足够的人性去屈服于人类的弱点的。这件事确实是由于高尚的自我牺牲精神才做出来的吗？”

他吃惊地望着那双黑如深潭的眼睛，看到那双眼睛中映出了自己的身影，像是两个身量极小的侏儒。“不，”他说道，“我是个男人，就像男人一样在她身上发现了我未曾梦想到的快乐。我不知道

① 希腊神话中的神祇，因把天火偷给人类而受到了宙斯的惩罚，被锁在高加索的悬崖上，每天有一只鹫鹰啄食他的肝脏，然而他的肝脏旋即又长成，直到有人自愿替他受罪为止。

一个女人的感觉是那种样子，也不知道女人会成为穷欢极乐的来源。我曾想过永远也不离开她，这不仅是由于她的身体，也是由于我就是愿意和她在一起——和她谈话，或不和她谈话，吃她做的饭，向她微笑，分享她的思想。只要我活着，我就会思念她的。”

那灰黄色的苦行僧的面容竟然使他想起了在离别的那一刻梅吉的脸，流露出了精神上的重负，但是，尽管那脸上带着重重心事、哀伤和痛苦，依然显出要坚决走到底的神情。他了解什么呢？这位穿着红绸衣的红衣主教唯一醉心的人性似乎就是钟爱他那只没精打采的阿比西尼亚猫。

“我不能忏悔我和她在一起的那种方式，”由于红衣主教没有开口，拉尔夫便接着说道，“我忏悔我打破了像我生命一样神圣和具有约束力的誓言。我再也不能以一如既往的那种见解和热情来履行我教士的责任了。我心怀凄楚地忏悔。”但是梅吉呢？在他说到她的名字的时候，他脸上的那种表情使维图里奥红衣主教转过身去，他的思想也开始激烈斗争起来。

“忏悔梅吉就是杀害她。”他把疲倦的双手捂在眼睛上，“我不知道这话是否说清楚了，或是否接近于说出了我的意思。我似乎一辈子也无法充分表达出我对梅吉的感觉。”在红衣主教转过来的时候，拉尔夫从椅子上俯身向前，看见自己在红衣主教双瞳中的那一对身影变得大了一些。维图里奥的眼睛像镜子，它们将看到的东西反射回来，丝毫也看不到它们背后的东西。梅吉的眼睛恰好相反，它们可以直通深处，一直通到她的灵魂。“梅吉就是一种天福，”他说道，“她对我来说是神圣的，是一种不同的圣物。”

“是的，我理解，”红衣主教叹了口气，“你这样的感觉很好。我想，在我们上帝的眼中，这将使大罪减轻。为了你自己的缘故，你最好去向乔吉奥神父忏悔，不要去找吉勒莫神父。乔吉奥神父不会曲解你的感情和你的推论。他会看到真相的。吉勒莫神父的认识能力差一些，也许会认为你由衷的忏悔是有问题的。”一丝微笑像淡淡的阴影一般掠过他的嘴角，“我的拉尔夫，他们，那些倾听所有这些忏悔的人，也是男人。只要你活着，就不要忘记这一点。只有在他们从事教士职业的时候，他们才是上帝的容器。除此之外，他们也都是男人。他们所给予的宽恕是来自上帝的，但那些倾听和判断的耳朵都是属于男人的。”

门上传来谨慎的敲门声。维图里奥红衣主教默默地坐了下来，望着被端到有镶嵌装饰的桌上的茶盘。

“你知道吗，拉尔夫？从我在澳大利亚的那些日子起，就养成了喝下午茶的习惯。他们在我的厨房里把茶弄得相当不错，尽管一开始他们还不习惯。”当拉尔夫大主教向茶壶走去的时候，他自己动起手来，“啊，不！我自己来倒。这使我能开心地当‘母亲’。”

“在热那亚和罗马的街道上，我看到了许许多多穿黑衬衣的。”拉尔夫大主教一边望着维图里奥红衣主教倒着茶，一边说道。

“那是领袖[①]的特殊追随者。我的拉尔夫，我们将面临一个极其困难的时期。教皇毫不动摇地认为，教会和意大利世俗政府之间没有任何龃龉，而他在这个问题上也像在其他所有问题上一样，是正确的。不管发生什么事，我们必须保留对我们所有的孩子予以帮助的自由，哪怕是出现一场意味着我们的孩子将以天主教上帝的名义发生分裂、互相厮杀的战争。不管我们的心和感情站在哪一方，我们必须永远尽力保证教廷超脱于政治意识形态和国际争端之外。我希望你到我这里来，是因为我相信，不管你眼睛看到了什么，你脑子里的想法是不会形之于色的，是因为你具备我所见到过的最佳的外交头脑。”

---

① 法西斯统治时期对墨索里尼的称谓。

拉尔夫大主教苦笑着。“不管我这个人怎么样，您还是要让我继续我的生涯，对吗？我真不知道，假如我不是碰到您的话，我将会怎样？”

“哦，那你会成为悉尼大主教的，这是一个非常好、非常重要的职位，”红衣主教粲然一笑，说道，“但是我们的生活道路并不是由我们掌握的。我们当年能相遇是命该如此，就像我们现在注定要在一起为教皇工作一样。”

“在这条道路的尽头我看不到成功的可能，”拉尔夫大主教说道，“我认为，结局终将是那种永远公正的结局。谁都不会喜欢我们的，所有的人都将谴责我们。”

“这个我明白，教皇陛下也明白。但是我们别无选择。然而什么也不能阻止我们在私下为领袖和元首[①]的早日垮台而祈祷，对吗？”

“您真的认为将要发生战争吗？”

“我看不出避免这场战争的任何可能性。”

红衣主教的猫轻手轻脚地从一个充满阳光的角落里走了出来，它刚刚在那里大睡了一觉。它跳到了那鲜红的、闪闪发光的衣襟上，动作有些笨拙，因为它太老了。

“啊，谢芭！向你的老朋友拉尔夫打个招呼，你曾向我表示过你宁愿要他。”

那凶恶的黄眼睛傲然地注视着拉尔夫大主教，随后便合上了。两个人都纵声大笑起来。

---

① 指希特勒。

15

德罗海达有了一台无线电收音机。文明进步终于随着澳大利亚广播委员会的广播电台来到了基兰博，群众的乐趣中终于有了可与共用电话线相匹敌的东西。这台无线电是个装在胡桃木盒子中的挺丑陋的玩意儿，它放在会客室里一个精巧的小橱上，提供电源的汽车干电池藏在下面的餐具橱里。

每天早晨，史密斯太太、菲和梅吉都要将它扭开，收听基兰博地区的新闻和天气预报。每天晚上，菲和梅吉都要把它扭开收听澳大利亚广播委员会的国内新闻。它在一瞬间就把边区同外界连接在一起了，多么奇怪呀。可以听到这个国家每一部分发生的洪水、火灾和降雨的消息，听到动荡的欧洲和澳大利亚的政局，用不着老布鲁伊·威廉姆斯和他那过时的报纸了。

9月1日，星期五，国内新闻广播里报道了希特勒已经入侵波兰的消息。只有菲和梅吉在家里听到了这条新闻，她们两人都没有在意。几个月以来，就已经有关于欧洲的种种揣测了；此外，欧洲是在另外一个半球，和德罗海达毫无关系。这里就是荡荡乾坤的中心。但是，9月3日，星期日的时候，为了听沃蒂·托马斯神父做弥撒，所有的男人都从围场回来了。男人们对欧洲都很感兴趣。菲和梅吉没有想到把星期五的新闻告诉他们，可是，或许已经听到这条新闻的沃蒂神父却匆匆离开，到奈仁甘去了。

像往常一样，人们在晚上扭开了收音机收听国内新闻。但是，传来的不是播音员那地道牛津音的悦耳声音，却是罗伯特·戈登·孟席斯总理那斯文的、不会被人误解的澳大利亚口音。

“澳大利亚同胞们，我有责任忧伤地正式通知诸位，由于德国坚持其对波兰的侵略，大不列颠王国已向它宣战，其结果，澳大利亚也加入了战争……

“可以认为，希特勒的野心不仅是要把全体德国人民置于其统治之下，而且也要把那些凡是能用武力征服的国家都置于这种统治之下。假若这种情况继续发展下去，就不会有欧洲安全和世界和平……这是无可怀疑的，无论大不列颠何去何从，英联邦全体人民都会全力支持……

“我们赖以支持的那个政权，亦即我们的祖先之邦，将通过我们生产的继续进行，我们副业和商业的继续进行和保证就业——这就是我们的力量——得到最好的援助。我知道，无论我们现在正在体验着什么样的感情，澳大利亚已准备把战争进行到底。

“仁慈的、怜悯苍生的上帝也许会答应，世界不久就会摆脱这种痛苦。”

客厅里出现了一阵长时间的沉默，短波传来的内维尔·张伯伦通过麦克风对英国人民讲话的声音打破了这沉寂。菲和梅吉望着家里的男人们。

“要是算弗兰克，我们有六个人，”鲍勃打破了沉默，说道，“除了弗兰克以外，我们全都在土地上，这就是说，他们不会要求我们去服役的。至于我们现有的牧工，我估计有六个人愿意去，两个人愿意留下来。”

“我想去！”杰克说道，两眼灼灼放光。

“还有我。”休吉急切地说道。

“还有我们呢。”詹斯代表他自己和不善表达自己意思的帕西。

可是，他们全都望着鲍勃，他是头儿。

“我们得放明白一些，”他说，“羊毛是战争需要的大宗用品，不仅仅是用来做衣服的。它可以用来包装弹药和炸药，我敢肯定，它还可以用在我们闻所未闻的一切千奇百怪的东西上。再加上我们有菜牛，可以当食品，老阉羊和母羊可以剥皮、熬胶、取油脂和羊毛脂——这些都是战争物资。

“所以，我们不能走，不能离开德罗海达而随它放任自流，不管我们想要做什么。随着战争的进行，我们很难填补上我们将要失去的牧工的空缺。干旱已经是第三个年头了，我们的工作是在这儿，在德罗海达。比起参加战斗来，这不那么激动人心，但却是必不可少的。我们将在这里竭尽我们微薄的力量。”

男人的脸都拉了下来，而女人的脸上放出了光。

“要是战争比‘生铁鲍勃’预计的时间要长该怎么办呢？”休吉问道，他叫起了总理那举国皆知的绰号。

鲍勃伤脑筋地想着，他那饱经风霜的脸上堆满了皱纹。“要是局势变得严重起来，仗要打很长时间的话，那我想，只要咱们能雇到两个牧工，就能余出两个克利里家的人。要是梅吉愿意回来参加适当的管理工作，在内围场干活就好了。那将会十分艰苦。年景好的时候，我们很难应付下来，但是在这种干旱的年头，我估计五个男人加上梅吉，一个星期干七天就能经营德罗海达了。但是这对梅吉的要求就太高了，她还带着两个小孩子呢。”

“鲍勃，要是事情不得不这样的话，也就只能这么办了，”梅吉说道，“史密斯太太费点心照看朱丝婷和戴恩，她是不会介意的。只要你发话，让我参加德罗海达的生产，我就骑上马管理内围场。”

“那样的话就能省下我们两个劳力啦。”詹斯满面笑容地说道。

“不，是休吉和我。”杰克很快地说道。

“按理说，应该是詹斯和帕西，”鲍勃慢条斯理地说，“你们最小，当牧工的经验也最少，但是当兵，咱们大家都没有经验。可你们只有 16 岁呀，小伙子们。”

“到形势严重起来的时候，我们就 17 岁了，”詹斯说道，“我们的样子会比现在显得大一些的，所以，如果你能写一封信并让哈里·高夫证明，我们就会毫无麻烦地入伍。”

“唔，反正眼下谁也不走。咱们看看是不是能在旱灾、兔灾之年提高德罗海达的生产吧。”

梅吉默默地离开了房间，向楼上的儿童室走去。戴恩和朱丝婷已经睡着了，每个人都躺在一张白漆的儿童摇床里。她没有关注女儿，却站在儿子的旁边，低头久久看着他。

“感谢上帝，你还是个孩子。”她说道。

差不多过了一年，战争才惊扰了德罗海达这小小的天地。在这一年中，牧工们一个个地离去了，而兔子在继续增加，鲍勃为了使牧场的账簿与战时的努力显得相称而勇敢地奋斗着。但是，1940 年的 6 月初，传来了英国的远征军从敦刻尔克撤离欧洲大陆的消息。希望参加第二批澳大利亚皇家武装力量的志愿人员成千上万地拥进了征兵中心，他们中间就有詹斯和帕西。

四年以来，四季都在围场上策马驰骋的生活已经使这对双生子的脸上脱尽了稚气，眼角的鱼尾纹和鼻子两边直垂嘴边的纹路，使他们显得总是那样沉稳镇定。他们呈上了他们的信件，毋庸烦言便被接受了。丛林居民入伍的人很多。他们通常枪法准确，恪守军纪，吃苦耐劳。

詹斯和帕西在杜博服役，但是兵营却在悉尼外围的因格里本，所以，大伙儿全都到夜班邮车上去给他们送行。在应征出动的时候，伊登的小儿子科马克·卡迈克尔也因为同样的理由在同一趟列车上，并且去的是同一个兵营。因此，两家的人便把他们的孩子安置在舒适的头等车厢里，笨拙地围站着，恨不得哭一场，或吻一吻他们，做些值得回忆的热烈之举。但是，不列颠人那种特殊的不愿感情外露的性格却使他们抑制着自己。大型的 C－36 型蒸汽机车令人断肠地吼叫起来，站长吹起了哨子。

梅吉不自然地探过身子匆忙地吻着她的弟弟们，随后，又吻了科马克，他长得和他的大哥康纳一模一样。鲍勃、杰克和休吉使劲地握着三个年轻人的手，史密斯太太哭了起来，大家都渴望着吻他们，和他们拥抱，但只有她一个人这样做了。伊登・卡迈克尔、他的太太，以及仍然和他住在一起的那个年岁不小还未结婚的、犹存风韵的女儿也同样拘谨。随后，大家都走到了基里车站的月台外面，火车的缓冲器猛地一拉，徐徐向前开动起来。

“再见，再见啦！”大家全都喊了起来，挥舞着白色的大手帕，直到火车在远处落日的余晖中变成了一列冒着烟的线条。

在詹斯和帕西的共同请求下，他们被编入了没有经验的、未受过充分训练的澳大利亚第九师，于 1941 年初前往埃及去了。他们正好赶上了班加西[①]大溃退。刚刚抵达的埃尔温·隆美尔[②]将军在轴心国的跷跷板的一端具有举足轻重的分量，他开始了迅速扭转大局的第一步行动，横扫了北非。在不列颠军队余部可耻地在新编的非洲军没有到达的情况下撤回埃及的同时，澳大利亚第九师被派出占领并坚守托布鲁克[③]，这是面对着轴心国占领区的前哨阵地。这项计划得以行得通的唯一依靠就是该地与大海相接，只要英国船只能进入地中海，它就可以得到补给。托布鲁克的那些新兵在这里守了八个月，他们顶住了隆美尔运用各种武器和弹药向他们发出的一次又一

---

① 利比亚一港口城市。

② 埃尔温・隆美尔（1891—1944），法西斯德国元帅。早年参加国社党，曾为党卫军将领。1940 年组织非洲军团，并指挥德意联军侵入北非。有“沙漠之狐”之称。1944 年 7 月自杀。

③ 利比亚一港口城市。

次的进攻。他无法把他们赶走。

“你知道你为啥要守在这儿吗？”二等兵科尔问道，他舔着一张纸条，懒洋洋地卷成了一支烟。

鲍勃·马洛伊军士把他的迪格帽往上推了推，以便能从帽檐下看着他的提问者。“呸，不知道。”他露了露牙齿，说道。这是一个不断被提起的疑问。

“嗯，这总比戴着白生生的鞋罩待在该死的暖房里强。”二等兵詹斯·克利里说着，把他同胞兄弟的短裤往下拉了拉，这样自己就能舒舒服服地把头放在他那柔软、暖和的小肚子上了。

“是啊，可待在暖房里却用不着吃枪子儿。”科尔反驳道，他把熄灭的烟头向阳光下的一只蜥蜴弹去。

“这我很明白，伙计，”鲍勃重新整理了一下帽子，遮住了自己的眼睛，说道，“我宁可吃枪子儿，也他妈的不愿厌烦死。”

他们被舒适地安置在一个干燥、阴暗的掩蔽部里，掩蔽部正好对着雷区和切断了环形阵地西南角的、装着倒刺的铁丝网。在另一方面，隆美尔紧紧地咬住了托布鲁克地区这唯一的弹丸之地。一挺口径 0.5 的大型勃朗宁机关枪和他们一起待在这个洞子里，紧挨着它的是一箱箱的弹药。可是，对遭到进攻的可能性似乎谁都没有精力或兴趣去关心。他们的步枪倚在墙上，刺刀在托布鲁克的阳光下闪着寒光。到处都是嗡嗡叫的苍蝇，但是这四个人全是澳大利亚丛林地带的人，所以，托布鲁克和北非的暑热、干燥、苍蝇并不使他们感到意外。

“詹斯，就好像你们是双生子一样，”科尔说着，向那只蜥蜴扔着小石子，它似乎没有动的意思，“你们看起来就像是一对儿黏在一起的糖，棒打不散。”

“你这是嫉妒。”詹斯露齿一笑，敲了敲帕西的肚子，“帕西是托布鲁克最好的枕头。”

“是呀，对你是好极了，但是可怜的帕西怎么办呢？喂，哈勃[1]，说话呀！”鲍勃逗弄着。

帕西一笑，露出了雪白的牙齿，但是像往常一样，他保持着沉默。大伙儿全都试图让他说话，可是，除了听到个“是”或“不”以外，谁都无法成功。于是，就像叫沉默寡言的马克斯兄弟那样，几乎人人都管他叫哈勃。

“听到新闻了吗？”科尔突然问道。

“什么新闻？”

“第七师的‘莫梯尔达’们[2]在哈尔法雅被击溃了百分之八十八。在沙漠里只有用炮才打得败‘莫梯尔达’呀。这些大笨蛋遭到了密密麻麻的坦克的进攻。”

“哦，是的，再说点别的吧！”鲍勃带着怀疑的态度说道，“我是个军士，什么小道消息都听不到，你是个二等兵，满耳朵都是小道消息。喂，伙计，德国兵根本就没有打败‘莫梯尔达’的能耐。”

“我是在‘莫梯尔达’的帐篷里从指挥官那儿得到这个消息的。是从无线电里传出来时我听到的，没错儿。”科尔坚持道。

有那么一阵子，谁都没说话。对于像托布鲁克这样遭到包围的前哨阵地中的每一个人来说，使他盲目地相信自己一方有足够的推进能力，可以使他得以突围，这是必要的。科尔的消息不太受欢迎，此外，这也是因为托布鲁克的士兵们没有把隆美尔放在眼里。他们顶住了他对他们的全力进攻，因为他们坚信除了廓尔喀[3]人之外，澳大利亚的战士是所向无敌的，信心是力量的源泉，他们已经证明自

---

① 哈勃是指美国喜剧演员哈勃·马克斯（1888—1964），此处是对帕西的戏称。

② 此词是澳大利亚无业游民对他们所携带的一捆东西的爱称，亦指无业游民，此处戏指第七师的官兵。

③ 尼泊尔的主要居民，以强悍善战著称。

己是难以战胜的。

“狗东西们，”詹斯说道，“在北非，我们需要的是更多的澳大利亚人。”

异口同声的赞许声被掩蔽部旁的一声爆炸打断了，那只蜥蜴被炸了个无影无踪，四个士兵被猛地推到了机关枪和步枪上。

“该死的达戈人的手榴弹，”鲍勃望了一眼步枪，说道，“这玩意儿要是个希特勒特制的炸弹，咱们准得全玩完了，你不觉得是这样吗，帕西，嗯？”

十字军行动[①]一开始，经过了这场使人筋疲力尽的、倒霉的、似乎什么目的也没有达到的包围之后，澳大利亚第九师便从海路撤到了开罗。但是，就在第九师被包围在托布鲁克的时候，在北非稳步壮大的英国军队已组成了第八军，它的新任司令官是伯纳德·劳·蒙哥马利将军。

菲戴上了一个银质的小胸针，样子像是一轮初升的太阳，这是澳大利亚皇家部队的徽章。胸针下面的两条链子上是一个银条，她在银条上镶了两颗金质的星，每一颗星代表一个在军旅中的儿子。这使她所遇上的人确信，她也为国家尽了自己的本分。由于梅吉的丈夫和儿子都不是当兵的，所以她没有资格佩戴这种胸针。卢克写来了一封信，告诉她，他将继续割甘蔗。他认为，在她担心他可能参军的情况下，她恐怕想知道他的情况。信中没有迹象表明他还记得那天早晨她在因盖姆旅馆讲的话。她笑着，厌倦地摇了摇头，把信扔进了菲的废纸篓。她这样做的时候，心里感到迷惑，菲是否为她参军的两个儿子担忧。她对这场战争的真实想法是什么呢？尽管

① 盟军旨在解托布鲁克之围而发动的战役。

菲每天都戴着那胸针，整天地戴着，但她从来没说过一个字。

有时，会收到从埃及寄来的信。当他们展开信纸的时候，往往已经是破烂不堪的了，这是因为检查官一遇上地名或团队的番号，便在上边剪出整齐的长方形的洞。阅读这些信是一件大伤脑筋的事，得把那些实际上什么也看不出的信拼凑到一块儿，但是，他们都乐此不疲地干着，别的一时也顾不上了：只要有信来，就意味着孩子们依然活在世上。

天没有下雨。好像神圣的风雨合谋要让希望枯萎似的，1940 年是这场灾难性干旱的第五个年头了。梅吉、鲍勃、杰克、休吉和菲感到十分绝望。德罗海达在银行账户中的款子足够买来必不可少的饲料使绵羊活下去，但是大部分绵羊都不愿吃饲料。每群羊都有一只天生的领头羊。只要他们能设法使头羊吃的话，其他的羊就有希望吃了。但有的时候，即使羊群看见头羊咀嚼着那些饲料，其他的羊也不受影响。

于是，德罗海达也得流血了，这是件令人嫌恶的事。草全都枯死了，大地变成了龟裂的黑色荒原，只有树林在闪着灰色和暗褐色的光。他们用刀子和步枪把自己武装了起来。看到一头牲口倒下，便割断它的喉咙，让它快些死去而不让其他的羊看见。鲍勃又添了一些牛，买饲料来喂养它们，保证德罗海达对战争的支援。由于饲料的价格很高，养牛是无利可图的。远处的农区和远处的牧区一样，受到了缺少雨水的严重打击。庄稼的收成低得可怜。但是，从罗马方面得到了指令，他们可以不计成本地做他们能做的事情。

最让梅吉厌恶的就是她在围场中干活的这段时间。德罗海达想方设法也只挽留了一个牧工，到眼下还没有可替换的人。澳大利亚最缺少的永远是人力。这样，除非鲍勃注意到梅吉的烦躁和疲劳，让她星期日休息一天，否则她一个星期就得在围场上干七天。不过，假使鲍勃给她休息时间的话，那就意味着他本人要干得苦一些，所以，她竭力不使自己的精神抑郁流露出来。她从来也没想到过拿孩子做借口，而拒绝骑马到围场去干活。孩子们被照顾得十分周到，而鲍勃对她的需要比孩子们对她的需要迫切得多。她也没有那个洞察力去理解孩子们对她的需要。她认为在他们得到爱与精心照顾时，她渴望和他们在一起是自私的。这是自私的，她对自己说。她没有这种把握，使她可以对自己说，她在孩子们的心目中一如孩子们在她心目中那样占有特殊的位置。于是，她驰骋在围场上，过好几个星期才在他们上床之后去看看他们。

梅吉不管什么时候看到戴恩，都会心潮起伏。他是个漂亮的孩子，菲带着他进城的时候，就连基里大街上的陌生人都对他的漂亮品头论足。他习惯性的表情是面带微笑，他的天性是一种文静、深沉和毋庸置疑的幸福感的奇妙结合。他似乎在发展个性和获得知识方面没有经历儿童通常要经历的那种痛苦，他极少弄错人或东西，任何事都不会使他激怒或不知所措。对他妈妈来说，他酷肖拉尔夫有时使她非常害怕，但显然谁都没有注意到这一点。拉尔夫离开基里已经很久了，尽管戴恩与他面貌相同，身材一般，但是有一点差别很大，这就有助于掩盖真相了。他的头发不像拉尔夫那样是黑色的，而是淡金黄色的。不是麦子或落日的那样金黄，而是德罗海达草地的那种颜色，金黄中有银白，还略带米色。

从朱丝婷看到这个小弟弟的那一刻起，就喜欢他了。对戴恩来说，没有任何东西特别好或特别糟，因而使他丧失自尊或感到荣幸。他一开始学步，她就从不离开他的左右。梅吉对此感到十分高兴，她担心史密斯太太或女仆们太老了，无法用令人满意的敏锐目光照看小娃娃。在一个难得休息的星期天，梅吉把女儿抱到膝上，千叮咛万嘱咐地说着照看戴恩的事。

“我不能亲自在庄园这里照看他，”她说道，“所以就全靠你啦，朱丝婷。他是你的小弟弟，你必须时刻注意着他，千万不能让他遇着危险或麻烦。”

那双浅色的眼睛显得十分聪慧，根本没有4岁孩子那种典型的注意力涣散的表情。朱丝婷很有把握地点点头。“别担心，妈，”她活泼地说道，“我会时刻为你注意他的。”

“我要是能亲自照料他就好了。”梅吉叹了口气。

“我可不希望，”女儿沾沾自喜地说道，“我愿意自个儿看着戴恩。所以，你就别发愁啦。我不会让他出任何事的。”

梅吉并没有觉得这种再三的保证是一个安慰。这个早慧的小不点儿要把她的儿子从她身边偷偷地占去了，而她对此却毫无办法。在朱丝婷忠实地护卫着戴恩时，她得回围场去。她被自己的女儿撵走了。女儿真可恶啊。她到底像谁呢？既不像卢克，又不像她自己，也不像菲。

至少她在这些日子里笑逐颜开了。4岁之后，她才发现了有趣味的事情，也许是因为从婴儿时期便笑个不止的戴恩才使她这样吧。因为他笑，所以她才笑。梅吉的孩子们总是互相学样的。但是，看到他们没有妈妈在身边也能过得很好，真叫人冒火。眼下，这种令人沮丧的内心矛盾已经结束。梅吉想，他会长大，并知道他应该怎样对待我的。他将永远和朱丝婷更亲密。为什么每次我自以为已经控制了命运时，总会有意外的事发生呢？我并不需要这场战争或干旱，可我却偏偏碰上了。

也许，德罗海达还是碰上这么一段步履维艰的时期为好。要是局面好过一些的话，杰克和休吉早就去应第二批征兵了。事情就是这样的，他们除了老老实实地干活，从这场可以称之为奇旱的旱灾中尽可能抢救出一些东西以外，是别无选择的。百万平方英里以上的农区和牧区全都受到了干旱的打击，从南方的维多利亚州到北部地区牧草齐腰深的米切尔草原。

但是，战争转移了他们对干旱的注意力。由于家中的双生子在北非，庄园里的人们心情痛苦、焦灼地追踪着那场席卷了利比亚的、你进我退的战斗。他们的传统是劳动阶级的传统，所以，他们是工党的热烈支持者，厌恶现政府。现政府名为自由党，其实奉行的是保守主义。当1941年8月，罗伯特·戈登·孟席斯下台，并承认他无法执政的时候，他们欣喜若狂。当10月3日工党领袖约翰·柯廷被请求组阁的时候，这成了几年来德罗海达听到的最好的消息。

整个1940年和1941年，对日本感到不安的情绪愈来愈强烈了，尤其是罗斯福和丘吉尔切断了对它的石油供应之后。欧洲远在天边，为了侵略澳大利亚，希特勒得让他的军队远征12 000英里才行。可是，日本就在亚洲，这黄祸就像是悬在澳大利亚那富庶、空旷、人烟稀少的心脏上空的一个将要落下来的钟摆。故此，当日本人袭击珍珠港的时候，澳大利亚谁都没有感到丝毫意外，他们简直是在等待着它有朝一日落到某个地方。战争突然之间就近在眼前了，而且甚至可能就在他们的后院。澳大利亚和日本之间并没有隔着深洋大海，只有一些大岛和狭窄的海面。

1941年的圣诞节，香港陷落了。可是，大家全都宽心地说，日本鬼子是绝不会成功地拿下新加坡的。随后，传来了日本人在马来亚和菲律宾登陆的消息。马来半岛顶端庞大的海军基地中的巨型平射炮不断地在海上训练，舰队已枕戈待旦。但是，1942年2月8日，日本人渡过了狭窄的柔佛海峡，在新加坡岛的北边登陆，扫过了不堪一击的枪炮守卫下的城市，新加坡都没有挣扎一下便沦陷了。

后来，又传来了一桩大新闻！在北非的全部澳大利亚军队在回国途中。柯廷总理毫不动摇地顶住了丘吉尔的狂怒，坚持澳大利亚首先要召回澳大利亚人。第六和第七澳大利亚师很快在亚历山大港上了船。因为托布鲁克的激战而留在开罗休整的第九师也要在船只允许的情况下尽快回国。菲露出了笑容，梅吉也欣喜若狂。詹斯和帕西就要回家啦。

可他们偏偏没回来。在第九师等待运兵船的时候，跷跷板又倾斜了。第八军全部从班加西撤了回来。丘吉尔首相和柯廷总理做成了一笔交易。第九澳大利亚师将留在北非，以派遣一个美国师保卫澳大利亚作为交换。可怜的士兵们被办公室里做出的决定害得东跑西颠，还不是自己国家的办公室。在这方面做出些牺牲，在那方面拿到些补偿。

但这对澳大利亚是一次严重的打击。人们发现母亲之国[①]把她在远东的小鸡倾巢端了出去，就连澳大利亚这样又肥又有出息的小鸡也概莫能外。

1942 年 10 月 23 日夜晚，沙漠中一派寂静。帕西略略欠起了身子，发现他的兄弟在黑暗中就像一个小孩似的靠在他的肩头上。詹斯伸过手搂着他，一起坐在那里，友爱地沉默着。军士鲍勃·马鲁伊用肘轻轻地推了推二等兵科尔·斯图尔特，露出牙齿笑了笑。

“一对儿黏糖。”他说。

“去你妈的。”詹斯说道。

“喂，哈勃，说点儿什么吧。”科尔咕哝着。

幽暗中只见帕西天使般地冲他一笑，张开嘴，惟妙惟肖地模仿着哈勃·马克斯的声音。几码外，所有的人都发出嘘声，要帕西闭上嘴。现在正处于不得有任何动静的戒备状态。

“基督呀，这种等法要憋死我了。”鲍勃叹息道。

帕西亮开嗓门说道：“要憋死我的是这种沉默！”

“你这套鬼把戏真他妈讨厌，我会动手杀人的！”科尔嘶哑着嗓子说道，伸手就去抓刺刀。

① 指英国，因澳大利亚人为英国人之后裔。

“看在基督的分上，安静下来！”传来了少校的低语声，“是哪个该死的傻瓜在喊叫？”

“帕西。”六七个声音一齐说道。

一阵表示肯定的哄堂大笑飘过了布雷区，少校一连串压低嗓门的不堪入耳的臭骂使笑声停止了。马鲁伊瞟了一眼手表，分针恰好指在晚上9时40分。

882门英国的大炮和榴弹炮一齐开火了。天空在旋转，大地在跳动，在膨胀，坐都坐不住。接二连三的猛击继续着，令人头脑欲裂的响声一秒钟也未减弱过。用手指堵住耳朵也没用。巨大的爆炸声是从地下来的，通过骨头直传入脑袋。隆美尔的前沿部队会有怎样的感受，在战壕里待过的第九师官兵能够想象得到。通常辨别出这种火炮的型号和规格是可能的，可是今晚它们那钢铁的喉咙却是以一片浑然的声音一齐开火的，并且不停地轰鸣着。

榴弹炮的火光和白昼的光不一样，而是像太阳的火光。一大片滚动的土烟就像翻卷的烟雾，直上数千英尺。爆炸的炮弹和地雷的闪光，密密麻麻地堆在一起、正在爆炸的箱子以及燃烧着的运输工具上跳动着的火苗，把腾起的烟雾映得一片通红。蒙哥马利手中的一切都在瞄准布雷区——大炮、榴弹炮和迫击炮。一切都以汗流浃背的炮兵们能做到的最快速度射出。这些苦工就像疯狂的小鸟一般填装着他们火器的弹膛。炮筒变热了。当炮兵们头脑已经发昏的时候，退弹和装弹的时间越来越短。疯了，全疯了，他们用一种毫无变化的动作程式侍奉着他们的野战炮。

这真是美极了，棒极了——这是炮兵生活中最非凡的时刻，在以后突然重归于平静的日子里，炮兵们不管是睡着还是醒来，都在不断地重温着这非凡的时刻。渴望着再经历一次蒙哥马利大炮齐吼的那15分钟。

沉默，寂然而绝对的沉默被那使耳膜鼓发胀的波涛打破了。它们打破了令人无法容忍的沉寂。恰好差5分10点。第九师的官兵从战壕里跃了出来，在空无人迹的土地上向前运动着。他们安上了刺刀，摸索着子弹夹，打开了保险，检查着水壶、军用干粮、手表和钢盔，检查鞋带是否系好，检查着支放重机枪的地点。在可怕的灼灼火光中，在炽热的沙子中，是很容易被发现的。但是在他们和敌人之间悬着一道尘幕，使他们安然无事。至少此时此刻是安然无事的。每到一片布雷区的边缘，他们就停下来，等待着。

晚10时整。马鲁伊军士把哨子放在两唇之间，尖锐的哨声在队伍里忽起忽伏。少校大喊着前进的命令。两英里宽的第九师先遣部队踏进了布雷区，身后的大炮又开火了，炮声隆隆。他们看到了自己前进的目标。就像在白昼一样，榴弹炮瞄准了最近的一片地区，炮弹就在他们前面几码的地方开花。每隔三分钟，炮火范围都延伸百十码。每次前进百十码的时候，幸好只碰上了反坦克地雷或S型地雷，散兵地雷已经被蒙哥马利的大炮炸得无影无踪了。阵地上依然有德国人和意大利人，机关枪阵地，50毫米小型火炮和迫击炮。有时，有人会踏上未爆炸的S型地雷，在它把人炸成两半之前，还有时间看到它从沙子里跳出来。

除了在大炮射击时匆忙缩在那里、每三分钟前进百十码和祈祷之外，根本没时间去思索，没时间去做任何事情。噪声、闪光、尘土、烟雾，使人五内俱颤的恐惧。布雷区还没到尽头，从他们这边到那一边约有二三英里宽。有时，在两次轰击的短暂间歇，从沙砾飞扬的炎热空气中隐隐传来风笛凄厉的尖叫声。在澳大利亚第九师的左侧，第五十一苏格兰高地师由一个风笛手引导着每一个连队的指挥官，缓慢地通过布雷区。对一个苏格兰人来说，由一个风笛手带领他参加战斗具有世界上最动人的吸引力，而对一个澳大利亚人来说，则具有极大的鼓舞和慰藉力量。但是，对一个德国人或意大利人来说，风笛会使他们勃然大怒。

这场战斗进行了 12 天，12 天的战斗就不算短了。第九师开始很走运。在通过布雷区以及进入隆美尔占领区的头几天，他们的伤亡相对来说是小的。

“你知道，我宁愿吃枪子儿，也不愿意当扫雷工兵。”科尔·斯图尔特靠在铁锹上，说道。

“我可不这么想，伙计。我想他们美透了，”他的军士长咆哮着，“他们等在该死的战线后面，直到咱们把一切都干完，然后他们就摇摇摆摆地带着该死的扫雷器为那些混账坦克扫清糟糕透顶的小路。”

“鲍勃，不是坦克有毛病，是大头头们调度无方，”詹斯说着，用铁锹的平面拍着新战壕中他那一段工事上的土，“基督啊，尽管这样，我真希望他们能决定让我们在一个地方就待上一小段时间！前五天我比一个该死的食蚁兽挖的土还要多。”

“接着挖吧，伙计。”鲍勃毫不同情地说道。

“嘿，瞧呀！”科尔指着天空，喊道。

18 架英国皇家空军的轻型轰炸机以标准的航空学校的编队队形飞到了洼地上空，非常准确地在德国人和意大利人中间投下了一批炸弹。

“真他妈漂亮。”鲍勃·马鲁伊军士说道，长脖子上的脑袋翘望着天空。

三天之后，他死了。在一次冒失的推进中，一大块弹片削去了他的一只胳膊和半个身子，除了从他嘴里把留在那儿的哨子拔下来之外，谁都没有时间停下来。现在，人们就像一群苍蝇似的前进着，疲劳得已无法保持初期那种警惕性和敏捷了。但是，他们坚守的是一块多么凄楚荒芜的土地，面对着一支战绩赫赫的部队的精华，进行一场艰苦的保卫战。对他们来说，除了进行一场沉默、执拗、拒绝被战胜的战斗之外，什么都顾不上了。

在坦克部队向南突击的同时，第九师顶住了格拉夫·冯·斯庞尼克和朗格豪森的部队，隆美尔终于被击败了。到11月8日时，他试图在埃及境外重整残部，而蒙哥马利则受命指挥整个战场。第二次阿拉曼战役是一次十分重要的战术胜利。隆美尔被迫丢下了大量的坦克、大炮和装备。“火炬行动”可以更安全地从摩洛哥和阿尔及利亚向东推进了。“沙漠之狐”仍在顽强战斗着，但是他的大部分实力都断送在了阿拉曼。北非战区最大的、最有决定意义的战斗打响了，而阿拉曼的陆军元帅蒙哥马利子爵是胜利者。

第二次阿拉曼战役是澳大利亚第九师在北非的最后一战。他们终于要回家，到新几内亚岛和日本人对垒去。从1941年3月起，他们或多或少总是处在最前线，训练不足，装备缺乏。但是，现在都满载着只有第四印度师才能超过的荣誉重返乡井。詹斯和帕西安然无恙，毫毛未损地随着第九师回来了。

当然，回国去，回德罗海达去，他们是满怀兴奋的。鲍勃开着车到基里把他们从贡的维底开来的列车上接了下来。第九师就驻扎在布里斯班，经过丛林地区的训练之后将开往新几内亚岛。当劳斯莱斯汽车飞快地转过车道时，所有的女人都走出草坪，等候着他们。杰克和休吉稍迟了一步，但是他们也同样渴望见到他们的小弟弟。要是在往常，德罗海达每一只愿意活下去的羊都能逃脱死刑，但今天是例外，因为今天是节日啊。

汽车停下，他们走了出来，可是居然没有人动一动。他们的样子变化太大了。他们在沙漠中待了两年，最初穿上的那套军衣已经全完蛋了。他们换了一身丛林绿的新军装，看上去判若两人。他们似乎长高了几英寸。他们确实长高了。过去两年他们是在远离德罗海达的地方成长的，已经比哥哥们高了。他们不再是孩子，而是大人了，尽管是和鲍勃、杰克、休吉气质不一样的大人。艰难困苦、闻战辄喜和充满了暴亡横死的生活赋予了他们某种德罗海达绝不能赋予的气质。北非干燥的阳光把他们晒成了赤褐色，儿时的皮色已经褪尽。是的，可以相信，这两个穿着简朴的军服、有旭日图案的澳大利亚皇家部队标志的帽子耷拉在左耳边的男人曾经杀过人。他们那蓝色的眼睛和帕迪一样，可是悲伤之色更重，没有他那种温和。

“我的孩子，我的孩子呀！”史密斯太太哭喊着，跑向他们，泪流满面。不，他们干过什么事她不在乎，不管他们有多大变化，仍然是她的小宝宝。她曾为他们洗洗涮涮，换尿布，喂吃的，替他们擦干泪水，吻过他们的伤口，使他们觉得好受一些。只是现在他们受过的那些伤，她已经没有能力去治愈了。

随后，所有的人都围住了他们，英国人的那种自我克制被抛到一边去了。他们大笑着，哭着，甚至连可怜的菲也拍着他们的后背，竭力笑着。接着史密斯太太吻他们的是梅吉、明妮、凯特。妈妈不好意思地紧紧抱着他们，杰克和休吉也不说话，只是紧紧地攥着他们的手。德罗海达的人是绝不会体验到重返故里是什么滋味，绝不会体验到他们是多么渴望又是多么畏惧这一时刻的到来。

看这对双生子吃东西时的样子吧！军队里绝没有这样的食物，他们笑着说道。小巧玲珑的粉色和白色蛋糕，浸巧克力的薄饼中卷着椰肉，带斑点的蒸小红肠布丁，撒着水果片和德罗海达母牛产的奶油的酥皮糕。他们早年的胃口被勾起来了。史密斯太太一口咬定他们会病上一个星期的，可是由于他们没完没了地喝着茶水，把食物冲了下去。他们似乎在消化方面没有碰到任何麻烦。

“和沃格面包有点不一样吧，呃，帕西？”

“是的。”

“沃格是什么意思呀？”

“沃格是阿拉伯人，沃普是意大利人，对吧，帕西？”

“对。”

这太罕见了。他们很乐意说话，或至少詹斯愿意说话。说起北非，一扯就是好几个钟头：城市呀，人民呀，食物呀，开罗的博物馆呀，运输舰甲板上的生活呀，宿营军帐的生活呀。但是，一说到真正的战斗是怎么回事，加撒拉、班加西、托布鲁克是怎么回事的时候，任你提多少问题，除了得到含糊其词或顾左右而言他的回答之外，什么也休想问出来。后来，在战争结束的时候，女人们发现说起这些时，情况总是这样的。参加过激烈战斗的男人们总是绝口不提这些战斗，拒绝参加退役军人俱乐部和社团，根本不想和那些使人永远无法忘记这场战争的团体打任何交道。

德罗海达为他们举行了一次宴会。同在第九师的阿拉斯泰尔·麦克奎恩也回家了，因此，鲁德纳·胡尼施牧场也理所当然地举行了一次宴会。多米尼克·奥鲁尔克两个最小的儿子正在新几内亚的第六师，尽管他们不能出席，比班-比班牧场还是举行了宴会。这个地区每一个有子参军的庄园都想为第九师的三个孩子平安归来而庆贺一番。女人和姑娘成群地围着他们，可是克利里家的凯旋英雄们却试图抓住一切机会逃之夭夭，在任何一个战场上他们都没这样慌过神。

事实上，詹斯和帕西似乎根本不想和女人有什么瓜葛，他们想和鲍勃、杰克和休吉待在一起。后半夜，女人们都睡觉之后，他们坐下来，和适才被迫留在后面的哥哥们说着话。他们那烦恼、惊惶的心这才平定了下来。他们骑着马跑遍了德罗海达那些被烤干的牧场——大旱已经是第七个年头了——他们很高兴穿便装。

尽管这片土地是这样的贫瘠，这样的令人苦恼，但是对詹斯和帕西来说，它却有一种难以言喻的动人之处。绵羊使人心旷神怡，花园中迟放的玫瑰散发着一股令人乐不可支的清香。不知怎的，他们不得不深深地吸收着这永远不会忘怀的一切，因为他们第一次离家是无忧无虑而去的。他们这次再离去的时候，将把这一切每时每刻都珍藏在记忆中，要把德罗海达的玫瑰和几片珍贵的德罗海达的草叶夹在皮夹子里。他们对菲既和善又怜悯，而对梅吉、史密斯太太、明妮和凯特却充满了爱，对她们十分温柔。她们是他们真正的母亲。

最让梅吉欣喜难抑的是他们喜爱戴恩的那种方式。他们和他一玩就是几个钟头，带着他骑马，和他一起纵声大笑，和他一起在草坪上滚来滚去。朱丝婷好像怕他们。而他俩则怯于和任何女性接触，他们回避任何一个女性，不管是不认识的，还是认识的。此外，可怜的朱丝婷对他们独占了戴恩，和他一起做伴，嫉妒得发狂，因为这就意味着没有人和她一起玩了。

"梅吉，他是个了不起的小家伙。"有一天，在梅吉走到外面的游廊里时，詹斯对她说道。他正坐在一把藤椅中看着帕西和戴恩在草地上玩。

"是呀，他是个小美男子，对吗？"她微微一笑，坐在了能看到她最小的弟弟的地方。她的眼睛中含着怜爱的柔情。他们曾经也是她的小宝宝啊。"怎么回事，詹斯？能告诉我吗？"

他抬眼望着她，由于一种深深的痛苦而显得很可怜，但是，他却摇了摇头，好像没有兴趣似的。"不，梅吉，这不是一件能对女人讲的事。"

"等这一切都结束，你结婚之后，你会怎么办呢？连你的妻子都不想告诉吗？"

"我们结婚？我不这么想。战争把一个男人的一切都拿去了。我们曾渴望去打仗，可现在我们明智多了。我们要是结了婚，就会有孩子，要孩子干什么呢？看着他们长大，被推出去干我们已经干过的事，去见我们已经见过的东西吗？"

"别这样，詹斯，别这样！"

他的眼光随着她的眼光转向了快活得咯咯大笑的戴恩。帕西正上下举着他。

“千万别让他离开德罗海达，梅吉。在德罗海达，他是不会受到任何伤害的。”詹斯说道。

德·布里克萨特大主教从漂亮、高大的走廊里跑了过去，没有在意那些吃惊地转过来看他的面孔。他冲进了红衣主教的房间，猛地收住了脚步。红衣主教大人正在招待波兰流亡政府驻教廷大使帕皮先生。

“嗨，拉尔夫！怎么啦？”

“事情发生了，维图里奥。墨索里尼被推翻啦。”

“亲爱的耶稣啊！教皇知道了吗？”

“我亲自给卡斯泰尔·甘多尔福打了电话，尽管电台随时都会获得这个消息。是德军司令部的一个朋友打电话告诉我的。”

“我真希望教皇陛下已经把细软都打点好了。”帕皮先生极微妙地带着一种打趣的口吻说道。

“要是我们把他乔装成一个方济各会[①]的托钵僧，他也许会脱身的，别无他法。”拉尔夫大主教急匆匆地说，“凯瑟林已经把城市围得像铁桶一般了。”

“他无论如何也不会走的。”维图里奥红衣主教说道。

帕皮先生站了起来。“阁下，我得离开您了。我是一个德国的敌对国政府代表。要是教皇陛下不安全的话，我也就有危险了。我的房子里还有一些文件，我得去照料一下。”

一本正经的外交官离开了，留下了两个教士。

“他是在这儿为他那受到残害的人民说情吗？”

“是的。可怜的人，他是这样关心他们。”

---

① 一译“法兰西斯派”，亦称“小兄弟会”。天主教托钵修会主要派别之一，教士们麻衣赤脚，云游各地。

“我们就不吗？”

“我们当然关心，拉尔夫！但是，局势比他了解的要困难。”

“实际情况是，他得不到信任。”

“拉尔夫！”

“唔，这不是实际情况吗？教皇早年是在慕尼黑度过的，他曾经热爱德国人，现在他仍然不顾一切地爱着他们。要是那些被杀害的可怜人的尸体作为证据放在他的眼前，他会说，这一定是俄国人干的。不是那些可爱的德国人干的，谁都不会像他们那样富于文化教养，那样文明！”

“拉尔夫，你不是耶稣会[①]的成员，但是，你之所以在这里，是因为你已经立下了忠于教皇的个人誓言。你具有你的爱尔兰人和诺曼底祖先的满腔热血，但是我恳求你，要放聪明些！从去年9月以来，我们就等待着斧子[②]倒台，祈祷领袖将留下来保护我们，免受德国人的荼毒。在阿道夫·希特勒的性格中有一连串的矛盾，他认为能够成为他的敌人，然而又希望尽一切可能保护下来的，就是两样东西：不列颠帝国和罗马天主教廷。但是，在事情逼到头上来的时候，他不得不全力以赴地压垮不列颠帝国。你认为，倘若我们也把他逼到那种地步，他不会打垮我们吗？只要我们说出一句谴责的话，就像波兰发生的事那样，他肯定会打垮我们的。亲爱的朋友，你认为我们的谴责到底会得到什么好处呢？我们没有军队，没有士兵。报复顷刻可至，而教皇将被送往柏林，这正是他害怕的。你不记得几个世纪前在阿维尼翁[③]的那个傀儡教皇吗？你希望**我们的**教皇在柏

① 天主教修会之一，是16世纪欧洲宗教改革运动兴起后，天主教内顽固地反对宗教改革的主要集团。1534年由西班牙贵族罗耀创立。1540年，经罗马教皇批准。该会会规强调会士绝对忠于教皇，无条件执行教皇的一切命令。

② 法西斯的标志上有斧子，故云。

③ 法国一城市名。

林当傀儡吗？”

“对不起，维图里奥，我不能从这个角度来看问题。我认为，我们**必须**谴责希特勒，应该站在屋顶上大声说出他的暴行！要是他把我们枪杀了，我们就是殉难而死，那样影响就更大了。”

“你简直太愚钝了，拉尔夫！他根本不会枪杀我们的。他明白，殉难的影响正中我们的下怀。可是，教皇将被送往巴黎，而我们将被悄悄地送到波兰去。波兰，拉尔夫，**波兰**！你愿意死在波兰而不是像你现在这样发挥作用吗？”

拉尔夫大主教坐了下来，在两膝之间紧攥着双手，倔强地凝视着窗外那些在高空翱翔的鸽子。它们披着落日的余晖，向自己的家园飞去。他49岁了，比以往更显得清癯，大部分事情都办得老练得体。

“拉尔夫，我们就是这个样子。我们是人，但这只能作为第二位的考虑。我们首先是教士。”

“这和我从澳大利亚回来时你排列的次序不一样，维图里奥。”

“那时我指的是不同的东西，这你是知道的。你变得难对付了。现在我的意思是，我们不能像人那样去思考。我们必须像教士那样去思考，因为这是我们生活的最重要的一个方面。不管我们作为人是怎样想的，或愿意做什么，我们的忠诚是献给教会的，而**不是**献给世俗政权的！我们的忠诚**只能**献给教皇！拉尔夫，你发过誓要服从。你想再一次打破誓言吗？教皇在所有能影响上帝的教会利益的事上是一贯正确的。”

“他错了！他的判断有偏见。他所有的精力都被引导到与共产主义作对上去了。他把德国看作是共产主义最大的对手，是防止共产主义西渐的唯一确实可靠的因素。他希望希特勒牢牢地骑在德国的鞍子上，正如他看到墨索里尼统治意大利而感到十分满意那样。”

“请相信我，拉尔夫，有些事情你并不了解底细。他是教皇，他**是**绝对正确的！倘若你否认这一点，你也就否认了你的忠实。”

门被谨慎但却是急匆匆地打开了。

“大人，凯瑟林将军阁下到。”

两位高级教士站了起来，他们的脸上浮起了微笑，与刚才的表情截然不同。

“见到您真是荣幸，阁下，请坐。来些茶吗？”

谈话是用德语进行的，因为梵蒂冈的许多高级成员都说德语。教皇喜欢说，也喜欢听德语。

“谢谢，阁下，请来些茶。在罗马任何地方都搞不到这样上好的**英国**茶。”

维图里奥红衣主教坦然一笑。“这是我在澳大利亚做教皇使节时养成的习惯，尽管我是天生的意大利习惯，可是我没有抛弃这个习惯。”

“你呢，大人？”

“我是爱尔兰人，将军阁下，爱尔兰人也养成了喝茶的习惯。”

阿尔伯特·凯瑟林将军总是觉得和德·布里克萨特大主教打交道像是一个男人和另一个男人打交道。在与这些瘦小而又圆滑的高级教士打过交道之后，他令人精神为之一振。他是一个坦率的人，毫无令人难以捉摸或狡狯的作风。

“大人，我一直对你地道的德国口音感到惊讶。”他赞叹道。

“我对语言听觉灵敏，将军阁下，也就是说，这和所有的天分一样——没什么可值得赞扬的。”

“我们能为阁下效些什么劳呢？”红衣主教和蔼地问道。

“我想，眼下你们已经听到有关领袖命运的消息了吧？”

“是的，阁下，听到了。”

“那么，在某种程度上你已经知道我为什么要来了。我是来向你保证一切平安的，也许能请你向在甘多尔福堡避暑的那些人转达这一信息吧？眼下我忙得不可开交，我亲自造访甘多尔福堡是不可能的了。”

“这个信息会转到的。你很忙吗？”

“自然啦，你一定能认识到，对我们德国人来说，现在这里是一个敌国了。”

“**这里**，阁下？这里不是意大利的土地，除了那些坏人，这里谁都不是敌人。”

“请原谅。我自然指的是意大利，而不是梵蒂冈。但是，在意大利的事情上，我必须按照我的元首的命令行事。意大利将被占领，到目前为止还是盟军的我的部队将要成为警察。”

舒舒服服坐在椅子中的，表面看去似乎生活中从来没有任何思想斗争的拉尔夫大主教密切地注视着来访者。他知道他的元首正在波兰干些什么吗？他能**不**知道吗？

维图里奥红衣主教脸上摆出了一副焦急的表情。“亲爱的将军，肯定不会占领罗马吧？啊，不！以罗马的历史和她的无价的艺术珍品，她不会被占领吧？倘若你把部队带进罗马城的话，那里的七座小山上就会发生冲突，这座城市会被毁灭的。我求求你，不要那样做！”

凯瑟林将军显得很不自在。“我希望事情不要到那种地步，阁下。不过，我也宣过誓，我也是奉命行事，我必须按照元首的愿望去做。”

“阁下，你会为了我们而竭尽全力吧？请你一定尽力周全！几年前我曾到过雅典。”拉尔夫大主教向前一俯身，很快地说道。他那富于魅力的眼睛睁得很大，一绺花白的头发落在额前。他很了解自己对这位将军的影响力，并且毫无内疚地运用着这种影响。“你去过雅典吗，先生？”

“是的，去过。”将军干巴巴地说道。

“那么，我肯定你是知道这段故事的。你知道历史上那些后来者们是怎样破坏卫城的。将军阁下，罗马像以前那样屹立着，她是一座被人们关心、注目和热爱了2000年的纪念碑。我求求你！不要危害罗马。”

将军讶然而赞赏地盯着他。他的军服和他本人十分相宜，但是比不上那威严的紫红色法衣和拉尔夫大主教的相配。他也有一副军人的仪表，军人的清瘦而优美的身材和天使一般的脸庞。米迦勒天使长的模样一定是这样的。他不是一个文艺复兴时代的温和少年，而是一个成熟完美的男人，曾爱过撒旦，和他斗争过，放逐过亚当和夏娃，杀死过巨蛇，他站在上帝的右边。他知道他的相貌是什么样吗？他确实是个值得记住的人。

“我将尽力而为，大人，我答应你。从某种程度上来说，我承认做决定的是我。正如你所知道的，我是个文明的人。不过，你所要求的太多了。假如我宣布罗马是个不设防城市的话，这就是说，我不能轰炸它的桥梁或强占它的建筑物作为要塞，这最终对德国人是不利的。假如我待罗马以仁慈，那么我能够得到什么样的保证，她不以背叛来对待我呢？”

维图里奥红衣主教噘着嘴唇，向他的猫发出了亲吻的声音——现在他的猫已经换成一只暹罗猫了。他温和地笑着，望着拉尔夫大主教。“罗马绝不会以背叛对待仁慈的，阁下。我可以肯定，当你确实有时间去访问一下甘多尔福堡的时候，你也会得到同样的保证。喂，肯茜，我的宝贝儿！啊，你是个多么可爱的姑娘啊！”他用双手把它按在自己那鲜红的膝头上抚摸着它。

“一只非同一般的动物，阁下。”

“一个贵族，将军阁下。我和大主教的姓氏都是古老而历史悠久的姓氏，可是比起她的门第来，我们的就一钱不值了。你喜欢她的名字吗？这是中国人对绢花的称呼。很贴切，对吗？”

茶已经端上来了，正在分派着。他们默默不语，直到摆茶的女仆离开房间。

“你不会为宣布罗马是不设防城市而感到后悔的，阁下。”拉尔夫带着温柔的微笑，对这位意大利的新主人说道。他转向了红衣主教，那迷人的魅力就像脱下了伪装一样地消失了，对这位可敬的人是用不着来这套的。“阁下，你打算做‘母亲’，还是我来掠美？”

“‘母亲’？”凯瑟林将军茫然地问道。

迪·康提尼–弗契斯红衣主教大笑起来。“这是我们这些独身人的一个小小的玩笑。不管是谁倒茶，都被称为‘母亲’。一个**英国**的说法，将军阁下。”

那天夜里，拉尔夫大主教十分疲倦，不得入睡，紧张不安。对于帮助结束这场战争，他似乎无能为力，只是在保护古迹方面尽了绵薄之力。他越来越厌恶梵蒂冈的这种惰性了。尽管他天性保守，但是占据着教会最高位置的那些人蜗牛般的谨慎有时使他感到一种无法容忍的恼怒。除了那些当侍者的低级修女和教士之外，几个星期以来，他只是和一个平平常常的人说着话，这个人无论在政治上、宗教上或军事上都别无所图。这些日子，似乎连祈祷对他都变得不那么顺心了，上帝似乎也躲到了几光年之外的地方，仿佛退而任人类放手毁灭这个他为他们创造的世界。他觉得，他需要的是来一帖梅吉和菲的那种兴奋剂，或是某个对梵蒂冈和罗马的命运毫无兴趣的人的兴奋剂。

大主教阁下走下了秘密的台阶，走进了圣彼得[1]的方形大教堂，漫无目的地随便走着。这些天来，夜幕一降临，它的门就全都锁上了，笼罩着罗马城的一派宁静比一队队身穿灰军服的德国人在大街小巷走来走去更令人不安。一丝微弱幽暗的光照亮了空荡荡的东边

① 耶稣十二门徒之一，原为渔夫。见《圣经·彼得书》。

的圆室。当他走动的时候，那空室足音在石头地面上回响着。他停下来在高圣坛前屈膝时，足音便消失在静寂之中，随后，又回响起空荡荡的脚步声。这时，他在脚步声之间听到了一阵喘息声。他手中的电筒猛地抬了起来，把光柱平平地照着发出声音的地方，好奇心大于恐惧。这是他的地方，他可以无须恐惧地保护它。

他认为所有的雕塑中最漂亮的一件是米开朗琪罗[①]雕塑的圣母马利亚手抚耶稣的尸体而哭的雕像。现在，手电筒的光柱就在这座雕像上晃动着。那静止的、极漂亮的手指下面多了一张面孔，这面孔不是大理石雕成的，而是肉的，完全隐没在空荡荡的阴影里，像死人的脸一般。

"你好。[②]"大主教微笑着说道。

没有回答，但是他看到那衣服是一件军阶最低的德国步兵的军服，一个普通的人！不要紧，他是个德国人。

"你好。[③]"他依然笑着问道。

那人一动，朦胧中那宽宽的、知识分子式的额头上的汗水闪了一下。

"你病了吗？[④]"他随后问道。由于那人没有再动，他心里怀疑这家伙是不是病了。

终于，传来了一个声音："没有。[⑤]"

拉尔夫大主教把手电筒放在了地上，向前走去，把手放在那士兵的下巴下面，托了起来，望着那双黑眼睛，这眼睛比周围的黑暗

---

① 布奥耶罗提·米开朗琪罗（1475—1564），意大利著名的雕刻家、画家、建筑家和诗人，与达·芬奇、拉斐尔和提提昂并称"文艺复兴四杰"。

② 原文是意大利语：Ciao。

③ 原文是德语：Wie geht's。

④ 原文是德语：Du bist krank？

⑤ 原文是德语：Nein。

还要黑。

“怎么啦？”他笑了起来，用德语问道。“喂！”他接着用德语说着。“你不了解，这是我生活中的主要任务——问人们：怎么啦。我告诉你吧，这个问话使我在生活中遇上了许多麻烦。”

“我是来祈祷的。”那小伙子用一种深沉得与他年龄不相称的声音说道，他带着浓重的巴伐利亚[①]口音。

“出什么事了，你被锁在了里面？”

“是的，不过要紧的并不是这个。”

大主教拾起了手电筒。“喂，你不能整夜待在这里，我没有拿着门的钥匙。跟我来吧。”他一边往回向通往教皇宫的秘密楼梯走去，一边慢吞吞地说着，声音柔和。“事实上，我也是来祈祷的。感谢你们的最高统帅部，今天是一个令人相当不愉快的日子。这儿，从这儿上……我们只能希望教皇的职员们不要认为我已经被捕了，明白我正在护送你，而不是你护送我。”

说完这番话之后，他们默默无言地走了十来分钟，穿过走道，走到一个露天的庭院和花园里，在一个门厅中走上了台阶。那年轻的德国人似乎并不急于离开他的保护者，而且还紧紧地挨着他。最后，大主教打开了一道门，把他的迷路人让进了一间空荡荡的、陈设简陋的小起居室，拧亮了一盏灯，关上了门。

他们站在那里互相凝视着，谁都能看清楚谁了。德国兵看到了一个身材高大的人，面容清秀，一双湛蓝的、洞察一切的眼睛；拉尔夫大主教看到的是一个小青年，身上穿着整个欧洲看到都会感到恐怖和畏惧的服装。这是一个孩子，肯定不超过十六岁。中等个，少年的身材十分清瘦，他的身量日后肯定是个大块头，气力过人，

---

① 德国的一个州。

胳臂很长。他的脸庞颇有些意大利人的特点，黧黑而有教养，极有吸引力。大大的、深棕色的眼睛上长着长长的黑睫毛，头部漂亮得惊人，满头黑色的波浪发。尽管他的地位普普通通，但他浑身上下无不显出非同寻常的样子。大主教很感兴趣，也顾不上他本来是渴望和一个普通老百姓谈一谈的事实了。

“坐下吧。”他对少年说着。走到一个橱子前，找出了一瓶马沙拉酒[1]。他往两只玻璃杯里倒了一些酒，给了那少年一杯，拿着自己的酒杯向一把椅子走去，在那里可以舒舒服服地望着那迷人的面庞。“他们艰难到要派孩子们给他们打仗了吗？”他跷起腿，问道。

“我不知道，”那少年说，“我以前是在一家孤儿院里，所以，无论如何我很早就会被征入伍的。”

“小伙子，你叫什么？”

“雷纳·莫尔林·哈森。”那少年极其骄傲地说了出来。

“一个极好的名字。”教士郑重地说道。

“是吗？是我自己起的。在孤儿院的时候，他们管我叫雷纳·施米特，可是，参军之后，我就把它改成了我一直想叫的名字。”

“你是个孤儿？”

“修女把我称作私生子。”

拉尔夫大主教使劲忍着，没有笑出来。这孩子是如此自尊，镇定，现在他已经不再害怕了。刚才他怕什么呢？既不是怕被人发现，也不是怕被锁在方教堂里。

“雷纳，你刚才为什么那样恐惧？”

那少年小心地啜着他的酒，带着愉快的表情抬起头来。“这酒不错，真甜啊。”他使自己更轻松了一些。“我想看看圣彼得教堂，因

---

① 产于意大利西西里岛的一种白葡萄酒。

为修女们常常对我们说起它，并且给我们看过照片。所以，在他们把我们派驻到罗马的时候，我感到很高兴。我们是今天早晨到这儿的。我一能离营，就来了。”他皱了皱眉。“可是，它和我想象的不一样。我本来以为，在我们上帝自己的教堂里，我会感到离他更近些。可它只是又大又冷。我感觉不到他。”

拉尔夫大主教微微一笑。“我明白你的意思了。可是，你知道，圣彼得教堂实际上并不是一座教堂。和大部分教堂的概念不一样。圣彼得教堂是教廷。我记得，我是用了好长时间才对它习惯的。”

“我想为两件事祈祷。”那孩子说道。他点了点头，表示他已经听到对方的话了，但那并不是他希望听到的。

“为了使你恐惧的事而祈祷吗？”

“是的，我想，待在圣彼得教堂里是会得到帮助的。”

“雷纳，使你恐惧的是什么事？”

“他们会判定我是犹太人，而且，我的团最终会被派到俄国去。”

“我明白了。难怪你害怕。确实存在着他们会判定你是个犹太人的可能性吗？”

“嗯，请看看我吧！”那孩子直截了当地说，“在他们记下我的特征时，他们曾说，他们得查一查。我不知道他们会不会去查，不过我想，修女们对我的了解比她们告诉我的要多。”

“要是她们说了的话，他们是不会放过这件事的，”大主教安慰他道，“她们会明白为什么问她们这事的。”

“你真这么想吗？哦，我希望这样就好了！”

“有犹太血统的想法使你这样心烦意乱吗？”

“我的血统是什么倒无关紧要，”雷纳说，“我是德国人生的，这是唯一重要的事。”

“可他们偏偏不这么看，对吗？”

“是的。”

“那么，俄国呢？肯定，现在没有必要担心俄国了。你现在在罗马，南辕北辙。”

“今天早晨我听我们司令官说，我们早晚会被派到俄国去。在那儿情况就不妙了。”

“你是个孩子，”拉尔夫大主教突然说道，“你应该上学。”

“不管怎么样，现在是不行的。”那少年笑了。“我16岁了，所以我愿意工作。”他叹了口气。“我本来一直是想上学的。学习可是件重要的事。”

拉尔夫大主教大笑起来，随后，站起身，又将杯子斟满。“别总是注意我，雷纳。我没有任何意义。沉思吧，一件事接一件事地想。我就是用沉思来打发时光的。我不是个很好的主人，是吗？”

“你很好。”那孩子说道。

“那么，”大主教又坐了下来，说道，“给你自己下个定义吧，雷纳·莫尔林·哈森。”

那脸上浮现出一种令人难以理解的骄傲。“我是个德国人，一个天主教徒。我想使德国成为这样的国度，在那里不会因为种族和信仰而遭受迫害，我要为这个目标而奋斗，不惜献出我的生命。”

“我将为你祈祷——你会活着，会成功的。”

“你？”少年腼腆地问道，“你真的愿意以你的名字为我个人祈祷吗？”

“当然。事实上，你已经教给了我一些东西。在我的职位上，我所能支配的唯一武器就是——祈祷。我没有其他职责。”

“你是谁？”雷纳问道，酒劲开始使他昏昏然地眨着眼睛了。

“我是拉尔夫·德·布里克萨特大主教。”

“噢，我还以为你是个普普通通的教士呢！”

“我就**是**个普通教士。别无其他。”

“我和你商定一件事吧！”那孩子说道，他的眼睛闪闪发亮，

“你为我祈祷，神父，要是我能活到实现我的目标，我会回到罗马来，让你看看你的祈祷起了什么作用的。”

那双蓝眼睛闪着温柔的笑意。“好吧，就这么说定了。你来的时候，我会告诉你在我祈祷时，我想了些什么。”他站起身来，“在这待一会儿，小政治家。我去给你找些吃的。”

他们一直谈到曙光照在穹顶和钟楼上。鸽子在窗外啪啪地扇动着翅膀。这时，大主教领着他的客人穿过了宫殿的公共房间，看到了他带着欣喜和敬畏之情，走进空气清冷的外面的世界。尽管拉尔夫不知道，但那姓名响当当的少年确实到俄国去了，带着异常愉快的回忆，并且肯定：在罗马，在上帝自己的教堂中，一个人正在以他的名字每日祈祷。

眼下，第九师已经做好开往新几内亚岛去的准备了，除了扫尾工作，一切都已就绪。令人不安的是，澳大利亚军事史上这支最精锐的师只盼着在其他的地方再建功勋，希望到印度尼西亚把日本人赶回去。瓜达尔卡那尔一仗完全粉碎了日本人争夺澳大利亚的希望。然而，他们像德国人一样，是满怀悲痛地、不情愿地屈服的。尽管他们的供应线拉得很长，部队由于缺少供给和增援而垮了下来，但是，他们使美国人和澳大利亚人每夺回一寸土地都要付出代价。在退却中，日本人放弃了本纳、高纳和塞拉蒙，悄悄地溜到了北部海岸，溜回了莱城和芬什港。

1943 年 9 月 5 日，第九师在莱城正东的海上登陆了。天气很热，湿度达到了百分之百，虽然离雨季还足足有两个月，可是每天下午都要下雨。疟疾的威胁就意味着每个人都得服用阿的平[①]，这种

① 治疟疾的药。

小黄药片使大家就好像真得了疟疾似的，总是感到恶心。毫无变化的湿度就意味着靴子和袜子总是湿的。脚变得像海绵，脚趾之间露出了血痕，血淋淋的。毒虫和蚊子叮咬过的地方开始发炎、溃烂。

在莫斯比港，他们曾见过新几内亚岛土著居民的悲惨状况，而他们如果不能顶住这里的气候，抵挡住雅司病[①]、脚气病、疟疾、肺炎、各种慢性皮肤病、肝肿大和忧郁症蔓延的话，对白人来说就没有多大希望了。在莫斯比港还有科科达的幸存者，牺牲在日本人枪下的倒不多，可是死于新几内亚岛的各种炎症和因发烧而谵言妄语的倒不少。由于只穿着热带的衣物，在9000英尺高的地方寒气侵入肌骨，得了肺炎而死的人比被日本人打死的多10倍。泥浆黏稠而阴冷，天黑以后，神秘莫测的森林中含磷的真菌闪着幽冷的鬼火，顺着一条扭曲盘结的树根攀上壁立的山崖，意味着一个人一秒钟也无法抬头往上看一看。这简直是狙击手的活靶子。任何一个地方和北非都迥然相异。然而第九师一点儿也没有什么可抱怨的，他们宁愿和科科达的崎岖小路搏斗，也不愿意打两次阿拉曼战役。

莱城是一个被茂密的森林和草原包围的海滨城镇，远离海拔11 000英尺的腹地。作为一个战场，它比科科达更有益于健康。这里只有寥若晨星的几幢欧式房子、一个加油站和一片土著人的棚屋。日本人还是采取以往的那种战略。不过，他们人数少，给养枯竭，像和他们打过仗的澳大利亚人一样，筋疲力尽，被疾病折磨着。他们在北非经过与重炮和机械化程度极高的部队较量过之后，很奇怪在这儿连一门迫击炮或野战炮都看不到，只有时刻上着刺刀的欧文枪和步枪。詹斯和帕西愿意肩并肩地打仗，挨得紧紧地前进，互相保护。在经过打退非洲军团的战斗之后，他们再与日本人交战简直

① 一种热带的痘状慢性皮肤传染病。

是一种奇耻大辱，虽然这是无可置疑的事实。这些矮个子的黄种人似乎全都穿着草绿色的衣服，长着龅牙，根本没有军人的威武气派。

第九师在莱城登陆两个星期以后，再也看不到日本人了。春天已经来到了新几内亚岛。这一天，风和日丽，湿度下降了 20 个百分点。阳光普照，雾蒙蒙的天空突然变成了瓦蓝，城外的分水岭上一片姹紫嫣红。纪律已经松弛下来了，每个人似乎都想趁着这一天玩玩板球，散散步，逗弄着土著人，让他们大笑，露出血红的、无齿的牙龈，这是嚼槟榔的结果。詹斯和帕西在镇外的深草中散着步，这使他们想起了德罗海达。这草也像德罗海达的草地那样，阴雨季节过后，就如同被洗了一遍，黄褐色的，非常深。

“帕西，现在离回去的日子不远啦，”詹斯说道，“我们已经把日本人和德国人赶跑了。回家，帕西，回德罗海达的老家去！我简直等不得了。”

“是啊。”帕西说道。

他们肩并肩地走着，比一般男人们之间允许的程度要近乎得多。有时，他们愿意互相抚摸，他们并没有发觉这一点，只是觉得像一个人抚摸着自己的身体，有种痒酥酥的感觉，似乎使他们肯定了自己的存在。太阳不再像是土耳其浴室[①]中模糊不清的圆球了，和煦的阳光照在脸上，这有多美啊！他们不时仰脸冲着太阳，张着鼻孔饱吸着灼热的阳光照射在像德罗海达一样的草地后所散发出来的香气。他们有些沉入幻想了，幻想着自己回到了德罗海达，在令人迷茫的正午，向一棵芸香树走去，全身完全松弛地躺在那里，看看书，打个盹儿。他们在草地上打着滚，透过皮肤感觉到了友好而又美丽的大地，觉得在地下某个地方有一颗巨大的心脏在搏动着，就好像沉

---

① 即蒸汽浴室。

睡的婴儿感觉到了母亲的心脏一样。

“詹斯！看！一个地道的德罗海达虎皮鹦鹉！”帕西惊讶地说道。

虎皮鹦鹉可能也是莱城本地的鸟类，但是，今天的心情和这个完全出乎意料的、令人回忆起乡井的东西，突然在帕西身上触发了一阵狂喜。他大笑着，觉得草弄得他那裸露的腿直发痒。他追赶着那只鹦鹉，一把从头上抓下了破旧的、软塌塌的帽子，伸了出去，好像他真的相信他能捕捉住那只逐渐消失的鸟似的。詹斯微笑着，站在那里望着他。

当一挺机关枪把他身边的草叶打得乱飞的时候，他大概离帕西有 20 码远。詹斯只见他两臂向上一扬，身子一转，那伸出的胳臂就像在祈求一样。从腰间到膝盖都是一片殷红的血，汩汩流动的血。

“帕西，帕西！”詹斯惊叫着。他身上的每一个细胞都感到挨了子弹，感到他自己正在垮下来，就要死去。

他大步流星地跑了过去，越跑越猛，随后，他那军人的警惕性发生作用了。恰好在机关枪又开火的时候，他一头向前趴在了草地上。

“帕西，帕西，你没事吧？”他看到了血，竟愚蠢地喊了起来。

然而，真是叫人难以置信。“没事。”传来了微弱的回答声。

詹斯一寸一寸地穿过芬芳的草丛，吃力地向前爬着，听到了由于自己向前爬而发出的喘息声。

当他爬到兄弟的跟前时，他的头靠在那裸露的肩头上，哭了起来。

“别哭，”帕西说道，“我还没死。”

“严重吗？”詹斯问道，他拉下那鲜血浸透的短裤，看着流着血的肉，浑身发起抖来。

“不管怎么样，我好像没觉得要死。”

人们全都出现在他们周围了，板球手们还戴着护腿和手套。有的人跑回去取担架，与此同时，其他的人把空地远处的那挺机关枪打哑了。这一行动进行得极其残忍，因为大家全都很喜欢哈勃。要是他有个三长两短，詹斯就再也不会是老样子了。

这是风和日丽的一天。虎皮鹦鹉已经远远地飞去了，其他的鸟儿在啁啾鸣啭着。它们毫无畏惧地叽叽喳喳，只在战斗打响时才无声无息。

“帕西真走运，”过了一阵儿，军医对詹斯说道，“他身上一定有十来颗子弹，可是大部分都打在大腿上了。有两三颗打高的似乎嵌入了骨盆或肌肉。就目前我能判断的，他的肚子里有一颗子弹，膀胱里也有一颗。唯一的麻烦是……”

“呃，什么？”詹斯等不及地催问着。他依然在颤抖着，嘴周围发青。

“当然，现在这个阶段，什么都还不好说，而且我可不像莫尔斯比的某些家伙那样，是个天才的外科医生。他们会告诉你更多的情况的。不过，他的尿道受了伤，会阴部的许多小神经也受了伤。他会痊愈如初的，这我相当有把握，也许除了那些神经以外。遗憾的是，神经不会恢复得很好。”他清了清嗓子，“我试图说明的是，他的生殖器部位恐怕再也不会有多少感觉了。”

詹斯垂下头，透过一片泪幕望着地面。“他至少能活了。”他说道。

他得到批准，和他的兄弟一起飞往莫尔斯比，并且待到帕西脱离危险期为止。那些伤口不大可能出现什么意外的情况。子弹散布在下腹部，没有穿透。但是，第九师的军医是对的，下骨盆的神经伤得很厉害。日后能恢复得如何，谁也不能打保票。

“没什么太要紧的，”帕西在担架上说道，他将要躺在这个担架上飞回悉尼去，“反正我对结婚从来都不很在意。现在，你得自己照顾自己了，詹斯，听见了吗？我真不想离开你啊。”

“帕西，我会照顾自己的。基督啊！”詹斯咧嘴笑了笑，紧紧地握着他兄弟的手，“想不到在失去了我最好的伙伴的情况下去打剩下的仗了。代我向史密斯太太、梅吉、妈妈和哥哥们问好，嗯？你真有点儿幸运，要回德罗海达老家了。”

菲和史密斯太太飞到了悉尼，去接从汤斯威尔运帕西来的美国飞机。菲只停留了几天，但是，史密斯太太却在紧挨着威尔士亲王军医院的一家兰德维克旅馆住了下来。帕西在那里住了三个月。他在战斗中的任务算是结束了。史密斯太太洒了许多泪水，但是对此也感到谢天谢地。从某种角度来说，他再也不能过完满的生活了，但是他可以做其他所有的事：骑马啦，走路啦，跑啦；毕竟，克利里家族在成双配对这类事上似乎是不大行的。在他出院的时候，梅吉开着劳斯莱斯汽车从基里来了。两个女人把他安顿在后座的毯子和杂志中，祈祷着另一个恩赐：詹斯也会回家的。

16

直到裕仁天皇的代表签署了日本的官方投降书，基兰博的人才相信战争终于结束了。消息是 1945 年 9 月 2 日传来的，这个日子正好是战争开始六周年。这是极其痛苦的六年。许许多多的位置都已空缺，永远不会再填补上了；他们是多米尼克·奥鲁尔克的儿子罗利，霍里·霍普顿的儿子约翰，伊登·卡迈克尔的儿子科马克。罗斯·麦克奎恩最小的儿子安格斯再也不能走路了，安东尼·金的儿子大卫还能走路，可再也看不见他脚下的路了。帕迪·克利里的儿子帕西永远不会有孩子了。还有这样一些人，他们的创伤是肉眼看不到的，可他们的伤痕却同样深。他们欢天喜地、心情急切、仰天大笑而去，但回家后却沉沉默默、慢言寡语、罕见其笑。在战争开始的时候，他们能想到这场战争如此旷日持久，付出的代价是如此沉重吗？

基兰博并不是一个特别迷信的地方，但是 9 月 2 日那个星期天，就连最愤世嫉俗的居民也都战栗了。因为，在这一天战争结束了，澳大利亚历史上最长的干旱也在同一天结束了。近十年来没下过一场有补于事的雨，可是那天，布满天空的云层却厚达数千英尺。黑云压顶，雨水破云而来，在干涸的土地上倾注了 12 英寸的雨水。也许，1 英寸的雨水尚谈不上缓解旱情，过后根本无济于事，可 12 英寸的雨水却意味着青草啊。

梅吉、菲、鲍勃、杰克、休吉和帕西站在外廊中，望着夜幕中的大雨，使劲地吸着雨水落在焦干、龟裂的土壤上所发出的令人应接不暇的香气。马、羊、牛和猪用腿在渐渐变稠的地面上乱扒着，任雨水冲刷着它们那颤抖的身体。它们大部分都是在上一次像这样的雨浇淋过世界之后才出生的。在墓地里，雨水冲走了灰尘，使一切都露出了白色，冲走了那平淡无奇的波提切利天使伸展的双翅上的灰土。小河里掀起了浪头，洪水的咆哮与暴雨的抽打声相和。雨，雨，雨！它就像是长期掌握在一个巨大的、神秘莫测的手中的天恩，终于赐予了人间。这赐福的、令人叫绝的雨。因为雨就意味着草地，而草地就是命根子啊。

浅绿色的茸茸小草露头了，小叶片直指青天，分开叉，往上蹿，随着草叶的生长，渐渐变成了深绿色。随后，深绿渐次褪去，勃发茂盛，变成了一片银米色的、深可没膝的德罗海达草原。家内围场看上去像是一片麦田，清风起处，草浪起伏。庄园的花园里百卉争妍，群苞怒绽，魔鬼桉在经过九年蒙尘之后，突然之间又变成了蓝色和浅绿色。尽管迈克尔·卡森发疯似的安装的许多水箱依然足以维持庄园的花园，但是，这九年来灰尘落在每一片叶子上和花瓣上，使它们显得色彩黯淡，毫无生气。而一个流传很久的传说被证实了：德罗海达确实有足够的水可以熬过十年大旱，但仅够庄园之用。

鲍勃、杰克、休吉和帕西回到了围场中，看看怎样才能使家畜以最快的速度重新兴旺起来。菲打开了一瓶崭新的黑墨水，使劲拧上红墨水的瓶盖[①]。梅吉明白，她的鞍马生活将要结束了，因为，用不了多久詹斯就会回家，而且男人们也要转而寻找工作了。

九年大旱之后，绵羊和牛已经所剩无几，只有最好的种牲畜不管什么时候都是关在栏圈里，用人工喂养，它们是第一流牲畜的精

① 在记账中，红墨水是表示支出大于收入的赤字的。

华，第一流的公羊和公牛。鲍勃到坐落在东边的西部山地顶上去了，在那里从一些受旱灾打击不那么严重的产业地内收购母羊。詹斯回到了家中，德罗海达的工资单上又添了八个人。梅吉挂鞍而退。

在这之后不久，梅吉收到了卢克的一封信。这是自她离开他以来收到的第二封信。

“我估计，”他写道，“从现在开始，我在甘蔗田里再也干不上几年了。这些日子来，衰老的后背有点儿疼，可是，我还是能和他们中间最棒的人一样地干，一天割 8 吨或 9 吨。我们还有另外 12 队人为我和阿恩割甘蔗，都是些好家伙。钱挣得很容易，欧洲需要糖，希望我们尽快地生产出来。我一年能挣 5000 多镑，差不多全节省下来了。梅格，用不了多久我就能搞到基努那附近的那块地了。也许，在我把一切都弄妥之后，你就想回到我身边了。你想要的小孩儿我给你了吗？真有意思，女人真是把心都扑在孩子身上啊。我想，这就是我们破裂的真正原因，对吗？告诉我你日子过得怎么样，德罗海达的旱情怎样。你的卢克。”

菲走到了外廊上，梅吉正坐在那里，手中拿着信，嗒然若失地望着庄园葱茏葳蕤的草坪。

“卢克怎么样啦？”

“和以前一样，妈。一点儿变化也没有。还要在那该死的甘蔗田里干一段时间，打算终有一天搞到基努那附近的地。”

“你认为他真会那样做吗？”

“我想会的，总有一天。”

“梅吉，你会去和他待在一起吗？”

“过 100 万年也不去。”

菲在她女儿旁边的一把藤椅上坐下，把椅子拉转过来，这样她就能清清楚楚地看见梅吉了。远处传来男人们的叫喊声和锤子的敲打声。外廊和庄园上层的窗户上终于装上了挡苍蝇的细铁纱网。许多年来，菲一直顽固地坚持不让装。不管有多少苍蝇，房子的造型设计绝不能让这些丑陋不堪的纱网给破坏了。可是，干旱持续得越久，苍蝇就越猖獗，直到两个星期之前，菲才让步。她雇了一个承包商，把牧场的每一个建筑物都围上了铁纱网，不仅仅是庄园本身的建筑，而且也包括所有职工的房子和工棚。

尽管从1915年以来这里就有了一台牧工们称之为“驴”的机器，但是她还是不愿意在剪毛棚里通上电。德罗海达难道不需要那些光线柔和的灯吗？恐怕是不要的。但是，这儿有一个新的煤气炉，使用订购的罐装煤气，还有十来个煤油冰箱。澳大利亚的工业尚未因进入一个和平时期而起步，但是，新的设备终究会来的。

“梅吉，你干吗不和卢克离婚，再嫁人呢？”菲突如其来地问道。“伊诺克马上就会娶你的。他从来就没看上过其他的人。”

梅吉那可爱的眼睛迷惑不解地打量着母亲。“老天爷呀，妈，我相信你实际上是在用一个女人对另一个女人的口气在对我说话！”

菲没有笑，她是极少笑的。“嗯，要是到现在你还不是一个女人的话，你就永远不是了。我有资格这样说你。我一定是老了，变得爱啰唆了。”

梅吉大笑了起来，并且对妈妈这种多事感到高兴，极不想破坏这种新的情趣。“下雨了，妈。一定是下雨了。哦，看到德罗海达又成了一片草原，庄园附近的草坪一派葱绿，不是很好吗？”

“是的，是这样的。可是，你岔开了我的问题。为什么不和卢克离婚，再嫁人呢？”

“这是违背教规的。”

“蠢话！”菲大声说道，但是很和蔼，“你的一半是我的，我可不是天主教徒。别跟我说那个，梅吉。要是你真的想结婚的话，就和卢克离婚吧。”

“是的，我想我愿意离婚，可是我不想再结婚了。和我的孩子在一起，留在德罗海达，我很幸福。”

附近的荆棘丛里传来了一阵和她的声音十分相似的咯咯笑声，那枝叶垂挂的圆柱形树丛掩盖着那发出笑声的人。

“听！他在那儿，是戴恩！你知道吗？他这个年龄就能像我那样骑在马上了。”她向前一探身子，“戴恩！你在干吗呢？马上出来！”

他从树丛枝叶最密的地方爬了出来，两手满是黑土，嘴旁沾着叫人起疑的黑泥。

“妈！你觉得土壤的味好吗？真好呀，妈，真的！”

他走了过来，站在她面前。7岁的他个头儿就算高的了，身材颀长，优美而健壮，面容精巧俊秀。

朱丝婷出现了，走过来站在他的身边。她个子也很高，但与其说是苗条倒不如说是皮包骨头，满脸雀斑。在那棕色的斑点下，很难看清她的面貌，但那令人气馁的眼睛还是像婴儿时期那样浅淡。在雀斑之中很难看到那双过于浅淡的沙色眉毛和睫毛，淘气的脸旁乱蓬蓬地长着像帕迪那样极红的鬈发。谁也不会把她称为一个俏孩子，但是谁也不会忘记她，这不仅是由于她那一双眼睛，而且也是由于她那极强烈的特点。严峻、直率、坚定而聪慧，大伙都觉得8岁的朱丝婷还是像婴儿时期那样小。只有一个人和她特别亲密：就是戴恩。她依然溺爱他，依然把他看作是她的财产。

这就导致了她和她母亲在愿望方面的许多冲突。当梅吉挂起了马鞍，重新回来做母亲的时候，这对朱丝婷是个不堪忍受的打击。事实上，自从朱丝婷确信她在任何事上都是正确的时候起，她似乎就没有需要一个母亲的愿望了。她是个既不需要知己女友，也不需要别人热烈赞同的小姑娘。她所萦心挂怀的是，梅吉几乎是个打扰她和戴恩愉快相处的人。她和外祖母处得要好得多，外祖母正好是朱丝婷由衷赞赏的那种人。她保持着距离，对一个人有点儿小算盘觉得很好玩。

“我告诉过他不要吃土。”朱丝婷说道。

“唔，这不会使他丧命的，朱丝婷，不过，对他也没啥好处。”梅吉转向儿子。“戴恩，干吗要吃土呢？”

他煞有介事地想了想这个问题。“它就在那儿，所以我就吃啦。要是它对我没啥好处，为什么它的味道还不错呢？它的味道真好。”

“不一定吧，”朱丝婷傲然地打断了他的话，“我向你打保票，戴恩，真的。有些味道最好的东西是毒性最大的东西。”

“举个例子吧！”他针锋相对地说。

“糖蜜！”她扬扬得意地说道。

戴恩曾在史密斯太太的食品室里发现了一罐糖蜜，吃了许多，过后便大倒其胃。他承认了这个讽刺，可是却反唇相讥。“我还活得好好的，可见它不是那么有毒。”

“那只不过是因为你呕吐了。要是你没吐的话，早就死啦。”

这是无可置辩的。他和他的姐姐个头儿一般高，于是，他用胳臂友好地挽着她的胳臂，漫步穿过草坪，向他们的小房子走了过去。这小房子是他们的舅舅在枝叶低垂的胡椒树中建起来的。这地方对面的蜜蜂对成年人来说是相当危险的，可事实证明对孩子来说却毫无危险。蜜蜂和他们相安无事。孩子们说，胡椒树是所有树里最好的树。它们的气味又干爽又芬芳，树上结满了葡萄似的、小小的粉红色花簇，用手一捻压，就变成松脆、气味辛辣的粉片片。

“戴恩和朱丝婷差别这样大，可处得却这么好，”梅吉说道，“我一直对此惊讶不已。我不记得看见他们吵过架，尽管戴恩总是避免和朱丝婷这样坚决、固执的人争执，我真是不理解。”

可是，菲的心中却在想着别的。“老天爷，他简直活脱脱像他父亲。”她说道，望着戴恩一低头钻进了最低的前排胡椒树，从视线中消失了。

梅吉觉得自己身上发冷，这几年来一听到人们说起这样的话就抑制不住产生这种反应。当然，这只不过是她自己心里发虚罢了。人们总是指卢克的。为什么不是呢？卢克·奥尼尔和拉尔夫·德·布里克萨特基本相像。但是，当人们说起戴恩和他父亲相像时，她虽然竭力掩饰，可还是做不到那样自然。

她竭力随随便便地吸了口气。“你这么想吗？妈？”她漫不经心地晃着脚。“我自己根本看不出来。戴恩的天性和生活态度根本不像卢克。”

菲笑了起来。这笑声是从鼻子里出来的，但却是真正的笑。她那双由于年纪已大而显得没有生气的、渐渐长起了白内障的眼睛停在了梅吉吃惊的脸上，显出十分严厉、带着讥讽的神情。“你把我当成傻子了吗，梅吉？我指的不是卢克·奥尼尔。我的意思是，戴恩活脱脱是个拉尔夫·德·布里克萨特。”

沉重。她的脚就像灌了铅，落在了西班牙花砖地面上。灌了铅般的身子在下沉，胸膛里那灌了铅般的心沉甸甸的，挣扎地搏动着。跳呀，该死的，跳呀！为了我的儿子你必须跳。

“什么，妈？”她的声音也像是灌了铅，“什么，妈，你说了些什么稀奇古怪的事啊！**拉尔夫·德·布里克萨特神父？**”

“你知道多少个人的名字呀？卢克·奥尼尔绝不会生那孩子的。他是拉尔夫·德·布里克萨特的儿子。他出生时，我一接过他的那一刻，就知道了。”

“那——为什么你没说什么啊？为什么等到他7岁的时候才发出这样发疯似的、毫无根据的指责呢？”

菲把腿伸了出来，优雅地交叠起了双脚。“我总算是老了，梅吉。人事沧桑不会再使我深受打击。年老真是一种福气啊。看到德罗海达恢复了生机，真是叫人高兴，因此我心里也觉得好多了。这些年来，我头一次想说说话。”

“好吧，我得说，当你决意说说话的时候，你实在应该明白挑个什么样的话题！妈，你说这样一件事是绝对错误的。这不是事实！”梅吉绝望地说道，心里拿不准，妈妈是打算继续折磨她，还是同情她。

突然，菲的手伸了过来，放在了梅吉的膝头上，她在微笑着——既不是抱怨，也不是蔑视，而是一种令人不解的同情。“不要对**我**说谎，梅吉。你可以对普天下任何人说谎，但是不要对**我**说谎。什么也不会使我相信卢克·奥尼尔是那孩子的父亲。我不是傻瓜，我有眼睛。他身上没有卢克的血统，根本没有，因为实际上不可能有。他是那个教士的形象。看看他的那双手，发际在前额形成V形的那样子，他的脸型和眉毛、嘴的形状吧。甚至连他走路的姿态都像拉尔夫·德·布里克萨特。梅吉，像拉尔夫·德·布里克萨特啊。”

梅吉屈服了，现在她坐的姿势松弛了下来，这姿势表明她大大地松了一口气。“还有那眼睛中的冷漠。这是我自己最注意的一点。是那么显著吗？大家都知道吗，妈？”

“当然不知道，”菲肯定地说道，“人们除了注意眼睛的颜色，鼻子的形状，整个身材，别的就注意不到了。这些长得确实像卢克。我之所以知道，是因为我曾经观察了你和拉尔夫·德·布里克萨特很多年。他不得不自饮苦酒，喝喝威士忌，而你则不得不跑开，所以，谈到离婚的时候，你说的什么‘这是违背教规’是毫无道理的。你曾经渴望过违背比离婚更严重的教规。伤风败俗，梅吉，你就是这么回事。伤风败俗！”她的声音略带着几分严厉。“可他是一个固执的人。他一心想的是当一名教士。你可悲地成了一个第二位的人。哦，白痴！这对他毫无益处，对吗？某些事件的必然发生只不过是一个时间问题罢了。”

外廊的拐角处有人在敲着锤子，嘴里不停地骂骂咧咧。菲缩了一下，浑身发着抖。“仁慈的上苍啊，他们要是把纱网安好的话，我真是要谢天谢地了！”她又言归正传了。“你以为你嫁不成拉尔夫·德·布里克萨特才嫁给卢克的时候，就能把我骗过去吗？我早就明白。你想让他做新郎，而不是司仪的教士。后来，当他去雅典之前回到德罗海达的时候，你不在这里，我就知道他早晚会找你去的。他在悉尼复活节庆祝活动会上，就像个怅然若失的少年似的徘徊彷徨着。梅吉，嫁给卢克是你采取的最聪明的行动。只要拉尔夫知道你钉住他不放，他就不想得到你。可是，当你成了别人的人时，他又拿出了一副典型的自己不吃又不让别人吃的样子。当然，他确信他对你的依恋就像雪那样纯洁，但事实却是，他需要你。从某种意义上来说，你对他是必不可少的。以前别的女人没有这种力量，而且我想，将来也不会有的。奇怪的是，”菲带着真正迷惑的神情说道，“我一直搞不清楚，他到底瞧上了你什么。不过我想，做母亲的在没有衰老到嫉妒年轻人的地步之前，对女儿总是有点儿视而不见的。朱丝婷之于你，正像你之于我。”

她靠回到椅子上，轻轻地晃着，半闭着眼睛，但是，她就像个科学家看标本似的望着梅吉。

“不管他看上了你什么，”她继续说着，“那是在他头一次见到你的时候就看上的，这种魅力一直使他着迷。他不得不正视的最困难的事就是你长大成人了。但是，当他到这来，发现你已经离开，嫁了人的时候，他正视这个问题了。可怜的拉尔夫！除了找寻你之外，他别无选择。而他确实找到了你，对吧？你回到家里的时候，在戴恩出生之前，我就知道了。一旦你得到了拉尔夫·德·布里克萨特，就没有必要再和卢克一起待下去了。”

“是的，”梅吉叹息道，“拉尔夫找到我了。但对我们来说，什么问题也解决不了，对吗？我知道，他决不会心甘情愿地放弃他的上帝的。正因为这样，我决心得到我仅能从他身上得到的那一部分。那就是他的孩子，就是戴恩。”

"就像听到了回音一样，"菲说着，刺耳地笑了起来，"你说这种话的时候，也许就像我一样。"

"弗兰克？"

椅子吱嘎刺耳地响着，菲站了起来，在花砖地上踱了几步，又走了回来，紧紧地盯着女儿。"哦，哦！梅吉，真是针锋相对呀，是吗？你知道有多久了？"

"从我还是个小姑娘的时候。从弗兰克逃走的那时候起。"

"他的父亲是个已婚的人，他比我大得多，是一个有地位的政治家。要是我把他的名字告诉你，你就会认出这个名字的。全新西兰都有以他的名字命名的街道，也许还有一两个市镇。不过为了说明问题，我就叫他帕克哈吧。毛利人[①]的话就是'白人'的意思，不过这样称呼就行了。当然，现在他死了。我身上有一点儿毛利人的血统，可是弗兰克的父亲是半个毛利人。这在弗兰克的身上是可以看出来的，因为他从我们俩的身上得到了这个特点。哦，可是我爱那个人！也许这是我们血统的感召力，我说不清。他很漂亮。身材高大，一头黑发，一双最明亮的、含笑的黑眼睛。他具有帕迪所没有的一切——有文化，非常老练，极有魅力。我爱他到了疯狂的程度。而且，我想，我决不会再爱另外一个人了。我是这样长久地耽溺在这种幻觉中，我把它抛弃得太迟了，太迟了！"她的声音变了。她转身望着花园。"有许多事情我是要负责的，梅吉，请相信我。"

"这么说，那就是你为什么爱弗兰克胜过我们了。"梅吉说道。

"我想是的，因为他是帕克哈的儿子，而其余的是属于帕迪的，"她坐了下来，发出了一阵古怪的、悲哀的声音，"所以，历史又重复了。告诉你吧，当我看到戴恩时，我暗自笑了。"

---

① 澳大利亚的土著居民。

“妈，你真是个非凡的女人！”

“我吗？”椅子吱吱嘎嘎地响着，她往前一俯身子，“梅吉，我悄悄地告诉你一桩小秘密吧。不管是惊人还是平凡寻常，反正我是个不幸的女人。不管是因为这个还是因为那个，反正从我遇上帕克哈的那天起，我就开始了不幸。基本上是我的错。我爱他，但是，他对我所做的对其他女人来说是绝不会发生的。于是就有了弗兰克……我一心扑在了弗兰克身上，忽视了你们，忽视了帕迪，他是我能碰上的最好的人！只是我没有明白罢了。我总是一个劲儿地把他和帕克哈进行对比。哦，我感激他，除了发现他是个好人之外，没有别的办法……”她耸了耸肩。“哦，全都是旧话了。我想说的是，那是错误的，梅吉，你是明白的，对吧？”

“不，我不明白。依我看，教会是错误的，只要看看她的教士们就可以得出这个结论了。”

“真可笑，我们怎么总是把教会当成女性呀。梅吉，你偷了一个女人的男人，就像我一样。”

“除了我以外，拉尔夫绝对没有效忠任何一个女人。妈，教会不是一个女人。它是一个东西，一个机构。”

“用不着费心在我面前为自己辩护。我全都明白。那时候，我曾经和你想的一样。对他来说离婚是办不到的。他是他那个家族中能达到政治高位的第一流人物中的一个。他必须在我和他的家族之间进行选择。男人怎能抵抗那种显达的机会呢？就像你的拉尔夫选择了教会一样，对吗？所以我当时想，我不在乎。我要从他那里得到我能得到的东西，我终究会得到他的孩子，让我去爱的。”

可是，梅吉突然间对她母亲能怜悯她感到恼火，对她那种麻烦都是自找的结论感到恼火。于是，她说：“妈，我比你做的要巧妙得多。从**我**儿子的名字上谁也看不出什么，甚至连卢克都在内。”

菲的牙缝里发出咝咝声。“呸！哦，那是靠不住的，梅吉！你想装出一副老老实实的样子，是吗？哦，当初我的父亲**买通**了我的丈夫，给弗兰克取了个名字，并且还把我赶走了。我也会打赌，认为你是绝不会知道的！可你怎么就知道了呢？”

“那是我的事。”

“梅吉，你会付出代价的。相信我吧，你会付出代价的。你不会比我更好。我以一个母亲能碰上的最糟糕的方式失去了弗兰克。我连见他一面都不行，而我渴望见他一面……你等着吧！你会失去戴恩的。”

“要是我有办法的话，就不会失去的。你失去了弗兰克，那是因为他和爸合不来。可我却能把他拴在德罗海达。我已经在逐步把他造就成一个牧工了，你怎么看？他在德罗海达会安然无事的。”

“那你爸爸呢？斯图尔特呢？任何地方都不安全。倘若戴恩打算走的话，你就无法把他留在这儿。爸爸约束不住弗兰克，这是事实。弗兰克是不可能被管住的。而假使你认为你，一个女人，能拴住拉尔夫·德·布里克萨特的儿子，那才是错打了算盘呢。这是合乎情理的，难道不是吗？要是我们连他们的父亲都保不住的话，我们怎能希望保住儿子呢？”

“我失去戴恩的唯一的可能就是你的嘴不严，妈。我可警告你，那样我会先杀了你的。”

“用不着操心，我是不值得上绞刑架的。你的秘密在我这儿是安全的。我不过是个有兴趣的旁观者罢了。是的，确实，我就是这样一个旁观者。”

“哦，妈！是什么使你那样呢？为什么这样刻薄呢？”

菲叹了口气。“是那些在你出生前发生的事情。”她凄婉地说道。

可是，梅吉却激烈地晃着拳头。“哦，不，不是因为那些事。你说了这么不吉利的话，怎么可以都推到那笔老账上？废话，废话，废话！听见我的话了吗，妈？你大半生都沉溺在这上面，就像一个苍蝇在糖浆里打滚一样！”

菲宽容地微笑着，着实感到愉快。“我以前常常想，养女儿怕不像养儿子那样重要，可是我错了。我很欣赏你，梅吉，从某种意义上来说，从儿子身上根本得不到这种享受。女儿是相同的人，而儿子却不是，你知道。他们只不过是我们装配起来，供我们空闲的时候拆着玩的、无法自卫的玩偶罢了。”

梅吉目不转睛地望着她。“你太冷酷了。那么告诉我，我们是在哪里走错了呢？”

“一生下来。”菲说道。

男人们成千上万地返回了家园，脱下卡其布军服和软檐宽边帽，换上了便服。依旧在执政的工党政府始终紧盯着西部平原上的产业和附近一些较大的牧场。在已经为澳大利亚尽了自己的一份力量的人们需要房子容纳他们的所有物的时候，当国家需要对它的土地进行进一步的精耕细作的时候，这样广袤的土地属于一个家族是不对的。在像美国一样大的土地上有600万人民，但是，600万人中只有一小撮人顶着仅有的几个姓氏，却占着广阔的土地。最大的一批产业必须再进一步细分，必须放弃一些田畴，给那些战争中的老兵。

布格拉从15万公顷减到了7万公顷。两个退役的士兵各得了马丁·金的4万公顷的土地。鲁德纳·胡尼施地方有12万公顷的土地，因此，罗斯·麦克奎恩失去了6万公顷，捐献给了另外两个退役士兵。事情就是这样进行着。当然，政府给了这些牧场主赔偿，但价格要比公开的市场给的低。这是使人痛心的。哦，这是使人痛心的。再多的争论也说服不了堪培拉，像布格拉和鲁德纳·胡尼施这样大的产业将要被瓜分。基里地区有许多不到5万公顷的、兴旺发达的牧场。很显然，那些大牧场主是不必占用那么多地的。

最伤人心的是人们得知这一次似乎非得安排那些退役士兵不可。第一次世界大战之后，大多数的大牧场曾经历过这样的部分再分配，可是效果很差。那些初出茅庐的牧场主没有受过训练，也没有经验。渐渐地，那些牧场主用最低的价格从灰心丧气的老兵手中买回了被窃据的土地。这一回，政府准备自己出资训练和教育这些新的定居者。

几乎全部牧场主都是狂热的农民党成员，原则上厌恶工党政府，认为它和工业城市中的蓝领阶级、工会分子和毫无责任心的知识分子是一回事。最使人痛心疾首的，是看到著名的工党拥护者克利里家那令人咋舌的德罗海达的广田漠野一分也没丢掉。因为天主教会拥有它，它自然就免于被分掉了。堪培拉方面听到了这些抱怨，但不为所动。对于那些一直认为他们是这个国家最强有力的游说集团的牧场主来说，最难以忍受的是发现堪培拉的权力大棒被人随心所欲地加以利用。澳大利亚是个相当松散的联邦制国家，联邦政府事实上是没有权力的。

这样，德罗海达就像利利帕特[①]世界中的巨人那样继续经营着百万公顷中的每一块土地。

雨时有时无，有时很适当，有时太多，有时太少。但是谢天谢地，再也没碰上像那样的大旱。羊的数量渐渐增长起来了，羊毛的质量比旱前也提高了，剪羊毛无须特别熟练的技艺。饲养牲畜是一件“招财进宝”的事情。人们谈到了养兔场附近的霍顿·里戈为了拿到在悉尼举办的复活节庆祝活动上公羊和母羊的头奖而和他的雇主麦克斯·福基纳开始了积极的竞争。羊毛的价格开始上升，随后

① 英国作家斯威夫特所著小说《格列佛游记》中的小人国。

便扶摇直上。欧洲、美国和日本都渴望得到澳大利亚所能生产的每一批细羊毛。其他国家那些较粗劣的羊毛是做厚重织物、地毯和毡子的。只有来自澳大利亚的那种发着丝光的长纤维才能做出极细的、手感像最柔软的草坪一样的羊毛织物。而新南威尔士州的黑壤平原和西南的昆士兰州出产的羊毛是这类羊毛中的极品。

就好像经过了所有这些劫难之后，应得的报偿已经到来。德罗海达的盈利完全出人意料地猛增。每年都有数百万镑。菲坐在写字台旁，露出了满意的神色，鲍勃在花名册上又添了两名牧工。要不是因为闹兔灾的话，放牧的条件本来是很理想的，但是兔子为害之烈还是不减往年。

在庄园里，生活突然变得愉快起来。铁纱网把苍蝇都挡在了德罗海达的房子之外。大家对它们的出现已经司空见惯了，现在没有了它们反而觉得奇怪。人们在热天里能够在户外的廊子中和摇曳的紫藤叶下吃着东西了。

青蛙也喜欢这些铁纱网。它们是些小东西，绿色中带着淡淡一层闪亮的金光。它们用有吸附力的脚慢慢爬到铁纱网的外面，不动声色地凝视着吃饭的人。一只青蛙会蓦地一跳，抓住一只几乎比它还要大的蛾子，利用惯性重新站住脚，露出三分之二的蛾子在它那塞得过满的嘴里拼命地扑打着。青蛙完全吞下一只蛾子的时间之长使戴恩和朱丝婷觉得很有趣，他们一本正经地盯着铁纱网的外面，每 10 分钟蛾子便有一点被吞下去。那蛾子残喘苟延了很长时间，而且当翅尖的最后一部分被吞没的时候，它还不时挣扎一下呢。

“哎呀！什么样的结局呀！”戴恩咯咯地笑着，“想不到你的一半在被消化的时候，另一半还活着。”

贪婪地读书——这是德罗海达的爱好——使奥尼尔的两个孩子在小小的年龄便掌握了大量的词汇。他们十分聪敏，对一切都很注意，都感兴趣。生活对他们来说基本上是愉快的。随着他们个头儿的长高，他们也得到良种的小马。他们在史密斯太太那绿色的炊事桌上温习他们函授的功课；他们在胡椒树下的小房子里玩耍；他们有自己宠爱的猫和狗，甚至还有一只心爱的杂色大金丝雀，它步态优美地在皮条上走动着，一叫它的名字，它就答应。他们最宠爱的是一只粉红色的小猪崽，像狗一样聪明，名叫伊格-皮格。

由于远离都市的拥挤喧嚣，他们很少得病，从来没有伤过风或得过流感。梅吉非常害怕小儿麻痹症、白喉，以及不知来自何方的、能夺去孩子生命的病症。因此，不管是什么疫苗，他们都注射。这是一种令人称心如意的生活，拥有体力上的充沛和精神上的兴奋。

在戴恩10岁，朱丝婷11岁的时候，他们被送到悉尼的寄宿制学校去了。按照传统，戴恩去了里弗缪学院，朱丝婷去了金科帕尔学校。当梅吉第一次把他们送上飞机的时候，看着他们那苍白而勇敢的小脸从机舱窗口向外望着，挥动着手帕，以前他们从来没有离开过家。她极想和他们一起去，亲眼看着他们住进新居。但是，反对的意见如此强烈，她屈服了。从菲到詹斯和帕西，人人都说让他们自己行事要好得多。

“不要溺爱他们。”菲严厉地说道。

但是，当DC-3型飞机扬起一团尘雾，摇摇晃晃地飞上闪光的天空时，她确实觉得自己就像变了个人。失去戴恩使她的心碎了，而对失去朱丝婷她感觉很淡漠。对于戴恩，她在感情上没有什么矛盾的地方；他所表现出来的欢快、平和的天性和那公认的爱，就像呼吸那样自然。可朱丝婷却是个既可爱又可怕的怪物。人们不由得不爱她，因为她身上有许多可爱之处：她的力量、正直、自信——许多东西。麻烦在于，她既不容许像戴恩那样接受爱，也没有梅吉所需要的那种渴望爱的情感。她不平易近人，也不爱开玩笑。她有一种拒人于千里之外的可悲习惯，而且似乎主要对她母亲这样。梅吉在她身上发现了许多令人恼火的、与卢克相同的地方。不过，朱丝婷至少不是一个守财奴。这可真是谢天谢地啊。

一条兴旺的航线就意味着孩子们所有的假期，哪怕是最短的假期，都可以在德罗海达度过。但是，经过初期的判断之后，他们发现两个孩子都喜欢上学。回过一次德罗海达之后，戴恩总是想家，可是朱丝婷却喜欢待在悉尼，就好像她一直住在那里似的。在德罗海达度假的时候，她总是渴望回到那座城市去。里弗缪教会学院是个令人神往的地方，不管是在教室里，还是在操场上，戴恩都是一个非同凡响的学生。另一方面，金科帕尔学校的修女们肯定不快活。像朱丝婷那样目光锐利、伶牙俐齿的人是不会受到欢迎的。她比戴恩高一个年级，也许两个人中，她是个更好一些的学生，但只是在课堂上。

1952 年 8 月 4 日的《悉尼先驱晨报》非常有趣。一整页头版只登了一幅照片，通常这一版都是登一些文学性的短文、重大事件以及当日趣闻轶事的。而那天的照片是拉尔夫·德·布里克萨特的英俊肖像。

> 目前充任罗马教廷国务大臣助手的拉尔夫·德·布里克萨特大主教阁下，今日已被教皇庇护七世陛下封为德·布里克萨特红衣主教。
>
> 拉尔夫·拉乌尔·德·布里克萨特红衣主教从 1919 年 7 月以新任命的教士身份赴澳直到 1938 年 3 月去梵蒂冈为止，曾长期地、杰出地将罗马天主教廷与澳大利亚联系在一起。
>
> 德·布里克萨特红衣主教于 1893 年 9 月 23 日生于爱尔兰共和国，是一个血统可以追溯到拉诺夫·德·布里克萨特的家族的次子。这个家族是随征服者威廉一世的队伍到英国来的。根据传统，德·布里克萨特红衣主教加入了教会。他在 17 岁时进入神

学院，受委任派至澳大利亚。最初几个月，他在温尼穆拉的迪奥西斯为前主教迈克尔·克莱比服务。

1920年6月，他调至新南威尔士州西北的基兰博当教士。嗣后被任命为神父，继续留任基兰博。1928年11月，他成为克卢尼·达克大主教阁下的私人秘书，随后又任教皇使节迪·康提尼–弗契斯红衣主教阁下的私人秘书。当迪·康提尼–弗契斯红衣主教被调往罗马，在梵蒂冈从事他那引人注目的工作时，德·布里克萨特主教被擢升为大主教，并作为教皇使节从雅典返回澳大利亚。他担任梵蒂冈的这项重要职务，直到1938年被调往罗马。从那时起，他在罗马天主教廷的中心统治集团中声誉日高，引人瞩目。他现年58岁，据悉是决定教皇政策的少数几个有活动能力的人之一。

一名《悉尼先驱晨报》的代表和德·布里克萨特红衣主教以前在基兰博地区的一些教区居民进行了交谈。人们还清楚地记得他，并且对他怀着钟爱的心情。这个富庶的牧羊区由于其坚定的宗教信仰而素为罗马教廷所重视。

德·布里克萨特神父创立了“圣十字丛林文学藏书协会”，基兰博的律师哈里·高夫先生说：“尤其在当时，这是一项著名的服务。已故玛丽·卡森夫人首先慷慨捐助，在她去世之后，由红衣主教本人捐助。他从来没有忘记过我们和我们的需要。”

“德·布里克萨特神父是我平生所见过的最英俊的人，”目前新南威尔士最大、最鼎盛的牧场德罗海达的老前辈，菲奥娜·克利里太太说，“在基里期间，他是他的教区居民的一个巨大精神支柱，特别是对我们德罗海达人。如你所知，这个地方是属于天主教会的。在洪水泛滥期间，他曾帮助我们转移牲畜。在火灾期间，他赶来援助我们，尽管只赶上埋葬我们的死者。事实上，从各方面来说他都是一位杰出的人，比我所遇上的任何一个人都有魅力。

人们可以看出，他是注定要做大事情的人。虽然他离开我们已经有二十多年了，可是我们却清楚地记得他。是的，我想，说基里附近有人依然十分怀念他，这不是假话。”

战争期间，德·布里克萨特大主教忠诚地、坚贞不渝地为教皇服务。由于对陆军元帅阿尔伯特·凯瑟林施加影响，在意大利已成为德国的敌人之后，仍然使凯瑟林元帅做出决定，使罗马保持不设防城市的地位。因此，拉尔夫大主教备受赞扬。与此同时，徒劳地要求同样特权的佛罗伦萨市则损失了许多宝物。这些宝物只是由于德国人战败才得以复还。战后，德·布里克萨特红衣主教立即帮助成千上万名颠沛流离的人在新的国家中找到了收容处，尤其热情地支持澳大利亚的移民事务。

尽管从出生地的角度来说，他是一个爱尔兰人，尽管德·布里克萨特红衣主教似乎将不会像他在澳大利亚时那样发挥影响，我们依然感到，从很大程度上来说，澳大利亚认为这位名人是属于她的。这种感觉也许是恰当的。

梅吉把报纸递还给了菲，冲着她的母亲苦笑着。

“正像我对《悉尼先驱晨报》记者说过的那样，人们得向他表示祝贺。他们没有发表这话，是吧？尽管他们几乎逐字逐句地发表了你那一小段颂词。你的话多刺人啊！我终于知道朱丝婷是从哪里继承下这个特点的了。我怀疑有多少人能读懂你说的那番话字里行间的意思。”

“不管怎么样，要是他看到的话，他会懂的。”

“我不知道，他是不是还记得咱们？”梅吉叹息道。

“毫无疑问。他毕竟还是抽空亲自支配德罗海达的事务呀。梅吉，他当然记得我们。他怎么能忘掉呢？”

“真的，我曾经忘掉过德罗海达。我们正处在赚钱的顶峰，对吧？他一定很高兴。在拍卖的时候，咱们的羊毛一磅顶一磅，今年德罗海达的羊毛股票一定使金矿都相形见绌。人们都在说羊毛如金呢。光是剪小羊的毛，就超过400万镑了。”

“梅吉，不要冷嘲热讽，这和你不相配。”菲说道。这些天来，她对梅吉流露出了尊重和钟爱的神态，尽管常常使梅吉略感到羞惭。“咱们干得够好的了，不是吗？别忘了，无论好歹，咱们每年都是赚钱的。难道他没有给鲍勃10万镑，给我们每个人5万镑作为奖金吗？要是他明天把我们赶出德罗海达的话，即使当前地价飞涨，我们也买得起布格拉。而他给了你的孩子多少钱呢？成千上万的呀！对他要公平一些。”

“可是我的孩子却不知道，也不会发现的。戴恩和朱丝婷将会长大成人，以为他们必须得自己去闯世界，用不着受亲爱的拉尔夫·德·布里克萨特的恩惠。想不到他的第二姓是拉乌尔！极富于诺曼底味儿，是吗？”

菲站了起来，走到火边，把《悉尼先驱晨报》的头版扔进了火焰中。拉尔夫·拉乌尔·德·布里克萨特红衣主教冲着她战栗着，眨着眼，随后便消失了。

“梅吉，要是他回来的话，你会怎么办呢？”

梅吉嗤之以鼻。“可能性微乎其微！”

“也许会的。”菲莫测高深地说道。

12月，他回来了，极秘密地回来了，任何人都不知道。他亲自开着一辆阿斯顿·马丁牌跑车，从悉尼一路而来。澳大利亚的新闻界丝毫风声也没得到，所以，在德罗海达，谁也没有想到他会来。当汽车停在房子一侧的砾石地面上的时候，四周静悄悄的，阒无一人。显然，谁都没有听见他的到来，因为没人从外廊里走出来。

从基里来的一路上，他身上的每一个细胞都充满了感情，呼吸着丛林、绵羊和在阳光下不停地闪动着的干草的气息。袋鼠和鸸鹋，白鹦鹉和大蜥蜴，成千上万的昆虫嗡嗡叫着，盘旋着；蚂蚁排着队穿过道路寻找糖浆；到处都是矮矮胖胖的绵羊。他是这样热爱这个地方，不知为什么，这和他所热爱的一切都是如此水乳交融。过去的那些年月似乎根本不能将这一切从他心头抹去。

唯一与先前不一样的是安装的防蝇网。不过，他注意到菲没有允许大宅面向通往基里那条道路的廊子像其他地方那样被挡起来。朝着这个方向的只有洞开的窗户，他觉得很有意思。当然啦，她是对的。一大片纱网会破坏这座可爱的乔治时期房屋正面的造型。这些魔鬼桉高寿几何了？一定是80年前从边疆地区移植来的。那枝叶繁茂的紫藤是一团摇曳不定的黄铜色和紫红色。

时序已入夏季，再过两个星期就到圣诞节了，而德罗海达的玫瑰正开得热闹。到处都是玫瑰花，粉红的、白的、黄的，那深红的恰似胸膛里的鲜血，猩红得犹如红衣主教的法衣。蔓生在一派葱茏掩映的紫藤中的玫瑰是无精打采的粉红色和白色，藤蔓从廊子的顶棚垂下来，落在铁纱网上，亲昵地紧附着二楼的黑色百叶窗，延展的卷须越过它们伸向天空。现在，水箱架被掩盖得几乎看不到了，水箱本身也是一样。在玫瑰花中到处都有一种颜色，一种浅淡的粉灰色。是玫瑰灰吗？对，这就是这种色彩的名称。一定是梅吉种的，一定是梅吉。

他听到了梅吉的笑声，他不动声色地站在那里，心中充满了恐惧。随后，他迈步向那声音的方向走去，向着那悦耳的咯咯笑声走去。她是个小姑娘的时候，就是这么笑的。就在那儿！在那边，在胡椒树房一大片粉灰色的玫瑰花丛后面。他用手拨开了怒放的花簇，馥郁的馨香和那笑声使他头脑眩晕。

可是，梅吉不在那里，只有一个男孩蹲在葱翠的草坪上，逗着一只粉红色的小猪。它正在拙手笨脚地奔向他，他迅速地侧身退着。那孩子没有发觉他的观众，他甩着闪闪发光的头，大笑着。梅吉的笑声是从那生疏的喉咙里发出来的。拉尔夫红衣主教下意识地放开了玫瑰花枝，迈步穿过了它们，也没有注意上面的棘刺。那少年约摸在 12 岁到 14 岁之间，正处在发育期前夕。他抬起头来，吓了一跳。那只猪尖叫着，紧紧地卷起尾巴，逃之夭夭了。

这小伙子除了一条卡其布短裤之外，什么都没穿，赤着脚，皮肤呈金棕色，像丝缎一样光滑。那细嫩的、孩子般的身体已经隐约可以看出将来会有一副强健有力的宽肩膀，小腿和大腿的肌肉发达，腹部扁平，臀部狭窄。他的头发有点儿长，蓬蓬松松地卷曲着，恰似德罗海达那褪了色的草地，他的眼睛在厚密得出奇的黑睫毛中闪耀着热切的蓝色。那样子就像是一个非常年轻的、逃出天庭的天使。

“你好。”那孩子微笑着说道。

“你好，”拉尔夫红衣主教说道，发现那微笑的魅力是不可抗拒的，“你是谁呀？”

“我是戴恩·奥尼尔，”那孩子答道，“你是谁？”

“我的名字叫拉尔夫·德·布里克萨特。”

戴恩·奥尼尔。那么，他是梅吉的孩子了。她终究没有离开卢克·奥尼尔，她已经回到他的身边了，生下了这个本来也许是他的漂亮的小伙子，倘若他不是首先舍身教会的话。当他和教会结合的时候，他是多大来着？比这孩子大不了多少，还不太成熟呢。要是他当年等一等的话，和梅吉生下这孩子的人一定是他了。别胡扯啦，德·布里克萨特红衣主教！要是你没有和教会结合的话，你就会留在爱尔兰养马，根本不会知道你的命运将如何，决不会知道德罗海达或梅吉·克利里的。

“我能为你效劳吗？”那孩子温文尔雅地问道，那轻快优雅的步伐拉尔夫能认得出来。他觉得那步态和梅吉一样。

“戴恩，你父亲在这里吗？”

“我**父亲**？”那漆黑、纤细如画的眉毛皱了起来，“不，他不在这儿。他从来没到这儿来过。”

“哦，我明白了。那你妈妈在这儿吗？”

“她到基里去了，但是过一会儿就会回来的。不过，我姥姥在家。你愿意去看看她吗？我可以给你带路。”那双像矢车菊一样蓝的眼睛看着他，时张开时眯上，“拉尔夫·德·布里克萨特。我听说过你。啊，德·布里克萨特**红衣主教**！阁下，对不起！我没有冒犯你的意思。”

尽管他脱下了教士的服饰，穿上了他所喜爱的靴子、马裤和白衬衫，可那红宝石的戒指仍然戴在手指上，只要他活着，是永远不会摘下来的。戴恩·奥尼尔跪了下来，用自己那修长的手拿起了拉尔夫红衣主教细嫩的手，恭恭敬敬地吻着那戒指。

“好啦，戴恩。在这里我不是德·布里克萨特红衣主教。在这里我是你母亲和外祖母的朋友。”

“对不起，阁下，本来我一听到你的名字就应该认出你的。我们在这里常常说到这个名字。只是你的发音稍有些不同，你的教名使我糊涂了。我知道，妈妈见到你一定会非常高兴。”

“戴恩，戴恩，你在哪儿？”一个不耐烦的声音喊着。这声音非常深沉，喑哑得使人着迷。

低垂的胡椒树枝被分开，一个约莫15岁的姑娘弯腰而入，又直起了身子。从那双令人惊讶的眼睛上，他马上就知道她是谁了。这是梅吉的女儿。长满了雀斑，尖脸儿，鼻眼秀小，完全不像梅吉，令人失望。

“哦，你好。对不起，我不知道来了客人。我是朱丝婷·奥尼尔。”

“朱茜[①]，这是德·布里克萨特红衣主教！”戴恩高声耳语道，

---

① 朱丝婷的昵称。

"吻他的戒指去，快！"

那双色泽很淡的眼睛闪着轻蔑的光。"戴恩，你真是个宗教迷，"她根本没打算放低声音地说道，"吻戒指是不卫生的。我可不愿意吻。此外，我们怎么知道这位就是德·布里克萨特红衣主教呢？我看他倒像是个老派的牧场主。你知道，就跟戈登先生一样。"

"他是，他是！"戴恩坚持道，"朱茜，请仁慈些！对**我**好些！"

"我会对你好的，但只对你。可是，即使是为了你，我也不愿吻那戒指。令人作呕。我怎么知道最后一个吻它的是谁？他们兴许还得了感冒呢。"

"你用不着非吻我的戒指不可，朱丝婷。我是在这儿度假的；眼下我不是红衣主教！"

"那好，因为我要坦率地告诉你，我是个无神论者，"梅吉·克利里的女儿镇定地说道，"在金科帕尔学校待了四年之后，我认为宗教完全是一大套骗人的东西。"

"那是你的特权。"拉尔夫主教说道，极力摆出像她那样庄严、认真的样子来。"我可以去找你们的外祖母吗？"

"当然可以。需要我们带路吗？"朱丝婷问道。

"不，谢谢。我认识路。"

"好吧。"她转向她的弟弟，可眼睛依然在盯着来访者，"来，戴恩，帮帮我。来呀！"

可是，尽管朱丝婷使劲地拉他的胳臂，戴恩还是留在那里望着拉尔夫红衣主教那高大、挺直的身影消失在玫瑰花丛的后面。

"戴恩，你真是个傻瓜。他有什么特别稀罕的？"

"他是一位红衣主教啊！"戴恩说道，"想想吧！一个活生生的红衣主教在德罗海达！"

朱丝婷说："红衣主教是教廷的权贵，我想你是对的，这是相当了不起的事。可是，我不喜欢他。"

菲除了坐在写字台旁，还会在什么地方呢？他迈步穿过窗式门，走进了客厅。这几天，打开一扇铁纱网还是必要的。她一定听到了他的声音，但还是继续工作着，弯着后背，那头可爱的金发已经变成银丝了。他费了好大劲儿才记起来，她一定足足有 72 岁了。

“你好，菲。”他说道。

当她抬起头来的时候，他发现她的神色有某种变化，他无法准确地肯定这种变化实质上说明了什么。她的神态还是那样冷淡，但同样还有另外一些神情在其中，似乎柔和与刚毅同时在她身上并存着。她变得更富于人情味儿了，然而这是一种玛丽·卡森式的人情味。上帝啊，这些德罗海达的女家长！当轮到梅吉的时候，她也会这样吗？

“你好，拉尔夫，”她说道，就好像他每天都在迈进这些门似的，“见到你很高兴。”

“见到你我也很高兴。”

“我不知道你在澳大利亚。”

“谁都不知道。我度几个星期的假。”

“我希望，你会和我们在一起的吧？”

“还能去哪儿呢？”他的眼睛在豪华的墙壁上扫动着，停在了玛丽·卡森的画像上。“你知道，菲，你的情趣真是无懈可击，毫无差错。这个房间可以和梵蒂冈的任何东西相匹敌。那些带玫瑰花的黑色椭圆形图案是一种天才的手法。”

“哟，谢谢你啦！我们竭尽了我们卑微的努力。就个人而言，我喜欢那间餐厅。自从上回你到这儿以来，我又把它布置了一遍。有粉红、白色和绿色。听起来很可怕，可是等会儿你看看吧。尽管我不知道我为什么要这样试一试。这是你的房子，对吗？”

“只要有一个克利里家的人活着，就不是，菲。”他平静地说道。

“真叫人感到安慰。嗯，自从离开基里以后，你肯定是平步青云了，对吗？你看到《悉尼先驱晨报》上关于你荣升的那篇文章了吗？”

他畏缩了。“看过。你的嘴真够尖刻的，菲。”

“是啊，更重要的是，我对此很得意。这些年来，我紧闭着嘴，从来不置一词！我不知道我在怀念些什么。”她笑了笑，“梅吉在基里，不过一会儿就要回来了。”

戴恩和朱丝婷穿过窗式门走了进来。

“姥姥，我们可以骑马到矿泉那儿去吗？”

“你们是知道规矩的。除非你们的母亲亲口答应，否则不许骑马。我很遗憾，可这是妈妈的命令。你们的礼貌都到哪去了？过来。给你们介绍一下客人。”

“我已经碰到过他们了。”

“噢。”

“我本来以为你在寄宿学校呢。”他微笑着对戴恩说道。

“12 月份的时候不去，阁下。我们有两个月的假——是暑假。”

年头隔得太久了；他已经忘记了南半球的孩子们在 12 月和 1 月要度一个很长的假期。

“阁下，你打算在这里待很长时间吗？”戴恩依然感到着迷，他问道。

“戴恩，阁下能待多久就会和我们待多久的，”外祖母说，“不过我想，他会发现，总被人称为阁下是会有点儿厌烦的。叫什么好呢？拉尔夫舅舅？”

“**舅舅**！”朱丝婷嚷了起来。“你知道，‘舅舅’这个称呼是违背家里规矩的，姥姥！我们的舅舅只是鲍勃、杰克、休吉、詹斯和帕西。因此，那就是说应该叫他拉尔夫。”

“不要无理，朱丝婷！你的礼貌都跑到哪去了？”菲指责道。

“不，菲，这很好，我倒愿意人人都简简单单地管我叫拉尔夫呢，真的。”红衣主教很快地说道。这古怪的小家伙，为什么她这样讨厌我呢？

“我不干！”戴恩气呼呼地说道，“我不能只叫你**拉尔夫！**”

拉尔夫红衣主教穿过房间，双手抓住了那裸露的肩头，低头笑着。他那双湛蓝的眼睛非常和善，在屋子的阴影中显得十分鲜艳。“你当然可以，戴恩。这不是一桩罪孽。”

“来，戴恩，咱们回小房子去吧。”朱丝婷命令道。

拉尔夫红衣主教和他的儿子转向了菲，一同看着她。

“真没法子！”菲说道，“去吧，戴恩，到外边玩去，好吗？”她拍了拍手。“真吵人！”

孩子们跑去玩了，菲慢慢地转向了她的账簿。拉尔夫红衣主教很怜悯她，便说他要到厨房去。这地方变化真是太小了！显然，灯光照明还是依旧。这儿依然弥漫着蜂蜡和大花瓶中插着的玫瑰的芳香。

他待在那里和史密斯太太及女仆们谈了很久。他离开后的这些年里，她们已经老多了，但不知为什么，比起菲来，年龄和她们显得很相配。很幸福，她们就是这样的。真的，几乎是完美无缺的幸福。可怜的菲，她是不幸的。这使他急于看到梅吉，看看她是否幸福。

可是，在他离开厨房的时候，梅吉还没有回来。于是，他便穿过院子，向小河漫步而去，以此消磨时间。墓地是多么宁静啊。陵墓的围墙上有六块青铜饰板，和上次来这里时一模一样。他一定要让自己葬在这里，返回罗马以后，一定要做出这个安排。在陵墓附近他看到了两座新坟，一座是园丁老汤姆的，另一座是一个牧工的妻子的，这个牧工从1946年起就被雇用了。此人一定有某种贡献。史密斯太太认为他会继续在这里和他们待下去的，因为他的妻子就躺在这里。中国厨师墓上的伞由于这些年毒烈的阳光已经褪色了，从最初他所记得的那种浓淡不一的威严的红色褪成了眼下这种粉中透白的颜色，几乎像是玫瑰灰。梅吉，梅吉。你在我之后又回到了他的身边，给他生了一个儿子。

天气暑热难当，飘来了一阵微风，拂动了小河边的依依垂柳，摇动着中国厨师墓伞上的小铃铛，发出哀然低回的响声：“郗新，郗新，郗新。”“塔克斯坦德·查理。他是个好伙计。”这行字迹已漫漶失色，实际上难以辨认了。哦，这样是对头的。墓场应该没入大地母亲的胸膛中去，随着时光的流逝而退出人类的生活，直到完全消失，只有清风才记得它们，为它们而叹息。他不愿意被安葬在梵蒂冈的地下墓穴里，置身在与他相同的人之中。他愿意葬在这里，在真正生活着的人们中间。

他转过身来，眼光碰到了大理石天使那灰蓝色的眼睛。他举起一只手，向它打了一个招呼，眼光又越过草地，望着大宅。梅吉，她来了。腰身苗条，生气勃勃，穿着马裤和一件与他一模一样的男式白衬衫，后脑勺上扣着一个男式的灰毡帽，脚蹬一双棕黄色的靴子。她就像是一个翩翩少年，像她的儿子，那本来应该是他的儿子。

他是一个男人，当他将来也躺在这里的时候，世上不会留下任何活着的东西证明他的存在。

她来了。跨过了白栏杆，越走越近，他已经清楚地看到了她的眼睛，那双仍然十分美丽、紧紧抓住了他的心的、秋水一般的灰眼睛。她的双臂搂住了他的脖子，他的冤家就在他的怀抱里，就好像他未曾离开过她似的，那生机盎然的嘴就在他的嘴下，不是在做梦。长相思啊，长相思。这是另一种圣物，像大地一样神秘而不可测，和上天毫不相干。

“梅吉，梅吉。”他说着，他的脸贴着她的头发，她的帽子落在了草地上。他的双臂搂着她。

“这似乎没有什么不可以的，对吗？什么都没有改变。”她合上双眼，说道。

“是的，什么都没有改变。”他说道，深信这话。

“这儿是德罗海达，拉尔夫。我曾警告过你，在德罗海达，你是我的，不是上帝的。”

“我知道。我承认这一点。可我还是来了，”他把她拉倒在草地上，“为什么，梅吉？”

“什么为什么？”她的手抚摩着他的头发，现在，这头发比菲的还要白，依然是那样厚密，依然是那样美丽。

“你为什么又回到了卢克身边？给他生儿子？”他嫉妒地问道。

从那明亮、灰色的窗口中是可以窥见她的灵魂的，而她的思想却瞒过了他。“他强迫我的，”她温和地说道，“只有一次。可我就有了戴恩，所以我并不感到遗憾。戴恩是我值得花任何代价去得到的。”

“对不起，我没有权利说的。是我先把你让给了卢克，不是吗？”

“没错，你是这样做的。”

“他是个极好的孩子。他长得像卢克吗？”

她偷偷地乐了，猛地躺在草地上，把她的手放进了他的衬衫，贴在他的胸膛上。“实际上并不像。我的孩子看上去既不像卢克，也不大像我。”

“我爱他们，因为他们是你的孩子。”

“你还是像以前那样多愁善感。年龄和你很相配，拉尔夫。我早知道会这样的，我曾希望我能有机会看到你的这种样子。我已经认识你 30 年了！好像只有 30 天似的。”

“30 年？有那么久吗？”

“我 41 岁了，亲爱的，所以肯定是这样的。”她站了起来，“我是被一本正经地打发来叫你进屋去的。史密斯太太正在摆着向你表示敬意的好茶呢。等过一会儿茶凉了，还有烤得噼啪作响的猪腿。”

他和她一起慢慢地走着。“你儿子的笑声就和你一样，梅吉。他的笑声是我到德罗海达后听到的第一个人的声音。我还以为是你呢，便走去找你，可是却发现是他。”

“这么说他是你在德罗海达看到的第一个人喽。”

“嗯，是的，我想是的。”

“拉尔夫，你觉得他怎么样？”她着急地问道。

“我喜欢他，他是你的儿子，在这种情况下我怎么能不喜欢呢？可是，我被他深深地吸引住了，你的女儿远没有这么大的吸引力。她也不喜欢我。”

“说起来朱丝婷是我的女儿，可她却是个脾气坏到家的女孩。我在这么大年纪学会了骂人，这很大程度上要感谢朱丝婷哩。而你的影响，有一点儿，卢克的，有一点儿，战争的，也有一点儿。它们一起发作起来，该多有意思啊。”

“梅吉，你已经变多了。”

“我吗？”那柔软丰满的嘴一弯，笑了，“我不这么想，真的。这只是由于大西北使我厌倦了，就像莎乐美[①]揭去了七层面纱一样，剥去了一切伪装。或者说是像剥洋葱一样，朱丝婷就爱这样形容。那孩子没有什么诗意。拉尔夫，我还是往日的那个梅吉，只是更赤裸裸了。”

“也许是这样吧。”

“啊，可是**你**变了，拉尔夫。”

“什么样的变化呢，我的梅吉？”

“就像是日益剥蚀的柱顶石，如果从上往下看，会令人失望的。”

“是的。”他哑然失笑，“想想吧，有一回我曾经轻率地说你是个寻寻常常的女人。我收回这话。你是个独一无二的女人，梅吉。**独一无二的！**”

“你怎么啦？”

---

① 见《圣经·马太福音》，莎乐美是希律王的侄女。

“不知道。我发觉过教会的神像是泥足的吗？我是出卖了我自己，付出了高昂的精神代价而换取物质利益吗？我是两手空空，一无所有吗？”他蹙起了眉头，仿佛很痛苦，“一句话，也许就是这么回事。我是一堆陈腐的东西。梵蒂冈的世界是一个古老、酸腐、僵化的世界。”

“我更现实一些，而你当年却根本不明白。”

“真的，我当时是无能为力的。我知道我应该到什么地方去，可是我办不到。和你在一起我也许是一个好男人，虽然不会这样威仪赫赫。可是我偏偏做不到，梅吉。哦，我多希望能使你明白这一点啊！”

她的手偷偷地摸着他裸露着的胳臂，非常轻地摸着。“亲爱的拉尔夫，我是明白这一点的。我明白，我明白……我们各自的心中都有某些不愿摒弃的东西，即使这东西使我们痛苦得要死。我们就是我们，就是这样。就像古老的凯尔特传说中那胸前带着棘刺的鸟，泣血而啼，呕出了血淋淋的心而死去。因为它不得不如此，它是被迫的。有些事明知道行不通，可是咱们还是要做。但是，有自知之明并不能影响或改变事情的结局，对吗？每个人都在唱着自己那支小小的曲子，相信这是世界从未聆听过的最动听的声音。难道你不明白吗？咱们制造了自己的荆棘丛，而且从不停下来计算其代价。我们所做的一切就是忍受痛苦的煎熬，并且告诉自己，这是非常值得的。”

“这正是我所不理解的痛苦。”他低头瞟了一眼她的手，那手如此温柔地抚摸着他的胳臂，使他感到一种无法忍受的痛苦。“为什么要痛苦呢，梅吉？”

“问上帝吧，拉尔夫，”梅吉说道，“他有播种痛苦的权力，对吗？他创造了我们。他创造了整个世界。因此，他也创造了痛苦。”

鲍勃、杰克、休吉、詹斯和帕西回来吃饭了，因为是星期六的晚上。明天，沃蒂神父按预定要来做弥撒，可是鲍勃给他打了一个电话，说谁也不会去听弥撒了。这是一个毫无恶意的谎言，是为了不走漏拉尔夫红衣主教的风声。这五位克利里家的男人比以前更像帕迪，更显老了，说话也更慢声慢气，就像土地那样坚忍持久。他们多爱戴恩哪！他们的眼睛好像一刻也不离开他，甚至他去睡觉时，也要从这个房间目送着他。看到他们生活在一起，等待着他长大到能够和他们一起在德罗海达奔驰的那一天，心里是很受用的。

拉尔夫红衣主教也发现了朱丝婷满怀敌意的缘由，戴恩对他着了迷，渴望听他说话，总是缠在他的身边。朱丝婷嫉妒坏了。

孩子上楼去之后，他望着留下的人：众兄弟、梅吉、菲。

“菲，从你的写字台旁离开一会儿吧，”他说，“到这儿来和我们坐一坐。我想和你们大家谈一谈。”

她保养得依然很好，身材没有变化，只是胸部松弛了，腰部略有些发胖。实际体重的增长并没有破坏老年时期的体型。她默默无言地在红衣主教对面的一把乳白色大椅子上坐了下来，梅吉在她的一边，那几个兄弟坐在紧挨着的一张石凳上。

“是关于弗兰克的事。”他说道。

这个名字在他们中间飘荡着，好像是远处的回音。

“弗兰克怎么样了？”菲镇定自若地问道。

梅吉放下她的针织活儿，望了望妈妈，然后又望了望拉尔夫红衣主教。“告诉我们吧，拉尔夫。”她很快地说道，一刻也不能再容忍她母亲的镇定了。

“弗兰克在一个监狱里差不多已经服刑 30 年了，你们想到这一点了吗？”红衣主教问道，“我知道我的人按照安排好的那样一直给你们通风报信，我要求他们不要使你们过分地忧伤。老实讲，我不知道如何更好地处理弗兰克的事，也不知道你们听到关于他的孤独和绝望的细节后会怎么想，因为我们是无能为力的。要不是他在古尔本监狱中的暴力行为和精神不稳定，他在几年前已经被释放了。可是迟至这场战争，当一些囚犯被释放去服兵役的时候，可怜的弗兰克依然被排除在外。”

菲从她的手上抬起头来瞟了一眼。“他就是这个脾气。”她不动声色地说道。

红衣主教似乎在寻找恰当的词汇方面颇费踌躇。在他沉吟的时候，一家人都在用又畏惧又盼望的眼光望着他，尽管他们关心的并不是弗兰克的利益。

“我为什么在过了这么多年之后又回澳大利亚来，这一定使你们迷惑不解吧。”拉尔夫红衣主教终于说道，他没有看梅吉，“我并没有总把你们的生活放在心上，这我是知道的。从我认识你们的那天起，我就是首先想到我自己，把我放在首位的。当教皇以红衣主教的法衣报答我担任教廷代表的辛劳的时候，我问我自己，我是否能为克利里家效些什么劳。从某种程度上这样做可以告诉他们，我对他们的关切是多么深。”他吸了一口气。眼光集中在菲的身上，而不是梅吉的身上。“我返回澳大利亚，看看在弗兰克的事情上我能够做些什么。菲，你还记得帕迪和斯图死后我和你谈过的那次话吗？那是 20 年前的事了，我一直无法忘记那时你眼中的表情。活力和朝气都不见了。”

“是的，”鲍勃冷不丁地说道，他的眼睛盯着他的母亲，“是的，是那么回事。”

“弗兰克就要被假释了，”红衣主教说道，“这是我唯一能办到的表示我对你们由衷关切的事情。”

要是他本来盼望能从菲那深不可测的眼睛里看到猛地异彩大放的话，那他会大失所望的。起初，那双眼睛不过微微一闪，也许，年岁的磨蚀实际上已经永远不能使那双眼睛异彩大放了。但是，他在菲的儿子们的眼睛中却看到了一种真正的事关重大的神情，使他感到了自己所采取的行动的意义。这种感觉自从战争中和那个年轻的、名字令人难以忘怀的德国小兵谈话以来还未曾体验过呢。

“谢谢你。”菲说道。

“你们欢迎他回德罗海达吗？”他向克利里家的男人们问道。

“这是他的家，是他应该来的地方。”鲍勃简单明了地说道。

除了菲以外，每个人都点了点头，她似乎独自沉浸在幻想中。

“他不是以往的那个弗兰克了，”拉尔夫红衣主教继续温和地说道，“我到这里来之前，在古尔本监狱见到了他，并且把这个消息告诉了他。我还告诉他，德罗海达的人对他的遭遇一直都是非常清楚的。倘若我告诉你们，他对这个消息并不感到难于接受的话，你们也许就能够想象得到他的变化了。他简直是……非常高兴。急切地盼望着再见到家里人，尤其是你，菲。”

“什么时候释放他？”鲍勃清了清嗓子，问道。他为母亲感到高兴，又为弗兰克回来后的情形感到担忧。

“就在一两个星期之内。他将乘夜班邮车到达，我本来希望他坐飞机，可是，他说他愿意坐火车。”

“我和帕西去接他，”詹斯热切地说道，可随后脸又拉了下来，“噢，我们不知道他的模样！”

“不，”菲说道，“我亲自去接他，就我一个人去。我还没有老糊涂，自己能开车去。”

“妈妈是对的，”梅吉坚定地说道，抢先堵住了兄弟们的齐声反对，“让妈自己去吧。她是应该第一个见到他的人。”

“好啦，我还有工作要做。”菲生硬地说道，她站了起来，向写字台走去。

五兄弟一起站了起来。“我想，该到睡觉的时候了。”鲍勃煞费苦心地挤出了一个哈欠，说道。他腼腆地冲着拉尔夫红衣主教笑了笑。“又像往日那样，早上由你给我们做弥撒了。”

梅吉叠起了针织活儿，放在一边，站了起来。“我也要向你道晚安了，拉尔夫。”

“晚安，梅吉。”他目送着她走出房间，然后转过来，向菲一欠身。“晚安，菲。”

“你说什么？你说了些什么吗？”

“我说晚安。”

“哦！晚安，拉尔夫。”

他不想在梅吉刚刚上楼的时候到楼上去。“我想，在上床睡觉之前去散散步。有些事你知道吗，菲？”

“不知道。”她声音冷漠。

“你连一分钟也骗不过我。”

她大笑起来，声音中充满了不安。“是吗？我不知道是什么。”

夜色已深，星斗阑干。南半球的星斗，缓缓转过天穹。他已经永远不再痴迷于它们了，尽管它们依然在天上，迢迢万里，但却无法暖人心胸，冷漠难接近，不能使人得到慰藉。上帝要离得近一些，难以捉摸地横亘在人与星星之间。他久久地伫立在那里，翘首仰望，侧耳倾听着风声在树林中穿行着，沙沙地笑着。

他不愿走近菲。他站在房子尽头的楼梯上。她那张写字台上的灯依然在亮着，可以看见她俯着身的侧影，她在工作。可怜的菲。她一定是太害怕上床睡觉了，尽管弗兰克回来以后也许会好一些。也许吧。

楼梯顶上静极了，窄窄的高桌上放着一盏水晶玻璃灯，投射出一片模糊的光晕，使夜间的漫游者感到宽慰。夜风掀动着桌旁窗户上的窗帘，灯光摇曳不定。他从灯旁走了过去，脚步落在厚厚的地毯上，无声无息。

梅吉的门大敞着，从里面倾泻出一片亮光。他的身体挡住了灯光，过了一会儿，他关上了身后的门，上了锁。她披着一件宽松的睡衣，坐在窗旁的椅子上，望着外面那看不见的家内圈地。但是，当他向床上走去，并且在床边坐下来的时候，她转过头看着他。她缓缓地站了起来，向他走去。

“喂，我帮你把靴子脱掉。这就是我从来不穿高帮鞋的缘故。不用鞋拔子我脱不下来，可是鞋拔子把好皮靴都弄毁了。”

“梅吉，你是有意穿这种颜色的衣服吗？”

“玫瑰灰吗？”她莞尔一笑，“这一直就是我喜爱的颜色。它不会破坏我头发的色调。”

当她拉下一只靴子时，他就把另一只脚放在了她的背后，随后，换一只脚。

“你对我来找你就这么有把握吗，梅吉？”

“我告诉过你了。在德罗海达，你是我的。你要是不来找我，我就去找你，没错。”她把他的衬衫从他的头上拉了下来，有那么一阵工夫，她的手极其敏感地放在他那赤裸的后背上。接着，她走到灯前，将它扭灭，与此同时，他把自己的衣服搭在了椅子背上。他能听到她在走动着，脱去了睡衣。明天早上，我还要做弥撒。但那是明天早晨，弥撒的魔力早就不复存在了。这里依然是黑夜和梅吉。我曾经想得到她。她也是一个神圣的东西。

戴恩大失所望。“我以为你会穿红法衣呢！”他说。

“有时我穿的，戴恩，但只是在宫墙之内。在宫墙的外边，我就穿一件有腰带的黑法衣，就像这件。”

“你真的有一座宫殿吗？”

“是的。”

“里面挂满了枝形吊灯？”

“是的，可是德罗海达也是这样呀。”

“哦，德罗海达！”戴恩不屑地说道，“我敢打赌，比起你的来，我们的吊灯要小。我真想看看你的宫殿，和你穿红法衣的样子。”

拉尔夫红衣主教笑了笑。“谁知道呢，戴恩？也许有一天你会看到的。”

在那孩子的眼睛深处有一种奇特的表情，一种冷淡的表情。做弥撒时，当戴恩一转身时，拉尔夫红衣主教看得更真切了，可是他不明白是怎么回事，只是觉得似曾相识。任何一个男人，任何一个女人，都不会在镜子中看到自己的真身。

路迪和安妮如期来过圣诞节，而且确实是年年不误。大宅里到处都是无忧无虑的人，盼望着这些年来最快活的一次圣诞节。明妮和凯特一边干着活儿，一边走了调地唱着歌。史密斯太太那胖乎乎的脸上笑逐颜开，梅吉不置一词地任戴恩缠着拉尔夫红衣主教；菲似乎也快活得多了，不那么一个劲儿地黏在写字台旁了。每天晚上，男人们抓住每一个借口往回跑，因为晚饭之后，客厅里谈得热火朝天，史密斯太太则准备着就寝前的小吃，有吐司涂奶酪，热奶油小圆饼和葡萄干司康饼。拉尔夫红衣主教抗议说，这么多好吃的，会使他发胖的，但呼吸了三天德罗海达的空气，和德罗海达的人一起待了三天，吃了三天德罗海达的饭之后，他初来时那憔悴枯槁的面容似乎已经不见了。

第四天的时候，天气变得十分热。拉尔夫红衣主教和戴恩出去把一群绵羊赶回来，朱丝婷在胡椒树下独自生闷气，梅吉懒洋洋地坐在廊下一把加垫的藤靠椅中。她觉得浑身的骨头发软、放松，感到非常幸福。一个女人在多年的紧张生活中没有这种东西也能过得不错，但是这种东西是美好的——当这种东西是她所爱的男人给予的时候。她和拉尔夫在一起时，除了属于戴恩的那一部分以外，她身上的每一部分都变得充满了活力。麻烦的是，当她和戴恩在一起的时候，除了属于拉尔夫的那一部分以外，她身上的每一部分也是充满活力的。只有他们俩同时存在于她的生活中时，就像现在这样，她才感到十足的圆满。哦，这是自有道理的。戴恩是她的儿子，而拉尔夫是她的男人。

但有一件事使她的幸福美中不足：拉尔夫没有看出来。于是，她对她的秘密缄口不言。他自己瞧不出来，她为什么要告诉他呢？他凭什么让她说出个中底细？有那么一阵儿，他居然会认为她是心甘情愿地回到卢克身边，这真是一个沉重的打击。倘若他把她看成这种人的话，那就不应该告诉他。有时，她感觉得到菲那双失色而嘲讽的眼光在她身上转。她就转过头去，泰然自若。菲是理解的，非常理解。她理解这种半怨半恨，理解这种不满，理解这种向孤独凄凉的年月进行报复的愿望。徒劳地追逐绚丽缤纷的彩虹，那彩虹就是拉尔夫·德·布里克萨特；她为什么要把他的儿子交给他这个可看而不可得的彩虹呢？剥夺他的这个权利吧。让他受折磨，而又永远不知道自己在受着折磨吧。

德罗海达的电话总机响了起来，梅吉漫不经心地听着，随后便想到她母亲一定是到别的什么地方去了。她不情愿地站了起来，走过去接电话。

“请找菲奥娜·克利里太太。”一个男人的声音说道。

梅吉喊了一声菲，她转过身来，接过话筒。

“我是菲奥娜·克利里。”她说道。当她站在那里听电话的时候，脸上的颜色渐渐褪去，看上去就像帕迪和斯图死后那几天的样子。她显得那样瘦小，那样脆弱。“谢谢你。”她说着，挂上了电话。

“怎么了，妈？”

“弗兰克已经被释放了。乘今天下午的晚班邮车到达。”她看了看表，“我必须赶快去，已经过两点钟了。”

“我和你一起去吧。”梅吉提议道。当她自己心中充满幸福的时候，不忍看到母亲灰心丧气。她明白，对菲来说，这次会面不纯然是快乐。

“不，梅吉，我会没事的。你照顾一下这里的事情，把饭留到我回来。”

“这难道不是大好事吗，妈？弗兰克正好赶上圣诞节回家！”

“是的，”菲说道，“好极了。”

人们若能乘飞机的话，谁都不会坐晚班邮车的，因此，当火车喷着汽从悉尼而来的时候，沿途小城镇下来的大部分都是二等铺的旅客，有几个人一到基里就呕吐了起来。

站长和克利里太太有点头之交，但是绝不敢梦想和她攀谈，因此，他只是看着她从过顶的天桥上沿着木台阶走下来，任她独自直直地站在那高高的站台上。她是个漂亮的老太太，他想道，穿着时髦的衣服，戴着时髦的帽子，还蹬着高跟鞋呢。身条真不赖，对一个老太太来说，她脸上的皱纹委实不算多。这足以说明牧场主那种舒心的日子对一个女人会起什么样的作用。

弗兰克也是从母亲的脸上认出她来的，而他母亲认他则没这么快，尽管她的心马上就认出了他。他已经 52 岁了，他不在的这些年正是使他从青年过渡到中年的年头。站在基里的夕阳中的这个男人非常瘦，几乎是形容枯槁，苍白至极。他的头发剃掉了一半，那透出力量的矮小身体上穿着一件走了样的衣服，形状很好看的手捏着一顶灰毡帽的帽檐。他背不弯腰不驼，也不显病态，但却不知如何是好地站在那里，两手扭着帽子，似乎既不盼望着有人来接他，也不知下一步应该怎么办。

菲控制着自己，快步走下了月台。

“你好，弗兰克。”她说道。

他抬起了那双曾经灼灼有光的眼睛，落在了一个上了年纪的女人的脸上。那完全不是弗兰克的眼睛了，枯涩，有耐性，极其疲惫。但是，当那双眼睛看到菲的时候，一种非同寻常的表情在其中闪动着，这是一种受伤的、毫无自卫能力的眼光，一种即将死去的人哀诉似的眼光。

“哦，弗兰克。”她说着，便把他搂在了怀里，摇动着那放在她肩膀上的头。“好啦，好啦，”她低低地、依然十分柔和地说道，“一切都好啦！”

起初，他萎靡不振，默默无言地坐在汽车里，但是，当劳斯莱斯加快速度开出市镇的时候，他开始对周围的环境产生兴趣了，看着车窗的外面。

“看上去还是老样子。”他喃喃地说道。

“我想是这样的吧。时间在这里过得很慢。”

他们轰轰地开着车，从狭窄而又混浊的河面上的木板桥上开了过去。两岸垂柳依依。满是盘结的树根和砾石的河床大部分都露了出来，形成了平静的、棕色的水洼，乱石嶙峋的干河滩上到处都长着桉树。

“巴温河，”他说道，“没想到今生还能见到它。”

他们的后面扬起了一大团土雾，他们前面笔直的道路就像是一幅透视图一样，跨过了缺少树木的、绿草茵茵的大平原。

“妈，这条路是新修的吧？”他似乎竭力在找话说，使局面显得正常起来。

“是的，战争刚结束，他们就从基里到米尔帕林卡铺起了这条路。”

“他们也许就铺上了一点儿柏油，却还是留下了旧有的尘土。”

“有什么用呢？我们已经习惯吃尘土了，认为把路弄得能够抗住泥浆，这样做花费太大。新路是笔直的，他们把路面筑平了，这条路省去了我们27道大门中的13道。在基里和庄园之间只有14道门了，你等着看我们怎样对付这些门吧，弗兰克。用不着把这些门开开关关了。”

劳斯莱斯爬上了一道斜坡，向着一道懒洋洋地升起来的铁门开去，汽车刚刚从门下钻过，它便沿着滑轨下降了几码，大门自己关上了。

“真是让人惊讶！”弗兰克说道。

“咱们是附近第一家安装了自动斜坡门的牧场——当然，只装在米尔帕林卡和庄园之间。其他围场的门还得手工开关。”

“唔，我估计发明这种大门的那个家伙一辈子一定开关了许多门，是吗？”弗兰克露齿一笑。这是他第一次露出笑容。

可是，他随后又陷入了沉默之中。于是他母亲便集中精力开车，不愿意过快地逼他说话。当他们钻过最后一道门，进入家内圈地的时候，他惊叹了起来。

“我已经忘记它有多可爱了。”他说。

“这就是家，”菲说道，“我们一直照料着它。”

她把劳斯莱斯开进了车库，随后和他一起走回了大宅，只是在这时，他的箱子才由他自己提着。

“弗兰克，你是愿意在大宅里占一个房间，还是愿意单独住在客房？”他母亲问道。

“我住客房，谢谢。”那枯涩的眼睛停在了她的脸上。“还是和人们分开好。”他解释道。这是他唯一一次对监狱环境的影射。

“我想，这样对你要好些，”她说道，带着他向自己的客厅走去。“眼下大宅住得挺满，因为红衣主教在这里。戴恩和朱丝婷在家，路迪和安妮·穆勒后天到这里来过圣诞节。”她拉了拉铃要茶，很快地在房间里走着，点起了煤油灯。

“路迪和安妮·穆勒？”他问道。

她停下了扭灯芯的动作，望着他。“弗兰克，说来话长啦。穆勒夫妇是梅吉的朋友。”灯调整到了她满意的程度，她坐在高背椅中。“我们在一个小时之内开饭，不过咱们先喝杯茶吧。我要把路上的尘土从嘴里洗掉。”

弗兰克笨拙地坐在了一个乳白绸面的矮凳的边上，敬畏地望着这间屋子。“这屋子和玛丽姑姑那时候不大一样了。”

菲微微一笑。“哦，我想是的。”她说道。

这时，梅吉走了进来，看到梅吉已经长成一个成年妇女比看到母亲变老更令人难以接受。当妹妹紧紧地拥抱着他，吻他的时候，他转开了脸，松垂如袋的衣服中身体畏缩着，眼睛越过她找寻着他的母亲。母亲坐在那里望着他，好像在说：没啥关系，不久一切都会正常的，只要过一段时间就行了。过了一会儿，正当他还在搜肠刮肚地想对这个陌生人说些什么的时候，梅吉的女儿进来了。她是一个高个、清瘦的年轻姑娘。她拘谨地坐在那里，一双手捏着衣服上的衣褶，那双浅色的眼睛从一个人的脸上转到另一个人的脸上。梅吉的儿子和红衣主教一起进来了，他走过去坐在姐姐身旁的地板上，这是一个漂亮、平静而冷淡的少年。

“弗兰克，这太好了。”拉尔夫红衣主教说着，和他握了握手，随后转向菲，一扬左眉。“喝杯茶吗？好主意。”

克利里家的男人一起走了进来，空气是很紧张的，因为他们根本没有宽恕他。弗兰克知道这是为什么，这是因为他当年使他们的母亲伤心的那种行径。可是，他不知道说些什么才能使他们有所理解。他既无法向他们倾诉他的痛苦和孤寂，也不会恳求宽恕。唯一真正关键的人是他的母亲，而他从未想到有什么可让她去宽恕的。

这天晚上一直在竭力打圆场的是红衣主教，在晚餐桌上靠他引出话题。饭罢回到客厅里以后，他带着一种自如的外交风度聊着天，有意给弗兰克创造机会，让他介入谈话。

“鲍勃，我一到这儿就想问你——兔子都到什么地方去了？”红衣主教问道，“我看到了无数的兔子洞，可是一只兔子也没有。”

“兔子都死啦。”鲍勃答道。

“死了？”

“是啊，是因为得了一种叫什么黏液肿瘤的病。到 1947 年的时候，因为兔子和连年大旱，作为初级产品生产国的澳大利亚几乎完蛋了。我们都绝望了。”鲍勃说道，他热烈地谈着他的话题，很高兴能讨论一些把弗兰克排除在外的事。

在这一点上，弗兰克很不明智地发表了和他大弟弟不一致的看法。“我知道情况很糟，但还不至于糟到那种地步。”他倚坐在椅子上，希望他对这次讨论尽自己的一份力量能使红衣主教感到高兴。

“哦，我并没有言过其实，相信我的话！”鲍勃刻薄地说道。弗兰克怎么会知道呢？

“发生了些什么事？”红衣主教很快地问道。

“前年，联邦科学与工业研究组织在维多利亚州进行了一项实验，用他们培育出来的这种病毒使兔子得了传染病。我不能肯定这是一种什么样的病毒，只知道是一种微生物。反正他们管这种东西叫黏液瘤病毒。起初，这种病毒的传播似乎不太理想，尽管兔子染上它就会丧命。可是大约一年之后，这场试验性的传染就像野火一样传播开了。他们认为蚊子是载体，但是和藏红色蓟草也有关系。从那时候起，兔子上百万上百万地死去了，它们被一扫而空。有时，你会看到几只病歪歪的兔子，脸上都是肿块，难看透顶。但这是一项了不起的工作，拉尔夫，真的。其他的动物都没有得黏液肿瘤病，甚至连种属相近的动物都没得。多亏了联邦科学与工业研究组织的那些人，兔子再也不能成灾了。”

拉尔夫红衣主教望着弗兰克。“弗兰克，你知道这是怎么回事吗？知道吗？”

可怜的弗兰克摇了摇头，希望大家能让他不起眼地退在一边。

“这是大规模生物战。我不知道世界上其他的人是否知道，就在这里，在澳大利亚，从 1949 年到 1952 年对数不清的兔子进行了一场病毒战，并且成功地消灭了它们。哦！这是对头的，是吗？这完全不是耸人听闻的新闻报道，而是科学的事实。他们还是把他们的原子弹和氢弹埋掉的好。我知道不得不进行这场生物战，这是绝对必要的，也许这项重要的科学成就还没有得到全世界的赞扬。但这也是非常可怕的。”

戴恩一直竖着耳朵听着这场谈话。“生物战？我从来没听说过。到底是怎么回事，拉尔夫？”

“这是一个新词，戴恩，但我是一个教皇的外交家，可悲的是我不得不与‘生物战’这样的词汇打交道。一句话，这个词就意味着黏液性肿瘤病。培养出一种只杀死或重创一种生物的病毒。”

戴恩有些下意识地画了一个十字，又靠在了拉尔夫·德·布里克萨特的膝头上。“我们最好祈祷，对吗？”

红衣主教低头看着他那漂亮的头，微笑着。

多亏了菲，弗兰克才终于完全适应了德罗海达的生活，尽管克利里家的男人态度生硬，可她却若无其事，好像她的长子只是离开了短短一段时间，从来没有使这个家庭蒙羞受辱，或深深地伤过他母亲的心似的。她悄悄地、不引人注目地把他送到他似乎想占有的空间里，离开了她其他的儿子。她并没有鼓励他重新恢复往日的那种活力。因为那一切已经都是明日黄花了。当她在基里车站的月台上看到他的那一刹那，她就明白，那一切已经被一种他拒绝和她详述的生活所吞噬了。她能为他做到的最好的事，就是使他尽可能幸福。毫无疑问，做到这一步的途径就是像接受往日的弗兰克那样接受现在的弗兰克。

不存在让他到围场去干活的问题，因为他的弟弟既不需要他，他也不想去过那种他一直厌恶的生活。看到那些蓬勃生长的东西，使他感到高兴，因此，菲就让他在大宅的花园里干些闲事，使他得到宁静。对弗兰克回到家庭中间，克利里家的男人逐渐习惯起来了，开始明白，以前曾在弗兰克身上存在的那种对他们利益的威胁已不复存在。一切都不能改变他们的母亲对他的感情，不管他是在监狱抑或是在德罗海达，都没有关系。她对他的感情都是不变的。重要的事情是，让他留在德罗海达会使她感到快活。他没有干扰他们的生活，一切和往日一样。

然而对菲来说，弗兰克重返家中并不是一种快乐。这又能怎么样呢？每天看到他和根本见不到他只不过是一种不同的哀伤罢了。不得不眼巴巴地看着一种被毁灭的生活和一个被毁灭的人是令人悲痛欲绝的，这人是她最钟爱的儿子，而他一定是在忍受着她所无法想象的痛苦。

弗兰克回家六个月之后的一天，梅吉走进了客厅，发现她母亲坐在那里，透过高大的窗户望着正在修剪着沿车道的一大排玫瑰花的弗兰克。她转过身来，那故作镇定的脸上带着某种表情，使梅吉双手捂在心口上。

“哦，妈！”她不知如何是好地说道。

菲望着她，摇了摇头，微笑着。“没什么，梅吉。”她说道。

“要是我能尽点儿力就好了！”

“能。只要保持你往日的样子就行了。我很高兴，你已经成为我的助手了。”

第六部

Six

1954—1965

Dane

1954—1965

戴　恩

17

“喂，”朱丝婷对母亲说道，“我已经决定我要做什么事了。”

“我想，这是早已决定的了。到悉尼大学去学艺术，对吗？”

“哦，那不过是我在制订计划时让你对这个秘密产生错觉的诱饵罢了。不过，现在事情都安排好了，所以，我可以告诉你啦。”

梅吉从她的活计上抬起头来——她正在用面团做着枞树形的甜饼。史密斯太太病了，她们正在厨房里帮忙。她对女儿感到疲劳、不耐烦、不知如何是好。大家对朱丝婷这样的人有什么法子呢？要是她声称，她打算到悉尼学着当妓女，梅吉也非常怀疑是否能让她改变主意。天哪，可怕的朱丝婷，这个摧毁一切的力量中的佼佼者。

“往下说呀，我急着听呢。”她说着，又低头做甜饼去了。

“我要去当演员。”

“当什么？”

“演员。”

“老天爷呀！”枞树饼又被撂到一边去了，“喂，朱丝婷，我讨厌当一个扫兴的人，我实不想伤害你的感情，可是，你认为你——嗯，具备当演员的身体条件吗？”

“哦，妈！”朱丝婷厌恶地说道，“不是当电影明星，是当演员！我可不愿意去扭着屁股，挺着乳房，噘着讨厌的嘴唇！我想搞艺术。”她把一块块脱了脂的牛肉推进腌肉桶里。“不管我选择接受什么样的训练，我都有足够的钱了，对吗？”

“是的，多亏了德·布里克萨特红衣主教。”

“那就全说定啦。我要到卡洛顿剧院向艾尔伯特·琼斯学表演去，我已经给英国伦敦的皇家戏剧学院写过信了，要求把我列在候补名单上。”

“你有把握吗，朱茜？”

“很有把握。我已经了解这所学校很久了。”最后一块该死的牛肉被塞进了腌肉桶中。朱丝婷把盖子砰的一声盖在了桶上。“唉！我希望只要我活着就决不要再见到一块腌牛肉。”

梅吉把满满一盘甜饼递给了她。“把这些放到烤箱里去，好吗？把温度调到400度。我得说，你的想法的确出人意料。我觉得那些想当演员的小姑娘总是在没完没了地表演着各种角色，可是我见到你扮演的唯一的人就是你自己。”

“嗐，妈！你又来了，老是把电影明星和演员混为一谈。老实讲，你真是没救啦。”

“哦，影星就不是演员吗？”

“是一种非常劣等的演员。但倘若他们最初在舞台上表演过，那也算是好演员呢。我的意思是说，连劳伦斯·奥列弗偶尔也会拍一部片子的。”

朱丝婷的梳妆台上有一张劳伦斯·奥列弗亲笔签名的照片。梅吉只是简单地把那个看成是青少年迷恋的玩意儿，尽管这时她想起来，她曾经认为朱丝婷至少是有品位的。她有时带回家住上几天的朋友常常珍藏着泰伯·亨特和罗丽·卡尔霍恩的照片。

“我还是不明白，”梅吉摇着头说道，“演员！”

朱丝婷耸了耸肩。“哦，除了舞台我还能在什么地方放声大笑、喊叫和大哭呢？在这里、在学校或者在**任何地方**都不会允许我这样的！我喜欢大笑、大叫、大哭，妈的！”

“可是你在美术上很有才能，朱茜！为什么不当一个画家呢？”

梅吉坚持道。

朱丝婷从大煤气炉旁转过身来，手指在气罐表上轻轻敲着。“我得告诉厨房杂工换煤气瓶了。压力太低。但是，今天还凑合。”那双浅色的眼睛带着怜悯看着梅吉，“妈，你太不现实了，真的。我想，这会被看成那种不肯切实地考虑人生道路的孩子们的想法的。告诉你吧，我不想饿死在阁楼上，死后才名扬天下。我想活着的时候就享有点儿小名气，经济上也宽裕。因此，我将把绘画当作业余消遣，把演戏当作一种谋生手段。怎么样？”

“你在德罗海达已经有一份收入了，朱茜，”梅吉绝望地说道，打破了自己那不管天塌地陷都保持沉默的誓言，“绝不会有饿死在阁楼上那种事的。要是你愿意绘画的话，是没有问题的。你可以画。”

朱丝婷警觉了起来，兴趣顿生。“妈，我有多少收入？”

“只要你愿意，是够你用的，根本不需要去做任何工作。”

“那多烦人哪！我将要在电话上聊聊天，玩玩桥牌以了此一生，至少我在学校的朋友们的母亲大多数都是这样的。我想住在悉尼，而不是德罗海达。比起德罗海达，我更喜欢悉尼。”她的眼中闪出了一线希望的光芒，“我有足够的钱去做新式电疗，去掉我的雀斑吗？”

“我想是的。可是为什么要去做？”

“因为到时候有人会看我的脸，这就是原因所在。”

“我以为容貌对于一个演员无关紧要呢。”

“再紧要不过了。我的雀斑使我烦恼。”

“你确定你不愿意当画家吗？”

“相当确定，谢谢你。”她来了一个舞蹈动作，“我要去当演员啦，沃辛顿太太！”

“你怎么设法进卡洛顿剧院呢？”

“我试演过了。”

“他们**录取**你了？”

“妈，你对你女儿的信心太叫人伤心啦。他们当然把我录取了！你知道，我演得棒极了。总有一天我会天下闻名的。”

梅吉把绿色食品打成了一碗糊状的糖霜，细细地撒在已经烤好的枞树饼上。“朱丝婷，这对你很重要吗？出名？”

“我应该这样说。”她将白糖撒在奶油的上面，奶油很软，已经溶在碗壁上了。尽管已经用煤气炉代替了柴炉，可厨房里还是很热。“我已经横下一条心要名扬天下了。”

“你不想结婚吗？”

朱丝婷显出了一副蔑视的样子。“根本不可能！哭天抹泪，像叫花子似的度过**我的**一生吗？向某个连我一半都不如，却自以为不错的男人低眉俯首吗？哈，哈，哈，我才不干呢！”

“老实说，你真是糊涂到家了！你这一套都是从哪儿学来的？”

朱丝婷快速地用单手迅速地敲开鸡蛋，灵巧地打进一个盆子里。“当然是从我那独一无二的女子学校学来的啦。”她用一个法国打蛋器毫不留情地打着鸡蛋，“实际上我们是一群相当正派的姑娘。很有文化教养。并不是每一个少女都能欣赏拉丁文五行打油诗的：

> 维尼来了一个罗马客，
> 他的衬衫用铱做，
> 问他为啥穿这个，
> 回答说：‘Id est
> Bonum sanguinem praesidium.’”

梅吉撇了撇嘴。“我有点开不了口了，可那个罗马人到底说的是什么呀？”

“这是一件顶呱呱的保护服。”

“就是这个？我以为要比这难听得多呢。你真让我吃惊。不过，亲爱的姑娘，还是谈咱们刚才说的那事吧，尽管你想方设法改变话题。结婚有什么不好的呢？”

朱丝婷模仿着外祖母那罕见的、从鼻子里发出来的嘲弄的笑声。“妈！真的！我得说，你问这个再合适不过了。”

梅吉觉得血液在皮肤下涌流着，她低头看着装满了绿油油的枞树甜饼的盘子。“尽管你是个 17 岁的大人了，可是不许这样无礼。”

“难道有什么奇怪的吗？”朱丝婷看着搅蛋碗问道，“一个人在冒险闯入了双亲严密防范、不让人窥见的那块领地的那一刻起就会变得无礼的。刚才我说过：你问这个问题再合适不过。没错儿。哼！我没有必要暗示你是一个失败者，或是一个罪人，或者更糟糕的人。事实上，我认为你已经表现出了一个了不起的观念，不需要你的丈夫也行。你要丈夫干什么呢？这里有许许多多的男人和舅舅们一起影响着你的孩子，你有足够的钱生活下去。我赞同你的做法！结婚毫无意义。”

“你和你父亲一模一样！”

“又是一个借口。每当我惹你不高兴的时候，我就成了和我父亲一模一样。好吧，因为我从来没见过那位先生，所以我不得不承认你的话。”

“你什么时候走？”梅吉绝望地问道。

朱丝婷露齿一笑。“等不及地要摆脱我啦？好吧，妈，我一点儿也不怨你。我可不是忍不住要这样做，我就是爱叫大家大吃一惊，尤其是你。明天把我带到飞机场去怎么样？”

“后天走吧。明天我要带你到银行去。你最好知道你已经有多少钱了。而且，朱丝婷……”

朱丝婷正在撒着面粉，熟练地调着。听到母亲的声音变了，她抬起头来。“怎么？”

“要是你碰上了麻烦，就回家来。我们永远在德罗海达为你留着房子，我希望你记住这个。没有比无家可归更糟糕的事了。”

朱丝婷的眼光变得柔和了。“谢谢，妈。原来你不是一个不动声色的、糟糕的老榆木疙瘩，对吗？”

“**老？**”梅吉倒吸一口冷气，“我不老，我才 43 岁。”

“老天爷，才那么大吗？”

梅吉猛地掷出一块小甜饼，打中了朱丝婷的鼻子。“哦，你这个小坏蛋！”她大笑起来，“你是个什么样的鬼哟！现在我都觉得自己是个百岁老人了。”

女儿露齿一笑。

正在此时，菲走进厨房，看到了刚才厨房里的那一幕。梅吉松了一口气，向她打了个招呼。

“妈，你知道朱丝婷刚才告诉我什么来着？”

菲除了以最大的努力管理账目之外，再也不抬眼看任何事了，但是对那些自命不凡的孩子内心在想着什么，还是像以往那样能一眼看穿。

“我怎么能知道朱丝婷刚才告诉你什么？”

她温和地问道，看着那些绿色的甜饼，微微地耸了耸肩膀。

“因为有时候给我的印象是，你和朱丝婷对我保守着一些小秘密，可是现在，我女儿已经把新闻都告诉我了，你走进来却说什么都不知道。”

“嗯——至少这些甜饼的味道比看上去的要好，”菲啃了一点儿，评论道，“我向你保证，梅吉，我可没撺掇你女儿和我一起背着你搞阴谋。朱丝婷，你干了些什么事打破了别人的计划？”她转向正在把疏松的混合物倒进加了黄油和面粉的罐子里的朱丝婷，问道。

“我告诉妈妈，我要去当演员，姥姥，就是这么回事。”

“就是这么回事吗？这是真话，还是一个含糊不清的笑话？”

“哦，是实话。我要从卡洛顿剧院开始我的演艺生涯。”

“哦，哦，哦！”菲说道，她靠在桌子上，嘲讽地望着女儿，“梅吉，孩子们自己多有主意，这难道不叫人吃惊吗？”

梅吉没有答话。

“姥姥，你赞成吗？”朱丝婷嚷着，做好了争论的准备。

“我？赞同？你怎样生活和我不相干，朱丝婷。此外，我认为你会成为一个好演员的。”

“你**这样认为吗**？”梅吉喘不过气来了。

“她当然会的，”菲说道，“朱丝婷不是那种做不明智选择的人，对吗，我的姑娘？”

“是的。”朱丝婷露齿一笑，掠开了挡住眼睛的一绺鬈发。梅吉看着她，觉得外祖母对她带有一种从来没有对她母亲表现出来的钟爱之情。

“你是个好姑娘，朱丝婷，”菲说道，她毫无情绪地摆着甜饼，“没有什么不好的，不过我希望你在这上面弄上白色糖霜。”

“你没法把枞树饼弄上白色糖霜。”梅吉反对道。

“要是做枞树饼的话，当然是可以的。上面的白糖就是雪。”她母亲说。

“现在太迟了，它们已经成了让人恶心的绿色了。”朱丝婷笑了起来。

“**朱丝婷**！”

“噢！对不起，妈，我没有惹你生气的意思。我总是忘记你胃不好。”

“我才不是胃不好呢。”梅吉被激怒地说道。

“我是来瞧瞧，能不能弄杯茶喝喝的，”菲插了进来。她拉出一把椅子，坐了下来，“把水壶放上，朱丝婷，做个听话的姑娘。”

梅吉也坐了下来。“妈，你当真认为这个计划对朱丝婷来说行得通吗？”她急切地问道。

“为什么行不通呢？”菲答道，她望着外孙女侍弄着茶水。

“这也许是一时高兴。”

“朱丝婷，这是一时高兴吗？”菲问道。

“不是。”朱丝婷简洁地说道，把杯子和茶盘放在了那张陈旧的绿案桌上。

“用盘子盛饼干，朱丝婷，别放在饼干筒外边，”梅吉机械地说道，“发发慈悲吧，别把一罐奶全都倒在桌子上，倒一些在午茶罐里吧。”

“是，妈，对不起，妈，”朱丝婷应道，也同样机械，“我对厨房里的女人干的事弄不来。我能干的不过就是把吃剩下的东西从哪儿拿来，再拿回哪儿去，把剩余的两三个盘子给洗好。”

“按着吩咐你的去做吧，那样就会好多了。”

“再说说那个话题吧，”菲继续说道，“我觉得没有什么可商量的。我的看法是，应该让朱丝婷去试试，兴许会干得很不错呢。”

“我真希望我心里有底就好了。”梅吉闷闷不乐地说道。

“朱丝婷，你想到过出名得意吗？”外祖母问道。

“千真万确。”朱丝婷说道，挑战似的把那个旧的棕色厨房茶壶放在桌上，匆匆忙忙地坐了下来。“别抱怨啦，妈。我不会再在厨房里用银壶烹茶了，这是最后一遭。”

“这壶茶正到家。”梅吉笑了笑。

“哦，真好！什么也比不上一杯好茶，”菲叹息着，啜了一口茶，“朱丝婷，你为什么非要把事情对你妈妈讲得这么糟呢？你知道，这不是一个成名和前途的问题，这是一个本性的问题，对吗？”

“本性，姥姥？”

“当然是啦。演戏是你认为你打算要去做的事，对吗？”

“对。”

“那么，为什么不这样对你母亲解释呢？为什么要用一些轻率的胡说让她心烦意乱呢？”

朱丝婷耸了耸肩，把茶水一饮而尽，将空杯子推到妈妈面前，还要添茶。“我不知道。”她说道。

“**我—不—知—道，**”菲纠正着她的发音，“我相信，你在舞台上会发音清晰的。你想当演员就是出于本性，对吗？”

“我想是的。”朱丝婷不情愿地答道。

“哦，一种固执而又愚蠢的克利里家的自尊！朱丝婷，这也会成为你失败的原因的，除非你学会控制它。这是一种怕被人笑话，或是被人嘲弄的愚蠢的恐惧心理。尽管我不知道你为什么觉得你母亲是个冷心肠的人。”她拍了拍朱丝婷的后背，“让让步吧，朱丝婷，要合作。”

可是，朱丝婷却摇了摇头，说：“我做不到。”

菲叹了口气。“好吧，祝你一切如意吧，孩子，你会得到我对你事业的祝福的。”

“谢谢，姥姥，我感激你。”

“那就请你去找弗兰克舅舅，告诉他厨房里有茶，用具体行动来表示你的感激吧。”

朱丝婷走了，梅吉凝视着菲。

“妈，你真叫人感到吃惊，真的。”

菲微微一笑。“哦，你得承认，我从来没有试图告诉我的任何一个孩子应该去做什么。”

“是的，从来没有，”梅吉温柔地说道，“我们对此也很感激。”

朱丝婷回到悉尼后的第一件事就是想法把她的雀斑去除。不幸的是，这不是一个很快的过程。她的雀斑太多，除斑得用约 12 个月之久的时间，此后，她一生都得待在避开阳光的地方，否则雀斑还会去而复来。她做的第二件事就是给自己找一个房间。那时候，人们都在营造私房，认为在公寓大厦里杂居而处是一件很讨厌的事，因此，找房子在悉尼是一件大事。但是，她终于在纽特拉尔海湾找到了一套两室的公寓，在一幢坐落在古老而巨大的海滨旁的维多利亚时代的楼房里。这座楼房在困难的日子里经营惨淡，被改造成了许多肮脏的、半开间的房间。房租是一个星期 5 镑 10 先令。叫人不能容忍的是，浴室和厨房是公用的，全体房客共而用之。但是，朱丝婷感到相当满意。虽然她受过良好的家政训练，但是她还是缺少做家庭主妇的本能。

住在波兹维尔花园比在卡洛顿剧院当艺徒更令人着迷。剧院的生活似乎就是躲在道具布景后面，看着其他人排戏，偶尔跑个龙套，熟记莎士比亚、萧伯纳和谢立丹[①]的大量作品。

连朱丝婷的公寓在内，波兹维尔花园有六套公寓，再加上老板娘迪万太太的那一套。迪万太太是一位 65 岁的伦敦人，总是阴郁地吸着鼻子，两眼凸出，非常蔑视澳大利亚和澳大利亚人，尽管她仍然要敲他们竹杠。她一生中最关心的似乎就是煤气和电的费用，而她最主要的弱点就是抵挡不住朱丝婷的隔壁邻居，一个很乐意倚仗自己的国籍揩她油的英国小伙子。

“我可不在乎在我们一起叙旧的时候偶尔让这个老宝贝儿高兴一下，”他告诉朱丝婷，“你知道，她对我干着急，摸不着。你们这些姑娘即使在冬天也不准用电热器，可是她却给了**我**一个，只要我乐意，夏天**我**都可以用。”

---

① 即理查德·布林斯利·谢立丹（1751—1816），英国的剧作家和政治活动家。

“荡妇。”朱丝婷平心静气地说。

他的名字叫彼得·威尔金斯，是个旅行推销员。“请赏光，有时我会给你来杯好茶的。”他在她身后喊道，相当欣赏那双浅淡、迷人的眼睛。

朱丝婷到他那里喝过茶，但谨慎地选择了一个迪万太太不会暗中嫉妒的时间，并且对避开彼得也习以为常了。这些年在德罗海达骑马、干活，使她的力气有了相当可观的增长，就是让她用拳头打皮带下的那个部位，她也不在乎。

“你真该死，朱丝婷！”彼得喘着气，擦去了眼睛里疼出的泪水。“投降吧，姑娘！你总有一天会失去它的，你知道！现在不是维多利亚时代的英国了，你别指望留着它等到结婚。”

“我没打算把它保留到结婚，”她整了整衣服，答道，“我只是还没有肯定谁将得到这份荣幸，就是这样。”

“你也没什么可值得大吹特吹的！”他怒气冲冲地说道。这话可真伤了她的感情。

“是的，我是没什么了不得的。你说什么都行，彼蒂[1]。你休想用话来伤我。处女没有几个，可想乱搞的男人却有的是。”

“这样的女人也有的是！看看前面那套公寓吧。”

“哦，我看到了，我看到了。”朱丝婷说道。

前面公寓里的两个姑娘是同性恋者，她们为朱丝婷的到来而欢欣鼓舞，后来才明白她不仅对此不感兴趣，甚至连和人私通都没搞过。起初，她对她们的暗示不甚有把握，但是，当她们赤裸裸地说明白之后，她便耸了耸肩膀，毫无所动。这样，经过一段时间的适应之后，她就成了她们的共鸣板，中立的知己女友，危难时的避风

① 彼得的昵称。

港。她曾把比丽从监狱中保释出来过。当波比不愿意和帕特、艾尔、乔治和罗妮那样挨着个在地上大呕大吐的时候，她便把波比带到玛特医院去洗胃。她觉得，这确乎是一种危险的感情生活。男人是够坏的了，但是，他们至少有本质不同的风味。

于是，她在卡洛顿剧院、波兹维尔花园和姑娘们中间就像在金科帕尔时一样被人熟悉了。朱丝婷交了不少朋友，而且都是她的好朋友。当她们向她倾诉自己的苦恼的时候，她从来没有把自己的苦恼相告。她只向戴恩诉说过自己的苦恼，尽管承认有一点儿苦恼的事看来并不会使她受到什么损害。她身上最让她的朋友们着迷的东西就是她那种杰出的自制力。仿佛她从孩提时代起就锻炼自己不让环境影响她的身心健康。

被称为朋友的每一个人的主要兴趣就是想看看朱丝婷最终决意如何，在什么时候、是何许人将使她成为一个完满的女人的，但是她却不紧不慢。

阿瑟·莱斯特兰奇是艾尔伯特·琼斯那里资格最老的演青少年的主角，尽管在朱丝婷到卡洛顿剧院一年之前，他已经惆怅地告别了自己的40岁生日。他的体型很好，是个沉着、可靠的演员。他那轮廓分明、富于男子气的脸庞和那一头密密的黄色鬈发总是能博得观众的满堂喝彩。头一年的时候，他并没有注意到沉默寡言、一丝不苟地按着吩咐干事的朱丝婷。但是在年底，她的去雀斑疗程结束的时候，她开始从布景道具中显得突出醒目，而不是和布景混在一起，令人难以察觉了。

去掉雀斑、描起黑眉毛和黑睫毛之后，她变成了一个俊姑娘，颇有小精灵般的、含而不露的风采。她既没有卢克·奥尼尔那种醒目的美，也没有她母亲的那种优雅雍容。她的身材虽然并不惊人，但还算说得过去，只是略显单薄，但那头鲜艳的红发十分醒目。可是在舞台上，她就不大一样了。她可以使人们认为她美如特洛伊的海伦，或丑如巫婆。

阿瑟是在一次教学中第一次注意到她的，当时要求她用不同的音调朗诵康拉德[①]的《吉姆爷》中的一段台词。她朗诵得实在是棒极了！他能感到艾尔伯特·琼斯心中非常激动，并且终于理解戈尔为什么专心致志地在她身上花了那么多时间了。这是个天生的模仿者，但还远不止如此。她使自己吐出的每一个字都带上了特色。还有那嗓音，具有作为一个女演员的那种非凡的素质，深沉、暗哑，具有穿透力。

因此，当他看见她捧着一杯茶，膝头上摊着一本书坐在那里的时候，他就走了过去，坐在了她的身边。

“你在读什么呢？”

她抬起头来，微笑着。“普鲁斯特[②]的书。”

“你不觉得他有点儿枯燥无味吗？”

“普鲁斯特枯燥吗？肯定不是，除非一个人对杂谈不感兴趣。他是个了不起的老杂谈家。”

他不舒服地确信，她在以她的聪敏傲视他，但是他原谅了她。不过是个爱走极端的年轻人罢了。

“我已经听到你朗诵康拉德的剧本了，好极了。”

“谢谢。”

“也许我们可以什么时候一起喝喝咖啡，讨论一下你的计划。”

“如果你愿意的话。”她说着，又低头看普鲁斯特了。

他宁愿相约去喝咖啡也不愿请人吃饭。他的太太总是满足不了他，不过，请朱丝婷吃饭是否能让她产生感激之情，他心里不甚有把握。但是，他还是坚持履行了他那非正式的邀请，把她带到了伊

① 即约瑟夫·康拉德（1857—1924），英国小说家，原籍波兰。作品多以海上生活为题材。

② 即马塞尔·普鲁斯特（1871—1922），法国小说家，意识流文学的先驱与大师。

丽莎白大街下边的一个又暗又小的地方，自信他的太太不会找到这个地方来。

出于一种自卫，朱丝婷已经学会了吸烟，她对总是一本正经地拒绝别人递过的烟已经感到厌烦了。坐定之后，她从提包里拿出了自己的烟，这是一盒未开封的烟，她小心翼翼地剥去了顶部转圈撕开的玻璃纸，使大一些的玻璃纸依然包着烟盒的下部。阿瑟看着她那谨慎的样子，觉得好笑，很感兴趣。

“干吗要这么麻烦？全扯掉算了，朱丝婷。”

“那多不整洁呀！”

他拿起了那个烟盒，若有所思地敲着那完整的封套。“倘若我现在是赫赫有名的西格蒙德·弗洛伊德的一个门徒的话……”

“倘若你是弗洛伊德的门徒又怎么样？”她瞟了一眼，看见女侍者正站在她身边。“我要卡布奇诺吧。”

使他恼火的是，她只给她自己叫了一份，但是他把这件事放了过去，更愿意抓住自己脑子中的那个想法。“请来一杯维也纳咖啡。现在咱们还是回到刚才我说到的弗洛伊德吧。我不知道他对此会有什么想法？他也许会说……”

她从他手中拿过了烟盒，打开，取出一支香烟，没容他翻出火柴，她就给自己点了烟。“说什么？”

“他会认为你愿意保持膜状物的完整，对吗？”

她那咯咯的笑声穿过了烟气霭霭的空气，几个男人莫名其妙地转过头来。“他会这样讲吗？阿瑟，要是想问我是否依然是个处女，需要这样兜着圈子问我吗？”

他的舌头恼怒地响了一下。“朱丝婷！我看我得在其他一些事上教教你搪塞的高明技巧。”

“在哪些事上呢，阿瑟？”她把双肘支在桌上，眼睛在昏暗中闪着光。

“嗯，你需要学什么？”

“事实上我受过相当良好的教育。”

“在所有的事情上？”

“老天爷，你很了解应该强调哪些词，对吗？很好，我一定记住你是怎样说那种话的。”

“有些事情只能通过直接体验才能学到。”他温和地说道，伸出一只手去把她的一绺鬈发塞在她的耳后。

“真的吗？我总是认为有观察就足够了。”

“啊，但是涉及爱情的时候呢？”他用一种柔和而深沉的声音说出了那个词，“如果你不懂得爱情，怎么能演好朱丽叶[①]呢？”

“说得好。我同意你的看法。”

“你以前恋爱过吗？”

“没有。”

“对爱情你有什么了解吗？”这次“什么”这个词比“爱情”要说得重。

“一点儿不了解。”

“啊！那弗洛伊德是对的了，是吗？”

她拿起了烟盒，看着它的封套，笑了笑。“在某些事上，也许是对的。”

他很快地抓住玻璃纸套的底部，将它拉了下来，放在自己的手中，夸张地把它揉成一团，扔到了烟灰缸里，封套在烟灰缸里吱吱地响着，扭曲着，伸展开来。“如果可以的话，我愿意教你怎样成为一个真正的女人。”

有那么一阵工夫，她什么也没说，目不转睛地望着烟灰缸中那

① 莎士比亚名剧《罗密欧与朱丽叶》中的主角。

可笑地伸展着的玻璃纸。随后，她划了一根火柴，小心地将它燃着。“可以，为什么不呢？”

“它将是一件充满了月光、玫瑰和热烈追求的妙事呢，还是既短暂又急剧之事，就像箭一样呢？”他把手放在心口，用朗诵的语调说。

她笑了起来。“真的，阿瑟！我自己希望它又**长**又急剧，但是请不要来什么月光和玫瑰。我的胃口不适合热烈的追求。”

他有些凄恻地凝眸望着她，摇了摇头。“哦，朱丝婷！每一个人的胃口都是适合热烈追求的——甚至你，你这个冷心肠的、年轻的处女也不例外。总有一天的，你等着瞧吧。你会渴望得到它的。”

“呸！”她站了起来，“来吧，阿瑟，咱们就行动吧，在我没改变主意之前把它完成。”

“**现在**？今天晚上？”

“那有什么不行？要是你缺钱的话，我带了不少钱，够租一个旅馆房间用的。”

麦特罗波尔旅馆离得不远。他们穿过了沉寂的街道，她的胳臂小心翼翼地挽着他的胳臂，笑着。此时去下馆子吃饭已经太迟，而离剧场散戏又尚早，所以，附近只有寥寥可数的几个人，只有一小群逗留此地的一支美国特遣部队的水兵，和一些看着橱窗并不时向这些水兵瞟上一眼的年轻姑娘。谁都没有注意他们，这正中阿瑟的下怀。他匆匆地走进了一家药店，朱丝婷在外面等着，脸上放出快乐的光芒。

“现在一切都妥了，心爱的。”

“你买什么去了？是避孕套吗？”

他做了一个怪相。“我希望不是。用避孕套就像是裹着一张《读者文摘》的书页——弄得黏糊糊的。不，我给你买了些避孕胶冻。不管怎么样，你是怎么知道避孕套的？”

“我白在天主教寄宿学校上了七年学吗？你以为我们在那里干些什么？祈祷吗？”她露齿一笑，“我承认我们做得不过分，可是我们什么都谈。”

史密斯先生和史密斯太太看守着他们的领地，在那个时代，这样的悉尼旅馆并不差。希尔顿酒店的时代尚未到来。这间房子非常大，能遥望到悉尼海港大桥的壮丽景色。当然，浴室是没有的，但是在大理石台的顶上有一个浴盆和一个大口水壶，与硕大的维多利亚时代遗留下来的家具十分相配。

“喂，现在我做什么？”她把窗帘拉上，问道，“景色很美，是吗？”

“是的。告诉你现在做什么，你得把心跳平静下来。”

“还做什么？”

他叹了口气。“全脱光，朱丝婷！要是你没有感到皮挨着皮、肉贴着肉，那就不怎么带劲了。”

她灵巧、轻快地脱去了衣服，也用不着扭扭捏捏地被人推推拉拉，便爬上了床……

在许多方面，朱丝婷和戴恩的关系要比和她母亲的关系密切得多，他们对母亲的感情是另一回事，对他们之间的感情没有妨碍，也不冲突。这种感情很早就建立起来了，并且是与日俱增，而不是与日俱减。到了妈妈从德罗海达的劳役中解脱出来的时候，他们已经长大到能够坐在史密斯太太的厨房桌旁，温习函授的功课了。长期以来，他们已经形成了一种互相寻求安慰的习惯。

尽管他们性格迥异，但是他们也有许多共同的兴趣和爱好。对各自不同的兴趣和爱好，他们则以一种出自本能的尊重而相互谅解，这是弥合差别的必要的调和。他们确实相知甚深。她的天性倾向于为其他人的弱点而感到痛惜，但看不到自己身上的弱点。他的天性倾向于理解和宽恕其他人身上的弱点，并且无情地看到自己身上的弱点。她认为自己强大无比，他觉得自己软弱至极。

所有这些东西莫名其妙地结成了一种近乎完美的友谊，要确切地找出这种友情的名称是根本不可能的。但是，由于朱丝婷是更加能言善谈的那一个，因此戴恩不得不总是听她大谈她自己的事情和感想，而不是相反。在某些方面，她辨别是非的能力有点儿低，因此对她来说没有什么神圣不可侵犯的东西，而他则明白他的作用是向她指出她本身所缺乏的那些道德上的顾忌。因此，他安于自己那种带着体贴和怜悯之感的顺从的倾听者的位置，这种怜悯感本来会使朱丝婷大为恼火并引起她的猜疑的。但是她并没有起疑。自从他长大到能够关心世事的时候起，她就毫无保留地把一切事情都附耳相告。

“猜猜我昨天晚上做了些什么？”她小心地整了整草帽，完全遮住了她的脸和脖子，问道。

“扮演了一个引人注目的角色。”戴恩说道。

“大傻瓜！好像我不告诉你，你就不明白似的。再猜。”

“把吵得不可开交的波比和比丽劝开了。”

“真是让人扫兴。”

他耸了耸肩膀，没兴趣再猜下去了。“一点儿也摸不着边。”

他们正坐在高大的哥特式圣马利亚教堂下边的多米恩草地上。戴恩事先打电话通知了朱丝婷，他要到这里来参加教堂里的一次特别仪式，问她能否先在多姆[①]和他见见面。她当然可以，她正急于把最新情况告诉他呢。

他在里弗缪学院的最后一年已快结束了。戴恩是这个学校的学

---

① 多米恩的简称。

生头，板球队的队长，以及橄榄球队、手球队和网球队的队长，此外还是他那个班的班长。17 岁时，他身高 6 英尺 7 英寸[①]，他的声音已经变成男中音，并令人不可思议地躲过了粉刺、笨拙和喉结的苦恼。由于他肤色白净，所以他实际上还没有刮过脸，但是不论从哪方面看，与其说他像一个男学生，毋宁说他像个年轻男子。只有里弗缪学院的校服才表明了他的身份。

那是一个温暖的、充满阳光的日子。戴恩将学校的硬草帽摘了下来，四仰八叉地躺在草地上。朱丝婷蜷坐在那里，双臂抱着膝盖，把暴露的皮肤全部遮了起来。他懒洋洋地睁开一只蓝色的眼睛，看了看她那个方向。

“昨天晚上你干吗来着，朱茜？”

“我失去了我处女的童贞。至少我**认为**我失去了。”

他的两只眼睛都睁开了。“你是个真正的大傻瓜。”

“呸！我说，失去的正是时候。要是我连男女之间的事都不知道，我怎么能盼望成为一个好演员呢？”

“你应该把童贞留给娶你的男人。”

她的脸气恼地抽动了一下。“坦率地说，戴恩，有时你的陈腐不堪真叫我为难！想想吧，要是我到 40 岁还没碰上我可嫁的男人怎么办？你认为我应该怎么做？我就干等这么多年？除了结婚以外，你打算怎么办呢？”

“我不打算结婚。”

“哦，我也不打算。在这种情况下，我为什么要用蓝色的绸带把它扎住，牢牢地放进我那不存在的希望之箱中呢？我不想糊里糊涂地死去。”

---

① 约合 1.89 米。

他咧嘴一笑。“你现在不能这样。”他一骨碌趴在地上，一只手支着下巴，镇定地望着她。他的脸上带着温和、关切的表情。“顺利吗？我的意思是，那可怕吗？你厌恶这种事吗？”

她撇了撇嘴，回忆着。“至少我不感到厌恶。也不可怕。另外，恐怕我还不明白为什么人人都要语无伦次地叫唤。跟我原来想象的一样令人快活。我并不是随便找一个人就行的。我选择了一个非常有魅力的人，他的年龄足以使他对自己干的事心里有底。”

他叹了一口气。“你**是**一个大傻瓜，朱丝婷。要是听到你说，‘他并不很起眼，我们相遇了，我难以自禁了’，我倒会高兴一些。我可以接受你不想等到结婚的想法。但是在人品方面你仍然应该有某些要求才是，而决不能只是由于向往这种行为，朱茜。你没有欣喜若狂，我并不感到意外。”

得意扬扬之色从她的脸上消失了。“哦，你真该死，现在你已经使我感到可怕啦！要不是我很了解你的话，我会认为你是在千方百计地贬低我——至少是贬低我的动机。”

“可是，你确实很了解我，对吗？我决不会瞧不起你的，可有的时候你的动机是直率、欠考虑、愚蠢的。”他的声音节奏缓慢，十分单调，“我就是你良知的声音，朱丝婷·奥尼尔。”

“你也是大傻瓜。”她已经忘记自己不能晒太阳，猛地挨着他躺在草地上，这样就看到他的脸了，“瞧，你是知道我为什么要这样干的，对吗？”

“哦，朱茜。”他哀伤地说道，但是不管他原来打算接着说些什么，也没有机会了，因为她又开了口，有些怒气冲冲。

“我永远，永远，**永远**也不会爱任何人！倘若你爱他们，他们就会使你痛苦至极。倘若你需要他们，他们也会使你痛苦至极。告诉你吧，人就是这样的！”

当她认为可以不要爱的时候，他总是感到痛心，而他明白这种想法是他所引起的时候，就愈发痛心。如果有一条压倒一切的理由能说明为什么她在他的心目中有如此重要的地位，那就是因为她对他的爱足以化解怨恨。他从没感到她对他的爱会因为妒嫉或怨恨而减弱。他站在爱的中心，而她却站在远离中心的圈外。对他来说这是一个严酷的事实。他曾经祈祷过，祈祷事情会有所转变，可是情况却根本没有任何变化。这并没有减少他的忠实，只是使他更清醒地意识到，在某些地方，在某种时候，他将不得不为自己得到过分施与的感情而朱丝婷却因而被忽视付出代价。她对此持乐观态度，设法使自己确信她在圈外也过得很好；但是他能感到她的痛苦。他是**知道**的。她身上有那么多值得爱的东西，而在他自己身上值得爱的东西却少得可怜。他认为这一切是毫无疑问的。由于他的俊美、他温顺的禀性、他那种与母亲和德罗海达的其他人沟通感情的能力，他获得了许许多多的爱。而且这也因为他是个男人。除了他根本不知道的事情之外，他没得到的东西是很少的。他以别人未曾得到过的方式得到了朱丝婷的信任和友谊。妈妈对朱丝婷的重要性比她愿意承认的要大得多。

但是，我会偿还的，他想。我已经得到了一切。我必须以某种方式偿还，使她得到补偿。

突然，他碰巧看了一下手表，两腿无力地站了起来。尽管他承认他对姐姐所欠甚多，但是，对天上的那个人他所欠更多。

“我得走了，朱茜。”

“你和你那该死的教会！你什么时候才能摆脱它呢？”

“我希望永远不摆脱。”

“我什么时候再见你？”

“嗯，今天是星期五，明天当然还可以见面。11点钟吧，还在这里。”

“好吧，做个乖小子。”

他已经走出几码远了，里弗缪的硬草帽扣在脑后。但是，他回过头来，冲她一笑。“我难道有什么时候不是乖小子吗？”

她露齿一笑。“保佑你，从没有。你可实在太好了，我总是个麻烦缠身的人。明天见。”

圣母马利亚教堂前厅巨大的门上都蒙着红色的革面。戴恩悄悄地推开一扇，溜了进去。严格说来，他离开朱丝婷稍微早了一点儿。但是，他总是愿意在教堂里还没有挤满人的时候进去，那时这里还没有成为人们目光、咳嗽声、衣服窸窣声和低语声集中的中心。他独自一人的时候，觉得好得多。教堂里有一个司事正在点着高高祭坛上的一支支蜡烛。这是一位副主祭，他准确地判断着。他低下头，走过圣体盘时，曲了曲膝，画着十字，随后，很快地轻手轻脚走向了靠背长椅。

他跪在那里，头放在交叠的手上，让自己的头脑随意遐想起来。他并没有有意识地祈祷什么，反而愿意成为周围环境内在的一部分，尽管他感到周围熙熙攘攘，然而他依然觉得这气氛有一种缥缈的意境，有一种难以言喻的神圣和沉静。就好像他变成了小小的红色祭坛玻璃灯中的一团火焰，总是在濒于熄灭的状态下闪动着，虽然只靠着一点点必不可少的香油而延续着它的火光，放射出短暂的光，但是却能永久照亮无边的黑暗。宁静、缥缈，恍然迷失了自身的存在。这就是戴恩置身于教堂时的感觉。在其他任何地方，他都感受不到如此的井然协调，气宁神息，痛苦皆消。他低垂着睫毛，闭着双眼。

风琴台上传来了脚步的滑动声，管风琴发出试音的呼呼声和琴管排气的声音。圣母马利亚天主教童子学校的唱诗班先行一步进来，利用眼下到即将举行的宗教仪式的间隙练习一下。这仅仅是星期五的一次午间祝福式，但是，戴恩在里弗缪学院中的一些朋友和教师要来参加赞美活动，他也就想来了。

风琴试了几声和弦，便徐徐奏出了一曲绝妙的伴奏。幽暗的、石头镶边的穹顶下回响着神秘的童声，尖细、高亢、甜美，充满了天真无邪的纯洁。空旷高大的教堂中少数几个人合起了眼睛，为那种失而不可复得的纯真而感到哀伤。

天使圣餐兮化吾糇粮，
佑吾民人兮免罹咎殃，
厥食丕圣兮克绍神祇，
赞吾显主兮诚恐诚惶，
嗟乎！大哉灵哉我天堂。

贵也亦食矣，
贱也亦食矣，
同沾彼天香……[①]

天使的圣餐，天国的圣餐，哦，奇妙之物。赞美你非我之力所及，哦，上帝。主啊，倾听我的声音吧！请你的耳朵俯就闻一闻我的祈求。请不要转过脸去，哦，上帝，不要转过脸去。因为你是我至高无上的君主，我的主。我的上帝，我是你卑微的仆人。在你的眼睛中，只有一件东西是有价值的，那就是仁慈德行。你并不计较你仆人的美貌或丑陋。对于你，只有感情是至关重要的。你能治愈一切，你使我懂得了内心的平和。

上帝啊，人生是孤寂的。我祈祷，但愿人生的痛苦不久就会结束。他们不理解，我资质得天独厚，却在生活中发现如此之多的痛

---

① 原文为拉丁文。

苦。可你是理解的，你的抚慰就是一切，是它在支持着我。无论你需要我做什么，哦，上帝，我都将俯首听命，因为我热爱你。倘若我斗胆对你有什么要求的话，那就是你的存在使我永远将其他的一切忘却……

“你很沉默，妈，”戴恩说道，“想什么呢？想德罗海达吗？”

“不是，”梅吉懒洋洋地说，“我在想我变老了。今天早晨我发现了六七根白发，而且我的骨头也在发疼。”

“你永远不会老的，妈。”他安慰道。

“我倒希望这是真的，亲爱的，可不幸的是，不是这么回事。我开始需要矿泉水了，这肯定是老年的标志。”

他们正躺在几块铺在德罗海达草地上的毛巾被上，靠近矿泉，沐浴着暖洋洋的冬日。这个大池子的尽头，沸腾的水在轰响着，飞溅着，硫黄味的雾气缓缓飘动，渐次消逝。在矿泉里游泳是冬季的一大乐事。梅吉觉得，由于年纪增大而产生的疼痛全都消失了。她转回来，面朝上躺着，她的头放在那根很久之前她和拉尔夫神父曾一起坐过的原木的阴影里。凭着幻想她也丝毫无法再体味到拉尔夫当年吻她时的感受了。

这时，她听见戴恩站了起来，她睁开眼睛。他永远是她的宝贝，她可爱的小宝贝。尽管她怀着一种特殊的骄傲看着他身上起了变化并长大起来，但她还是想象在他那成熟的脸上添上婴孩的笑容，把他当成孩子。她还从来没有想到他无论从哪方面看都已经不是一个孩子了。

但是，在她望着在晴朗的天空衬托下，他那穿着三角游泳裤的身影的一刹间，梅吉认识到这一点了。

我的上帝，都结束了！婴儿时代，婴儿时代。**他是一个男人了。**骄傲，愤懑，一个女性对事物本质的伤感，某种危机迫在眉睫的可怕的感觉，愤怒，敬慕，凄伤。所有这些都是梅吉在抬眼望着儿子的时候感觉到的。创造一个男子是件可怕的事，更可怕的是创造了这样一个男子。一个令人目眩的男性，令人目眩的英俊。

拉尔夫·德·布里克萨特，再加上几分她自己的样子。看到这个和她的爱情相联系的、极其年轻的男子的身体时，她怎能不感动呢？她闭上了眼睛，心烦意乱，厌恶把她的儿子想成一个男子。这些天来，他望着她，是把她看成一个女人呢，还是依然把她当作那个无足轻重的好妈妈？他真该死，真该死！他怎么竟敢长大成人？

“戴恩，关于女人你了解些什么吗？”她突然问道，又睁开了眼睛。

他微微一笑。“你指的是初步的性教育？”

“你有个朱丝婷那样的姐姐，这你肯定是了解的。当她发现了生理学课本中的内容时，逢人便讲。不，我的意思是，你把朱丝婷那套冷静的理论付诸过实践吗？”

他很快否定地摇着头，挨着她慢慢地坐在草地上，望着她的脸。“妈，你问起这个，真有意思。很久以来我就想和你谈谈这个，可是我不知道怎么起头。”

“你只有18岁，亲爱的。想把理论付诸实践，不是有点儿太早了吗？”只有18岁。只有。他是个男子汉了，难道不对吗？

“我想和你谈的正是这个。根本就没有什么理论付诸实践的事。”

从主分水岭吹来的风真冷啊。真怪，在这之前她居然没有发觉。她的浴衣在哪儿呢？“根本没有把它付诸实践。”她干巴巴地说道，这算不上是一个问题。

“对啦。我绝不想这样。我不仅不想这样做，而且也不想要妻子和孩子。我想过，但我不能这样做。因为既爱他们，又爱上帝，没有足够的余地。我所希望的热爱上帝的方式不是这样的。我这么想已经有很长时间了。在我的记忆中，我似乎没有过一次不理解这一点，而且年龄愈长，对上帝的爱就愈深。热爱上帝是一件了不起的、不可思议的事情。”

梅吉望着那双镇定、漠然的蓝眼睛。这是拉尔夫的眼睛，就像以前那样。但是，这双眼睛中却闪动着和拉尔夫的眼睛不一样的某种东西。他在18岁的时候也是这样的吗？是吗？也许，这只是一个人在18岁的时候才能体验到的某种东西吧？在她踏进拉尔夫的生活时，他已经超出这个年龄10个春秋了。然而，她一直就知道，她的儿子是一个神秘主义者。而她并不认为拉尔夫在他生活的任何一个阶段有过神秘的倾向。她咽了口唾沫，把浴衣紧紧地裹在她那单薄的身子上。

“因此，我问过我自己，”戴恩继续说道，“我怎样才能向上帝表达我对他的深爱呢？为了这个答案我斗争了许久，我不愿意使这个答案明确起来。因为我也想过男人的生活，非常想。然而，我知道这种献祭是什么，我知道……我只有把一样东西献给他，才能够在他的面前显示出除了他以外，一切在我心中都是不存在的。我只能献给他能与之相匹敌的东西，这就是他要求于我的牺牲。我是他的仆人，他是无与伦比的。我不得不进行抉择。除了那一点之外，所有的东西他都会让我得到、享用的。”他叹了一口气，拔下了一根德罗海达的草叶。“我必须向他表示，我理解他为什么在我降生之日就赐予我这许多东西。我必须向他表示，我明白，我的生命作为一个男人是多么微不足道。”

“你不能这样做，我不会让你这样做的！”梅吉伸手抓住了他的胳膊，喊道。那胳膊的感觉十分光滑，隐隐能感到那皮肤下面力量非凡，就像拉尔夫一样。**就像拉尔夫一样！**难道就不能让一个如花似玉的姑娘正正当当地把手放在这胳臂上吗？

“我要做一名教士，”戴恩说道，“我要作为他的教士，完全彻底地侍奉他，把我得到的一切和我自己奉献给他。安贫守穷，贞洁高雅，恭顺服从。他对他选择的仆人所要求的就是这些。这不会轻而易举的，但是我要这样做。”

她眼睛中的表情，就好像他已经杀死了她，把她抛在了他脚下的尘埃中似的。他不知道，她会因为这种想法而深受折磨，本来他还以为她会为他感到骄傲，并且会因为把儿子献给了上帝而感到快乐呢。人们众口一词地说过，她会感到激动，欢欣鼓舞的。然而正好相反，她呆呆地望着他，他那教士职业的前景就好像宣判了她的死刑。

“我一直就想这样做的，”他绝望地说道，望着她那垂死的眼神，“哦，妈，你难道不理解吗？除了当教士以外，我从来就没想到要成为任何一种人！除了当教士，我什么都当不了的！”

她的手从他的胳臂上落了下来。他低头瞟了一眼，看见她十指苍白，她的指甲在他的皮肤上捏出了深深的小弧形痕迹。她一扬头，大笑了起来，一阵紧似一阵，在那凄厉、嘲弄的大笑中显示出彻头彻尾的歇斯底里。

“哦，说实话真是太好了！”当她又能讲出话的时候，她喘息着，用发抖的手揩去了眼角上的泪水，“这是难以置信的嘲弄！玫瑰的灰烬，那天夜里他骑马来到矿泉边上时曾这样说过，而我不明白他指的是什么。你是灰烬，必复归于灰烬。你属于教会，也将归顺教会。啊，真是绝妙，绝妙！我要说，上帝嘲弄了上帝！上帝是无情草木！女人最大的仇敌，就是上帝！我们追求的一切，他都千方百计地加以破坏！”

“哦，别！哦，别！妈，别这样！”他为她，为她的痛苦而涕泪横流，但是对她的痛苦和她说的那一番话却不理解。他的泪水落了下来，心在抽搐着。牺牲已经开始了，以他所未曾想到的方式开始了。但是，尽管他为她而哭泣，可即使为了她，他也不能舍弃这牺牲。这奉献是一定要做到的，完成得愈是艰难，在上帝的眼中就愈有价值。

她使他哭泣了，在此之前，她从来没使他流过泪水。她果断地抛开了自己的狂怒和伤心。不，把自己的痛苦加在他的身上是不公平的。他的遗传基因，或者是他的上帝，或者是拉尔夫的上帝造就了他。他是她的生命之光，是她的儿子。绝不能由于她而使他受折磨。

"戴恩，不要哭，"她喃喃低语着，抚弄着他胳臂上由于她的愤怒而留下的痕迹，"对不起，我不是这个意思。你使我感到震惊，就是这样。当然，我为你感到高兴，真的！我为什么不高兴呢？我只是感到震惊，没有想到，就是这样。"她有些发抖地抚摸着他。"你就像对我扔了一块石头似的把这个想法告诉了我。"

他的眼睛变得明亮了，毫不疑心地相信了她的话。他为什么要想象是自己使她痛苦至极呢？那是妈妈的眼睛，是他一向熟悉的妈妈的眼睛。充满了爱，生机盎然。年轻有力的胳膊紧紧地搂住了她，拥着她。"你**肯定**不介意吗？"

"介意？一个天主教的好妈妈介意她的儿子成为一个教士？这是不可能的！"她跳了起来，"喂，天多冷啊！咱们回去吧。"

他们没有骑马来，而是开着一辆类似吉普的路虎牌汽车。戴恩爬到了方向盘的后面，他母亲坐在了他的身边。

"你知道你将要到什么地方去吗？"梅吉抽噎地吸了一口气，掠开了散落在眼前的头发，问道。

"我想是圣帕特里克学院吧。至少在我能独立行动之前要在那里。也许随后我将信奉一个修会。我挺愿意当耶稣会教士的，但是我不敢太肯定从那里能直接进入耶稣会。"

梅吉透过落着几只虫子的挡风玻璃凝视着上下跳动的黄褐色草地。"戴恩，我倒有个更好的主意。"

"噢？"他不得不集中精力开车。道路有些变窄了，总是有些新倒下来的树干横在路上。

"我把你送到罗马德·布里克萨特红衣主教那里去。你还记得他，对吗？”

“我还记得他？这叫什么问题啊，妈！我想，过100万年我也不会忘记他的。他是我完美无缺的教士榜样。要是我能成为他那样的教士，我会非常幸福的。”

“就算完美无缺吧！”梅吉尖刻地说道，“不过，我将把你交给他管教，因为我知道，看在我的面子上他会照顾你的。你可以进罗马的一所神学院。”

“你真是这个意思吗，妈？真的吗？”他的脸上露出了急不可耐的神色，“有足够的钱吗？要是我留在澳大利亚，会少花好多钱的。”

“托德·布里克萨特红衣主教的福，亲爱的，你永远不会缺钱用的。”

在厨房门口，她把他推了进去。“去告诉女仆和史密斯太太吧，”她说，“她们绝对会激动不已的。”

她一次又一次地停下来，然而，她还是迈着沉重的步子，慢慢地走上了通往大宅的斜坡，向菲坐着的客厅走去。令人惊讶的是，她没有在工作，而是和安妮·穆勒谈着天，啜着下午茶。当梅吉走进去的时候，她们抬起头来，从她的脸上可以看出刚刚发生了什么严重的事情。

穆勒夫妇18年来一直到德罗海达探望，并且希望这种探望永远继续下去。可是，路迪·穆勒上个秋天突然去世，梅吉马上就写信给安妮，问她是否愿意永久地住在德罗海达。这里房子很宽裕，有一套客房可供隐居独处。如果她很好面子的话，可以付食宿费，尽管他们养得起上千位永久的房客。梅吉把这看作是一个报答安妮在昆士兰那些孤独日月里给予自己恩情的一次机会，而安妮则把这看作是一种救助。失去了路迪，黑米尔霍克孤寂得可怕。但她还是雇了一个经理，没有把这个地方卖掉。在她去世之后，房子将给朱丝婷。

“怎么啦，梅吉？”安妮问道。

梅吉坐了下来。“我想，我受到了报应的雷劈。”

“什么？”

“你们是对的，你们俩都是对的。你说过，我会失去他。我不相信你们的话，实际上我认为我能战胜上帝。但是世上没有一个女人能挫败上帝的。他是一个男人。”

菲给梅吉倒了一杯茶。“来，喝了这个。”她说道，就好像茶和白兰地具有恢复精神的作用似的，“你怎么失去他了？”

“他要去当教士。”她开始大笑起来，与此同时又失声痛哭起来。

安妮拄起了双拐，蹒跚地走到了梅吉的椅子前面，笨拙地坐在了扶手上，慈爱地抚摸着那可爱的金红色头发。“哦，亲爱的！但是，事情不像那样不可收拾。”

“戴恩的事你了解吗？”菲问安妮。

“我一直就知道。”安妮说道。

梅吉清醒了过来。“事情不像那样不可收拾？你明白吗？这就是完结的开始，这是报应。我从上帝那里偷到了拉尔夫，我正在用我的儿子偿还。妈，你告诉过我这是偷窃，你还记得吗？我不愿相信你的话，可是，像往常那样，你是对的。”

“他要去圣帕特里克学院吗？”菲现实地问道。

梅吉的笑声正常多了。“妈，事情已经无可挽回了。当然，我打算送他去找拉尔夫。他的一半是拉尔夫的，让拉尔夫最终享有他吧。”她耸了耸肩，“虽然对我来说，他比拉尔夫更重要，但我知道他是想去罗马的。”

“戴恩的事你告诉过拉尔夫吗？”安妮问道。这是一个从来没商讨过的话题。

“没有，我决不会告诉他的。决不！”

“他们长得太像了，他兴许会猜到的。”

“谁？拉尔夫？他永远也猜不着！这就是我要保守住的秘密。我送给他的是**我的**儿子，如此而已。我送给他的不是**他的**儿子。”

“梅吉，当心诸神的嫉妒，”安妮温和地说道，“他们也许还没和你完事呢。”

“他们还要拿我怎么办？”梅吉哀痛地说。

当朱丝婷听到这个消息时，她大为震怒，尽管最近三四年来她私下里怀疑这种事终会来临的。对梅吉来说，像是炸开了一个晴天霹雳；但是对朱丝婷来说，就像是降下了一阵意料之中的冰雨。

首先，是因为朱丝婷和他一起在悉尼上学，作为他的知己，她曾经听到他说起过未曾对妈妈讲过的事情。朱丝婷知道戴恩的宗教信仰对他来说是如何至关重要。不仅仅是上帝，还有神秘而意味深长的天主教仪式。她认为，如果他在一个信新教的家庭里出生、长大的话，他也会最终转向天主教以满足灵魂中的某种需要的。对戴恩来说，他信奉的不是严厉的、加尔文教派的上帝。他的上帝是勾画在彩色玻璃中的，香烟缭绕，包覆着彩色花边和金色刺绣，伴以配乐复杂的圣歌，在抑扬顿挫的悦耳拉丁语声中受到顶礼膜拜。

具有如此惊人美貌的人认为这种美貌是痛苦的象征和缺陷，并时时对此感到苦恼，这也是一种富于讽刺意味的反常现象。戴恩就是这样的。他对任何涉及相貌的评论都唯恐避之不及；朱丝婷觉得他要是生来丑陋，根本不讨人喜欢反倒好得多。在某种程度上，她理解他为什么有这种感觉。也许是由于她自己从事的那种声名狼藉、自我陶醉的职业，她倒颇为赞许他对自己的容貌采取的那种态度。她逐渐不能理解的是，他为什么如此厌恶自己的容貌，而不是干干脆脆地漠视之。

他对性的要求也不强烈。这到底是由于什么缘故，她没有把握：不知是由于他告诫自己要把自己的情欲升华到近乎完美无瑕的地步，还是由于他缺乏某些必要的脑髓，虽然他天生英质。也许是前者吧，因为他每天都要做那些剧烈的体育运动，以保证他在上床的时候已经筋疲力尽。她非常了解，他的倾向是“正常”的，也就是说他是爱异性的，她也知道哪一种姑娘对他的脾气——个儿高，肤色深，妖娆。但是他偏没有肉欲的要求。当他掌握着女孩子的时候，当脂粉气弥漫在他周围的时候，或当他认识到体形和红颜是一种特殊的快事的时候，他却没有注意到这些东西的触摸感。在他实际体验异性的吸引力之前，富于挑逗性的东西的冲击一定是不可抗御的，只有在那些难得的片刻中，他似乎才认识到了大部分男人只要一有机会就千方百计要踏入的世俗境地。

这件事他是在一次演出之后，在卡洛顿剧院的后台告诉她的。他去罗马的事是在那天定下来的。他急于把这个消息告诉她，然而他知道她不会喜欢这个消息。他的宗教抱负是一件他决不愿和她讨论又同样热切地希望和她讨论的事。她会恼火的。但是，那天夜晚他到后台去的时候，再也压抑不住他内心的喜悦了。

“你是个大傻瓜。”她厌恶地说道。

“这正是我的愿望。”

“白痴。”

“不管你称呼我什么也不会使事情改变，朱茜。”

“你认为我不懂这个吗？骂你两句是我稍微发泄一下感情的需要，就是这样。”

“我本来以为你在台上扮演厄勒克特拉[①]时已经发泄够了呢，你演得真不错，朱茜。”

“听完你这句话，我就好受些了，”她严厉地说道，“你要上圣帕特里克学院吗？”

“不。我要去罗马，去找德·布里克萨特红衣主教。是妈安排的。”

---

① 希腊神话中的人物，阿伽门农和克泰涅斯特拉的女儿，俄瑞斯忒斯的姐姐，曾帮助他为父报仇。

“戴恩，不！那儿太远了！”

“哦，你干吗不去呢？至少到英国去。以你的背景和能力，你应该能够不费什么麻烦就可以在某个地方找个位置的。”

她在一面镜子旁坐下，揩去厄勒克特拉的化妆油彩，依然穿着厄勒克特拉的长袍。她的眼睛周围涂着深黑色的图案，那双古怪的眼睛显得更古怪了。她缓缓地颔首。“是的，我可以这样，是吗？”她若有所思地问道。“我已经干得差不多了……澳大利亚显得有点儿太小了……对，伙计！你说得对！去英国！”

“好极啦！想想吧！你知道，我会有假日的，一个人在神学院就像在大学里一样，总是会有假日的。我们可以一起计划如何度假，在欧洲转一转，回德罗海达老家去。哦，朱茜，我已经都想好啦！你离我不远，只要你在我的附近，这件事就圆满了。”

她微笑着。“是这样吗？要是我不能和你说说话，生活就不会是老样子了。”

“我就怕你说这个。”他露齿一笑，“可是认真讲，朱茜，你使我感到不放心。我愿意让你待在我能常常见到你的地方。此外，谁能当你良知的代言人呢？”

他在地板上一个古希腊甲兵的头盔和一个可怕的女巫面具之间坐了下去，这里可以看到她。他身子不占地方地蜷了起来，完全不挡别人的路。卡洛顿剧院只有两个主角化妆室，朱丝婷还没有资格使用它们。她是在公共化妆室里，周围的人熙来攘往。

“该死的老德·布里克萨特红衣主教！”她尖刻地说道，“自打我一看见他那时起，我就讨厌他！”

戴恩抿着嘴轻声笑着。“你并不讨厌他，你要知道。”

“我讨厌！我讨厌！”

“不，你并不是这样的。安妮婶婶在圣诞节时告诉过我一件事，我敢打赌，你是不知道的。”

“我不知道什么？”她警惕地问道。

“在你还是个小娃娃的时候，他曾经拿奶瓶喂过你，拍你的后背，让你打奶嗝，摇你睡觉。安妮婶婶说，你是个特别古怪的孩子，不愿意让别人抱。可是当他抱你的时候，你却很喜欢。”

“荒诞不经的谎言！”

“不，不是这样的，”他露齿笑了笑，“不管怎么说，你现在为什么这样讨厌他呢？”

“我就是讨厌。他是个劣等的老贪婪鬼，他使我恶心。”

“我喜欢他，一直都喜欢。一个完美无缺的教士，这就是沃蒂神父对他的称呼。我也这样想。”

“唔，**我说**，滚他的蛋吧！”

“**朱丝婷**！”

“这回让你震惊了，是吗？我敢打赌，你绝不会想到说这个词的。”

他的眼光闪动着。“你**明白**它是什么意思吗？告诉我，朱茜，说下去，我谅你不敢！”

当他取笑她的时候，她一向是抵挡不住的。她的眼睛也闪动起来。“你会成为一个卢巴波[1]神父的，你这个大傻瓜。不过，要是你还不知道那个词是什么意思，你最好还是别打破砂锅问到底。”

他倒认真起来了。“别担心，我不会这样的。”

一双非常匀称的女人大腿停在戴恩身边，转了过来。他抬起头来，脸唰地红了。他扭开脸，漫不经心地说道：“哦，你好，玛撒。”

“你也好。”

她是一个绝顶漂亮的姑娘，表演能力稍差一些，但是在任何一次演出中她都是一个撑门面的演员。她也偶尔和戴恩喝上一杯茶，

[1] 意为喜欢激烈争论的人。

朱丝婷不止一次听到他对她的夸奖。个儿高挑（电影杂志则总是会用“性感”二字），头发和眼睛都十分黑，肤如凝脂，乳房极其动人。

她往朱丝婷的桌角上一坐，一条腿挑逗地在戴恩的鼻子前荡来荡去，以毫不掩饰的欣赏的眼光打量着他。这显然使他十分窘迫。老天爷，他还真是一表人才呢！朱丝婷这个平淡无奇的老辕马怎么会有一个这么一副相貌的弟弟？他也许刚刚 18 岁，这也许是勾引年幼者，可是谁还管得了那么多？

“到我那儿去喝点儿咖啡什么的，好吗？”她低头望着戴恩，问道。“你俩一起去吧？”她不情愿地补充了一句。

朱丝婷否定地摇了摇头，她的心中突然闪过一个念头，眼睛亮了起来。“不啦，谢谢，我不能去。戴恩和你去就行了。”

他也否定地摇了摇头，但是表情颇为遗憾，好像真的受到了诱惑似的。“不管怎么样，谢谢你了，玛撒，可是我不能去。”他求救似的看了一眼手表，“天哪，我没有多少时间了！你还要多久，朱茜？”

“大约十分钟。”

“我在外面等你，好吗？”

“胆小鬼。”她嘲弄地说道。

玛撒的眼光跟着他。“他真是漂亮极了。他为什么对我不屑一顾？”

朱丝婷失望地露齿一笑，终于把她的脸擦净了。雀斑去而复来。也许在伦敦会好些，那里没有阳光。“哦，别发愁，他留意到了你。他也喜欢。不过他会干吗？他不会的。”

“为什么？他怎么了？你绝不会跟我说他是个搞同性恋的人吧！呸，为什么我遇上的每一个漂亮男子都是同性恋者呢？不过，我绝不认为戴恩是。他根本没给我这种印象。”

“说话留神点儿，你这个骚货！他当然不是同性恋者。事实上，在他看上娘娘腔[①]的那天，也就是我把他和那娘娘腔的喉咙割断的一天。”

“哦，如果他不是个娘娘腔，又喜欢我，为什么他不凑趣呢？他没有看出我的眼风吗？他是嫌我对他来说太老了吗？”

“亲爱的，对于一般的男人来说，你绝对算不上老，别为这个担心。不是的，戴恩已经立誓戒绝生活中的性行为了，这个傻瓜。他要当教士了。”

玛撒的芳唇张开了，把漆黑浓密的头发往后一掠。“看你再瞎说！”

“真的，真的。”

“你的意思是说，所有的一切都要被**废弃**？”

“恐怕是这样。他把这些都奉献给上帝了。”

“那么，上帝是个比娘娘腔更大的同性恋者。”

“也许你是对的，”朱丝婷说道，“不管怎么说，他当然不会太喜欢女人的。咱们是平庸之辈，就像处在楼上厅座的后面。而那些严于律己的男人却是在正厅前座和包厢里。”

“哦。”

朱丝婷扭着身子脱去了厄勒克特拉的长袍，匆忙从头上套下一件薄的棉布衣服。她想起外面有些冷，又加上了一件羊毛衫，和蔼地拍了拍玛撒的头。“别为这个发愁啦，宝贝儿。上帝对你格外照顾，没有给你任何脑子。请相信我，这样要好得多。你是绝不会和万物之灵进行任何竞争的。”

“我不知道。和上帝争夺你弟弟我是不会反对的。”

“忘掉吧。你是和国教争斗，不会成功的。你还是勾引同性恋要

① 喻搞同性关系的男子。

快得多，记住我的话吧。”

一辆梵蒂冈的小汽车在飞机场接到了戴恩，载着他飞驰而过阳光渐逝的街道，街道上的人川流不息。一个个都相貌俊美、满面笑容。他的鼻子贴在窗口上，饱览着一切景色，亲眼看到以前只在画片上看到过的东西使他难抑心头的激动——罗马圆柱，洛可可式[1]的宫殿和圣彼得教堂那文艺复兴时代的壮观建筑。

在那里等待着他的、从头到脚都穿着鲜红色服装的是拉尔夫·拉乌尔·德·布里克萨特红衣主教。他伸出手来，指环在闪闪发光。戴恩双膝跪下，吻着指环。

“起来吧，戴恩，让我瞧瞧你。”

他站了起来，满面微笑地望着那几乎和他一般高的、身材魁伟的人。他们面对面地互相望着。对戴恩来说，红衣主教具有一种灵气无限的精神力量，这种力量与其说是使他想到一位圣徒，毋宁说是使他想到了一位教皇。然而那双充满了极端忧伤的眼睛却不像教皇的眼睛。显露出这样的表情说明他一定是饱经忧患，而他一定是豁达地把这些忧患升华为成为最高尚完美的教士的动力。

拉尔夫红衣主教凝眸望着这个孩子，他不知道这就是他的儿子。他觉得，他之所以爱他，是因为他是亲爱的梅吉的孩子。正因为如此，他想要看到一个属于他自己骨血的儿子，也是这样高，这样相貌出众，这样优雅大方。他一生中从来没看见过一个男人举手投足如此高雅。但是，比他那形体优美更令人满意的，是他灵魂的质朴美好。他具有天使般的力量和某种天使的超凡入圣的气质。他自己在 18 岁的时候也是这样吗？他竭力回想着，回想着 30 年生活中的

① 欧洲 18 世纪的一种建筑艺术风格，其特点是纤细、浮华、烦琐。

如烟往事。不，他从来不是这样的。是因为这个职业确确实实是这孩子自己选择的，所以才有这样的气质吗？他自己却不是这样的，尽管已经从事这个使命，并且肯定还要继续下去。

“坐下吧，戴恩。你是按照我告诉你的那样开始学意大利语了吗？”

“眼下，我可以流利地讲了，但是说不了土语，我的阅读能力很好。也许是由于我会四种语言才使我比较容易地做到这一步的。我似乎在语言方面有天分。在这儿待上两三个星期，我大概就可以讲方言了。”

“是的，会这样的。我在语言方面也有天分。”

“唔，用意大利语比较方便。”戴恩拙口笨舌地说道。那令人敬畏的鲜红身影使人有些怯生生的。突然之间，要把德罗海达那个骑着栗色阉马的人与红衣主教联系在一起变得困难了。

拉尔夫红衣主教俯身向前，望着他。

“我把管教他的责任交给你了，拉尔夫，”梅吉的信中写道，“我把他的安宁和幸福交给你了。我偷来什么，就归还什么。这是我的要求。你只需要答应我两件事，我将认为你已经尽你所能做了最合适他的事，也就心安了。首先，请你答应我，在你接受他之前肯定这是他真正、绝对想得到的。其次，倘若这是他所想得到的，你要照料他，并且搞清楚他对自己的选择是不是有朝一日会动摇。要是他对此失去了信心，我希望他回来。因为他首先是属于我的。把他交给你的是我。”

“戴恩，你有把握吗？”红衣主教问道。

“绝对有。”

“为什么？”

他的眼睛有一种令人难以理解的冷漠，令人不安的熟悉，但却是一种属于过去的神态。

“因为我对我主的爱。我想终生作为他的教士侍奉他。”

“你明白他的仆人永远不可动摇的信条是什么吗，戴恩？”

“明白。”

“你明白在他和你之间绝不能产生其他的爱，你是他独有的，为了他要摒绝其他一切吗？”

“明白。”

“你明白他的意志存在于万物之中，侍奉上帝你就必须将你的个性、个人的存在以及你对自己的概念这些无比重要的东西都彻底埋葬吗？”

“明白。”

“你明白，一旦需要，你必须以他的名义面对死亡、监禁和饥饿吗？你明白你必须一无所有，不看重任何可能使你对他的爱减弱的东西吗？”

“明白。”

“你坚强吗，戴恩？”

“我是个人，阁下。我首先是个人。我知道，这将是艰苦的。但是我祈祷，在上帝的帮助下我会找到力量的。”

“戴恩，肯定会这样吗？除了这个以外，再也没有什么使你感到满意的东西了吗？”

“再也没有了。”

“要是今后你改变了主意，你将会怎么办呢？”

“呃，我会要求离开的，”戴恩感到意外地说道，“倘若我改变了主意，那一定是因为我确实错选了我的职业，不会有其他原因。因此，我会要求离去。我不会把我对上帝的爱减少一分，但我会明白，这不是他希望我侍奉他的方式。”

“但是，你明白，一旦立下最后的誓约，被授予圣职，就没有回头路可走，没有豁免，绝对没有豁免吗？”

“我明白，”戴恩耐心地说道，“要知道，我在来此之前就已下了决心了。”

拉尔夫红衣主教靠回椅中，叹了口气。他曾经有过这样的把握吗？他曾经有过这样坚定的决心吗？“戴恩，你为什么要找我？为什么想到罗马来？为什么不留在澳大利亚呢？”

“是妈妈建议来罗马的，但长久以来这就是我心中的一个梦想。我从来没想到会有足够的钱。”

“你母亲非常明智。她没有告诉过你吗？”

“告诉我什么，阁下？”

“没有告诉你，你每年有5000镑的进项，银行中在你的名下已经有数万镑吗？”

戴恩一怔。“没有。她从来没告诉过我。”

“非常明智。但是事情就是这样的，只要你想的话，你就能来罗马了。你想到罗马来吗？”

“是的。”

“你为什么想到**我**身边来，戴恩？”

“因为你是我心目中最完美的教士，阁下。”

拉尔夫红衣主教扭动了一下。“不，戴恩，别这样高抬我。我远不是个完美无缺的教士。我曾经打破过我的所有誓言，你明白吗？由于我打破了我的誓言，我不得不以一个教士能忍受的最痛苦的方式去学习你似乎已经懂得的东西。因为我曾经拒绝承认我首先是一个凡人，然后才是个教士。”

“阁下，这没有什么了不起的，”戴恩柔和地说道，“你所说的话，丝毫没有影响你是我心目中完美无缺的教士的形象。我觉得你没有理解我的意思，如此而已。我指的不是一种非人性的下意识行为，不是肉体的弱点。我指的是你饱经忧患，并且成熟得炉火纯青了。我的话听起来太放肆了吧？我并没有这个意思，真的。假如我冒犯了你，请你原谅。这只是因为要表达我的思想是如此困难！我的意思是，成为一个完美无缺的教士必须经历许多年月，经历可怕的痛苦，不管什么时候都要把信念和我主摆在自己的面前。”

电话响了起来。拉尔夫红衣主教用微微颤抖的手抓起话筒，讲着意大利语。

“是的，谢谢你，我们马上就去。”他站了起来，“到喝下午茶的时候了，我们要和我的一位老朋友一起喝茶。他也许是教廷中仅次于教皇的最重要的教士。我告诉他你来了，他表示了要见一见你的愿望。”

“谢谢你，阁下。”

他们步行走过楼道，随后穿过了一个令人神爽的花园。它和德罗海达的花园风格迥异，栽着高高的柏树和白杨，整洁的、长方形的草地周围是带柱子的走道和长满青苔的石板路。他们经过了哥特式的拱门，穿过文艺复兴时代的桥楼。戴恩饱览着这一切，很喜欢它。这是和澳大利亚如此不同的世界，如此古老、永恒。

穿过这样一片令人耳目一新的空地来到宫殿，他们走了15分钟。他们走了进去，踏上一座旁边挂着价值连城的挂毯的宽阔大理石楼梯。

维图里奥·斯卡班扎·迪·康提尼-弗契斯红衣主教如今已经是66岁了，他的身体由于风湿痛而部分丧失了活动能力，但是，他头脑的聪睿敏捷还是一如往昔。现在他养的是一只俄国猫，名叫娜塔莎，正咪呜咪呜地叫着，蜷在他的膝头。因为他无法站起来迎接他的来访者，只能报以动容一笑，就算向他们打过招呼了。他的眼睛从拉尔夫那可敬的脸上转到了戴恩·奥尼尔的脸上，一睁一眯地瞧着他。他只觉得胸膛里的心在颤动着，那只伸出去迎接他们的手以本能的保护姿态按在了心口上，坐在那里呆呆地望着拉尔夫·德·布里克萨特的那个年轻的翻版。

“维图里奥，你没事吧？”拉尔夫红衣主教焦灼地问道，手指捏着他虚弱的手腕，按着他的脉搏。

“当然没事。一阵暂时的微疼，没什么。坐下，坐下！”

“首先，我希望你见一见戴恩·奥尼尔，正像我告诉过你的，他是我一个关系非常密切的朋友的儿子。戴恩，这位是迪·康提尼–弗契斯红衣主教阁下。”

戴恩跪了下去，嘴唇压在了那只戒指上。维图里奥红衣主教的眼光越过了那弯下去的、黄褐色的头，在拉尔夫的脸上探看着，这几年他还没这么仔细打量过拉尔夫呢。他稍感放心。这么说，她从来没有对他讲过。当然，对每一个看到他们在一起就会即刻产生猜度的表情他是不会产生什么疑窦的。当然，他们不是父与子，只不过是血统相近罢了。可怜的拉尔夫！他从来没有看到过自己走路，从来没有观察过自己脸上的表情，从来没有见过自己的左眼皮往上一扬时的样子。确实，上帝是仁慈的，他使男人都像是睁眼瞎。

“请坐。茶就来。喂，年轻人，你想当教士，并且向德·布里克萨特红衣主教求助，对吧？”

“是的，阁下。”

“你的选择是明智的。在他的照顾下，你不会受到伤害。可是你显得有点紧张，我的孩子。是因为陌生吗？”

戴恩现出了拉尔夫式的笑容，也许还多一些有意识的魅力。但是，那和拉尔夫如此相似的微笑却像带倒刺的铁丝在他那衰老、疲惫的心脏上猛地刺了一下。“我不知怎么办才好，阁下。我未曾想到红衣主教们有多重要，从来没有梦想过会有汽车在机场接我，或是和您在一起喝茶。”

“是呀，这很平常嘛……不过，这也许是引起麻烦的根源，我明白这个。啊，咱们的茶来啦！”他愉快地看着茶水摆好，警告地举起一个手指，“啊，不！我来当‘母亲’。你的茶怎么喝，戴恩？”

“和拉尔夫一样，”他答道，脸羞得像块大红布，“对不起，阁下，我不是有意那样说的！”

“没关系，戴恩，迪·康提尼-弗契斯红衣主教是理解的。咱们头一次见面就是直呼戴恩和拉尔夫的，这样咱们就能更好地互相了解了，对吗？我们的关系从不拘于礼节。我倒宁愿在私下保持称呼戴恩和拉尔夫。红衣主教阁下是不会介意的，对吗，维图里奥？”

“是的。我喜欢称教名。但是，还是转回去谈我刚才说到的在高等学府找朋友的事吧，我的孩子。不管决定让你去上哪个神学院，由于你和我们的拉尔夫有这种源远流长的友谊关系，你进去后都会碰上一点儿不快的事的。每次都得解释一番你们之间复杂的关系是非常令人厌烦的事。有时，上帝允许来点儿无害的小谎言，”他笑了笑，牙齿上的镶金闪了一下，“为了大家都愉快，我主张编一个无伤大雅的小谎言。因为令人满意地解释一种联系微妙的友谊十分困难，而解释血统关系却很容易。因此，咱们就对所有的人说德·布里克萨特红衣主教是你的舅舅吧。我的戴恩，就让事情这样好了。”维图里奥红衣主教和蔼地结束了自己的话。

戴恩显得十分震惊，拉尔夫红衣主教服从了。

“我的孩子，不要对大人物感到失望，”维图里奥红衣主教温和地说道，“他们也有自己的泥足，并且要编个无害的小谎言藉以自慰。这是你刚刚学到的十分有用的一课。不过，观察一下你，我怀疑你能否好好利用它。但是，你必须明白，我们这些红衣绅士是精于世事的外交家。我确实是在为你着想，我的孩子。在神学院里，嫉妒和怨恨并不比世俗大学里少。你会受点儿罪的，因为他们认为拉尔夫是你的舅舅，是你母亲的哥哥。但是，假如他们认为你们之间没有血统关系，你受的罪就更大了。我们是最上层的人，而你将在这个领域中打交道的人和你在其他领域中打交道的人是一样的。”

戴恩低下了头，随后，一倾身子抚摸着那只猫，手就那样伸着。“可以吗？我喜欢猫，阁下。”

他发现，和那颗衰老然而坚定的心相通没有比这更快的办法了。“可以。我承认，对我来说她长得太肥了。你是个饕餮之徒，是吗，娜塔莎？到戴恩那儿去，他是新一代人。”

要把朱丝婷本人和她的所有物像戴恩那么快地从南半球送到北半球去是不可能的。到她结束了卡洛顿剧院的演出季节，毫无遗憾地告别了波兹维尔花园的房客的时候，她弟弟到罗马已经两个月了。

“我是怎么攒起这么多破烂货的？”她问道，四下里摆满了衣服、报纸、箱子。

弯着腰的梅吉抬起头来，手里拿着羊毛洗碗布。

“这些放在你的床下是干什么用的？”

女儿那涨红的脸上掠过了莫名其妙的表情。“哦，老天爷！它们是在那儿吗？我以为迪万太太的卷毛狗把它们吃掉了呢。它已经有一个星期没精打采的了。我没敢冒险提到我丢了洗碗布。可是，我**认为**是那可怜的畜生把它给吃了。不管是什么，只要一个东西不去吃它，它就去吃那东西。不，”朱丝婷若有所思地继续说道，“我不愿意看到它完蛋的。”

梅吉一仰身子，大笑起来。“哦，朱茜！你知道你多有意思吗？”她把那只盒子扔到了东西已经堆积如山的床上，“你对德罗海达不信任，对吗？我们竭尽全力使你想起那里是整整齐齐、井井有条的，但也不能博得你的信任。”

“我已经跟你说过，那是一个日薄西山、气息奄奄的事业。你想把洗碗布带回德罗海达去吗？我知道我要坐船去，行李是不受限制的，可是我敢说，伦敦有成吨的洗碗布。”

梅吉把那只盒子送进了标着“迪万太太”的纸箱子里。“我想，我们最好把它们赠给迪万太太吧。她得为下一个房客把这里整理得能住人才行。”桌子尽头放着一摞摇摇晃晃、未洗刷的盘子，盘子上长出了令人恶心的毛毛。“你洗过盘子没有？”

朱丝婷毫无悔改之意地笑着。“戴恩说，我洗刷根本无济于事，得把这些毛毛刮掉才行。”

“的确得给它们‘理理发’了。你用盘子，为什么不洗呢？”

“因为那就意味着又要在厨房里吃力地干活了，而且，由于我一般是在半夜之后吃东西，谁也不会欣赏我那点残渣剩汤长出的花纹。”

“把空盒子给我一个。我会把它们带走的，现在我把它们整理整理。”妈妈无可奈何地说道。在自愿来履行义务为女儿打点行李之前，她就知道会这样的，她渴望来干这些。任何人都很难得找到机会帮朱丝婷干些什么。梅吉不论什么时候想帮朱丝婷做些事，都因为觉得自己完全像个白痴而罢手。但是，在家庭事务上局面正好倒了过来。她可以心中有底地帮助她，而不会感到像个傻瓜。

不管怎么样，事情总算是干完了，朱丝婷和梅吉便把行李搬上了梅吉从基里开来的牧场货车，动身去澳大利亚旅馆。梅吉在那里有一间套房。

“我希望你们德罗海达的人在棕榈海滩和阿威伦买一幢房子，”朱丝婷把她的箱子放在房间的里间卧室里，“住在马丁广场的上面，真是太可怕了。你就想想在拍岸的浪花中蹦蹦跳跳的滋味吧！难道这还不能吸引你们更经常地从基里飞过来吗？”

“我干吗要到悉尼来？过去的七年中我已经来过两次了——给戴恩送行，这次是给你送行。要是我们在这里有一幢房子的话，也是根本用不上的。”

“真笨。”

“为什么？”

“为什么？因为世界上还有比德罗海达更丰富的地方。哼！那个地方快叫我发疯了！”

梅吉叹息着。“请相信我，朱丝婷，总会有你渴望回到德罗海达老家的时候。”

“戴恩也会这样吗？”

沉默。梅吉没有看女儿，从桌子上拿起了提包。“咱们晚了。罗彻太太说是两点钟。要是你想在起程前买些衣服的话，咱们最好快点儿。”

“我可是安分守己的呀。”朱丝婷咧嘴一笑，说道。

“朱丝婷，你为什么不把我介绍给你的朋友呢？在波兹维尔花园除了迪万太太之外，我连个人影也没看到。”当她们坐在杰曼·罗彻的大厅里，望着那些懒洋洋的时装模特儿痴笑着打扮的时候，梅吉说道。

“哦，她们有点放不开……我喜欢那件橘黄色的，你呢？”

“和你的头发不配。灰色的好。”

“呸！我觉得橘黄色和我的头发很相配。穿上灰衣服，我那样子就有点儿让人想起猫来，色泽浑浊，陈腐不堪。要随潮流，妈。红头发不一定非配白色、黑色、艳绿或你所欣赏的那些可怕颜色——那是什么颜色，玫瑰灰？维多利亚时代的式样！”

“这种颜色的名称你说对了，”梅吉说道。她转身望着女儿。“你是个怪物。”她嘲讽地说道，但却充满了慈爱。

朱丝婷根本没在意。她不是头一次听到这种话了。“我要买橘黄色的、鲜红色的、紫红印花的、苔藓绿、勃艮第红的衣服……”

梅吉哭笑不得地坐在那里。拿朱丝婷这样的女儿有什么办法呢？

三天之后，“喜马拉雅号”从达令港起航了。这是一艘可爱而又陈旧的轮船，平底，非常适于航海。它是在没有任何人匆匆忙忙的时代，和任何人都承认经好望角到英国有五个星期的路程或经苏伊士到英国需四个星期这一事实的那个时代建造的。而今，甚至连流线型的、船身像驱逐舰的远洋定期客轮到英国也要快得多了。但是，它们使敏感的胃口所受的折磨，连久经锻炼的海员也望而却步。

“多有意思啊！”朱丝婷笑着，“头等舱里有一整支可爱的足球队员，所以这并不像我原来想的那样枯燥无味。其中有些人帅极了。”

“现在你对我坚持要订头等舱不会感到不高兴了吧？”

“我想是的。”

“朱丝婷，你对我刻薄至极，一直是这样。”梅吉气冲冲地说着，为她的忘恩负义而大发其火。这小坏蛋这次至少对即将离去不会装出满不在乎的样子了吧？“固执、愚蠢、任性！你真叫我恼火。”

有那么一阵工夫，朱丝婷没有回答，反而扭过头去，好像对那些正在喊叫的、挤满了岸边的人比对妈妈说的话更感兴趣。她咬住了颤抖的嘴唇，朝着那些人开朗地笑着。“我知道我使你恼火，”当她面对着她母亲的时候，她愉快地说道，“别在意，我就是我。正像你一直说的那样，我随我爸爸。”

在梅吉匆忙走进挤在跳板上的人群之中，并消失在那里之前，她们不自然地拥抱了一下。朱丝婷走上了日光甲板，站在舷栏旁，手里拿着一卷彩色飘带。在下面码头的远处，那穿着浅粉色衣服、戴着浅粉色帽子的身影站在指定的地点，手遮在眼睛上。真有意思，从这么远的地方都能看清妈妈已经近 50 岁了。从别的方面还看不出来，但她站立的姿势最能说明她的年龄。她们同时挥起手来，朱丝婷把第一卷彩带扔了出去，梅吉灵巧地接住了彩带的一端。一条红的，一条蓝的，一条黄的，一条粉红的，一条绿的，一条橙黄色的。盘绕着，盘绕着，被微风拉直。

一个管弦乐队在给足球队送行，他们站在飞扬的三角旗和翻滚的方格呢裙之中，风笛吹着一支古怪的、经过改编的乐曲《时候到了》。船舷边上挤满了身上挂着、手里拼命攥着那细细的纸彩带的人。码头上，数百人引颈翘首，恋恋不舍地望着那些行将远去的人的面庞，其中大部分都是年轻人的面孔，他们是要去看看世界另一面的文明中心实际上是个什么样子的。他们会在那里生活、工作，也许三五年中就会回来，也许根本不回来了。人人都明白这个，感到惶惑不解。

瓦蓝的天空布满了银白色的云絮，刮着悉尼的疾风。温暖的太阳照在那些仰起的头上和俯下的肩胛上。一条巨大的、五彩缤纷的彩带摇摇晃晃地把轮船和海岸连接在一起。随后，在陈旧的轮船一侧和码头的木桩之间突然出现了一道空隙，空中充满了喊声和呜咽声。成千上万的彩带一条接一条地断开了，偏斜地飘动着，款款地下垂，像一片散乱交织的织物杂然漂浮在水面上，和橘子皮、水母一起漂走了。

朱丝婷固执地留在舷栏边上，直到港口变成了远处几道刺眼的线条和粉红色的小点点。“喜马拉雅号”的拖船搅得她心神不安，眼巴巴地望着它牵引着她从悉尼港桥熙熙攘攘的桥面下穿过，驶进了这次优美的航程中那洒满了阳光的主流之中。

这次出行和摆渡完全是两码事，虽说他们要走过同样的道路，经过纽翠尔湾、玫瑰湾、克里蒙内和范克路斯。但事情还是不一样。这次要穿过海岬，驶出险要的峭壁，拖着泡沫翻腾的扇形划水线，驶入大洋之中。跨过 12 000 英里，到达世界的另一面。而且，不管他们是否会重返故里，他们将既不属于这边也不属于那边，因为他们将生活在两个大陆上，体验两种不同的生活方式。

朱丝婷发现，金钱使伦敦成为一个最诱惑人的地方。她是不会分文不名地依附于“伯爵宫”的——他们称它为“袋鼠村”，因为许多澳大利亚人都在这里设立自己的总部。她也不会遭罹澳大利亚人在英国的那种典型的命运：开小本经营的青年招待所，为了一份菲薄的薪俸在某个办公处、学校或医院工作，贫困地住在一间冰冷、潮湿的房间中，在半温不凉的暖气边上瑟瑟发抖。相反，朱丝婷在紧挨着爵士桥的肯星顿有一套公寓，暖气是中心供暖。她在克莱德·达尔蒂汉–罗伯特公司里有一个位置。这家公司属于伊丽莎白王室的集团。

夏天到来的时候，她乘火车到罗马去了。此后的几年中，她会含着微笑回忆起这次跨越法国赴意大利的长途旅行中几乎没有看到什么景致。她的脑子里完全塞满了那些她非要告诉戴恩不可的事，回忆着那些她简直无法忘记的事情。事情太多了，她肯定会漏掉一些的。

那是戴恩吗？那个站在月台上的身材高大、面目清秀的男人是戴恩吗？他的外表没有任何变化，然而又是如此陌生。他再也不属于她的世界了。她打算引起他的注意，但却喊不出口来。她在座位上往后退了退，望着他，因为火车停在离他站立之处只有几码的地方，他那双焦急的眼睛在车窗上扫动着。待她把自己从他离去之后的生活告诉他的时候，恐怕只会是一次一头忙的谈话，因为现在她已经明白，他心中没有和她共享他自己经历的热切愿望。真该死！他再不是她的小弟弟了。他现在的生活就像和德罗海达毫不相关一样，也与她毫无关系了。哦，戴恩！一天24小时的生活，你是怎样过来的？

“哈！想想吧，我白叫你到这儿来接我了，对吗？”她神不知鬼不觉地溜到了他的背后。

他转过身来，紧紧地抓住她的双手，微笑着低头望着她。“大傻瓜。”他快活地说着，接过了她那只大箱子，让她那只空着的胳臂挽着他的胳臂。“见到你太高兴了。”他一边把她扶上了他那辆走到哪儿开到哪儿的红色拉贡达汽车，一边补充道。戴恩总是喜欢开赛车，自从他长大到能领赛车手执照的年纪，便有了一辆赛车。

“见到你也很高兴。我希望你已经给我找了一家好酒店，因为我给你写的信是算数的。让我待在一个梵蒂冈的修道密室里，置身一大堆独身生活的人中，我可不干。”她大笑起来。

“他们还不要你呢，他们不愿意和小魔鬼待在一起。我已经给你在离我住处不远的一家小公寓订了房间，他们讲英语，因此你用不着为我不在的时候发愁。在罗马，四处逛逛，讲英语是没问题的。总会有某个人能讲英语的。”

“在这种时代，我真希望我能有你那种语言天赋。不过我会想办法的。我在演哑剧和猜字谜方面很有能耐。”

“我有两个月的假，朱茜，这不是太棒了吗？所以，咱们可以到法国和西班牙去看看，仍然可以有一个月待在德罗海达。我真怀念故土啊。”

“是吗？”她转过脸来望着他，望着那双熟练地驾驶着汽车在车水马龙的罗马大街上穿行的漂亮的手，“我根本不想。伦敦太有意思了。”

“你别把我当傻瓜，”他说，“我可知道德罗海达和妈对你来说意味着什么。”

她在衣服下摆上紧攥着拳头，但是没有回答他。

“今天下午和我的几个朋友一起喝茶，你介意吗？”当他们到了地方之后，他问道，“我已经事先把接待你的事安排得差不多了。他们都急于见见你，因为在明天之前我还不是个自由人，所以我不愿意回绝。”

“大傻瓜！我干吗要介意呢？如果这里是伦敦，我也会让我的朋友弄得你招架不住的，你为什么不能这样呢？你给我一个观察神学院里这些家伙的机会，我很高兴，尽管这对我来说有点儿不公平，对吗？好，管不了这许多啦。”

她走到窗前，望着下面一个破破烂烂的小广场，那铺过路的四方形小广场上有两棵无精打采的梧桐树，树下点缀着三张桌子。广场的一边，是一座谈不上有什么特殊建筑美的教堂，顶上覆盖着斑斑驳驳的灰墁。

“戴恩……”

“怎么？”

“我理解了，我确实理解了。”

“是的，我知道。”他脸上的笑容消失了，“我希望妈也能理解，朱茜。”

“妈可不一样。她认为你抛弃了她。她不明白你并没有抛弃她。别为她担心啦。她会及时回心转意的。”

“我希望如此，”他笑了，“顺便提一下，今天下午你要见的人不是神学院的。我不愿意让他们或你受到诱惑。和我们一起喝茶的是德·布里克萨特神父。我知道你不喜欢他，可是你要答应我态度好些。”

她的眼睛闪着极有魅力的光芒。“我答应！我甚至会吻伸给我的每一个戒指的。”

“哦，你想起来啦！那天我被你的话差点儿气疯了，使我在他的面前感到羞愧。”

“唔，从那以后，我吻过许多比戒指还要不卫生的东西。在演剧班里有一个长满了可怕粉刺的小伙子，他还有口臭和扁桃体腐烂，我不得不吻了整整 29 次，都快反胃了。我可以向你保证，伙计，在吻过他之后就没有什么不可能的事了。”她拍了拍头发，从镜子前转过身来，“我有换衣服的时间吗？”

“哦，别为这个发愁。你看上去很好。”

“还有谁一起喝茶？”

太阳偏得太低，无法温暖这古老的广场了，梧桐树干上那像麻风病似的瘢迹显得陈腐，令人作呕。朱丝婷哆嗦了一下。

“还有迪·康提尼-弗契斯红衣主教。”

她曾经听说过这个名字，睁大了眼睛。“唷！你是在一个相当高贵的圈子里活动，是吗？”

“是的。我试图抛弃它。”

“戴恩，这意味着你在这里的其他领域活动的时候，有些人因此和你过不去吗？”她机敏地问道。

“不，不真正是因为这个。认识某某人并不是什么了不起的事。我从来没有想到过这个，其他人也没这样想。”

这房间！这些披着红衣的人！当朱丝婷走进那个除了地位低下的修女之外简直没有女人的世界的一刹那，她一生中还从来没感到过在某些男人的生活中女人是这样多余的呢。她依然穿着那件在都灵城外就换上的橄榄绿的亚麻衣服，在火车上时弄得有些皱了。她一边在深红色的地毯上向前走着，一边骂着戴恩那样急如星火地到这里来，害得她连换一件像样些的衣服的时间都没有。

德·布里克萨特红衣主教站了起来，面带微笑。他是个多么帅气的老人哪。

“亲爱的朱丝婷。”他说着，伸出了他的戒指，脸上带着顽皮的表情，这说明他还记得上回的那件事。他在她的脸上细细察看着什么，这使她感到迷惑不解。“你的样子一点儿也不像你母亲。”

她单膝跪下，吻了吻那戒指，谦卑地笑着，站起身来，那笑容更谦卑了。“是的，我不像。在我选择的职业中，我要是有她的那种美貌就好了，但是在舞台上我还是设法获得了成功。你知道，因为演戏不需要一张实实在在像什么人的面孔，而是要让你和你的艺术使人们相信这就是某某人的脸。”

从一把椅子上传来了一声干笑。她又一次吻了戴在另一只上了年纪的、嶙峋的手上的戒指以表示敬意。但是，这次她抬起头来看到的是一双深色的眼睛，而且奇怪地在那双眼睛中看到了爱。这是对她的爱，对一个从未谋面的人、一个难得闻其名的人的爱。她现在对德·布里克萨特红衣主教的喜爱丝毫不多于她在15岁时对他的喜爱，但是她却喜欢这个老人。

“坐下吧，亲爱的。”维图里奥红衣主教指着自己旁边的一把椅子，说道。

“你好，小猫，”朱丝婷说着，抚弄着他那红色衣襟上的蓝灰色的猫，“她很好看，是吗？”

“确实很好看。”

“她叫什么名字？”

“娜塔莎。”

门打开了，但进来的不是茶车，而是一个男人，穿着宽大的衣服，像一个俗人。如果又是一件红法衣，朱丝婷想，我会像公牛那样吼起来的。

但是，他不是一个普普通通的人，尽管他是红尘之中的人。他们也许在梵蒂冈有一幢专门把俗人挡在外面的小房子，朱丝婷不由自主地继续想道。他的个头不矮，体魄强壮，这使他似乎显得比他实际的样子更矮粗。他两肩宽厚，胸膛宽阔，硕大的狮子头，两臂很长，像剪毛工。他洋溢着聪颖智慧之气，步态使人觉得这是一个想得到就干得出的人。除此之外，他就像一头类人猿了。他能够抓住一样东西，把它撕成碎片，但绝不会毫无目的，绝不会掉以轻心，而是会老谋深算。他长得很黑，但那头浓密的头发却和钢丝绒的颜色一模一样，而且也差不多是那样韧，钢丝绒也能够卷成那样细小、整齐的波浪纹的。

“雷纳，你来得正是时候。”维图里奥红衣主教说着，指了指他另一边的椅子，他仍然在说英语。“亲爱的，”当那人吻了他的戒指，站起身来的时候，他转向朱丝婷，说道，“我愿意让你见一位非常好的朋友，雷纳·莫尔林·哈森先生。雷纳，这位是戴恩的姐姐，朱丝婷。”

他弯了弯腰，拘谨地碰了一下鞋跟，向她毫无热情地微微一笑，便坐了下来，正好坐在那一侧很远的地方，看不到她了。朱丝婷如释重负地叹了口气，尤其是当她看到戴恩随随便便地按照习惯坐在拉尔夫红衣主教椅子旁边的地板上，正在她的视线中。在她能看到她认识的和喜欢的人时，她感到心安理得。但是，在这房间里，披红袍的人和那个皮肤黧黑的人激怒了她，并把戴恩给她带来的宁静感破坏了。她对他们把她甩在一边的方式感到不满。于是，她歪向一边，又逗起那只猫来，心里明白维图里奥红衣主教会觉察到，而且会对她的反应感到好笑。

“她被骗过了吗？”朱丝婷问道。

“当然喽。”

“当然喽！可是我不懂你干吗还要费这个劲。仅仅长期住在这地方就足以阉割掉任何东西的卵巢了。”

“正相反，亲爱的，”维图里奥红衣主教说道，对她的话感到很开心，“在心理上阉割自己的是我们这些男人。”

“恕我难以苟同，阁下。”

“这么说，我们这小小的天地使你感到烦恼了？”

“哦，还是说我感到自己有一点儿多余的好，阁下。我拜访了一个美好的地方，但是我可不想住在这儿。”

“我不能怪你。我也怀疑你愿意拜访这地方。不过，你会对我们习惯起来的，因为你得常常来看我们了。”

朱丝婷露齿一笑。“我讨厌举止斯斯文文的，”她说出了心里话，“这把我的坏脾气暴露出来了——我用不着看戴恩就知道他为我的坏脾气担心呢。”

“我不知道这坏脾气还要持续多久，”戴恩毫不恼火地说道，“只要稍微研究一下朱丝婷，你就会发现她是个叛逆者。这就是为什么她是我的一个好姐姐。我不是叛逆者，可是我确实欣赏他们。”

哈森先生把他的椅子挪了挪，这样，在她直起身子，不玩猫的时候，也能使她保持在自己的视线之中。就在这工夫，那漂亮的小动物对这只带着一种古怪的女人香味的手感到厌烦了，毫不客气地从红衣服上爬到了灰衣服上去，在哈森先生那有力的大手的抚摩下蜷起身子，大声地呼噜着，引得大家都笑了起来。

“请原谅我的存在。”朱丝婷说道，并不介意自己成为了笑料。

“它的运动神经还是像以往那样好。”哈森先生说道，这个逗人的场面使他的脸上换上了一副迷人的表情。他英语说得极好，几乎没有什么怪口音，不过是一种美音的变音，在发 r 的时候是卷舌音。

大家还没有平静下来，茶就送上来了，奇怪的是，倒茶的人是哈森先生。他把朱丝婷的杯子递给了她，脸上的表情比刚才被介绍时要友好得多了。

“在英国社会中，”他对她说道，“午茶是一天茶点中最重要的一次。事情都是在喝茶的时候进行的，对吗？我想，由于茶的特性，在两点到五点半之间几乎随时随地都想要啜上一杯，说话是一件令人口干舌燥的事。”

随后的半个小时似乎证实了他的观点，尽管朱丝婷并没有加入他们的聚会。谈话从教皇不妙的健康状态扯到了冷战，随后又扯到经济衰退。四个人轮流说着、听着，朱丝婷被深深吸引住了，暗中琢磨着他们共同的素质，甚至连戴恩都包括在内。他是如此陌生，具有这样多未知的东西。他积极地谈着自己的看法，这一点也没逃过朱丝婷的眼睛。那三个年长的男人带着一种令人难解的谦卑神情倾听着他的话，似乎他使他们感到敬畏。他的评论既不显得无知也不显得幼稚，而是别具只眼，见解独到，**至善至圣**。是由于这种圣洁他们才如此一本正经地注意他吗？他具备这种圣洁，而他们不具备吗？这实际上是他们所赞赏的一种美德，他们渴望自己也有这种美德吗？它是如此珍贵吗？这三个男人相互之间区别甚大，然而，他们任何人之间的联系都比和戴恩的联系密切得多。要她像他们这样认真地看待戴恩真非易事！这不是因为在许许多多方面，他的行为举止不够老成持重，还像个小弟弟，也不是因为她没有意识到他的才能、智力或他的圣洁。但是，在此之前，他曾是她的世界的一部分。她不得不习惯于这样一个事实，即他不再是她的世界的一部分了。

“如果你希望直接去做祈祷的话，我会照顾你姐姐回她的旅馆的。”雷纳·莫尔林没有征求任何人的意见，便要求道。

于是，她发现自己开口不得地在这位矮胖有力的男人的陪伴下走下了大理石楼梯。在一派罗马夕阳绚烂的金光中，他挽着她的肘部，领着她上了一辆梅赛德斯牌大型高级轿车。司机侍立在一旁。

“喂，你不希望单独一个人度过你在罗马的头一个夜晚，而戴恩又抽不出身来，”他跟着她坐进了汽车，“你又十分疲乏，不熟悉情况，所以你最好有个伴。”

“看来你没有给我留下任何选择的余地，哈森先生。”

“我倒情愿你叫我雷纳。”

“你有这样一辆豪华的汽车和自己的司机，一定是个重要人物吧。”

“要是我当上了西德总理，还要更显贵哩。”

朱丝婷哼了哼鼻子。“你居然还没当上，真使我吃惊。”

“放肆！我太年轻了。”

“是吗？”她半转过身来，更切近地望着他，发现他那黧黑的皮肤上还没有皱纹，显得很年轻，那双深陷的眼睛周围没有老年人的那种肉眼泡。

“我长得胖，头发也白了，可是我从 16 岁时头发就白了，从我能吃到足够的东西时就发胖了。眼下我只有 31 岁。”

“我会相信你的话的，”她说着，踢掉了自己的鞋。“可对我来说还是太老了——我风华正茂，21 岁。”

“你是个魔鬼。”他微笑着说道。

“我想我一定是的。我母亲也说过同样的话。只是我不敢肯定，你们俩说的魔鬼是什么意思，所以，请你把你的高见告诉我好吗？”

“你已经知道你妈妈的高见了吗？”

“要是我问她的话，我会被她的痛骂弄得发窘的。”

“你不认为你在使我进退两难吗？”

“我非常怀疑，哈森先生，你也是个魔鬼，所以，我疑心是否会有使你发窘的东西。”

“一个魔鬼，”他又屏着呼吸说道，“那好吧，奥尼尔小姐，我试着为你给这个词下个定义吧。这就是喜欢威胁他人；爬到别人头上有恃无恐；感情如此坚定，只有上帝才能挫败他；没有道义上的顾虑，道德观念很少。”

她咯咯地笑了起来。“听起来这就像是你。我的道德观念和顾虑太多了。我可是戴恩的姐姐呀。”

“你看起来一点儿也不像他。”

“这尤属憾事。”

“他的面孔和你的个性对不上号。”

“毫无疑问，你是对的，但是，即使我长着他那样的面孔，我也可能有不同的个性。”

“那要看先有什么了，呃，是先有鸡呢，还是先有蛋？穿上鞋吧。我们要走路了。”

天气暖洋洋的，天色渐黑。但是灯火通明，不管他们走到什么地方，似乎都有拥来挤去的人群，街道上塞满了响声刺耳的低座摩托车，横冲直撞的小菲亚特汽车，而高戈莫比尔汽车看起来就像是惊慌失措的青蛙。终于，他在一个小广场中停了下来。数百年来，无数只脚把广场的鹅卵石踩得十分光滑。他领着朱丝婷走进了一家饭店。

“你愿意在室外吗？”他问道。

“如果你请客，我不太在乎是在室内、室外或者是半室内半室外。”

“我可以为你点菜吗？”

也许，那双浅色的眼睛闪动着几分厌倦，但是，朱丝婷心里还是有斗争的。“我不知道我是否喜欢那些专横傲慢的男人的作风，”她说道，“不过，你怎么知道我喜欢什么呢？”

“别胡闹，”他嘟哝着，“那么，你就告诉我你喜欢什么吧，我保证使你高兴。要鱼？还是小牛肉？”

“和解了吗？好吧，我就迁就你吧，为什么不这样呢？我要馅饼，来一点大虾，一大盘煎小牛肉卷，在这之后，我要一份果仁冰淇淋和一份卡布奇诺。如果你愿意的话，咱们就在这儿虚度时光吧。”

“我应该给你一巴掌。”他说道，但他的幽默没引起什么反应。他一丝不差地把她点的菜吩咐给了侍者，但说的是很快的意大利语。

“你说过，我长得一点儿也不像戴恩。我就丝毫没有像他的地方吗？”她喝着咖啡，略带几分忧郁地问道。当桌上摆满了食物的时候，她饿坏了，不想在谈话上浪费时间。

他给她点上了烟，然后自己也点上了烟，靠在阴影之中，静静地望着她，回想着几个月之前他头一次看见戴恩时的情形。活脱脱是德·布里克萨特红衣主教减去40岁的模样，这一点他马上就看出来了。后来，又听说他们是舅甥，那孩子和这姑娘的母亲是拉尔夫·德·布里克萨特的妹妹。

“有的，有相似之处，”他说道，“有时，面部也像。表情比相貌要像得多。至于眼睛和鼻子周围，你睁眼闭嘴的时候神态有些像他。真是够怪的，你和你那红衣主教的舅舅却没有共同之处。”

“红衣主教的舅舅？”她茫然不解地重复道。

“就是德·布里克萨特红衣主教。他不是你舅舅吗？我肯定人们是这样告诉我的。”

"那个老秃鹫吗？谢天谢地，他和我们可没有亲戚关系。许多年之前，他是我们那个教区的教士，在我出生之前很久的时候。"

她非常聪敏，但她也太疲劳了。可怜的小姑娘——因为她就是这样的，是个小姑娘。他们之间10岁之差就像差100年似的。怀疑会使她的世界遭到毁灭的，而她却如此勇敢地保卫着怀疑一切的观点。也许她拒绝明白这一点，尽管她已经被直截了当地告知过。怎样才能使这种怀疑一切的观点显得无足轻重呢？显然不能过分耗精力去解释，但也不要轻言放弃。

"那么，这就说明这个问题了。"他淡淡地说道。

"说明了什么？"

"说明了戴恩和红衣主教基本相像的事实——身高、肤色、身材。"

"噢！我外祖母跟我说过，我们的父亲外貌和红衣主教很相像。"朱丝婷宽慰地说道。

"你见过你父亲吗？"

"连照片都没见过。在戴恩出生之前，他就和妈分开了。"她召唤着侍者，"请再给我来一份卡布奇诺。"

"朱丝婷，你真是个蛮子！让我给你点吧！"

"不，该死，我不愿意！我完全有能力为我自己思考，我不需要某个该死的男人告诉我，我想要什么，我什么时候得到它。你听见了吗？"

"去掉伪装，就会发现一个叛逆者。这是戴恩讲的。"

"他说得对。哦，要是你知道我是怎样讨厌让人家宠爱、娇惯和为我瞎忙就好了！我愿意自己行动，我**不愿意**让人家吩咐我！我不会请求宽恕，但也决不让步。"

"我能看出这一点，"他干巴巴地说道，"是什么使你这样的，我心爱的姑娘？是你家里的遗传吗？"

"是这样吗？老实说，我不知道。我想，家里没有什么女人好说的。一代只有一个。姥姥，妈妈和我，其余一大堆都是男人。”

“你们这一代可没有一大堆男人，只有戴恩。”

“我想，这是因为妈妈离开了父亲。她似乎从来没对另外的男人产生兴趣。我觉得这真可惜。其实，妈是个以家庭生活为中心的人。她本来是愿意有个丈夫让她瞎忙乎的。”

“她像你吗？”

“我不这么想。”

“这一点更重要，你们互相喜欢吗？”

“妈和我吗？”她毫无任何怨意地笑了笑，正如任何人问她母亲是否爱她女儿时，她母亲也会这样做一样。“我不敢肯定我们是否相互**喜欢**，但是还是有某种东西的存在。也许是一种简单的血缘联系。我不知道。”她的眼睛充满了善意。“我一直希望她能用和戴恩说话的那种方式和我说话，希望能以戴恩的那种方式和她相处。但是，要么在她身上有某种不足，要么在我身上有所不足。我想，是我身上有所不足吧。她是个比我好得多的人。”

“我没有见过她，所以我无法赞同或是反对你的判断。如果这对你是一句可以理解的安慰的话，好姑娘，我倒宁愿你是什么样就是什么样。不，我不愿意改变你身上的任何东西，甚至你那种可笑的好斗。”

“这使你很不高兴吗？因为我冒犯了你？实际上我并不像戴恩，是吗？”

“戴恩和世界上的任何人都不像。”

“你的意思是，因为他和这个世界格格不入？”

“我想是这样的。”他向前一俯身，从阴影中出来了，奇安蒂葡萄酒瓶后那小蜡烛的微光照亮了他，“我是一个天主教徒，我的宗教信仰是我一生中从来没有使我失望的一样东西，尽管我多次使它失望。我不愿意谈戴恩，因为我的心告诉我，有些事情最好是置而不论。当然，你对生活或上帝的态度和他不一样。咱们不谈它，好吗？”

她好奇地望着他。“好吧，雷纳，如果你愿意这样的话。我和你定个契约吧——不管咱们讨论什么，都不要讨论戴恩或宗教的本质。”

自从 1943 年 7 月雷纳·莫尔林·哈森和拉尔夫·德·布里克萨特见过面以来，他经历了许多事情。一个星期之后，他的团开到了东部前线，这场战争剩下的时间他都是在那里度过的。在战前和平的日子里，他由于年龄太小没有被吸收进希特勒青年团，因而感到烦恼，心里没着没落的。他们已经弹尽粮绝，困在冰天雪地之中，面临着希特勒的穷途末路，战线拉得如此漫长，以致上百码的阵地上只有一个士兵。这场战争给他留下了两个记忆：凄寒苦雪中艰苦的战斗和拉尔夫·德·布里克萨特的面庞，恐怖和美好，魔鬼和上帝。一半狂热，一半冰冷，毫无防御地眼巴巴看着赫鲁晓夫的游击队从低飞的飞机上不用降落伞落在雪堆上。他曾捶胸顿足，咕咕哝哝地祈祷。但是，他不知道他在为什么祈祷：为他的枪能有子弹？为能从俄国人那里逃生？为他那邪恶的灵魂？为长方形教堂里的那个人？为德国人？为减轻哀痛？

1945 年春，他赶在俄国人之前撤到了波兰，和他的战友们一样，只有一个目标——赶回英国人或美国人占领下的德国。因为，倘若俄国人抓住了他，他会被枪毙的。他把自己的个人文件撕成了碎片，付之一炬，埋掉了他的两个铁十字勋章，偷了几件衣服，向丹麦边境上的英国当局报了到。他们把他送到了比利时一个为因战争而背井离乡的人设置的营地。在那里，他吃了一年左右的面包和薄粥。这就是元气大伤的英国对他们统治下的成千上万人能提供的一切。他在那里等待着，直到英国认识到唯一的办法就是释放他们。

营地的官员召见了他两次，给他下了最后的结论。在奥斯顿港，有一条船正等待着装运去澳大利亚的移民，他将被发放新的证件，并被免费运到新的土地上去。作为报答，他不论选择什么职业都将为澳大利亚政府工作两年，此后，他的生活便完全由自己作主了。这不是奴隶劳动，他当然会得到标准工资。但是，在这两次召见的机会中，他都设法谈到他自己不愿意当移民。他恨希特勒，但不恨德国人，并且不以做一个德国人为耻。故土就意味着德国。三年以来，他对它魂牵梦萦。那种滞留在一个既没有人讲他的语言，也没有一个人和他同种同宗的国家的想法也是大逆不道的。于是，在1947年初，他发现他已经一文不名地置身在亚琛[①]的街道上了。他知道，他极渴望修补起被粉碎的生活。

他和他的灵魂幸存下来了，但不能再回到那种饥寒交迫、地位卑微的生活中去。因为雷纳不仅仅是个有抱负的人，而且还是个有某种天赋的人。他去为根德[②]工作，并且研究他头一次接触雷达就使他入迷的那个领域：电子学。他装了一脑子的计划，但是他连这些计划的百万分之一的价值都不愿卖给根德。相反，他却谨慎地窥测着市场，随后，他娶了一个寡妇。这寡妇有两家小小的收音机工厂，他以此为基点开始了自己的事业。那时，他刚刚20岁，是个无足轻重的小人物。然而，他的头脑却成熟得多。德国战后的混乱为年轻人创造了机会。

由于他的婚姻是世俗婚姻，教会允许了他和他妻子的离婚。1951年，他按着当时流行的价格付给了安妮莱斯·哈森恰好相当于她前夫那两家工厂的两倍的钱，并从此各奔东西。但是，他没有续娶。

---

① 德意志联邦共和国西部的工业城市，与比利时接壤。

② 德国根德是欧洲最大的全品类家电制造商之一。

这小伙子在俄国那冰天雪地的恐怖环境中所遇到的事情没有使他成为一个毫无灵魂的、丑角式的人。相反，这种生活倒抑制了他那温和、可爱的性格的发展，使他具备的其他素质长足发展起来——聪敏、无情、意志坚定。一个一无所有的人会得到一切，一个毫无感情的人无法使其受到伤害。实际上，他与他 1943 年在罗马遇上的那个人有惊人的相似。他就像拉尔夫·德·布里克萨特那样，明知干得不对也还是去干了。对自身罪恶的意识片刻也阻挡不住他行事，只是物质财富的增长是以痛苦和自我折磨作为代价的。对于许多人来说，也许付出这样的代价不值得，但对他来说，付出两倍的痛苦折磨也是值得的。总有一天，他将要统治德国，把它变成他所梦寐以求的那种国家。他准备粉碎雅利安人路德[①]式的伦理道德，发展一种更为不受限制的伦理道德。他不能答应停止罪孽的行径，这一点他在几次忏悔中完全予以拒绝了。但不知怎的，他和他的宗教糊里糊涂地贯通起来，直到万贯资财和重权高位使他超越罪孽之上时，他才会去做忏悔，以求得到牧师赦免。

1955 年，作为西德最富有、最有权势的人之一和波恩国会的一个新面孔，他重返罗马了。他是去寻找德·布里克萨特红衣主教，并向他展示他祈祷的结果的。在他的想象中，这次会面他事后也许不会有什么可铭记在心的，因为在这次会面中，从头到尾他只有一种感觉：拉尔夫·德·布里克萨特对他感到失望。他知道这是为什么，他没有必要去问。但是，红衣主教临别时的那番话却是他始料未及的。

“我曾经祈祷，你将比我干得好，因为你是这样年轻。没有任何东西是值得千方百计去追求的。但是我想，我们毁灭的种子在我们

---

① 即马丁·路德（1483—1546），16 世纪德国宗教改革运动的发起人，基督新教路德宗教的创始人。他否定教皇的权威，认为人民要得到上帝的拯救，不在于遵行教会规条，而在于个人的信仰。

降生之前就已经播下了。”

回到自己的旅馆房间之后，他哭了，但是过了一会儿，他就镇定了下来，想：已经过去的事是不能挽回的，将来他要按照他的希望去做。有的时候，他成功了；有的时候，他失败了。但是，他是尽力而为的。他和梵蒂冈那些人的友谊成了他现实生活中最弥足珍贵的东西。罗马变成了这样的一个去处：在他需要他们的安慰，否则便会绝望的时候，他便飞到那里去。安慰。他们的安慰是一种妙不可言的安慰。他们的安慰不是按着双手，说些绵言软语，倒像是一种出自灵魂的镇痛剂，好像他们理解他的痛苦似的。

把朱丝婷安顿在她的公寓中之后，他在温暖的罗马夜色中走着。他想，他绝不会停止向她献殷勤。在今天下午的会见中，当他克服着心中的折磨望着她的时候，他感到了一种缭乱心房的柔情蜜意。一个该死的但不可屈服的人，这个小魔鬼。不论在哪方面，她都可以和他们相匹敌且毫不逊色。他们发觉这一点了吗？他感到了，他断定他的感觉是一种为女儿感到自豪的感情，只是他没有女儿罢了。于是，他便把她从戴恩那里抢占了过来，将她带走，去观察她那种对压倒一切的教会主义的反应，以及对这个与以前全然不同的戴恩的反应。这个戴恩不会，也不可能全部占据她的生活。

他继续想到，他心目中上帝最美好的部分，是能宽恕一切，能宽恕朱丝婷那天生的不信神和他自己那种一直关闭着感情闸门，直到他确信应该重新打开的时候才打开的做法。他只感到了片刻的惊慌，想到自己已经永远失去了打开闸门的钥匙……他笑了笑，扔掉了他的香烟。钥匙……哦，有时，钥匙的形状是千奇百怪的。也许，为了使不倒翁跌倒，需要用每一种妙法制服那红头发上的每一个发卷。也许在一间深红的房间里，他的上帝已经递给了他一把深红色的钥匙。

这一天转眼就过去了。但是，当他看了看表的时候，发现天还早。他知道，那位在如此强大的教皇陛下的教会里拥有仅次于教皇的最高权力的人物已经起来了，玩弄着那只和他一样保持着夜间活动习惯的猫。甘多尔福堡中的那个小房间里充满了可怕的打嗝声，那清瘦、苍白、苦行者的面庞在扭动着，人们曾看到这张脸如此之久地戴着那白色的皇冠。倘使他热爱他的德国人民，倘若他依然乐于听到他周围的人讲德语，这又能改变什么呢？雷纳认为什么也改变不了。

但是眼下，雷纳需要了解的是，甘多尔福堡已不再是力量的源泉了。登上那大理石的台阶，走进那鲜红的房间，和维图里奥·斯卡班扎·迪·康提尼-弗契斯谈一谈去吧。谈一谈谁会成为或不会成为下一个教皇。因为几乎有三年时间了，他曾经注视着那双聪慧、可爱的黑眼睛停留在它们最愿意停留的地方。是的，与其从德·布里克萨特红衣主教那里寻找答案，倒不如从他那里寻找答案。

“我决不会认为我说过这话，不过，谢天谢地，我们将要去德罗海达，”朱丝婷说着，拒绝往特莱维泉中投硬币，“本来以为我们要到法国和西班牙去看看。可是我们却仍然待在罗马，我像肚脐那样成了摆设了。”

“唔——这么说你认为肚脐是不必要的了。我记得，苏格拉底也是这样认为的。”雷纳说道。

“苏格拉底也这样看吗？我可想不起来了！有意思，我认为我也读过柏拉图的大部分著作。”她扭过身子望着他，觉得他在罗马穿着这身随随便便的度假者的服装比他为梵蒂冈的那些听众而穿的那身严肃的衣服要和他相配得多。

“事实上，他绝对确信肚脐是多余的。为了完全证实他的论点，他取下了他的肚脐，扔掉了。”

她撇了撇嘴。“发生了什么事？”

“他的长袍掉下来了。”

“瞧！瞧！”她咯咯地笑着，“不管怎么样，那时候他们在雅典是不穿长袍的。但是，我有一种可怕的感觉，你的故事中有一种寓意。”她的脸严肃起来了。“雷恩，你为什么要为我操心呢？”

“真难办！我以前告诉过你，我的名字的发音是雷纳，不是雷恩。”

“啊，可是你不理解，”她说着，若有所思地望着那闪光的汩汩流水，肮脏的水池里满是肮脏的硬币，“你到澳大利亚去过吗？”

他晃了晃肩膀，但是没有弄出声音来。“我差点儿去了两次，亲爱的[①]，不过我想方设法躲过去了。”

“哦，要是你去过的话，你就会理解了。像我那样读你的名字，你的名字便会对澳大利亚人有一种魔力。雷纳，雷恩[②]。荒漠之地的生命。”

他吃了一惊，烟卷掉在了地上。“朱丝婷，你莫不是爱上我了吧？”

“男人是什么样的利己主义者啊！我不愿意叫你失望，可是我并没有爱上你。”随后，似乎是为了使她话中的无情变得柔和一些，她把自己的手放在他的手上，紧紧地握着，“是一种更美好的东西。”

“还有什么能比恋爱更美好呢？”

“我认为，几乎所有的事情都能。我从来不想要任何恋爱一类的东西。”

“也许你是对的。开始得过早，自然是一种极不利的事情。那么，更美好的东西是什么呢？”

“找到一位朋友。”她的手在他的手上轻摩着，“你是我的朋友，对吗？”

---

① 原文为德语 Herzchen。

② 此种读法在英文中是雨水的意思。

“是的。”他微笑着往泉水里投了一个硬币。“喂！仅仅为了保证我不断地感到南方的温暖，过去几年中我一定花掉了 1000 块德国马克。可有时在我的噩梦中，又感到了寒冷。”

“你应当感受真正的南方的温暖，”朱丝婷说道，“就是在阴凉里温度也有 115 度。”

“怪不得你不觉得热呢。”他还是像往常那样无声地笑着。当高声笑出来的时候就是一种对命运的蔑视，这是一个古老的遗风。“那种暑热就说明了你为什么是个锤不扁、砸不烂的铜豌豆。”

“你的英语很地道，不过带美国味儿。我本来以为你在某个第一流的英国大学学过英语呢。”

“不。我是在比利时的一个集中营里从伦敦佬、苏格兰人和英国中部的那些英国大兵那里开始学英语的。有一个词儿，一个人说一个样，真让人糊涂。有人说‘abaht’，有人说‘aboot’，有人说‘aboat’，可它们都是‘about’[①] 的意思。因此，当我回到德国的时候，我就看我能看到的每一部电影，一个劲买英语唱片，这些唱片是美国喜剧演员灌的。我在家里一遍又一遍地放着它们，直到我能讲足够的英语词汇，以便进一步学习。”

她又像往常那样把鞋脱掉了。他敬畏地望着她光脚在热得足以烫熟鸡蛋的路面上走着，走过石头很多的地方。

“小淘气！把鞋穿上。”

“我是个澳洲佬。我们的脚太贱了，穿着鞋不舒服。我们生长在实际上并没有寒冷天气的地方，不管到什么地方都是光脚赤足。我能光着脚走过长着栗刺的牧场，然后，满不在乎地把它们从我的脚上拂去，”她自豪地说道，“我也许能在热煤上走呢。”随后，她突如

---

① about，英文，是“在……周围”“关于”“近于”“从事于”的意思。

其来地改变了话题。“雷恩，你爱你的妻子吗？”

“不爱。”

“她爱你吗？”

“是的。她嫁给我是没有其他原因的。”

“可怜的人！你利用了她，又把她甩了。”

“这使你感到失望吗？”

“不，我不这么想。实际上，我倒为此而赞赏你。不过我确实为她难过，这使我比以往更加坚定了此生此世不蹈她覆辙的决心。”

“赞赏我？”他的声音既茫然又吃惊。

“为什么不呢？现在，我在你身上寻求的并不是她寻求的那种东西，对吗？我喜欢你，你是我的朋友。她爱你，你是她的丈夫。”

“我想是的，亲爱的，”他有点儿凄然地说道，“我想，那些有雄心的男人对他们的女人都是不好的。”

“那是因为他们迷恋女人那种完全的低眉俯首，那种‘是，亲爱的，不，亲爱的，三个包都满了，亲爱的，你希望把它们放在哪儿？’之类的人。我要说，这完全是倒了邪霉。要是我是你的妻子，我就会跟你说，滚到一边去吧。我打赌，她从来没这么说过，对吧？”

他的嘴唇微微颤抖着。“没有，可怜的安妮莱斯。她是那种能够献身的人，所以，她几乎没有这样直截了当的武器，也不能表达得这样妙。我真希望他们能拍一些澳大利亚的影片，那样我就能懂得你们的土语了。‘是，亲爱的’之类的话我还能说上几句，可是，‘倒邪霉’我却一点儿不知道。”

“就类似于运气不好的意思，但是这个词更无情些。”她那宽宽的脚趾就像有力的手指似的紧贴在水池壁的缝里，令人担忧地往后摇着，轻而易举地保持着身体的平稳。“哦，你最后对她是发了慈悲的。你把她摆脱了。没有你她会过得好得多，尽管她也许不这样想。

然而我却能把你保住，因为我决不会让你俘虏我的感情。”

“无情。你确实是这样的，朱丝婷。我的这些事你是怎么知道的？”

“我问过戴恩。自然，作为戴恩，他只会给我一些纯粹的事实，但剩下的是我推断出来的。”

“由于你过去那些丰富的经验，这是毋庸置疑的。你是个什么样的骗子啊！他们说，你是个极优秀的演员，但是我发现那令人难以置信。你怎么能模仿出你从未体验过的感情呢？作为一个人，你的感情还不如一个15岁的孩子。”

她跳了下来，坐在围栏墙上，俯身穿上了鞋，沮丧地扭动着脚趾。“我的脚变大了，该死的。”听了他最后的那几句话，她并没有流露出恼怒和愤慨。好像当诽谤和批评对准她的时候，她只是简单地把内心的助听器一关了事。曾有多少诽谤和批评啊。令人惊奇的是，她从未恨过戴恩。

“这是一个很难回答的问题，”她说道，“我一定得体验角色所要求的感情，不然就演不好，对吗？但是，这就像是……是在等待。我指的是我舞台之外的生活。我要保存我自己，我不能在舞台之外浪费它。我们只有这么多东西可以献出，对吗？而在舞台上，我就不是我了，或更正确地说，我是许多自我的延续。我们必须完全是许多自我的一种深刻的混合体。你不这样认为吗？对我来说，演戏是第一位的，是最首要的智力活动，其后才是感情。一个人完全变成了另一个人，并且使之更臻于完善。这比起简简单单的哭喊、尖叫，或发出一阵令人信服的大笑要丰富得多。你知道，这真是妙极了。想想吧，我成了另外一个自我，我可以变成其他人，周围的气氛环境也都十分协调。这是神秘的事情。其实我并没有变成另外一个人，但是却把角色融合在我的身上，好像她就是我自己一样。于是，她就变成我了。”她心情十分激动，按捺不住地跳了起来。“想想吧，雷恩！有20年的时间，我就可以对我自己说，我曾经搞过谋杀，我曾经自杀过，我曾经发过疯，我曾经挽救过男人或毁掉过男人。啊！这些可能发生的事是无穷无尽的。”

“而她们又全都是你。”他站起来，又抓住了她的手，“是的，你说得对，朱丝婷。你不能在舞台下浪费它。要是对另一个人，我会说，舞台下的经验还是需要的。但是对你，我就不那么肯定了。”

18

倘若依着德罗海达的人，他们会认为罗马和伦敦并不比悉尼远，而已经长大成人的戴恩和朱丝婷仍然是上寄宿学校的孩子。大家都承认，他们在短期假日之中是不能回家的，但是，一年至少可以回家一个月。他们通常在8月或9月回家，看上去和往常一样，非常年轻。15岁、16岁还是22岁、23岁，这有啥了不起的呢？在早春的那个月份里，德罗海达的人决不会颠来倒去地总在说，哦，只能一起过几个星期！或，仁慈的老天，他们走了还不到一个月呢！但是，在7月里，每个人的脚步都变得轻松活泼起来了，大家的脸上总是挂着笑容。从厨房到围场，到客厅，都在商量着如何款待他们，送他们什么礼品。

与此同时，还有信件的往来。这些信，大部分都能反映出写信人的个性，但有的时候，二者是不那么协调的。譬如说吧，人们会觉得：戴恩是个细心的、规规矩矩的写信者，而朱丝婷是个散散漫漫的写信者；菲是从来不写信的；克利里家的男人一年写两封；而梅吉恨不得每天都要去邮局寄信，至少要给戴恩写信；史密斯太太、明妮和凯特每逢生日和圣诞节寄明信片去；安妮·穆勒常常给朱丝婷写信，但从来不给戴恩写。

戴恩的用心是好的，也确实定期写信。唯一麻烦的是，他总是忘了把他努力写好的信寄出去。结果两三个月过去了，却未有片言，随后，德罗海达将在同一辆邮车上收到十来封信。善谈的朱丝婷，写的信又长又厚，那纯粹是思想意识的直接流露，直率得足以叫人面红耳赤，惊慌得啧啧而叹，但又感到着迷。只有梅吉每两个星期给她的两个孩子写一封信。尽管朱丝婷从来没有收到过外祖母的信，但戴恩却常常收到。他也定期地收到他所有舅舅的信，谈到土地、绵羊和德罗海达女人们的健康状况。他们似乎觉得向他保证家中确实一切如意平安是他们的责任。但是，他们没有向朱丝婷提及这些，反正她对此会几乎不知其所以然的。至于其他人，史密斯太太、明妮、凯特和安妮·穆勒，则如预料的那样写信来。

读信是一件令人神往的事，而写信则是负担。除了朱丝婷之外，大家都有此感。而朱丝婷却尝够了由于恼怒而引起的痛苦，因为没有一个人给她寄来她所希望的丰富内容——一大堆唠唠叨叨的话，一大堆直率的话。大部分有关戴恩的情况，德罗海达的人都是从朱丝婷的信中得知的，因为他的信从来不把他的读者们带到他生活舞台的正中去。可是朱丝婷却是这样做的。

> 雷恩今天飞到伦敦来了（有一次她写道），他跟我说，他上个星期在罗马见到了戴恩。哦，比起我来，他倒常常和戴恩见面，因为罗马总被放在他的旅行日程表的首要位置上，而伦敦是垫底的。因此，我必须承认，每年回家之前我都要到罗马去和戴恩会齐，原因之一是雷恩在那里。戴恩喜欢到伦敦来，只是我不让他来，如果雷恩在罗马的话。他是我认识的少数几个能给我指出一条花钱途径的人之一，我希望我们的见面更频繁一些。
>
> 在某些方面，雷恩比我要幸运。他开始见到戴恩的同学了，我却见不到。我想，戴恩认为我会当场强奸了他们。或许他认为他们会强奸了我。哈。只有当他们看到我穿着查米恩[1]的戏装时

[1] 埃及女王克莉奥佩特拉的侍女，见莎士比亚的《安东尼与克莉奥佩特拉》与萧伯纳的《恺撒与克莉奥佩特拉》。

才会发生这种事。这是一个有魅力的女人，亲人们，真的。有几分像现代的蒂达·巴拉[1]。暗褐色的乳头像是两个圆形的小青铜盾，戴着许许多多的链子和一条我认为是贞洁带的带子——不管怎么样，你得用一对锡切刀才能进到带子里去。戴着长长的黑色假发，身体涂成棕黄色，再戴上几块金属片，我俨然像个假造出来的妙人。

……我刚才说到哪儿了？哦，是的，上个星期雷恩在罗马见到了戴恩和他的伙伴。他们一起出去花天酒地。雷恩执意要付账，挽救了戴恩的窘境。那是某一天夜晚。一应俱全。当然，除了女人。你们能想象出**戴恩**在某个下流的罗马酒吧里，双膝跪在地下，对着一瓶黄水仙说“美丽的黄水仙，我们急急忙忙来看你，为芳华早谢而哭泣”时是什么样子吗？他试图把这种话有板有眼地说上10分钟，可是他没办到，随后，他便作罢了，却把一枝黄水仙叼在牙缝里，跳了一个舞。你们能想象得到**戴恩**做这种事吗？雷恩说，这无伤大雅，是必要的，只工作不玩耍，聪明孩子也变傻，等等。没有女人在场。接下去最妙的事就是灌一肚子黄汤。大概是雷恩坚持要这样。别以为常有这种事，不是的。我猜想，每当这么干的时候，雷恩一准是祸首，这样，他就能站在一边观察他们这伙天真的、毫无经验的大傻瓜了。可是，我一想到戴恩叼着黄水仙跳吉卜赛舞的时候，头上那神圣的光环便不知去向了，总忍不住大笑。

戴恩在罗马度过了八个春秋，获得了教士的职位。一开始的时候，谁也没想到这八年居然还有熬到头的那一天。然而，这八年过得比德罗海达任何一个人想象的都要快。他们除了设想他将返回澳

---

① 美国女演员，1914—1919年间参加了40部影片的拍摄，主要扮演妖妇的角色。

大利亚之外，所想到的就是，在他得到圣职之后，他们不知道他将会做什么。只有梅吉和朱丝婷怀疑他将留在意大利。不过，每当梅吉回忆起他一年回家一次的情景时，便会少一份疑心。他是澳大利亚人，他会希望返回乡井的。至于朱丝婷，那就是另外一回事了。谁也不会想象她将一劳永逸地回家来的。她是个演员，她的生涯在澳大利亚会走入穷途末路，而戴恩无论在什么地方从事他的事业都一样。

因此，在这八年中，当孩子们返家消磨一年一度的假期时，对于他们将来怎么办是没有什么打算的。相反，德罗海达的人们却计划去罗马旅行一趟，参加戴恩被授予教士圣职的仪式。

“我们终于失败了。”梅吉说道。

“你在说什么，亲爱的？”安妮问道。

她们正坐在外廊一个暖洋洋的角落中读着书，可是梅吉的书却落在了膝盖上，被忘到一边去了。她心不在焉地望着草坪上两只黄鹡鸰的滑稽动作。这是一个多雨的年头。到处都是蠕虫，人们从未见过鸟儿这样肥，这样快活。从黎明到迟暮，总能听到鸟儿的啁啾。

“我说，我们终于失败了，”梅吉大声地重复了一遍，“一个受了潮的爆竹。这个指望全都落空了！当我们1927年到德罗海达的时候，谁能够猜想得到呢？”

“你的意思是什么？”

“总共有六个儿子，加上我。一年之后，又多了两个儿子。你会怎么想呢？会有十来个孩子，五十来个孙辈吗？现在看看我们吧。哈尔和斯图死了，活着的似乎没有一个打算结婚。而我，这个唯一没有资格延续姓氏的人，成了唯一给德罗海达生了继承者的人。即使这样，诸神还是不乐意，对吗？一个儿子和一个女儿。你也许会想，至少会有一个孙辈孩子的。可是怎么样呢？我的儿子接受了教士的圣职，我的女儿是一个当职业妇女的老姑娘。另一个德罗海达的死胡同。”

“我看不出这有什么奇怪的，”安妮说道，“你能从男人们那里指望到什么？腼腆得像袋鼠似的死钉在这个地方，从来不和他们有可能娶来的姑娘见面。至于詹斯和帕西，他们又打过仗。当詹斯知道帕西不能结婚的时候，你能看到他结婚吗？他们太相敬相爱了，不会结婚的。此外，这土地需要一种中性状态。它把他们所能给予的都接收了，他们不剩什么了。我是说从一种体力的角度来看。梅吉，它不是也曾使你无力他顾吗？直截了当地说吧，你们的家庭并不是一个情欲十分强烈的家庭。这也使戴恩和朱丝婷受了影响。我是说，有某些人就像雄猫似的非追求性生活不可，但你们这些人不是。尽管，朱丝婷兴许会结婚。世上还有雷纳这个德国小伙子，她好像非常喜欢他。”

“你说在点子上了，”梅吉说道，她并没有感到宽慰，“她好像非常**喜欢**他。不过如此而已。她毕竟认识他七年了。要是她想嫁他的话，几年前早就嫁了。”

“是吗？我相当了解朱丝婷。”安妮如实地答道，因为她确实是这样的。她比德罗海达的其他人，包括梅吉和菲，都要了解朱丝婷。“我认为，因为她害怕使自己承担恋爱结婚所必须承担的那种责任。我得说，我很欣赏雷纳。他好像很理解她。哦，我并不是说他肯定爱上了她。但如果他真爱她的话，他至少会有意识地等待，等到她准备接受这种冒险。”她向前一俯身，她的书落在了花砖地上，被忘到一边去了。“哦，你在听那只鸟的叫声吗？我敢肯定，夜莺也比不上它哩。”随后，她便开始说起了几个星期来就一直想说的话。“梅吉，你为什么不到罗马去看戴恩接受圣职呢？那不是一件有特殊意义的事吗？戴恩——**授予圣职**。”

"我不会到罗马去的！"她从紧咬着的牙关说道，"我决不会再离开德罗海达。"

"梅吉，别这样！你不能让他这样大失所望！去吧！要是你不去的话，那里就连一个德罗海达的女人都没有，因为你是唯一的一个年龄尚可以乘飞机的女人。但是我告诉你，要是我有一分钟认为我的身体能熬下来，我马上就会上飞机。"

"到罗马去，看到拉尔夫·德·布里克萨特吗？我反倒会死的！"

"哦，梅吉，梅吉！你为什么要把你的挫折归罪于他和你的儿子呢？你有一次说过——这是你自己的过错。所以，收起你的自尊心，到罗马去吧。求求你！"

"这不是自尊心的问题。"她颤抖着，"哦，安妮，我害怕到那儿去！因为我不相信，就是不相信！我一想到要到那里去，我就汗毛直竖。"

"在他成为教士之后，他要是回不来该怎么办？你没有想过吗？他很可能不会被赶走，离开他在神学院的生活。所以，倘若他留在了罗马，你还是得亲自到那里去，假如你想看望他的话。到罗马去吧，梅吉！"

"我不能去。要是你知道我有多恐惧就好了！这不是因为自尊心，不是因为拉尔夫会因此比我高一头，也不是因为我会说出什么使人们不再诘问我的事情来。天知道，我是这样思念我的两个男人，要是有一分钟我想到他们需要我的话，我愿意用膝盖爬着去见他们。哦，戴恩见到我会很高兴的。可是拉尔夫呢？他已经忘记我的存在了。告诉你，我害怕。我打心眼里就知道，要是我到罗马去，会发生某些事的。所以我不打算去。"

"天可怜见，会发生什么呢？"

"不知道……要是我去了，我会和某种东西搏斗的。一种感情，我怎么能和感情一争高低呢？因为这感情从未泯灭。我有一种不好的预感。就像诸神正在聚集起来。”

安妮笑了起来。“你真的变成一个老太太了，梅吉。算了吧！”

“我不能去，不能！而且我**是**一个老太太了。”

“瞎扯，你恰当风华中年。实在是年轻得足以跳上飞机。”

“哦，让我独自待一会儿！”梅吉粗鲁地说道，拿起了她的书。

偶或会有一群人为了一个目的而在罗马聚会。他们不是为了旅游观光，从现存的遗址中窥见畴昔鼎盛繁荣时期荒淫的场面；也不是为了从甲地到乙地时，把罗马作为一个消磨中途暂停时间的地方。这是一群有着一致感情的人：他们充满了自豪，因为他们是来看儿子、看外甥、看表兄弟或朋友在世界上历史最悠久的教堂的长方形廊柱大厅中被授予圣职。这群人有的住在低等的公寓里，有的住在豪华的饭店里，有的住在朋友或亲戚的家中。但是他们都非常和睦，彼此相安无事，与世无争。他们恪尽本分地做着一系列的事情。参观梵蒂冈博物馆尽头的西斯廷教堂①就像是对人们路途之苦的一种奖赏。还有古罗马市镇广场，古罗马竞技场，古罗马的军用大道，西班牙台阶，气势恢宏的特莱维泉，古迹声光表演。他们消磨时日，等待着那一天。他们将得到教皇亲自接见的殊荣，对他们来说，罗马没有比这更精彩的东西了。

正如以前一样，这次在月台上接朱丝婷的不是戴恩。他已经开始静修了。接她的是雷纳·莫尔林·哈森，他像一头大兽一样在花砖地面上徘徊着。他迎接她的时候没有吻过她，从来没有吻过。他只是把一只胳臂搭在她的肩上，紧紧地压着。

“你就像一头熊。”朱丝婷说道。

---

① 梵蒂冈著名的教堂，以意大利文艺复兴时期雕刻家兼画家米开朗琪罗的天顶画及其他艺术家的壁画著称。

"一头熊？"

"我头一次见到你的时候，我就觉得你像是一个人与猿之间的过渡生物，可是，我最后断定，与其说你像猿，倒不如说像熊。猿是一种刻薄的对比。"

"比作熊就宽厚了吗？"

"嗯，也许它们也能迅速地把人弄死，不过它们要笨得多。"她用胳臂钩住了他的胳臂，步幅和他一样大，因为她几乎和他一样高。"戴恩怎么样了？在他静修之前你见过他吗？我恨不得宰了克莱德，他不让我早点走。"

"戴恩还和往常一样。"

"你没有引他走邪道吗？"

"我？当然没有。你看上去很漂亮，亲爱的。"

"这是我的最佳状态，我买遍了伦敦的女时装店。你喜欢我这条新裙子吗？他们管它叫超短裙。"

"走到我前面去，我会告诉你的。"

那条全丝的裙子只齐她的大腿中部，当她转身走回他身边的时候，那条裙子打了一个旋。"雷恩，你觉得怎么样？丑吗？我发现在巴黎还没有人穿这种长度的裙子呢。"

"亲爱的，它证实了一个观点——以你这样漂亮的腿，裙子就是长一毫米也会显丑的。我相信罗马人会同意我的观点。"

"这就是说，我的屁股在一个钟头之内而不是在一天之内就会变得青一块紫一块的。滚他们的吧！不过，你知道一件事吗？雷恩？"

"什么事？"

"从来没有一个教士捏过我一下。这些年来，我在梵蒂冈进进出出，根本就没有挨一下捏，使我脸上增增光。所以我想，也许穿上超短裙，我还能勾引上某个可怜的高级教士。"

"你倒让我神魂颠倒了。"他笑了笑。

“真的吗？穿这种橘黄色的裙子？我以为，由于我的头发是橘黄色的，你讨厌我穿橘黄色的东西呢。”

“这种令人眼花缭乱的颜色使人的感觉变得炽热。”

“你在取笑我。”她恼火地说道，匆匆忙忙地爬上了他那辆梅赛德斯牌轿车，车子前罩的饰物杆飘着一面德国的小三角旗，“你什么时候弄了这面小旗子？”

“我在政府中就任新职的时候。”

“难怪我有幸在《世界新闻报》上被提了一笔呢！你看到了吗？”

“你知道，我是从来不看报的，朱丝婷。”

“哦，我也是的。是有人拿给我看的。”她说道，随后，她把声音提高了一些，带着一种死要面子的音调。“某个极有希望的、橘红色头发的澳大利亚女演员希望和西德内阁的某个成员结成异常真挚的友谊。”

“他们不可能了解我们互相认识有多久了。”他平静地说着，伸了伸腿，让自己坐得更舒服一些。

朱丝婷带着赞同的眼色上下打量着他的衣服，非常随便，很有意大利味。他浑身上下颇带欧洲风格，敢于穿一件渔网纹的衬衣，这种衬衣能使意大利的男人显露出他们的胸毛。

“你不应该再穿西服，露着硬领，打着领带了。”她突然说道。

“是吗？为什么？”

“你肯定是富于男子气概的人——你知道，你现在就是这样，毛茸茸的胸前挂着金光闪闪的团花和链子。西服使你显得像是有水桶腰，其实根本不是这样的。”

有那么一阵工夫，他惊讶地望着她，随后，在他那被她戏言为“全神贯注的思想者的脸”上，眼睛变得警觉起来了。“破天荒第一回。”他说。

“什么第一回？”

“我认识你七年了，以前你从来没有评论过我的外貌，也许除了蔑视我的外貌之外。”

“哦，亲爱的，是吗？”她显得有些惭愧地问道，“老天爷，我是常常想起你的相貌，但从来没有蔑视的意思。”由于某种缘故，她又急忙补充道，“我是说，从来没有蔑视过像你穿西服后的外貌之类的事。”

他没有回答，但是他在微笑着，好像在想着一件十分愉快的事。

和雷纳一起骑马似乎是几天中最后一件闲适悠然的事情。他们拜访过德·布里克萨特红衣主教和迪·康提尼-弗契斯红衣主教后不久，雷纳租的轿车把德罗海达来的一小队人马送到了他们的旅馆。朱丝婷用眼角的余光观察着雷纳对她家人，对她所有的舅舅的反应。直到眼下，她的眼睛还没有找到她母亲的面孔，朱丝婷本来确信她会改变主意，到罗马来的。然而她没有来，这真是一个无情的打击。朱丝婷不知道她是对戴恩感到更痛心呢，还是对母亲感到更痛心。但是，舅舅们却都到这儿来了。毋庸置疑，她是他们的女主人。

哦，他们多腼腆啊！分不清谁是谁了。他们年龄愈大，长得就愈像。在罗马，他们引人注目得就像——嗯，像澳大利亚的牧场主在罗马度假。每个人都穿着富裕的牧羊场主们进城时穿的那种制服：侧面有弹性的棕黄色马靴，灰不溜秋的裤子，非常厚重的棕黄色运动夹克——侧面的开气处露出毛绒绒的羊毛，缝缀着许多革饰片，白衬衣，针织的毛领带，平顶宽边灰帽子。在皇家复活节博览会期间，这套服装在悉尼的大街上是平平常常的，但是在罗马的夏末，却显得十分奇特。

我可以带着两倍的真诚说，谢天谢地，多亏了雷恩！他和他们处得多融洽呀。我本来是不相信谁能引得帕西开口说话的，可是他却办到了，赞美他吧。他们就像老朋友似的谈个没完，他是从哪儿给他们搞来的澳大利亚啤酒？他喜欢他们，我想，他也感兴趣。一切到一个德国工业家兼政治家那里都会被碾得粉碎的，不是吗？像他这个样子，他怎么能坚持他的信义呢？一个不可思议的人，这就是你，雷纳·莫尔林·哈森。教皇和红衣主教的朋友，朱丝婷·奥尼尔的朋友。哦，倘若你不是这么丑的话，我会吻你的，我真是感激不尽哪。上帝，想想吧，没有雷恩而和舅舅们待在罗马该是什么样啊！你真是及时雨。

雷纳靠在他的椅子中，倾听着鲍勃向他讲关于剪羊毛的事。没有任何其他事好做，因为他把一切都照顾到了。朱丝婷好奇地望着他。大多数情况下，她能够马上注意到别人身体上的一切，但是，只有很偶尔的情况，她的警惕性会放松下来，让人们钻了空子。还没来得及做出极其重要的最初的估价，便被人在自己的生命中留下了划痕。假如放过了做出这种最初的估价，有的时候，当他们重新作为陌生人闯进她的思想时，几年的时间便一晃而过了，就像现在注视着雷恩这样。当然，这要怪第一次见面，周围都是教会人员，敬畏仰止，战战兢兢，她是厚着脸皮在那里混的。她只注意到了显而易见的东西：他那强壮有力的体魄，他的头发，他有多黑。随后，当他带她去吃饭的时候，矫正的机会已经失去了，因为他强迫她去注意除了他身体特征之外的品质。她当时对他那张嘴讲的东西兴趣甚大，反而不注意那张嘴了。

其实他根本不丑，现在她断定。也许，他的外貌就是那样子，一种最佳与最糟的混合，就像是个罗马的皇帝。难怪他热爱这座城市呢。这是他的精神故乡。他的脸庞很宽，颧骨又高又大，鼻子小而呈钩状。两眉浓黑，直直的，而不是随着眼眶的曲线而弯曲。黑睫毛非常长而且富于女子气，一双黑眼睛相当可爱，通常都能掩饰他的思想。最好看的是他的嘴，双唇不厚不薄，不大不小，但是形状非常好，嘴唇的轮廓清晰，显示出坚定的神态。就好像他把那股劲一放松，也许就会把他真实面目的秘密暴露出来似的。把一张既熟悉又完全不熟悉的脸仔细剖析一遍，真是有趣。

她从自己的出神发怔中清醒了过来，发现他觉察到了她在注视他。她觉得自己在他的面前把一切都暴露无遗了。有那么片刻，他的目光停留在她的眼睛上，睁得大大的，充满了警觉。他倒不完全是感到吃惊，而是被她吸引住了。随后，他镇定地把目光转向鲍勃，在剪羊毛方面提了一个十分贴切的问题。朱丝婷心里震动了一下，告诫自己不要心猿意马。但这真是太迷人了，突然之间把一个做了多年朋友的男人当成情人来看，而且毫无憎厌之感。

在阿瑟·莱斯特兰奇之后曾经有几个步其后尘者，但她并没有感到有什么乐趣可言。哦，自从那令人难以忘怀的一夜以来，我已经走了相当长的一段路。但是，我不知道我实际上是否前进了？有一个男人是件非常愉快的事，但是像戴恩说的那样，只能有**一个**男人，那太可怕了。我可不打算把这事弄成只跟一个男人，所以我不打算和雷恩睡觉。哦，不。这将使许许多多的事情发生变化，我就会失去了我的朋友。我将像享有戴恩那样享有他，一个对我来说没有任何肉体意义的男性。

教堂能够容纳两万人，所以并不拥挤。世界上没有任何地方在建造一座上帝的庙堂之上投入了如此之多的时间、思想和创造才能。它使异教徒的古代建筑相比之下黯然失色。它就是这样的。恣肆洋溢着爱，沛然充盈着柔情。布拉曼特长方形教堂，米开朗琪罗的天顶画，伯尼尼柱廊。这不仅是上帝的纪念碑，也是人的纪念碑。在一个小石屋的下面埋葬着圣徒彼得。查理大帝就是在这里加冕的。苍老的声音似乎在倾泻进来的银白色光线中低低回响着，在高耸的祭坛后面，麻木的手指把青铜磨得发光，抚弄着华盖上扭曲的青铜柱。

他正躺在台阶上，头低垂着，好像死了似的。他在想什么？是因为他母亲没来，他没有权利到那儿去而感到痛苦吗？拉尔夫红衣主教透过泪水望着他，他知道，他并不痛苦。在事前，是痛苦的。事后，当然也痛苦。但是现在却没有痛苦。他全心全意地投入了那伟大的一刹那。在他的心中，除了上帝再也没有任何东西的地位。这一天和往常是一样的，除了眼前担负的艰苦工作——把自己的生命和灵魂献给上帝——之外，一切都是无足轻重的。他也许可以做到这一点，但其他许多人实际上都是怎样的呢？拉尔夫红衣主教没有做到全心全意，尽管他依然以充满了圣洁的惊异之情回忆着他自己的圣职授任。他竭尽全力试图做到这一点，然而他总是有某种保留。

我的圣职授任不像这次这样庄严、隆重，但是在他身上我又体验了一次圣职授任。不知道他实际上是怎样的人，虽然我们为他担心，但是他在我们之中生活了这么久，没有和任何人恶言相向，更别说有一个真正的敌人了。人人都热爱他，他也热爱大家。他的头脑中连一刻也未曾想过，这个上层社会的事情有什么特殊之处。然而，当他头一次到我们这里来的时候，他对自己并不是这样有把握的。我们给了他信心，对此，也许我们的存在被证明是正确的。这里造就了许多教士，成千上万。然而对他，总是有些另眼相待。哦，梅吉！为什么你不来看你奉献给我主的这个礼品——这个我无法亲自奉献的礼品？我想，这就是今天他能在这里摆脱痛苦的原因。因为今天已经能够由我来代他受苦，使他从中解脱出来了。我为他而挥泪，我替他而哀痛。事情就应该是这样的。

过了一会儿，他转过头来望着那一排穿着异国情调的黑衣服的德罗海达人。鲍勃，杰克，休吉，詹斯，帕西。一把空椅子是梅吉的，接下去是弗兰克。朱丝婷那火红的头发在一条黑花边的头巾下隐约可见，她是克利里家唯一在场的女性。雷纳在她的旁边。随后是一群他不认识的人，但是他们也像德罗海达人那样全体都来了。只有今天是不同的，今天对他来说是一个特殊的日子。今天他几乎感到好像他也有一个儿子似的。他微微一笑，叹了口气。授予戴恩教职，维图里奥会做何感想？

也许是由于戴恩强烈地感到了他母亲的缺席，在维图里奥红衣主教和拉尔夫红衣主教为他举行的宴会上，他想方设法把朱丝婷安排在紧靠他的位置上。她想，他穿着黑法衣，衬着高高的白领，显得极其动人，根本不像是一个教士。在没有看他的眼睛之前，他就像是一个演员在扮演着教士。那双眼睛中有一种内在的光芒，这光芒能使一个非常俊美的男子变成一个无可匹敌的人。

“奥尼尔神父。”她说道。

“朱茜，我还不是名副其实的神父呢。”

“这没什么难理解的。我从来没感到自己以圣徒彼得的方式行事，所以，这对你是个什么滋味我无法想象。”

“哦，我认为你是能够想象到的，在你内心的某个地方。要是你真的想象不出的话，你就不会成为这样一个好演员的。不过，朱茜，在你身上它是无意识地发生的。在你需要运用它之前，它不会进入你的思想。”

他们坐在屋子尽头角落中的一张小长沙发上，没有人走过来打扰他们。

过了一会儿，他说：“弗兰克来了，我真高兴。”他望着弗兰克正在和雷纳谈话的地方，他脸上的勃勃生气是外甥女和外甥前所未见的。“我认识一个避难的罗马尼亚教士，”戴恩接着说道，“当他说‘哦，可怜的人！’时，声音里充满了怜悯……我不知道是怎么的，我莫名其妙地发现我总是用这种口气说咱们的弗兰克。可是，朱茜，这是为什么呢？”

可是，朱丝婷没有搭这个话茬，她径直向十字架走去。“我真能把妈给杀了！”她从牙缝里说道，“她没有权利对你这样做！”

“哦，朱茜，我能理解。你也得设法理解才是。如果这事是由于怨恨或对我进行报复，我会感到伤心的，但是你对她的了解和我一样。你知道这并不是由于这两个原因。不久我就要到德罗海达去。那时，我会和她谈谈，看看是怎么回事。”

“我想，做女儿的决不像做儿子的那样，对母亲如此耐心。”她沮丧地往下拉了拉嘴角，耸了耸肩。“也许，我还是当个索然离群的人好，以免当了母亲得受那份罪。”

那双湛蓝的眼睛显得非常慈善、柔和。朱丝婷觉得她的火气来了，她认为戴恩是在怜悯她。

“你为什么不和雷纳结婚？”他突然问道。

她的下颚落了下来，她感到透不过气。“他从来没开口问过我。”她无力地说道。

“这只是因为他认为你不会答应。不过，也许可以安排一下。”

她连想都没想，便揪住了他的耳朵，就像他们童年时那样。“你还敢不敢，你这个该死的大傻瓜。一个字也不准提，听见没有？**我不爱雷恩**！他只是个朋友，我就想让事情保持这个样子。要是你为这件事瞎忙乎的话，我发誓，我会坐在那里，把眼一闭，痛骂你一顿。你还记得你以前是多么害怕充满生气的白昼离开你吗？”

他把头挣脱了回来，大笑着。“那不灵了，朱丝婷！这些天我的魔力比你大。不过，你没有必要为此这么挖苦人。我搞错了，就是这样。我以为你和雷纳之间有事呢。”

“不，没有。在交往了**七年**之后吗？要真是那样，猪猡都能飞起来了。”她顿了顿，好像在找话说，随后，几乎是腼腆地望着他。“戴恩，我真为你感到幸福。我想，要是妈在这儿，她也会有同感的。让她看看你现在这样子，这是完全必要的。你等着吧，她会回心转意的。”

他很快地用双手捧起了她那尖尖的脸，情挚爱真地微笑着低头望着她，以致她抬起手来抓住了他的手腕。这种爱透过了每一个汗毛孔，好像所有的童年记忆都沛然而来，令人珍重。

但是，从他那双眼睛的深处，她意识到了一种隐隐的疑虑。也许疑虑这个词太夸张了，这更像是一种忧虑。他相当有把握，妈妈最终会理解的，但是，他是一个人，除去他打算忘记这个事实以外，他具备人的一切特点。

“朱茜，你能为我做点儿事吗？”他一边放开她，一边说道。

“什么事都行。”她说道，这并非虚言。

“我已经得到了一个短期的休息时间，思索一下我将来要做些什么。有两个月。在我和妈妈谈过之后，将要在德罗海达的马背上苦思冥想一番——不知怎么的，我觉得在我和妈妈谈过之前，无法把任何事整出头绪。可是，首先，唔……我不得不鼓起回家的勇气。所以，如果你能想想办法的话，就陪我到希腊半岛去两三个星期，把我的怯懦痛痛快快地指责一通，直到我对你的声音感到厌倦，我就坐上飞机离开那里。”他冲她微微一笑，“此外，朱茜，我绝对不想让你认为我打算把你从我的生活中逐除出去，我更不愿意妈这样想。你需要偶尔唤醒你旧日的道德心。”

“哦，戴恩，我当然会这样做的！”

“好，”他说道，随后露齿一笑，调皮地看着她，“我确实需要你，朱茜。有你揪我的耳朵，就像回到了从前似的。”

“喂——喂——喂！别说难听话了，**奥尼尔神父！**”

他用胳膊揽住了她的头，满意地往长沙发上一靠。“我就是！这不是妙极了吗？也许，在我见过妈之后，我就能一心一意侍奉上帝了。你知道，我认为这正是我爱好之所在。一心只想着上帝。”

“戴恩，你应该侍奉一个修道会。”

“我还能办到，我也许会这样的。我还有一辈子的时间呢，不用着急。”

朱丝婷是和雷纳一起离开宴会的。在她说到她要和戴恩一起去希腊之后，雷纳说他要去在波恩的办公室。

“该到时候了，”她说道，“作为一个内阁部长你好像没有做多少工作，是吗？所有的报纸都管你叫花花公子，昏头涨脑地和红头发的澳大利亚女演员周旋，你呀，你这个老狗。”

他冲她挥了挥硕大的拳头。“我得到乐趣的办法比你知道的要多得多呢。”

“咱们走一走你在意吗，雷恩？”

“要是你穿鞋的话，我就不在意。”

“这两天我不得不穿鞋。超短裙也有缺点。可以轻而易举脱掉的长筒袜时代结束了。他们发明了一种极薄的演戏用的紧身衣裤，当众脱掉会引起自戈黛娃[①]以来未曾有过的骚动。因此，除非我想毁掉五个几尼[②]一条的紧身衣裤，否则我就得受鞋的约束。”

“至少你使我在妇女服装方面的了解增加了，这方面的知识我既不够标准又是门外汉。”他温和地说。

“再胡编！我敢打赌，你有一打情妇，而且你还给她们脱衣服呢。”

“只有一个，像所有的好情妇一样，她是穿长睡衣等我的。”

“你知道吗？我相信咱们以前从来没说起过你的性生活。真有意思！她是什么样？”

“又白又胖，40岁，很自负。”

她一动不动地站住了。“噢，你在戏弄我，”她慢慢地说道，“我看不出你有那样一个女人。”

“为什么呢？”

“你的口味很高。”

① 戈黛娃是一名英格兰贵族妇女，曾为帮助市民减免重税而裸体骑马绕行考文垂大街。

② 英国旧金币，1几尼合现在的21先令。

“各有所好嘛[1]，亲爱的。我本人没有任何起眼的地方——为什么你认为我能迷住一个既年轻又漂亮的女人，使她成为我的情妇呢？”

“因为你能！”她愤慨地说道，“哦，你当然能！”

“你指的是我的钱财吗？”

“不，**不是**你的钱财！你在捉弄我，你总是这样！雷纳·莫尔林·哈森，你非常清楚你的魅力，要不然你不会穿金色团花和网纹衬衫的。外貌并不是一切——倘若是的话，我会感到奇怪的。”

“你对我的关心是令人伤感的，亲爱的。”

“为什么我和你在一起的时候，我感到我似乎永远在后面赶，可总赶不上呢？”她那突然爆发的怒火熄灭了。她站在那里，拿不准地望着他。“你不是认真说的，对吗？”

“你认为我不认真吗？”

“不，你并不自负，可是你确实知道你是非常有吸引力的。”

“不管我知道还是不知道，都没什么了不起的。重要的是，你认为我是有吸引力的。”

她想说：当然，我是这样认为的。不久之前，我在内心试图把你当作情人，但是后来我断定，这是行不通的。我宁愿把你当作朋友。要是他让她把这番话讲出来，他便会推论时机尚未成熟，行动也就会不一样了。事情正如发生的那样，在她说出口之前，他已经搂住了她，吻着她。她至少站了有60秒钟，一动不动，张开了嘴，完全垮下来了。那欣喜若狂时的喊叫的力量被另一种足以与之匹敌的力量所代替。他的嘴——真**漂亮**啊！而他的头发厚得令人难以置信，充满生气，某种东西强烈地支配着她的手指。随后，他双手捧起了她的脸，微笑着望着她。

---

① 原文是法文：“Chacun à son goût.”

“我爱你。”他说。

她抬起手抓住了他的手腕，但并不是轻轻地攥着，像攥着戴恩的手腕那样。她的指甲嵌了进去，猛地嵌进了他的皮肉里。她往回退了两步，恐惧地睁大了眼睛，胸脯起伏着。

“这行不通的，”她气喘吁吁地说道，“这是绝对行不通的，雷恩！”

她脱掉了鞋，弯腰捡了起来，转过身去，跑了。在两三秒之内，她那脚拍打地面的轻柔而迅速的声音逐渐消失了。

他根本没打算去追她，尽管她显然认为他会这样做。他的两只手腕都渗出了血，受伤了。他用手绢在一只腕子上按了按，又在另一只腕子上按了按，耸了耸肩膀，扔掉了那块沾了血迹的手绢。他站在那里，精神都集中在那疼痛上。过了一会儿，他掏出烟盒，取了一支烟，燃着，然后开始慢腾腾地走着。往来的行人从他的脸上根本看不出他的感情。他得到了想得到的一切，又失去了。愚蠢的姑娘。什么时候她**才能**成熟起来呢？她感受到了它，对它做出反应，又拒绝了。

但他是个赌徒，是那种赢得起也输得起的人。在尝试运气之前他已经等了七年，在这次圣职授任的时候才感到时机到了。然而，他的行动显然太早了。啊，好吧。总会有明天的——或许要了解朱丝婷得到明年、后年。当然，他并不打算放弃。要是他谨慎地看住她，总有一天他会走运的。

无声的笑使他身上直颤。又白又胖，40岁，自负。不知道他是怎么神使鬼差说出这些话来的，除了很久之前，他的前妻曾对他讲过这个。这四个“F”[1]描画出了典型的胆结石患者的样子。她就是一个胆结石的长期患者，可怜的安妮莱斯，尽管她皮肤黑，骨瘦如柴，

---

① 英语中“白”（Fair）、“胖”（Fat）、“40岁”（Forty）和“自负”（Flatulent）这四个单词都是以“F”开头的。

50 岁，像瓶子中的阿拉伯妖怪那样受着管制。现在我想安妮莱斯干吗？我多年来捺性定心的活动被搞成了一团糟，我所能做的几乎和可怜的安妮莱斯一样。好吧，朱丝婷·奥尼尔小姐！咱们走着瞧吧。

宫殿的窗子里依然灯火通明。他要上去待几分钟，和拉尔夫红衣主教聊聊。他显得苍老了，身体不好。也许应该说服他去做一次医学检查。雷纳心头在发疼，但并不是为了朱丝婷。她是个年轻人，还有的是时间。他是为拉尔夫红衣主教而心疼，他已经看到自己的儿子得到了圣职，可是还不知真相呢。

天还早，旅馆的门厅里人来人往。朱丝婷已经穿上了鞋，快步穿过门厅向楼梯走去。她低着头，跑了上去。随后，有那么一阵工夫，她那只发抖的手在提包里找不到房间的钥匙。她甚至想，不得不再下楼去，鼓起勇气挤进服务台旁边的人群中。可是，钥匙在包里。她的手指一定在上面来回摸了十几遍。

终于进了房间，她摸到床边，在床沿上坐下来，逐渐恢复了思维的能力。她告诉自己，她感到了厌恶、恐惧和幻灭。她一直忧郁地呆望着透过窗户投进户内的长方形的苍白夜光，她想要咒骂，想哭。再也不能重演了，这是一场悲剧。失去了最亲密的朋友。这是背叛。

空洞的言词，虚假不实。突然之间，她一下子全然明白是什么使她如此恐惧，使她连吻都没吻他，便从他身边飞跑而去，就好像他有杀人企图似的。这是由于这件事是**正当**的！是因为她觉得返回故乡和承担爱情的责任都差不多，这时候她反倒起了归家的感觉。家是令人灰心丧气的，爱情也同样如此。还不仅是这样，尽管承认这一点使人觉得丢脸。她不敢肯定她是否能爱。如果说她能爱的话，那肯定是有那么一两次她的警觉性放松了。肯定是有那么一两回她在她那有数的情人那里体验到的是某种肉体的痛苦，而不是某种能够容忍的钟爱之情。她从来没想到过，她所选择的情人对她没有任何威胁——她想分手就分手，她能够完全自主地保持着自认为很重要的独立判断。她觉得失去了主心骨，这在她一生中还是第一次。过去，能使她从中得到慰藉的时刻是没有的，不管是她还是那些不明不白的情人，从未深陷其中而不能自拔。德罗海达的人们帮不了她的忙，因为她自己一直拒绝他们的帮助。

她不得不从雷恩身边跑开。让她表示赞同，使她对他承担义务，随后，当他发现她爱的程度不充分的时候，让她不得不眼巴巴地看着他甩手而去吗？这是不能容忍的！她要告诉他她实际上是怎样一个人，那样就能斩断他对她的爱了。以明确的答应开始，以终生的冷漠而结束，这是令人不能忍受的。还是拒绝此事更好。这种做法，至少可以满足自尊心，而朱丝婷一分不差地继承了她母亲的自尊。雷恩一定是**从没**发现在她那表面的轻率浮躁之下她到底是怎样的人。

他爱上的是他眼中所看到的那个朱丝婷。她不允许他有任何机会去觉察到她内心深处那种多疑泛猜的禀性。这些只有戴恩觉察到了——不，是了解到了。

她向前一俯身，前额顶着床边那张冰冷的桌子，泪落滔滔。当然，这就是她为什么这样爱戴恩的原因。他了解朱丝婷，但依然爱她。他倾力相助，同样分享一生中的回忆、难题、痛苦和欢乐。然而雷恩却是个陌路人，既不是戴恩，也不是她家里的其他人。他没有什么义务去爱她。没有任何东西非要他爱她不可。

她直起了身子，用手掌在脸上擦着，耸了耸肩，开始做另一件不同的事，把她的苦恼推回到她头脑中的某个角落中去，在那里它可以平平安安地待着，不会被记起。她知道她可以办到这一点。她用了一生的时间纯熟地掌握了这种技巧。它仅仅意味着不停地活动，持续不断地沉溺在身外事中。她伸出手去，打开了身旁的灯。

一定是一位舅舅把这封信送到她房间里来的，因为它放在桌子旁边。这是一封淡蓝色的航空信，信封的上角印着伊丽莎白女王的头像。

“亲爱的朱丝婷，”克莱德·达尔蒂汉–罗伯特在信中写道，“赶快归队，需要你！立刻！我们正在为新的演出剧目的一个角色选演员。一个瘦小的姑娘告诉我说，你正想扮演这个角色。是苔丝德蒙娜。怎么样，亲爱的？由马克·辛普森演你的奥赛罗如何？[①]主角排练从下个星期开始，如果你有兴趣的话。”

如果她有兴趣！苔丝德蒙娜！在伦敦演苔丝德蒙娜！而且由马克·辛普森配演奥赛罗！这是千载难逢的好机会哪。她的情绪猛涨，以致有关雷恩的事失去了意义，或者说反而赋予了一个她能够保住雷恩的爱的借口。一个极其叫座走红的女演员是非常忙的，没有多少时间和她的情人们一起生活。这值得一试。要是他表现出要看透她的真面目的迹象时，她总还可以退而离去嘛。要想把雷恩保持在她的生活中，尤其是这个新雷恩，那么除了拉掉这层面具外，她就得准备做一切事情。

与此同时，像这样的消息是应该用某种方式庆祝一下的。但是她还没有感到自己能面对雷恩，然而身边又没有其他人能分享她的喜悦。于是，她穿上鞋，来到楼道中，向她舅舅们共同的起坐间走去，当帕西把她让进去的时候，她站在那里张开了两臂，满面喜色。

“把啤酒打开，我要演苔丝德蒙娜了！”她用歌唱般的嗓音宣布道。

有那么一阵工夫，无人搭话，随后，鲍勃热烈地说道：“太好了，朱丝婷。”

她的欢喜并没有消失。反而变成了一种难以控制的得意兴奋。

① 苔丝德蒙娜和奥赛罗是莎士比亚的悲剧《奥赛罗》中的主角。

她大笑着，一屁股坐在了椅子中，望着她的舅舅们。他们真是可爱的人哪！当然，她的消息对他们来说是毫无意义的！他们根本就摸不清苔丝德蒙娜是何许人。要是她告诉他们她要结婚的话，鲍勃的回答也会是同样的。

从能记事的时候开始，他们就是她生活的一部分，但令人悲伤的是，就像她对德罗海达的一切都傲然相向那样，她从来不把他们放在心上。舅舅们是一群和朱丝婷·奥尼尔不相干的人，腼腆地向她微笑着，如果见面意味着要说话的话，他们宁愿躲开她。他们并不是不喜欢她，现在她明白了。只是由于他们发觉她落落寡合，这使他们忐忑不安。但是在罗马这个对他们如此生疏而对她又是如此熟悉的世界里，她开始更加理解他们了。

朱丝婷感到他们身上洋溢着一种可以称之为爱的感情，她逐次望着那些皱纹纵横、带着微笑的脸。鲍勃是这群人的生命中枢，德罗海达的首领，但却是这样谦逊；杰克似乎只是跟着鲍勃转，也许正是这样他们才在一起处得如此和睦；休吉有一种其他人所不具备的调皮的特点，然而和他们又是如此相似；詹斯和帕西是一个自我满足的整体的正反面；可怜而又冷漠的弗兰克似乎是唯一被恐惧和危险折磨过的人。除了詹斯和帕西之外，他们现在都已经头发花白了。确实，鲍勃和弗兰克已经是白发苍苍了，但是实际上他们的容貌和她还是个小姑娘时记忆中的样子没有什么区别。

“我不知道我是不是应该给你一瓶啤酒。”鲍勃站在那里，手里拿着一瓶冰凉的天鹅牌啤酒，犹疑不定地说道。

这话要是在半天之前也会叫她非常恼火的，但是眼下，她太高兴了，没有感到生气。

“瞧，亲爱的，我知道咱们和雷恩一起聚会的时候，你从没想到要给我一瓶，可是，老实讲，我现在是个大姑娘了，一瓶啤酒我对付得了。我保证这不是一种罪孽。”她微笑着说道。

“雷纳在哪儿呢？”詹斯从鲍勃手中接过一满杯酒，递给了她，问道。

“我和他吵架了。”

“和雷纳？”

“嗯，是的。不过都是我的错。以后我会见他，告诉他我很抱歉。”

舅舅们都不吸烟。尽管她以前从来没有要过啤酒，但早些时候，当他们和雷恩聊天的时候，她曾偶尔坐在那里挑战似的抽着烟；现在，她的勇气比亮出她的香烟更大了。于是，对于在啤酒上的小小胜利使她对自己感到很满意。她口很渴，极希望把啤酒一饮而尽，但是又要留意他们那将信将疑的注视。朱丝婷像女人那样小口地啜着，尽管她比一个喋喋不休的卖旧货的人还要口干舌燥。

“雷恩这家伙棒极了。”休吉两眼熠熠闪光地说道。

朱丝婷大吃一惊，蓦地发觉她为什么在他们的心中变得如此重要了：她已经抓住了一个他们愿意接纳到家中的男人。“是呀，他是个挺不错的人，”她简洁地说着，改变了话题，“今天天很好，对吗？”

大家都点了点头，连弗兰克都在点着头，但是他们似乎都不想谈这个话题。她看得出来他们非常疲劳，但是并不后悔自己这次一时冲动的拜访。他们那几乎萎缩的官能和感觉缓了半天才恢复了正常，舅舅们是一个很好的练戏的目标。这便是孤岛的困境。海岸以外所发生的任何事情都已经被忘记了。

“什么是苔丝德蒙娜？”弗兰克从阴影中问道。

朱丝婷便活灵活现地讲述起来，当他们得知她每天晚上将被扼死一次时[①]，他们那恐怖的表情使她很着迷，直到一个半小时之后，

① 指《奥赛罗》一剧中，奥赛罗扼死他的妻子苔丝德蒙娜的情节。

帕西打起了哈欠，她才想起他们应该休息了。

“我得走了。”她说着，放下了她的空杯子。他们没有给她添第二杯酒。显然，人们把一杯看作妇女的极限。“谢谢你们听我胡诌一气。”

使鲍勃大为吃惊和慌乱的是，她道晚安的时候吻了他一下。杰克想悄悄溜走，可是轻而易举就被她抓住了，而休吉则欣然地接受了一吻。詹斯脸变得通红，笨拙地、受罪似的受了一吻。对帕西来说，拥抱和接吻是一样的，因为他处于自己的世界中。她没有吻着弗兰克，他把头扭开了。然而，当她双臂搂着他的时候，她能感到其他人所没有的某种强烈感情的微弱共鸣。可怜的弗兰克。他为什么那样呢？

在他们的门外，她在墙上靠了一会儿。雷恩爱她。但是，当她试图给他的房间打电话的时候，接线员告诉她，他已经结了账，回波恩去了。

没关系。不管怎样，等到伦敦再见他也许要好些。写信向他悔悟地道个歉，下次他到伦敦的时候，再请他吃顿饭好了。雷恩的许多事情她并不了解，但是有一个特点她完全有把握：他会来的，因为他这个人没有怨恨之心。由于外交事务成了他最重要的事，所以英国是他最经常定期访问的地方。

“你等着瞧吧，我的伙伴，”她说道，凝视着自己在镜子中的身影，她看到他的面孔代替了她的面孔，“我一定要把英国变成你的外交事务中最重要的地方，不然我就不叫朱丝婷·奥尼尔。”

她没有想到，也许在雷恩关心的事情中，她的名字是问题的关键。她的行动方案已经定下来了，但结婚不包括在其中。她甚至连想都没想，雷恩可能会希望这事以她成为朱丝婷·哈森而告结束。她急忙回忆着他亲吻的特点，并且希望更多地得到他的吻。

只有一件事还没完成，还得通知戴恩，她无法陪他到希腊去了。

但是这件事她并不感到棘手。戴恩会理解的，他总是理解。只是不知怎的，她并不想把她不能去的**全部**理由都告诉他。她对弟弟感情至深，但她觉得自己并不愿意领教他以往的那些最严厉的说教。他希望她和雷恩结婚，所以，倘若她把她关于雷恩的计划告诉他，就算是强迫劫持，他也会亲自把她带到希腊去的。戴恩耳不闻，便心不烦了。

"亲爱的雷恩，"那便笺上写着，"那天晚上我像个粗鲁的山羊一般逃开了，很对不住，别以为我想到了什么。我想，这是因为那天闹哄哄的。请原谅我那天的举动完全像个傻瓜。我对自己为这么一点儿小事就大惊小怪感到很惭愧。我敢说，那天你也够傻的，说了些什么爱呀之类的话。因此，请你原谅我，我也会原谅你的。让我们做朋友吧。在咱们的交往中和你闹别扭我受不了。下次到伦敦来，请你到我这儿来吃饭，咱们正式制定一个和平条约吧。"

像往常一样，便笺上只简简单单地签了"朱丝婷"，甚至连表达感情的词都没有。她从来不使用这些词汇。他皱着眉头研究着这些天真而又随便的词句，透过它们他似乎能够看到她在写字时头脑里的真正想法。这当然是在主动表示友好，但是还有些什么呢？他叹了一口气，不得不承认很少有其他的意思。他把她吓坏了。而她却仍然希望保住他的友谊，这说明了他对她是多么重要，但是，他非常怀疑她是否确切地理解她自己对他的感情。现在，她毕竟知道他爱她了。要是她已经充分地理清了思路，认识到她也爱他的话，她会直截了当地在信里写出来的。然而，她为什么要返回伦敦而不陪戴恩到希腊去呢？他知道，由于戴恩的缘故，他不应该盼望她返回伦敦。但是，尽管他心中不安，愉快的希望之光仍然在心中升起。他给自己的秘书打了个电话。现在是格林威治时间上午10点，是在家里找到她的最佳时间。

“请给我接奥尼尔小姐在伦敦的公寓。”他指示道，眉心紧蹙着，等候着中间接线的几秒钟。

“雷恩！”朱丝婷说道，显然很高兴，“你收到我的信了吗？”

“刚收到。”

稍微停顿之后，她说道：“你不久就会来吃饭吗？”

“这星期五和星期六我就要去伦敦。这通知是不是太仓促了？”

“要是在星期六晚上和你在一起的话，就一点儿也不仓促了。我正在排练苔丝德蒙娜的戏，所以星期五没空。”

“苔丝德蒙娜？”

“是呀，你不知道！克莱德写信到罗马给我，把这个角色派给我了。马克·辛普森演奥赛罗。克莱德亲自导演。这不是棒极了吗？我乘头一班飞机赶回了伦敦。”

他用手遮住了自己的眼睛，谢天谢地，幸亏他的秘书坐在外面的办公室里，而不是坐在能看到他的脸的地方。“朱丝婷，亲爱的，这个消息太好了！”他努力热情地说道，“我正摸不清是什么使你回伦敦去的呢。”

“哦，戴恩是理解的，”她轻松地说道，“从某种角度上来说，我认为他倒是很乐意独自一人。他编排出了一个需要我逼他回家的故事，但是我认为这不过是他次要的理由。他是不愿意让我感到因为现在他成了一个教士，就会把我从他的生活中排除出去。”

“也许吧。”他彬彬有礼地赞同道。

“那就定在星期六晚上吧，”她说道，“6点钟左右，随后咱们就可以在一两瓶啤酒的帮助下，从从容容地来一次有关和平条约的会议。在咱们达成了满意的和解之后，我会让你吃个饱的。好吗？”

“当然可以。再见！”

随着她话筒放下的声音，联系蓦地切断了。他手中依然拿着话筒，坐了一会儿，随后耸了耸肩，把话筒放回了支架上。该死的朱丝婷！她又开始夹缠在他和他的工作之间了。

在随后的几天中，她继续夹缠在他和他的工作之间。星期六晚上6点钟刚过，他就到了她的房间。像往常那样：他两手空空，因为在送礼方面她是个不容易对付的人。她对鲜花不感兴趣，从来不吃糖果，会把一件相当贵重的礼物毫不经意地扔到某个角落里去，随后便忘个一干二净。似乎朱丝婷只珍视戴恩送给她的那些礼物。

“吃饭前有香槟吗？”他吃惊地望着她，问道。

“哦，我想，这种场合需要它，对吗？那次是咱们交往中的第一次破裂，这次是咱们的第一次和解。”她口齿伶俐地答道，向他指了一把舒适的椅子。她自己坐在了一张黄褐色的袋鼠皮毯上，两唇分开，似乎已经练习好了对他可能说出的任何话的回答。

但是，他并不打算讲话，至少在他能够更确切地摸清她的情绪之前。于是，他一言不发地望着她。在他上一次吻她之前，使自己保持一定的冷淡是很容易的。可是现在——自从那时以后头一次见到她——他承认，事情将会难办得多。

也许，她即使成了一个高龄老妪，她的脸上和举止也依然会保留着某种相当不成熟的东西，尽管人们总是忽视她身上基本的女子气质。那冷静的、以自我为中心的、富于逻辑的头脑似乎完全控制了她。然而对他来说，她有一种强烈的魅力，他怀疑他是否能用任何一个其他女人来替代她。他对她是否值得如此长期的奋斗从来没有产生过一次疑问。也许从一种哲学的观点来看，她是不值得如此的。可那又有什么关系呢？是的，她是一个值得追求的目标，是一个令人渴望得到的人。

“今天晚上你显得特别漂亮，亲爱的。”他终于说道，用一种半带祝酒，半带遇上了一个对手的姿态向她歪了歪他的香槟酒杯。

在一个维多利亚时代的小壁炉中，炉火毫无遮盖地烧着，但是朱丝婷对那热气并不在意，紧挨着它蜷着身子，眼睛盯着他。随后，她把自己的杯子放在了炉边上，那壁炉“啪”地发出了清脆的一声。她向前一坐，双臂抱着膝头，光着的脚掩在深黑色的长袍褶边下面。

“我可受不了旁敲侧击，”她说道，“你是那个意思吗，雷恩？”

他突然深深地松弛了，靠在了椅子上。“什么意思？”

“你在罗马说过的话……就是你爱我。”

“就是这些吗，亲爱的？”

她转开了目光，耸了耸肩，又转回来望着他，点了点头。“嗯，当然。”

“可是，为什么又提起这件事？你已经把你的想法告诉过我了，我以为今天晚上的招待不会涉及往事，只是安排将来呢。”

“哦，雷恩！你的举动就好像我是在大惊小怪似的！就算我是这样，你肯定明白这是为什么。”

“不，我不明白。”他放下杯子，弯腰向前更切近地望着她，“你使我极为强烈地感到，你并不需要我的爱，我本来希望你至少会合乎体面地避免讨论这件事的。”

她根本没有想到，这次会面——不管它会有什么结果——会这么不痛快。毕竟，他原来是处在哀求者的位置上，应该谦卑地等待着她彻底改变自己的决定。但是，他似乎灵巧地扭转了局面。在这里，她感到自己像是一个淘气的女学生因干了某个愚蠢的恶作剧被叫来接受惩罚。

“瞧，好家伙，改变现状的人是你，不是我！今天晚上请你来，我并不是因为伤害了伟大的哈森的自负而恳求原谅的！”

“让我采取守势吗，朱丝婷？”

她不耐烦地扭了扭身子。“是的，该死！你怎么能想方设法对我这样呢，雷恩？哦，我希望你哪怕有一次让我占上风也好啊！”

“要是我这样做的话，你会把我像一块臭不可闻的旧抹布似的扔出去的。”他微笑着说道。

“可是我还是能把你扔出去的，伙计！”

“瞎扯！要是你到现在还没那样做的话，你也永远不会那样做。你会继续喜欢我，因为我使你着迷——你从来都摸不准从我这儿会得到些什么。”

“这就是你说你爱我的原因吗？”她痛苦地问道，“那仅仅是一种使我着迷的手法吗？”

“你认为是什么呢？”

“我认为你是个了不起的坏种！”她咬牙切齿地说道，跪在那皮毯上，双膝挪动向前，直到她近前到足以使他完全领略到她的愤怒，“再说一遍你爱我，你这个德国大傻瓜，你老是蔑视我！”

他也火了。“不，我不会再说的！这不是你叫我来的原因，对吗？我对你一点感情也没有了，朱丝婷。你让我来是为了让你测试你的感情，你根本就没有想到这对我是否公平。”

她还没有来得及移开，他就向前一俯身，抓住了她的肩膀，把她的身子夹在了他的两腿之间，牢牢地把定了。她的怒火一下子化为乌有。她的手掌平放在他的大腿上，仰起了脸。但是他并没有吻她。他放开了她的胳臂，扭过身子关掉了身后的灯，随后放松了对她的夹持，自己的头靠在了椅子上，以致她无法肯定他把屋子里弄暗，只剩下煤火的微光，是要采取他求欢的第一步行动呢，还是仅仅为了掩饰他的表情。她犹疑不定，害怕遭到完全的拒绝，便等着他告诉她该做些什么。她本来早应该明白，不应该向雷恩这样的人发火的。他们一动不动地木然坐在那里。她为什么不能把头放在他的膝头上，说“雷恩，爱我吧，我是这样需要你，我感到十分抱歉”呢？哦，肯定如果她能让他向她求欢，某种感情的钥匙就会转动，那么这种感情便会一泄而出，释放出来……

他依然向后靠着，态度冷漠，随她脱去了自己的短上衣和领带，可是在她开始解他衬衣的扣子时，她知道她解不开那扣子。刺激起人本能爱欲的技巧她并不拿手。这种技巧是如此重要，而她把它弄成了一团糟。她的手指在颤抖着。她撅了撅嘴，泪水迸流了出来。

“哦，别！亲爱的，宝贝儿，别哭！”他把她拉到了自己的膝头上，把她的头转向了他的肩头，双臂搂着她，“对不起，亲爱的，我不是想把你弄哭。”

“现在你知道，”她抽抽噎噎地说，“我在这方面太不行了。我告诉过你，这是行不通的！雷恩，我是这样希望保住你，但是我知道是行不通的，如果让你知道我是个多么糟糕的人的话！”

“是的，当然是行不通的。怎么能行得通呢？因为我没有帮助你，亲爱的。”他拉着她的头发，把她的头拉到了自己的脸边，吻着她的眼睑、湿漉漉的面颊和嘴角。“是我的错，亲爱的，不是你的错。我是在报复你，想要看看你在没有鼓励的情况下能走多远。可是，我想我误解了你的动机，不是吗？”他的声音变得含糊了，更带德国味了。“我说，如果你想得到的就是这个，那么，这也正是咱们俩都想得到的。”

“求求你，雷恩，咱们放弃这种事吧！我没有这种能力，我只会让你失望的！”

“哦，你有，亲爱的，我在舞台上已经看到了。当你和我在一起的时候，怎么能怀疑你自己呢？”

这话太对了，她的眼泪没有了。

“像你在罗马时那样吻我吧。”她喃喃地说道。

可是他的吻和在罗马时完全不一样。那次的吻有些生疏，使人吃惊，富于感情的迸发。这次却极其温柔、深沉，是一次能够尝其美、嗅其味、体其情的机会，纠缠拥抱着倒在那里，达到了一种引起情欲的、怡悦的境界。她的手指又伸到了他的纽扣上，他的手指向她衣服上的拉锁伸了过去。随后，他用手压在她的手上，把她的手插进了他的衬衣，滑过了他那长满了又细又软的毛的皮肤。他那贴在她喉部的嘴突然变紧，使她隐隐感到他产生了一种极强烈的、无法自持的反应，尽管她身上也已瘫软，并发现自己也无法自持了。她平躺在光滑的皮毯上，雷恩隐隐约约地在她的上方。他的衬衫已经脱去，也许还脱去了什么衣服，她无法看到，只有那炉火的光掠过他那待在她上方的肩头和他那漂亮而又坚定的嘴。她决意这回一定要从头到尾打破对这件事的束缚，她把手指紧紧地插进了他的头发，让他再吻她，更紧地吻，更紧地吻！

这就是他的感觉！就像回到了极其熟悉的家中一样，她能用她的嘴唇、她的双手和她的身体辨别出他的每一部分，然而又叫人难以置信，如此陌生。当世界沉入那在黑暗中闪着光的小小的炉火中时，她像他所希望的那样向他敞开了自己，并且明白了某种从她认识他的时候起他就严严实实掩盖着的东西。他一定在自己的想象中和她云云雨雨几千次了。她自己的经验和刚刚产生的直觉是这样告诉她的。她已经完全被解除了武装。倘若和其他任何一个男人，这种私通和令人惊讶的淫荡会把她吓坏的，可是他却迫使她明白，这些东西只有她才有权拥有。而且她确实拥有了。在她终于哭着求他完成高潮之前，她的胳臂如此有力地搂着他，以至她都能感觉得到他骨头的轮廓。

那高潮的片刻过去了，四周是一片令人心满意足的宁谧。他们进入了一种呼吸节奏相同的、迟钝而又舒适的状态。他的头靠在她的肩上，她的腿搭在他的身上。她对他的紧紧拥抱渐渐地松弛下来，变成了一种轻柔的、反反复复的爱抚。他叹了口气，翻过身来，换了一个躺着的姿势，不知不觉地引得她更加陷入了和他在一起的愉快之中。她把手掌放在他的肋部，感受着他的皮肤组织。她的手在那温暖的肌肉上滑动着，把手扣在他那柔软而又多毛的腹股沟上，感受着手掌中奇妙地充满了活力的、不受约束的活动。对她来说这是一种相当新奇的感觉。她以前的情人对于她想在这种倦怠而又无要求的余波中充分延续她的性的好奇心是从来不感兴趣的。然而，这余波突然间变得完全不是疲惫不堪、没有要求的了，而是如此激动欲狂，使她想再次全部得到他。

她又被出其不意地抓住了，当他的双臂滑过她的后背，两只手捧住了她的头部，把她拉近时，她看到他的嘴唇。那嘴唇在为了她而颤动着，只有她才能得到。此刻，她的心中确实产生出了一种温柔而又谦卑的感情。这种感情一定从脸上流露出来了。因为他在凝眸望着她，那双眼睛变得如此明亮，使她受不了。她弯过身去用自己的双唇含住了他的双唇。思想和感觉终于消失了，但是，她的哭泣是无声的，透不过气来的，是一种难以形容的快乐的呻吟。她如此厉害地发着抖，以致除了冲动和无意识在支配着每一个急切的瞬间外，她什么都意识不到了。世界已经收缩到了最小的限度，收缩到自身之内，完全消失了。

一定是雷纳添了柴，火才没有熄灭，因为当伦敦柔和的日光从窗帘的褶缝里倾泻进来的时候，屋子里依然是暖洋洋的。这一次，当他动了一下的时候，朱丝婷发觉了，她恐惧地抓住了他的胳臂。

“别走！”

“我不走，亲爱的。”他从沙发上又扯过一个枕头，把它推到了自己的头下，把她移到靠近他肋部的地方，轻轻地叹了口气。“好吗？”

“好。”

“你冷吗？”

“不冷，不过，你要是冷的话，咱们可以到床上去。”

“和你在皮毯上欢爱了几个小时之后吗？多没劲呀！即使你的被单是黑绸的也还是没劲。”

“它们是普普通通的白色旧被单，棉布的。这一小块德罗海达的东西很不错，是吗？”

“一小块德罗海达的东西？”

“就是这块皮毯！它是德罗海达的袋鼠皮做的。”她解释道。

“几乎算不上异国情调或引起性欲的东西。我会从印度给你定购一张虎皮的。”

“这使我想起了以前听到过的一首诗：

你是愿意和
埃莉诺·格林在虎皮上
陷入罪恶？
还是愿意和她
在别的皮子上
走入歧途？”

“哦，亲爱的，我得说，现在应该是你恢复旧性的时候了。在厄洛斯[①]和莫菲斯[②]的需求下，有半天的时间你不是那样粗暴无礼。”他微笑着说。

“此刻我觉得还不需要那样。”她报之一笑，说道，把他的手舒舒服服地放在了她的两腿之间。“那首关于虎皮的打油诗是脱口而出的，因为它写得太好了，叫人忍不住要念出来。可是，我已经全都是你的了，因此，粗率怠慢就没有多大意义了，对吗？”她直起了身子，突然间隐隐地闻到了空气中飘着一股不新鲜的鱼味。“老天爷，你一点儿东西都没吃过呢，现在都到吃饭的时候了！我可不能指望你靠爱情为生！”

---

① 希腊神话中的爱神。

② 希腊神话中的睡梦之神。

“不管怎么样，要是你认为应该这样热烈地表示爱情的话，我就能办到。”

“瞧你再瞎说！爱情的每一刻你都过得很快活。”

“确实是这样的。”他叹了口气，伸了伸懒腰，打着哈欠，“我不知道你是否能体会到我有多幸福。”

“哦，我想是这样的。”她很快地说道。

他用肘部把身子撑了起来，望着她。“告诉我，苔丝德蒙娜是你回伦敦的唯一理由吗？”

她一下子揪住了他的耳朵，使劲地扭着。“现在该轮到我报复你那些中学校长似的问题了！你是怎么想的？”

他不费吹灰之力地扳开了她的手指，露齿一笑。“亲爱的，你要是不回答我的问题，我要比马克还要久地扼住你。”

“我回伦敦是为了演苔丝德蒙娜的，但也是因为你。由于你在罗马吻了我，我自己无法正确地预见到我的生活，这你是很清楚的。你是个非常聪明的人，雷纳·莫尔林·哈森。”

“聪明到第一眼看到你就希望你做我的妻子。”他说道。

她迅速地坐起身来。“**妻子？**”

“妻子。要是我希望你当我的情妇，几年前我就把你搞到手了，而且我能办得到。我知道你的脑子是怎么转的。那样做相对来说要容易。我唯一没有这样做的理由，就是因为我想让你做我的妻子，我早就知道你不准备接受要一个丈夫的想法。”

“我不知道我现在是怎么想的。”她容忍了他的这种说法。

他站了起来，把她拉起来，贴着他站着。“哦，你给我弄点儿早饭，稍微实践一下吧。假如这是我的家，我就有这份荣幸了，可是在你的厨房里，你是厨师。”

“今天早晨给你做早饭，我是不介意的，但是，从推论的角度讲，我要承担这个责任，直到我死的那一天吗？”她摇了摇头，“我想，我可没这个兴趣，雷恩。”

他又摆出了那副罗马皇帝的面孔，对反抗的威胁露出了傲然而又镇定自若的样子。“朱丝婷，这可不是什么开玩笑的事情，我也不是可以嘲弄的人。时间还很宽裕。你十分清楚，我是会有耐心的。但是，把这个想法完全从你的头脑中清除出去吧，别以为除了结婚，怎么办都行。我不希望人家认为我对你来说，重要性还不够当一个丈夫。”

“我不能放弃演戏！”她顶撞道。

“该死的榆木脑袋，我要你放弃了吗？成熟些吧，朱丝婷！谁会认为我要宣布你干围着洗碗槽和火炉子转的终生苦役！你知道，我们根本不是在领救济品的穷人。你可以想要多少仆人就有多少仆人，可以有保姆照料孩子以及任何必要的东西。”

“哟！”朱丝婷说道，她还没想到孩子呢。

他的头往后一扬，大笑起来。“哦，亲爱的，这就是今天早上报复过之后所认识到的东西！我知道，我是个傻瓜，这么快就提出了现实情况，但是，这个阶段你所要做的不过是想想它们罢了。尽管我给了你合理的警告——同时你正在做自己的决定，可是，请记住，要是我不能使你成为我的妻子，那我根本就不会要你的。”

她扬起胳臂搂住了他，使劲地贴着他。“哦，雷恩，别说得这么冷酷无情！”她哭着说道。

戴恩独自一人驾着他那辆拉贡达汽车奔驰在靴形的意大利土地上，经过佩鲁贾、佛罗伦萨、博洛尼亚、费拉拉、帕多瓦北上，最后绕过威尼斯，在的里雅斯特过夜。这是他所喜欢的城市之一，所以他在踏上去卢布尔雅那[1]的山路之前，在亚得里亚海岸多盘桓了两

[1] 南斯拉夫西北部城市。

天。另一个晚上他是在萨格勒布[1]过的。经过遍野蓝色的菊苣花的大萨瓦河谷到贝尔格莱德，从那里再到尼什[2]过夜。由于两年之前的地震，马其顿地区和斯科普里仍然是一片倾圮的瓦砾场。度假城市梯托维尔斯城里的清真寺和光塔使这座城市有一种古雅的土耳其风味。在南斯拉夫的一路上，他吃得很俭省，当这个国家的人民满足于吃面包的时候，他不好意思坐在那里，面前摆着一大盘肉。

希腊边境在埃弗卓纳，它的远处是港城萨洛尼卡。意大利的报纸上充斥着关于希腊酝酿着革命的消息。他站在旅馆的窗口，望着成千上万的火把一行行地在萨洛尼卡的夜色中川流不息，他为朱丝婷没来而感到高兴。

“帕——潘——德——里——欧！帕——潘——德——里——欧！[3]”熙熙攘攘的人群吼叫着、唱着，和火把混成了一片，一直到午夜之后。

但是，革命仅仅局限在城市中，那里人口稠密，人们生活困苦。满目疮痍的萨洛尼卡乡村看上去一定仍然和恺撒军团时期一样。牧羊人在皮帐篷的阴影下睡觉，鹳单腿站在陈旧的、白色小建筑物顶上的巢中。到处都是可怕的贫瘠。高远晴朗的天空，使他想起了澳大利亚棕色而无树的荒原。他深深地呼吸着它的空气。一想起回家，他脸上就涌起了笑容。在他和妈谈过之后，她是会理解的。

越过拉瑞沙，他来到了海边，停住车，走了出来。像家乡一样的深紫色的大海，海岸近处是一片柔和清澈的蓝绿色。当延伸到弯曲的地平线处时，海水就变成了葡萄一样的深紫色。在他的下方，远处的草地上有一座带圆柱的小庙，在阳光下白得耀眼。在他的身

---

① 南斯拉夫一城市。

② 塞尔维亚一城市。

③ 帕潘德里欧（1888—？）是希腊政治家，“全希腊解放运动”主席，曾任希腊总理。

后，山峦的高岗上有一座饱经风雨的十字军要塞。希腊呵，你太美丽了，比意大利还要美丽，虽然我热爱意大利。但是，这里永远是文化的发源地。

由于计划去雅典，他继续前进，加大了那辆红色赛车的油门，开上了杜莫何斯要塞的之字形路，从另一侧开下，进入了维奥蒂亚。眼前是一片动人的橄榄树丛和赭色的、高高低低的山坡。然而，尽管他行色匆匆，但还是停下来看了看纪念勒奥尼达斯及斯巴达士兵作战温泉关的纪念碑[①]，有一种怪怪的好莱坞风格。那石碑上写着："流浪人，你若到斯巴达，请转告那里的公民，我们阵亡此地，至死仍恪守誓言。"这铭文触动了他的心弦，他好像听到了这句话中暗藏着的不同的上下文。他战栗起来，迅速赶路去了。

在一派柔和的阳光中，他在卡曼纳瓦拉停了一会儿，在清澈的水中游着泳，越过狭窄的海峡遥望着埃维厄岛。那里的成千艘轮船一定是从奥利斯来的，正在去特洛伊的途中。涡急漩涌，所以他们一定用不着吃力地划桨前进。海滨更衣室里那个干瘪的老太婆欣喜若狂地嘀咕着，在他身上摩挲着，搞得他很尴尬。他无法很快地离开她。人们从来没有当着他的面谈及他的英俊，所以，大部分时间他都能忘记这一点。他只耽搁了一下，在商店里买了两三块很大的、涂满了奶油蛋糊的蛋糕，便继续向雅典海滨进发。在日落时分，他终于赶到了雅典。巨大的岩石和岩石山珍贵的柱子顶部都洒上了一片金色。

但是，雅典是个生活紧张而又堕落的城市，女人们毫不掩饰的赞美使他感到受了侮辱。罗马的女人要更为复杂，更叫人难以捉

---

① 公元前486年，波斯王薛西斯统领大军侵犯希腊，雅典和斯巴达组织了一个希腊同盟，反对波斯人，斯巴达王勒奥尼达斯以10 000人扼守天险温泉关。后由一希腊叛徒带路，波斯人绕小道奇袭斯巴达人，最后，斯巴达人全军覆没。

摸。在老百姓中有一种情绪，支持帕潘德里欧的人在酝酿着制造骚乱，以表明他们的决心。不，雅典已经不是老样子了。最好待在别的地方。他把他的拉贡达停进了一个车库，乘摆渡船到克里特岛去了。

终于，在橄榄树林之中，在野生的百里香和群山之中，他找到了属于自己的宁静。经过长途汽车的旅行，听够了捆绑的鸡的尖叫声，闻够了大蒜臭气之后，他找到了一家漆成了白色、带有弧形柱廊的小旅馆，外面的石板上摆着三张没有遮阳伞的桌子，色彩明丽的希腊提包像灯笼似的挂在那里。地上栽着南方新大陆来的胡椒树和澳大利亚桉树，这里的土壤对于欧洲树木来说太贫瘠了。知了的腹部在鸣响着。尘埃卷起了红色的土雾。

夜晚，他睡在一间斗室之中，百叶窗大开着。在寂静的曙光中，他做了一次孤独的弥撒。白天，他四处散步。没有人打扰他，他也不打扰任何人。可是，当他经过的时候，农民们那黑色的眼睛就带着一种迟钝、惊愕的神色追随着他，每一张脸都在微笑着，带着深深的皱纹。天气很热，这里是如此宁静，如此沉寂。这是完美无缺的安宁。一天接一天，日子就像从坚韧的克里特珠串上滑落的珠子。

他不出声地祈祷，一种感情扩及了他的全身。思想像珠子，日子像珠子。主啊，我确实是属于你的。我感谢你赐福甚多。赐予我那位伟大的红衣主教，他的帮助，他的深情厚意，他那不渝的爱。赐予我罗马，使我置身在你的心脏，在你自己的教堂中匍匐在你的面前，感到你的教会的基石就在我的心中。你把我的价值赐予了我。我所能为你做的就是表达我的感激吗？我还没有经过足够的磨炼。自从我开始侍奉你以来，我过的是一种长期的、完全快乐幸福的生活。我必须受苦，而受过艰苦磨炼的你是知道什么是受苦的。只有通过苦难的磨炼我才能使自己升华，更深切地理解你。因为生活就是这样的：这是通往理解你的玄奥的途径。把你的矛尖刺进我的胸膛吧，把它深深地埋藏在那里，使我永远无法把它取出吧！让我受苦受难吧……为你我抛弃了其他一切，甚至抛弃了我的母亲，我的姐姐和那位红衣主教。你就是我的痛苦，我的快乐。使我谦卑低下吧，我将歌颂你那敬爱的名字。使我毁灭吧，我将欣然受之。我热爱你，只有你……

他来到了一个他喜欢在那里游泳的小海滩，这是两块突出的峭壁之间的一片月牙形的地方。他在那里站了一会儿，越过地中海遥望着远处的地平线，那边想必是利比亚的地方。随后，他轻快地从台阶上跳到了海滩上，甩掉了他的旅行鞋，把它们拾起来，踩着柔软弯曲的水线痕迹向他通常放鞋、衬衫和外穿的短裤的地方走去。两个讲着慢吞吞的牛津音的英国人像一对大龙虾一样躺在不远的地方，在他们的远处，有两个女人懒洋洋地操着德语。戴恩瞟了那两个女人一眼，不自然地匆忙穿着游泳裤，发觉她们已经停止了交谈，坐起来轻轻拍打着头发，冲他微笑着。

“这地方游泳怎么样？”他向那两个英国人问道，尽管在心里他像所有的澳大利亚人称呼英国人为“波米”那样称呼着他们。他们似乎就在当地工作，因为他们每天都到这个海滩上来。

“棒极啦，老兄。看看那潮头吧——对我们来说太猛了。一定是远处什么地方起了风暴。”

“谢谢。”戴恩露齿一笑，跑进了那无害的、卷起的小浪之中，就像一个熟练的冲浪运动员一样，干净利落地潜进了浅水之中。

真叫人吃惊，平静的水面会这样哄骗人啊。那海潮是险恶的，他感到海流把他的腿往下拉，但他是个十分优秀的游泳者，对此并不感到担心。他一埋头，平稳地从水中滑过，自由自在地在水中游动使他甚得其乐。当他停了一下，扫了海滩一眼时，他看到那两个德国女人拉上了游泳帽，大笑着跑进了浪花中。

他把两手在嘴边卷成了一个话筒，用德语向她们喊着，说海潮不安全，让她们待在浅水区。她们笑着，挥着手表示感谢。随后，他把头埋进了水中，又游了起来，并且觉得听到了一声喊叫。不过，他游得稍微远了点儿，然后停下来，在一个底流不是很糟糕的地方踩着水。那里有叫喊声，当他转过身时，看见那两个女人在挣扎着，她们面部抽搐，尖声叫着，一个人举着双手，正往下沉。在海滩上，那两个英国人已经站了起来，勉强地接近着海水。

他腹部一折，飞快地潜入水中，越游越近。那惊慌失措的胳臂够着了他，紧紧缠住了他，把他往水下拖着。他设法夹住了一个女人的腰部，直到手能在她的下巴上迅速地一击，把她打昏，随后又抓住了另外那个女人游泳衣上的带子，用膝使劲地顶住了她的脊骨，抱住了她。他咳嗽了起来，因为他在往下沉的时候喝了几口水。他仰身躺在水中，开始拖着那两个无能为力的负担。

那两个“波米”垂着肩膀，恐惧至极，没敢再往前走，对此他最终也没有责怪她们。他的脚趾触到了沙子。他宽心地叹了一口气。他已经筋疲力尽了，他竭力做了最后一次超人的努力，猛地把那两个女人推到了安全的地方。她们很快就恢复了知觉，又开始尖叫起来，狂乱地打着水。戴恩喘着气，尽力咧了一下嘴。现在，那两个“波米”可以把责任接过去了。正在他休息，胸部吃力地起伏着的时候，海流又把他向外海吸去，当他把脚向下伸去的时候，再也擦不到海底了。这是一次侥幸脱险，要是他不在场，她们肯定会被淹死。“波米”们没有这个力量或技术拯救她们。但是，顺便说一句，她们之所以想游泳是为了能靠近**你**。在看到你之前，她们根本没有下水的意思。她们陷入险境是你的过失，是你的过失。

当他毫不费力地漂着的时候，一阵可怕的疼痛在他的胸内涌起，真像是被矛枪刺中的感觉，一根长长的、炽红的矛枪刺中的令人震惊的剧痛。他喊了出来，两手往头上一扬，身体僵硬，肌肉痉挛。但是，那疼痛愈加厉害了，迫使他的胳臂又放了下来，两个拳头插在了腋窝中，蜷起了膝盖。我的心脏！我发生心力衰竭了，我要死了！我的心脏啊！我不想死！在我没有开始我的工作之前，在我没有得到机会考验自己之前还不要死！亲爱的主，帮助我！我不想死，我不想死啊！

那痉挛的身体静止了，松弛了。戴恩转身仰在水上，他的双臂随流张开了，软弱无力，尽管他感到很疼痛。这就是它，这就是你的矛枪，不到一个小时之前我还自豪地乞求它呢。我说过，给我受苦受难的机会，让我经历磨难。现在，当它临头的时候，我却在抵抗，没有纯然的爱的能力。最亲爱的主啊，你在痛苦！我必须接受它，我决不能和它搏斗，我决不能和你的意志搏斗。你的手是强有力的，这是你的痛苦，正像你在十字架上所感受到的那样。我的上帝啊，我的上帝，我是你的！如果这就是你的意志，那就让它这样吧。就像一个孩子一样，我把自己放到你那无边无际的手中。你对我太仁慈了。我做了些什么使我从你那里受惠如此之多，使我从那些热爱我胜于其他任何人的人那里受惠如此之多？当我还不值得如此受惠的时候，你为什么已经给了我这样多？**疼痛，疼痛**！你对我太仁慈了。我请求，不要让它这样久，它已经不会久了。我的磨难将是短暂的，将迅速完结。不久我就要看到你的面容了，但是现在，依然活在这世上的时候，我感谢你。疼痛！我最亲爱的主啊，你对我太仁慈了。**我爱你**！

那静止、等待的身体剧烈地震颤了一下。他的嘴唇在翕动着，喃喃地说着那伟大的名字，试图微笑着。随后，瞳孔扩散，他那双眼睛中的蓝色永远地消失了。那两个女人终于完全地待在了海滩上，两个英国人把他们的两个哭哭啼啼的包袱扔在了沙滩上。站在那里望着他。但是，那平静、蓝色的深海是如此空阔广大；海浪冲刷而来，又悄然退去。戴恩去了。

有人想起了美国空军基地就在附近，便跑去求援。戴恩消失后还不到30分钟，一架直升机便起飞了，狂热地在空中旋动着机翼，扑向在海滩附近的一些不断扩展的水圈，搜寻着。谁也不指望能看到任何东西。被淹溺的人沉到了海底后几天之内是浮不上来的。一个小时过去了。后来，在15英里以外的海面上，他们看到戴恩静静地漂在深海之上，两臂张开，脸庞向着青天。有那么一阵工夫，他们以为他还活着，感到一阵欣喜，但是，当直升机降低，吹得水面冒起了咝咝的泡沫时，便明白他已经死去了。直升机上的电台将此处的坐标发了出去，一艘汽艇迅速开来，三个小时之后，它返航了。

消息已经传开。克里特人曾很喜欢看着他从旁边经过，很乐意和他腼腆地谈上几句。尽管他们喜爱他，但是并不认识他。他们成群结队地向海边走来，女人全都穿着黑衣服，像是邋邋遢遢的群鸟。男人们穿着老式的宽松下垂的裤子，白衬衫敞着领口，卷起了袖子。一群一群地默默站在那里，等待着。

当汽艇开到的时候，一个五大三粗的警长跳到了沙滩上，转身接过了一个毯子裹着的人形的东西，用胳臂抱着。他向海滩上走了几码，离开了水线，在另一个人的帮助下，把他的负担放了下来。那毯子散开了。从克里特人中发出了一片很响的、嘁嘁喳喳的低语声。他们挤成了一圈，把十字架压在了饱经风霜的嘴唇上。女人们柔声地痛哭着，发出了含混的“噢”，这声音中几乎带着一种悦耳的旋律，令人哀恸。它富于忍耐力、尘世味和女子气。

这时大约是下午5点钟。被遮挡住的太阳在令人惆怅的悬崖后面西沉了，但光线依然足以看清海滩上的这一小群黑黝黝的人影。那颀长而平静的身体躺在沙滩上，金黄色的皮肤，双眼紧闭，睫毛由于干燥的盐分已变得又长又尖，发青的嘴唇上含着微笑。一个担架被拿来了，随后，克里特人和美国军人一起将戴恩抬走。

雅典处在打翻一切秩序的混乱和骚动之中，但是，美国空军的上校通过一个特制的频率和他的上级通了话。他手中拿着戴恩那本蓝色的澳大利亚护照。正如它上面所写明的那样，没有详细证明他身份的记录。他的职业只简单地注明“学生”，在背面列着他的近亲朱丝婷的名字，以及她在伦敦的地址。他对护照期限的合法性不感兴趣。他记下了她的名字，因为伦敦比德罗海达离罗马要近得多。在客店中他那小小的房间里，那个装着他教士器具的方形黑箱子没有被打开，和他那只衣箱一起等待着被送到它应当送去的地方。

电话铃在上午9点钟响起来的时候，朱丝婷翻了一个身，睁开了惺忪的眼睛，咒骂着电话机，发誓这准是为了一件毫不相干的该死的事。世界其他部分的人认为他们在早晨9点钟不管开始做什么事情都是非常正常的，他们为什么因此就认为她也是这样的呢？

但是，电话在响着，响着，响着。也许是雷恩吧。这个想法使她变得清醒了。朱丝婷爬了起来，摇摇晃晃，步履蹒跚地走到了外面的起居室。德国议会正在开紧急会议。她有一个星期没见到雷恩了，在下个星期能有机会见到他，但她对此至少是不抱乐观态度的。但也许危机已经解决，他打电话来告诉她，他已经赶到了。

“喂？”

“是朱丝婷·奥尼尔小姐吗？”

“是的，请讲吧。”

“这里是澳大利亚办事处，在奥德维奇路，你知道吗？”这声音带着一种英国式的变音，说出了一个她懒得去听的名字，因为这个声音不是雷恩，这使她大为懊恼。

“哦，澳大利亚办事处。”她站在那里，打着哈欠，用一只脚的脚尖蹭着另一只脚的脚板。

“你有一个弟弟叫戴恩·奥尼尔吗？”

朱丝婷的眼睛睁开了。“是的，有。”

“朱丝婷小姐，他现在是在希腊吗？”

她两只脚都踩在了地毯上，紧张地站着。“是的，对极了。”她想到了去纠正那声音所说的话，解释说是神父，不是先生。

“奥尼尔小姐，我不胜抱歉地说，我的不幸的职责是给你带来一个坏消息。”

“坏消息？坏消息？是什么？怎么回事？出什么事啦？”

“我不得不遗憾地通知你，你的弟弟，戴恩·奥尼尔先生昨天在克里特岛溺水而死，我听说他是壮烈而死，死于一次海上营救。但是你知道，希腊正在发生革命，我们得到的消息是不完全的，也许是不准确的。”

电话机放在靠墙的一张桌子上，朱丝婷倚在墙上，靠它支撑着自己。她的膝头弯曲了，开始非常缓慢地向下滑动，在地板上瘫软成了一堆。她发出的既不是笑也不是哭，而是介乎于两者之间的一种声音，是一种听得见的喘息声。

“奥尼尔小姐，你还在听吗，奥尼尔小姐？”那声音固执地问着。

死了。淹死了。我的弟弟！

“奥尼尔小姐，请回答我！”

“是的，是的，是的，是的，**是的**！哦，上帝，我在这儿！”

“我听说你是他的近亲，因此，关于如何处理这具尸体，我们必须得到你的指示。奥尼尔小姐，你在那儿听吗？”

“在，在！”

“奥尼尔小姐，你希望怎样处理这具尸体？”

尸体！他变成了一具尸体，而他们甚至都不说是**他的**尸体，他们不得不说这具尸体。戴恩，我的戴恩。他是一具尸体了。“近亲？”她听见自己的声音在问着，又细又弱，被粗气弄得断断续续的。“我不是戴恩的近亲。我想，我母亲是。”

稍稍停顿。“这太难办了，奥尼尔小姐。倘若你不是近亲的话，我们就把宝贵的时间白白浪费了。”那彬彬有礼的同情变得不耐烦了。“你似乎不理解希腊正在发生革命，而意外事件是发生在克里特岛的，那地方更加遥远，更加难以联系。真的！和雅典的通讯实际上已经极为不畅，我们已经奉命转达近亲的个人要求，以及对如何马上处理尸体的指示。你母亲在吗？请让我和她通话可以吗？”

“我母亲不在这儿。她在澳大利亚。”

“澳大利亚？上帝呀！这事越弄越糟了。现在我们不得不往澳大利亚打一个电报了，又要多耽搁时间。假如你不是近亲，奥尼尔小姐，为什么你弟弟的护照上写着你的地址？”

“我不知道。”她说着，发现她笑了起来。

“把你母亲在澳大利亚的地址告诉我。我们马上给她发电报。我们**必须**知道如何处理这具尸体！电报打一个来回，这就意味着得耽误 12 个小时，我希望你明白这一点。没有这种混乱，事情已经够难办了。”

“那就给她打电话吧。别在电报上浪费时间了。”

“我们的预算中没有国际电话这一项，奥尼尔小姐，”那生硬的声音说道，“现在请你把你母亲的姓名和地址告诉我好吗？”

“梅吉·奥尼尔太太，”朱丝婷详述着，“澳大利亚，新南威尔士州，基兰博，德罗海达。”她拼出了那些对方十分生疏的名字。

“真是抱歉极了，请再说一遍，奥尼尔小姐。”

话筒啪地响了一声，开始发出了连续不断的拨号盘的嗡嗡声。朱丝婷坐在地板上，听凭话筒滑落到腿上。一定是搞错了，这件事会被彻底查清的。戴恩被淹死了，在他游泳技术是第一流的情况下？不，这不是真的。可是，它是真的，朱丝婷，你知道，它是真的。你没有和他一起去，保护他，他就被淹死了。从他还是个婴儿的时候起，你就是他的保护者，你本来应该到那儿去的。要是你救不了他，你就应当在那里和他一起淹死。你没有去的唯一原因就是你想到伦敦来，这样你就可以让雷恩和你做爱了。

思绪是如此激烈，一切是这样无情。似乎天地万物都停止了活动，甚至她的腿部也失灵了。她站不起来，她情愿再也站不起来。她的头脑中，除了戴恩，任何人的位置都没有了。她的脑海中出现戴恩周围渐次减弱的水圈，一直到她想到了母亲，德罗海达的人们。哦，上帝。这消息会传到那里的，会传到她那里的，会传到他们那里的。妈妈甚至都没有在罗马最后愉快地看一看他的脸庞。我想，他们会把电报打到基里警察局的，老警官厄恩会爬上他的汽车，一路开到德罗海达，去告诉我的母亲，她唯一的儿子已经死了。他不是做这件事的合适的人，他差不多是一个陌生人。奥尼尔太太，我怀着最深切的、最由衷的歉意通知您，您的儿子死了。敷衍塞责，殷勤谦恭，语词空洞……不，我不能让他们对她这样，不能对她这样，**她也是我的母亲！**不能采取那种方式，不能采取我听到这消息时的那种方式。

她把留在桌上的电话机拉到了她的腿上，把话筒贴在耳朵上，拨接线员的号码。

“接线台吗？请接中继线，要国际电话。喂？我要接加急电话，澳大利亚，基兰博，1—2—1—2。请务必快一些。”

电话是梅吉亲自接的。天色已晚，菲已经上了床。这些天她总是不想早上床，宁愿坐在那里谛听蟋蟀鸣、青蛙叫，抱着一本书打盹儿，回忆着。

“喂？”

“奥尼尔太太，伦敦的长途电话。”基里的黑兹尔说道。

“你好，朱丝婷。”梅吉说道，并没有感到不安。朱丝婷打电话问问家里的情况，真是稀罕。

“妈？是你吗，妈？”

“是啊，是妈妈在这儿讲话。”梅吉温和地说道，她意识到了朱丝婷的忧伤。

“哦，妈！哦，妈！”声音听起来像是喘息，又像是抽泣，“妈，戴恩死了。戴恩死了！”

一道深渊在她的脚下裂开。下沉，下沉。它在往下沉，无边无底。梅吉滑进了这个深渊，感到它的边缘在她的头顶上合拢，并且明白，只要她活在世上，就永远不会再出来了。诸神能怎么样呢？当她提出这个问题的时候，丝毫不知道答案是什么。她怎么能这样问？她怎么能不知道答案呢？诸神不喜欢人们触犯他们。由于这次在他一生中最美好的时刻，她没有去看他，没有和他共享这一时刻，她认为她终于付出了代价。戴恩现在解脱了，从报复中，也从她那里解脱了。由于没有看到那张比谁都亲切的脸庞，她受到了报复。梅吉站在那里，明白这已经太迟了。

“朱丝婷，我最亲爱的，镇静，”梅吉坚定地说道，声音一点儿也没有发颤，“你镇静下来，告诉我，你有把握吗？”

“是澳大利亚办事处给我打的电话——他们以为我是他的近亲。有个可怕的男人，他只想知道我希望怎样处置那具尸体。‘那具尸体’，他一直就是这样称呼戴恩的。好像他再也不能想出别的称呼，好像那随便是什么人似的。”梅吉听见她在抽噎，“上帝啊！我想那可怜的人厌恶他所做的事情。哦，妈，戴恩死了！”

“怎么死的，朱丝婷？在哪里？在罗马吗？为什么拉尔夫没给我打电话？”

“不，不是在罗马。关于这件事，红衣主教也许什么都不知道呢。是在克里特岛。那个男人说，他是在海上救人的时候被淹死的。他是在度假，妈，他曾经要求我和他一起去，而我没去，我想演苔丝德蒙娜，我想和雷恩在一起。要是我和戴恩在一起就好了！要是我去了，也许不会发生这件事的。哦，上帝，我怎么办啊？”

“别这样，朱丝婷，”梅吉严厉地说道，“不要那样想，你听见我的话了吗？戴恩会厌恶这样的，你知道，他会厌恶的。现在，最重要的是你安然无恙，我不能同时失去你们两个人。现在我剩下的就是你了。哦，朱茜，朱茜，山高水远！世界很大，太大了。回德罗海达老家来吧！我不愿意想到你孑然一身。”

“不，我必须工作。对我来说，工作是唯一的补偿。要是我不工作，我会发疯的。我不想要家里人，不想要舒适的生活。哦，妈！”她开始剧烈地抽泣起来，“我们失去了他怎么生活下去呀！”

确实，怎么生活下去呢？就是那种生活吗？你从上帝那儿来，又返回上帝身边。出于尘土而归于尘土。生活是让我们这些失败的人过的。贪婪的上帝，把优秀的人聚集在身边，把世界留给了我们这些剩下的人，我们这样堕落的人。

“我们将会活多久，不是我们任何人能说得出来的，”梅吉说道，“朱茜，非常感谢你亲自打电话告诉我。”

“妈，想到由一个陌生人来透露这个消息，我无法忍受。不能像那样，让消息来自一个陌生人。你打算怎么办？你能做些什么？”

她全部的希望就是试图跨过这千山万水把她的温暖和慰藉注入到她那在伦敦的、精神上已经垮下来的女儿心中。她的儿子已经死了，她的女儿依然活着。她一定要做得圆满，如果可能的话。朱丝婷一生中似乎只爱过戴恩，没有爱过其他人，甚至她自己。

“亲爱的朱茜，别哭了。控制自己，不要悲伤。他不会希望这样的，对吗？回家来，把一切都忘掉吧。我们也会把戴恩带回德罗海达家中的。在法律上他又属于我的了，他不属于教会，他们无法阻止我。我要马上给澳大利亚办事处打电话，如果接得通的话，也给在雅典的大使馆打电话。他**必须**回家。我不愿意想到他躺在远离德罗海达的某个地方。他属于这个地方，他必须回家。和他一起回来，朱丝婷。”

但是，朱丝婷瘫软在那里，摇了摇头，好像她母亲能看到似的。

回家？她决不能再回家。要是她和戴恩一起去的话，他是不会死的。回家，在她一生剩下的日子里每天看着她母亲的脸？不，连想想都受不了。

“不，妈。”她说道，泪水扑簌簌地落在了身上，就像熔化的金属一样滚烫。到底是谁曾说过人们最悲伤的时候是不会哭泣的？他们根本什么都不懂。“我将留在这里工作。我会和戴恩一起回家的，但随后我将回来。我不能生活在德罗海达。”

有三天的时间，他们漫无目的地在空虚中等候着，朱丝婷在伦敦，梅吉家里人在德罗海达，他们把官方的沉默曲解为一种微弱的希望。哦，肯定，经过这么长时间之后，此事将会被证明是一个错误，肯定，倘若此事是真的，到现在他们总该获悉了！戴恩会满面笑容地从朱丝婷的前面走进来，并且说，这完全是一个愚蠢的错误。希腊正在发生叛乱，所有愚不可及的错误都会弄出来的。他会走进这道门，轻蔑地嘲笑着关于他死去的说法。他身材高大，身强力壮，活生生地站在那里，而且他会大笑的。希望在增长，并且随着他们等待的每一分钟在增长着。这是令人莫测的、可怕的希望。他没有死，没有！**没有被淹死**，戴恩不会死的，他是个优秀的游泳者，足以在任何一种海水中游泳，并且活下来的。因此，他们等待着，不肯承认在希望中会有错误存在。不要急着告知其他人，不要急着告知罗马。

在第四天的早晨，朱丝婷得到了消息。她就像一个老年妇女似的又一次拿起了话筒，要求接澳大利亚。

“是妈妈吗？”

“朱丝婷？”

“哦，妈，他们已经把他埋葬了。我们不能把他带回家了！我们怎么办？他们所能说的只是，克里特岛是个大地方，不知道那个村庄的名字，在电报到达那里的时候，他已经被悄悄弄到了某个地方，被处理了。他正躺在某个地方的一个没有标志的墓地里！我弄不到去希腊的签证，没有人想帮忙，那里乱成了一锅粥。妈，我们怎么办呢？”

“到罗马接我，朱丝婷。”梅吉说道。

除了安妮·穆勒之外，所有的人都在电话机旁，依然没有从打击中缓过劲来。在这三天中，男人们似乎平添了20岁，皱缩得像鸟一样的菲脸色煞白，爱发牢骚，在房间里四处走着，一遍又一遍地说：“为什么这事不落在我的头上？为什么他们把他带走了？我是这样老，这样老！我不会在乎去的，为什么是他呢？为什么不是我呢？我是这样老了！”安妮身体已经垮了，史密斯太太、明妮和凯特来回走着，悄悄地抹着眼泪。

当梅吉把电话放下的时候，她默默地望着他们。这里是德罗海达，所有这一切都被留下来了。一小群年老的男人和年老的女人，不生不育，心灰意懒。

“戴恩丢了，”她说道，“谁也找不到他；他被葬在了克里特岛的某个地方。隔得这样远！他怎么能安息在离德罗海达这么远的地方？我要到罗马去，找拉尔夫·德·布里克萨特。如果说有什么人能帮助我们的话，那就是他。”

德·布里克萨特红衣主教的秘书走进了他的房间。

“阁下我很抱歉打扰您，不过有位太太想要见您。我解释说，这里正有一个会议，您很忙，什么人都不能见，可是她说，她要坐在前厅里，直到你有时间见她。”

“她有什么苦恼吗，神父？”

“十分苦恼，阁下，这是很容易看出来的。她说，要我告诉您，她的名字叫梅吉·奥尼尔。”他说这名字时发音带着明显的外国味儿，所以说得像梅伊·翁尼尔。

拉尔夫神父站了起来，脸上的血色尽褪，变得像他的皓首一样苍白。

“阁下！你病了？”

“没有，神父。我非常好，谢谢你。取消我的约会，直到我另行通知你，立刻把奥尼尔太太带到我这儿来。除非是教皇本人之外，不要打扰我们。”

那教士弯了弯腰，离开了。奥尼尔。当然！那是小戴恩的姓氏，他本来应当想起来的。在红衣主教的宅第里是省略这个姓氏的，大家只说戴恩。啊，他出了一个严重的差错，让她等候。如果戴恩是阁下至亲至爱的外甥，那奥尼尔太太就是他至亲至爱的妹妹了。

当梅吉走进房间时，拉尔夫红衣主教简直不认得她了。自从他最后一次见到她，迄今已有 13 年了。她已经 53 岁，他已经 71 岁了。现在，他们两人都上了年纪。她的面孔还是那样子。她变化不很大，她的气质已经变得和他在想象中赋予的气质完全不一样。一种犀利尖锐的神态代替了那种令人惬意的可爱劲儿，几分刚毅代替了温柔。与其说她像一个精力充沛、上了年纪、固执的殉难者，毋宁说是像一个放弃了梦想的、顺从的神殿里的圣徒。

她的美丽还是像以往那样引人注目，她的眼睛还是那种清澈的银灰色，但是却变得严峻了。那一度鲜艳的头发已经褪成一种单调的米色，像戴恩的头发失去了生气那样。她非常慌乱，没有长久地望着他，以满足他那充满了急切和挚爱之情的好奇心。

他无法神态自若地迎接这个梅吉，拘谨地指了指一把椅子。“请坐。”

“谢谢你。”她说道，也是那样不自然。

只有当她坐了下来，他能俯看到她整个人的时候，他才看到了她的脚和脚脖子肿成了什么样子。

“梅吉！你是从澳大利亚一路飞来的，中途连歇都没歇吗？怎么回事？”

“是的，我是直接飞来的，”她说道，“过去的29个小时里，我就一直坐在从基里到罗马的飞机里，除了从舷窗望着云彩，思索之外，什么也没有做。”她的声音又刺耳又冷漠。

“怎么回事？”他耐心地重复了一遍，又焦急又恐惧。

她的目光从脚上抬了起来，坚定地望着他。

在她的眼睛里有某种可怕的神态。某种如此阴郁、令人寒心的东西，以至他脖子后面的皮肤上直起鸡皮疙瘩，他下意识地抬起手摩挲着。

“戴恩死了。”梅吉说道。

当他往椅中一沉的时候，他的手滑了下来，就像破布娃娃的手一样蓦地落在了腿上。“死了？”他一字一顿地说道，“戴恩死了？”

“是的。他是六天前在克里特淹死的，为了从海里搭救几个女人。”

他身子向前一俯，两手盖在了脸上。“死了？”她听见他含混地说道，“**戴恩**死了？我俊美的小伙子！他不能死！戴恩——他是个完美无瑕的教士——我完全不能做到这一点。他具备我所没有的东西。”他的声音哑了，“他一直具备这种东西——这就是我们大家能辨认出的东西——所有我们这些不是完美无缺的教士的人。**死了？**哦，亲爱的上帝！”

“用不着为你亲爱的上帝操心，拉尔夫，”坐在他对面的那个陌生人说道，“你还有更重要的事情要做。我是来请求你帮助的——不是来目睹你的悲伤的。我要告诉你这一点，我在空中一路上已经度过了这段时间，在那段时间中我只是呆呆地从窗口望着云朵，想着戴恩已经死了。在这之后，你的悲伤没有力量使我动心。”

然而，当他的脸从他的手中抬起来时，她那麻木而冰冷的心却怦然一动，抽搐着，跳了起来。那是戴恩的脸庞，带着一种戴恩活在世上时从来没有感受过的忧患的神态。哦，感谢上帝！感谢上帝，他已经死了，现在他绝不会再经历这个人所经历的和我所经历的那些忧患了。与其让他忍受这样的磨难，莫不如让他死了的好。

“我怎么帮忙，梅吉？”他平静地问道。他抑制住了自己的感情，拿出了她的精神顾问那种直入灵魂的神态。

“希腊处在一片混乱之中。他们把戴恩埋在了克里特岛上的某个地方，我无法搞清是埋在什么地方，什么时候埋的，为什么要下葬。我只能认为我要把他用飞机运回家的指示被内战无限期地耽搁了，而且克里特像澳大利亚一样热。在没有人认领他的时候，我想，他们以为他不会有人认领了，便埋葬了他。”她在椅子中紧张地向前一俯首，“拉尔夫，我希望我的孩子回来，我希望找到他，把他带回故土，长眠在他所归属的地方，长眠在德罗海达。我答应过詹斯，我会让他长眠在德罗海达的，如果我不得不用我的双手和膝盖爬遍克里特的每一片墓地的话，我会这样做的。别幻想在罗马为他建一座教士墓，拉尔夫，只要我能活着进行一场法律搏斗，就别想办到这一点。他将回他的家乡。”

“梅吉，谁也不会拒绝你这个要求，”他温和地说道，“除了把此地奉为天主教圣地，教会别无他求。我也已经请求把我葬在德罗海达了。”

“我搞不通那些烦琐拖拉的公事程序，”她继续说道，仿佛他没讲过话似的，“我不会说希腊语，我没有权力和影响。所以我来找你，运用你的权力和影响，找回我的儿子，拉尔夫！”

“别担心，梅吉，我们会把他找回来的，尽管也许不那么迅速。现在是左派掌权，他们是极其反对天主教的。但是，我在希腊并不是没有朋友，因此事情会办成。让我马上把我们的机构动员起来吧，不要担忧。他是天主教会的教士，我们会把他找回来的。”

他的手已经伸到了拉铃的绳子上，但是，梅吉那凛然严厉的目光制止住了那只手。

“你不明白，拉尔夫，我不想让机构动员起来。我想要我的儿子回来——不是下周或下个月，而是现在！你会讲希腊语，你能为你和我搞到签证，你会办出结果来的。我希望你和我**现在**就到希腊去，帮助我找回我的儿子。”

他的眼睛中流露出许多感情：温柔，同情，震惊，哀伤。但是，它们也早已变成了一双教士的眼睛，稳健，有条理，有理智。“梅吉，我爱你的儿子就好像他是我的儿子一样，但是，眼下我不能离开罗马。我不是一个毫无约束的代理人——对此你应该是再了解不过的。不管我对你有多少感情，不管我个人有多少感情，我也无法在开一次极其重要的会议的中途离开罗马。我是教皇的助手。”

她直起了后背，不知所措，愤懑不平。随后，她摇了摇头，半笑着，好像在嘲弄着某种在她的影响力之外的空洞虚幻的东西。然后，她颤抖着，舔了舔嘴唇，似乎做出了一个决定。她抬起身来，僵直地坐着。“拉尔夫，你当真像爱你自己的儿子那样爱我的儿子吗？那么，你能往后一坐，对**他的**母亲说，不，非常抱歉，我不可能腾出时间吗？你**能**对你儿子的母亲说那样的话吗？”

那双戴恩的眼睛，然而又不是戴恩的眼睛在望着她，大惑不解，充满了痛苦，不知如何是好。

“我没有儿子，”他说，“但是，从和你的许多许多事情中我所学到的是，不管事情多么困难，我首先的、唯一的忠诚是属于全能的上帝的。”

“戴恩也是你的儿子。”梅吉说道。

他茫然若失地盯着她。“什么？”

“我说，戴恩也是你的儿子。当我离开麦特劳克岛的时候，我就怀孕了。戴恩是你的，不是卢克·奥尼尔的。”

“这——不是——事实！”

“我从来就没打算让你知道，即使是现在，”她说道，“我会对你说谎吗？”

"把戴恩找回来？是的。"他虚弱地说道。

她站了起来，走过去密切地注视着坐在红锦缎面椅子中的他，把他那瘦小、像羊皮纸似的手放在她的手中，弯下腰吻着那戒指。她说话的气息在红宝石上蒙上了淡淡的一层水雾。"拉尔夫，对着你珍视的一切至神至圣，我发誓，戴恩是你的儿子。他不是，也不可能是卢克的。我以他的死对此发誓。"

一阵失声恸哭，这是一个灵魂穿过地狱入口时发出的声音。拉尔夫·德·布里克萨特从椅子中向前跌落在地上，哭泣着，在深红色的地毯上蜷成一团，像是一汪刚刚流淌出来的鲜血。他的脸埋在交叠着的胳膊中，他的手抓住了头发。

"是的，哭吧！"梅吉说道，"哭吧，现在你知道了吧！这正是他双亲中的一个能够为他抛洒的泪水。哭吧，拉尔夫！我得到了你的儿子 26 年，而你却不知道，甚至看不出来。看不出他完完全全又是一个你！当他出生时，我母亲从我这里一接过他，她就明白了，可是你却从来没有发觉。你的手，你的脚，你的脸庞，你的眼睛，你的身体。只有他头发的颜色是他自己的。其他的都是你的。现在你明白了吧？在我把他送到你这儿来的时候，我在我的信中说过，'我偷来什么，就归还什么'。记得吗？只有咱们俩才偷了，拉尔夫。我们把你向上帝发过誓的东西偷来了，我们两人都得付出代价。"

她毫不宽恕和怜悯地坐在她的椅子中，望着地板上那极其痛苦的鲜红的身影。"我爱你，拉尔夫，但你从来不是我的。我从你那里得到的，是我不得不偷来的。戴恩是我的一部分，是我所能从你那里得到的一切。我曾发誓决不让你知道，我曾发誓决不让你得到把他从我身边带走的机会。可是后来，他自己把他给了你，这是他的自由意志。他称你是完美无瑕的教士。对这话我曾怎样嘲弄过啊！但是，我不能告诉你他是你的，不能让他成为你的武器。除了这种情况。**除了这种情况**！因为我告诉你横竖也是一样。他再不属于我们俩了。他属于上帝。”

德·布里克萨特红衣主教在雅典包租了一架私人飞机。他、梅吉和朱丝婷把戴恩带回了故土德罗海达。活着的人默默地坐着，死去的静静地躺在尸体架上，于人世再也无所求了。

我不得不为我的儿子做这次弥撒，这次追思弥撒。我的亲骨肉，我的儿子。是的，梅吉，我相信你。就算我咽了气，我也会相信你的，而用不着你发那样可怕的誓。维图里奥看到这孩子的那一刻便明白了，而我在内心里也一定是知道的。那男孩在玫瑰花后面咯咯笑着，声音一如你——他用纯洁的目光看着我，眼神一如曾经的我。菲知道。安妮·穆勒知道。但是我们男人却不知道。我们只配别人告诉我们。因为你们女人也是这样想的，紧紧地抱住你们的秘密，把你们的后背冲着我们，因为掉以轻心的上帝没有按照他的形象来创造你们。维图里奥是知道的，但是他身上的女子气质使他保持着缄默。这也是一个巧妙的报复。

说出来吧，拉尔夫·德·布里克萨特，张开你的嘴，动手做祝福，开始为这个去世的人吟诵拉丁文吧。他是你的儿子。你对他的爱甚于对他母亲的爱。是的，要甚于对他母亲的爱！因为他完完全全又是一个你，具备更完美气质的你。

“天堂在上，以我圣父、圣子、圣灵之名……”①

小教堂里挤得满满的。那些能到场的人都在这里。金一家人，奥鲁尔克一家人，戴维斯一家人，皮尤一家人，麦克奎恩一家人，戈登一家人，卡迈克尔一家人，霍普顿一家人。还有克利里一家人，德罗海达的人们。希望凋零了，光明消失了。在前面，戴恩·奥尼

① 原文为拉丁文：In Nomine Patris, et Filii, et Spiritus Sancti…

尔神父躺在一具铅皮衬里的棺材里，覆盖着玫瑰花。为什么在他回到德罗海达的时候，玫瑰花总是盛开？现在是10月，正当仲春。它们当然是一片怒放了。时令正对头。

“耶稣基督……耶稣基督……”[①]

小心，至神至圣的地方就在你的上面。我的戴恩，我美丽的儿子。最好是这样。我不希望你变成这种样子，我现在的这种样子。为什么我要对你说这个，我不知道。你不需要这个，永远不需要。我在求索什么，你凭本能就知道了。不幸的人不是你，而是在这里的我们这些人，这些留下的人。怜悯我们吧，当我们的大限到来的时候，请帮助我们。

“纯洁灵魂，皆克安息……”[②]

人们穿过了外面的草坪，经过了魔鬼桉、玫瑰花、胡椒树，来到了墓地。安息吧，戴恩，因为只有早夭才是美好的。我们为什么要哀痛？你是幸运的，这样快就从这令人疲惫的生活中逃遁而去了。也许，地狱就是长期地被束缚在红尘之中。也许，我们是活着遭受地狱之苦。

一天过去，送葬者离开了，德罗海达的人在房子里缓缓走动着，互相闪避着。拉尔夫红衣主教起先望了望梅吉，就不忍再看她了。朱丝婷和珍妮、博伊·金一起离开，赶下午的飞机到悉尼去了，并乘夜班飞机去了伦敦。他完全不记得曾听见她那沙哑而迷人的声音，或看到了她那双古怪的浅色眼睛。从她在雅典与他和梅吉会面的时候到她和珍妮、博伊·金一起离开的时候，她像是一个幽灵，这层伪装把她裹得紧紧的。为什么她不给雷纳·哈森打电话，请他陪伴着她？她肯定知道他是多么爱她，他现在是多么希望陪伴她的吧？

---

① 原文是拉丁文：Sanctus … Sanctus … Sanctus …

② 原文是拉丁文：Ite, Missa est … Requiescat in pace …

但是，由他给雷纳打个电话的念头根本没有在拉尔夫红衣主教那疲惫的头脑里转多久，尽管自从他离开罗马以来曾几次转过这个念头。德罗海达的人是奇怪的。他们不愿意挤在一堆伤心，宁愿独自忍受着他们的痛苦。

只有菲和梅吉在一顿杯盘未动的饭后，在客厅里陪拉尔夫红衣主教坐着。谁都没说一个字。壁炉架上的镀金钟格外清晰地嘀嗒嘀嗒地响着，画像上的玛丽·卡森带着一种无言挑战的神态，两眼越过房间望着菲的祖母的画像。菲和梅吉一起坐在一张米黄色的沙发上，肩膀轻轻地靠在一起。拉尔夫红衣主教从来不记得她们往日里曾如此亲密过。但是，她们一言不发，既不互相看，也不看他。

他试图搞明白他做错了什么事。错误太多了，麻烦正在于此。自负、野心勃勃、某种程度的不道德。对梅吉的爱就是在这样的土壤之中开花的。但是，这爱情最值得赞美的硕果他却始终不知道。要是当初他知道戴恩是他的儿子会有什么差别呢？他对那孩子的爱可能会超过他过去的那种爱吗？要是他当时了解他儿子的情况，他会采取一种不同的方式吗？是的！他的心在痛哭。不，他的理智在嘲笑。

他激烈地指责着自己。傻瓜！你本应该明白梅吉是不可能回到卢克身边去的。你本应该马上就明白戴恩是谁的孩子。她是这样为他而**自豪**！这就是她能够从你这里得到的一切，她在罗马就是这样对你说的。哦，梅吉……在他的身上你得到了最美好的东西。亲爱的上帝啊，拉尔夫，你怎么能不明白他是你的呢？如果以前不明白的话，那么，当他已经长大成人，来到你身边的时候，你本应该发觉的。她是在等待着你自己明白过来，急切地等待着你明白过来。只要你明白了，她会双膝跪在你的面前的。可是你却瞎了眼。你不想明白。拉尔夫·拉乌尔·德·布里克萨特红衣主教，这就是你所希望的。这种希望胜过了她，胜过了你的儿子。**胜过了你的儿子**！

房间里已充满了低声的哭泣、窸窣声和喃喃低语。钟表和他的心同时啪啪地跳动着。随后，这跳动便不再是同时的了。他和它的步调已经不一致了。在一片飘忽不定的雾翳中，梅吉和菲似乎站在那里飘动着。她们那惊惶万状的脸浮来浮去，对他说着一些他似乎听不见的话。

"啊——"他大喊着，心里已经明白了。

他几乎没有意识到痛苦，只是对梅吉的胳臂搂着他，以及他的头倒在她怀中这种状况感到心满意足。但是，他竭力转动着身体，直到他能看到她的眼睛，看到她。他想说，宽恕我吧，但是他明白，她很久以前就已经宽恕他了。她知道，她从中已经得到了最美好的东西。随后，他想说一些非常快乐的话，使她能得到永远的慰藉，但是他明白，这也是不必要的。不管她是什么样的人，她会承受任何事的。**任何事**！于是，他合上了双眼，跟随自己的感觉。在最后的一刻，他忘掉了梅吉。

第七部

Seven

1965—1969

Justine

1965—1969

朱丝婷

19

雷纳坐在波恩的写字台旁，喝着一杯早咖啡，他是从报纸上得悉德·布里克萨特逝世的消息的。前几个星期的政治风暴终于平息下来了，因此，他可以安然坐下来，带着不久就能见到朱丝婷以改变他心境的期望看看报纸了。她最近一个时期的杳无音信丝毫没有使他感到惊慌。他认为这种情况是有代表性的，她还远没有准备接受对他承担义务。

但是，红衣主教逝世的消息把所有关于朱丝婷的思绪都赶跑了。10 分钟后，他已经坐在梅赛德斯 280SL 型汽车的方向盘后面，开上了高速公路。那可怜的老头儿维图里奥将孤独无靠了，在这时局最好的时候，他的负担也是沉重的。汽车开得愈加快了。此时，他已经在四处闲逛着，等候着班机到达机场，以便去梵蒂冈。这是一件他做来有信心的事情，是一件他能够控制自己的事情，对于像他这样的人来说，总是有一件重大的、需要考虑的事情要去做。

从维图里奥红衣主教的口中，他获悉了整个事情的始末。起初，他也非常吃惊，不知道为什么朱丝婷没有想到联系他。

“他来找过我，并且问我，是否知道戴恩是他的儿子。”主教用温和的声音说道，与此同时，伸手轻柔地抚平娜塔莎后背蓝灰色的毛皮。

“你怎么说的？”

“我说，我已经猜到了。我不能告诉他太多的东西。可是，哦，他的脸啊！他的脸啊！我哭了。”

“当然，是这件事害了他。最后一次见到他的时候，我就觉得他的身体不好，可是，他对我要他去看病的建议不屑一顾。”

“这是上帝的意旨。我觉得，拉尔夫·德·布里克萨特是我所认识的最受折磨的人之一。在死亡中他会找到他在这种生活中所无法找到的安宁。”

“那孩子，维图里奥！一个悲剧啊。”

“你这样想吗？我倒宁愿认为这件事是美好的。我相信戴恩是张开双臂拥抱死神的。如果说我们亲爱的主再也等不及了，迫不及待地把戴恩召到了他的身边，这也不会使人感到意外。我感到哀痛，是的，然而并不是为这孩子而悲痛，而是为他的母亲，她一定受尽了痛苦折磨！我为他的姐姐、他的舅舅、他的外祖母而哀伤。奥尼尔神父曾经生活在几乎是完全纯洁的思想和精神之中。为什么死对他来说不是一种进入永生的入口呢？对我们其他的人来说，这条道路不是这样轻而易举的。”

雷纳从自己的旅馆往伦敦发了一个电报，在这封电报中，他没有让自己流露出愤怒、伤心和失望。电报上仅仅写着：**“非返回波恩不可但周末将去伦敦你为什么怀疑我的一片挚爱而不告诉我雷恩。”**

在他的波恩办公室的写字台上，放着一封朱丝婷的快邮信和一个挂号的封套，他的秘书告诉他，这是德·布里克萨特红衣主教在罗马的律师寄来的。他先打开了这个封套，得知在拉尔夫·德·布里克萨特的遗嘱条款之下，那份已经非常庞杂的董事名单上又增添了新的名字。这里面有米查尔公司和德罗海达。他感到激动，然而又莫名地感动，他明白这是红衣主教向他表明，在最后权衡中雷纳没有被遗漏，他在战争期间所进行的祈祷已经结出了果实。红衣主教把梅吉·奥尼尔和她家人将来的利益交到雷纳的手中了。反正雷纳是这样理解的，因为红衣主教遗嘱的措辞是公文式的。无法斗胆将它做别的解释。

他把这个封套扔进了必须即刻作答的、一般性非保密信件筐中，然后打开了朱丝婷的信。信的开头很糟糕，没有任何客气的称呼。

谢谢你的电报。你想象不到，在最近的两三个星期里我们没有联系，我有多高兴，因为我讨厌有你在身边。整个这一段时间，当我想到你的时候，我都想了些什么，谢天谢地，你是不知道的。你也许会觉得这很难理解，但是我不希望你待在我的身边。雷恩，悲伤没有任何可爱之处，你目睹我的痛苦也不能使我的痛苦得到缓解。的确，你会说，这已经证实了我对你的爱是如何淡漠。倘若我真爱过你的话，我会本能地求助于你的，对吗？可是，我却发现自己转身走开了。

因此，我倒宁愿咱们把它一劳永逸地恢复原状为好，雷恩，我没有任何东西给你，我对你也一无所求。这件事情使我得到的教益是，如果人们在你的身边生活了26年，他们对你的意义该有多大啊。我无法忍受再经历一次这样的事了。你说过的话你还记得吗？要么结婚，要么一切皆休。哦，我选择一切皆休。

我母亲告诉我，那位老红衣主教在我离开德罗海达几小时之后就死去了。真有意思。妈对他的死倒是很痛心。倒不是她说了什么，但是我了解她。她、戴恩和你为什么这样喜欢他，这使我迷惑不解。我一直就不喜欢他，我认为他的言辞过于讨好别人。这是一个我不准备加以改变的看法，因为他已经死了。

就是这样。事情都写在这里了。我说话是完全算数的，雷恩。我对你的选择是一切皆休。注意照顾自己。

她的签名还是像往常那样，是一个粗黑醒目的“朱丝婷”，签名用的是一支新的纤维笔芯的钢笔。他把这支笔送给她的时候，她曾欣喜得惊叫起来。这件东西又粗又黑，让她非常满意。

他没有把它折起来，也没有把它放在皮夹子里或烧掉。他就像处理所有那些无须答复的邮件那样处理了这封信——一读完便扔进了字纸篓中的废电报稿中。他心中想道，戴恩的死实际上已经把朱丝婷被唤起的激情断送掉了，这令他感到极其不幸。这是不公平的，他已经等了这么久。

周末他还是飞到伦敦去了，但不是为了去看她，虽然他见到了她。他是在舞台上看到她的，她正在扮演那位摩尔人[①]可敬的妻子苔丝德蒙娜。真是可怕。凡是他为她办不到的，舞台都为她办到了。**那是我的好姑娘啊！**她把自己的感情全都倾注到舞台上去了。

她只能把感情全都倾注到舞台上，因为她要扮演赫卡柏[②]还太年轻了。舞台简直为宁静和忘却提供了一个场所。她可以只需告诉自己：时间可以愈合一切伤口——同时又不相信这话。她自问为什么这件事如此不断地伤害着她的感情。戴恩活着的时候，除了和他待在一起之外，她并没有真正多想过这个问题。在他长大成人之后，他们在一起的时间就有限了，他们的职业几乎是对立的。但是，他的死却留下了一道如此巨大的裂口，对于填平这个裂口她感到绝望。

由于一时的冲动使她变了卦，没有去希腊。这个打击是她最感到伤心的事。因为她常常想起这件事，这种哀痛故而久久难以忘怀。如果他去世时的情景不那么可怕，她也许会很快恢复过来的，可是那几天发生的事情却像梦魇一样清晰地留在她心中。她无法忍受失去戴恩。她的思想会重新陷入那时的状态中，再一次陷入戴恩已经死去、戴恩再也不会回来这一令人难以置信的事实中去。

---

① 指奥赛罗。

② 希腊神话中佛律癸亚国王底玛斯的女儿，特洛伊王普里阿摩斯的后妻。这里比喻朱丝婷做雷纳的后妻。

随后，她便认为她是有罪的，她没有给他足够的帮助。除了她以外，每个人都认为他是个完人，没有经历过其他男人所经历过的麻烦。但是，朱丝婷却知道他曾经受过怀疑的折磨，曾为自己的拙劣而感到痛苦，曾经为人们看不到他的脸盘和身体之外的东西而感到惶惑。可怜的戴恩，他不理解人们爱他，是爱他美好的东西。现在，一想起要帮助他已经不可能了，真是让人感到可怕。

她也为她的母亲感到悲伤。如果他的死使她自己尚且如此，那妈妈又该怎么样呢？这种想法使她哭喊着逃避着自己的回忆和意识。还有舅舅们在罗马参加他的圣职授任仪式时照的那张照片，他们就像胸脯突出的鸽子那样骄傲地挺着胸膛。她母亲和德罗海达人的空虚凄凉历历可见，这是最糟糕的。

要诚实，朱丝婷。难道这种诚实就是最糟糕的事吗？就没有更加扰人心绪的事了吗？她无法把关于雷恩的念头，或背叛了戴恩的感觉赶开。为了满足自己的愿望，她让戴恩独自一人去了希腊，倘若和他一起去的话，也许就意味着他能活下来。没有其他的办法来解释这件事。由于她自私地一心扑在了雷恩的身上，戴恩死了。弟弟人死不能复生，但是，如果再也不见雷恩，她可以赎回某些罪愆。忍受渴望和孤独的折磨是为此应付的代价。

于是，几个星期过去了，随后，几个月过去了。一年，两年。苔丝德蒙娜、奥菲利亚[①]、鲍西娅[②]、克莉奥佩特拉[③]。她非常满意自己的起点，从外表来看，就好像在她的个人生活中根本没有发生过任何毁灭性的事情，她对自己的一言一笑都十分谨慎，和人们打交道相当正常。如果说有一点变化的话，她变得比以前和善了，因为人们

① 莎士比亚剧《哈姆雷特》中的女主角。

② 莎士比亚剧《威尼斯商人》中的女主角。

③ 莎士比亚剧《安东尼与克莉奥佩特拉》中的女主角。

的不幸就好像是她的不幸一样，能使她为之动情。但是，正如已经讲过的那样，她外表上还是那个朱丝婷——轻率、精力充沛、傲慢、超然物外、尖酸刻薄。

她有两次试图回德罗海达的家中去看望一下，第二回甚至都买好了飞机票。不过，每一次都会有一个临时冒出的、极其重要的理由使她无法成行。但是，她心里明白，真正的理由是一种有罪和怯懦相混杂的感情。她只是无法忍受面对她母亲时的紧张。这样做就意味着那整个令人懊悔的事情又重新出现，也可能会在她迄今设法避免的一种伤痛的暴风雨中重新出现。德罗海达的人们，尤其是她的母亲，肯定一直因为确信朱丝婷好歹是安然无恙、多少已走出丧亲之痛的阴影而感到安心。所以，最好待在远离德罗海达的地方。这样要好得多。

梅吉忍住一声长叹，将它压了下去。要是她的骨头不这么痛的话，她也许会搭上马鞍，骑骑马的。但是，今天仅仅想到去骑马就感到疼痛了。等到她的关节炎不像现在这么厉害的时候再说吧。

她听到了一辆汽车开来，有人轻轻地敲着前门上的黄铜羊头门环，随后传来低低的说话声，是她母亲的说话声和脚步声。不是朱丝婷，所以这有什么要紧的？

“梅吉，”菲在外廊的入口处说道，“来了一位客人。你能来一下吗？”

来者是一位刚到中年、外表高贵的人。尽管他的年龄可能比他的外表还要小一些。他和她所见到过的男人迥然相异，除了他拥有拉尔夫当年曾拥有过的能力和自信之外。**当年曾拥有过的**。可拉尔夫已经不在了。

“梅吉，这位是雷纳·哈森先生。”菲站在她的椅子旁边说道。

“噢！”梅吉不由自主地喊了一声，对雷恩的外表感到十分惊讶，在朱丝婷过去写的信中他是个魁梧的人。随后，她想起了应有的礼貌。“请坐，哈森先生。”

他也直勾勾地看着她，感到十分吃惊。“您和朱丝婷一点儿也不像！”他颇有些茫然地说道。

“是的，不像。”她面对着他坐了下来。

“我让你和哈森先生单独谈吧，他说他想单独见见你。你们想喝茶的时候，就打铃好了。”菲说着，退了出去。

“当然，你是朱丝婷的德国朋友。”梅吉不知所措地说道。

他拿出了自己的烟盒。“可以吗？”

“请自便。”

“你想来一支吗，奥尼尔太太？”

“谢谢，不用了。我不抽烟。”她把自己的衣服抚平，“你从德国赶来路途遥远，哈森先生。你在澳大利亚有事吗？”

他笑了笑，不知她一旦知道他实际上是德罗海达的主人的话，她将会说些什么。但是，他不打算告诉她，他宁愿所有的德罗海达人认为他们的利益是在他雇来当中间人的、完全不受个人感情影响的那位绅士的手中。

“对不起，奥尼尔太太，我的名字是雷纳。”他说道，把这个名字读得和朱丝婷的发音一样，同时幽默地想着，这个女人在一段时间之内是不会很自然地叫这个名字的。她不是个在陌生人面前挥洒自如的人。“不，我在澳大利亚没有任何官方事务，但是，我来这里确实有一个充分的理由。我想见见你。”

“见我？”她惊讶地问道。好像是为了掩饰突如其来的慌乱，她马上谈起了另一个较为有把握的话题。“我的哥哥们常常说起你。他们在罗马参加戴恩的圣职授任仪式的时候，你对他们非常好。”她毫无悲痛地说着戴恩的名字，好像她常常提起似的，“我希望你能住几天，看看他们。”

“好的，奥尼尔太太。”他毫无难色地应道。

对梅吉来说，这次见面证明了出乎意料的尴尬。他是个陌生人，他声称他迢迢 12 000 英里而来仅仅是为了看她，而且他显然并不急于解释其原因。她觉得她最终会喜欢他的，但是她发现他有点咄咄逼人。也许，她以前从来没有见过他这种人，所以显得张皇失措。此时，一个十分新奇的想法闪过了她的脑海：她的女儿实际上和雷纳·莫尔林·哈森这种人十分容易相处！她终于把朱丝婷当作一个女人来想了。

当她坐在那里彬彬有礼地望着他的时候，他想，尽管她已经上了年纪，鹤发皓首，但依然十分漂亮。正像戴恩使人强烈地联想到红衣主教那样，他依然对她的外貌和朱丝婷一点儿也不像而感到惊讶。她一定极为孤独！然而，他在她身上感受不到朱丝婷的那种悲伤。她已经屈服于自己的命运了。

“朱丝婷怎么样？”她问道。

他耸了耸肩。“恐怕我不知道。从戴恩死前我就没有见到她。”

她没有显出惊讶的样子。“从戴恩的葬礼之后，我也没有见到她，”她说道，叹了口气，“我希望她会回家，但是，看起来她似乎永远不会回来了。”

他说了一句安慰的话，她似乎没有听见，因为她在接着讲话，而且声音变了，与其说是在对他讲，倒不如说是在对自己讲。

“这些年来，德罗海达好像变成了上了年纪的人的家。”她说，“我们需要年轻的血亲，朱丝婷是唯一留下来的年轻的血亲了。”

怜悯使他动容，他很快地向前一俯身，两眼闪闪发光。“你说起她来，就好像她是一项动产似的，”他说道，现在他的声音并不严厉，“我提醒你注意，奥尼尔太太，她**不是**！”

“你有什么权利判定朱丝婷是什么，或不是什么？”她气愤地问道，“毕竟，你自己说过，从戴恩死前你就没有见过她，而这是两年前的事了！”

“是的，你说得很对。这完全是两年以前的事了。”他更加温和地说道，又一次认识到她过着怎样的生活。“你完全承受住了这件事，奥尼尔太太。”

“我吗？”她问道，不自然地试图微笑，她的眼睛一直没有离开他。

突然之间，他开始理解红衣主教一定是看上了她什么，以至如此地爱她。朱丝婷身上没有这种东西，但话又说回来，他也不是拉尔夫红衣主教。他寻找的是不同的东西。

“是的，你完全承受住了。”他重复道。

她马上就明白了那弦外之音，畏缩了。“你怎么知道戴恩和拉尔夫的事的？”她不安地问道。

“我猜到的。别担心，奥尼尔太太，没有其他人知道。我之所以猜到，是因为我在认识戴恩之前很久就认识红衣主教了。在罗马，大家都以为红衣主教是你的哥哥，戴恩是他的外甥，但是，我头一次遇上朱丝婷的时候，她就把这件事点破了。”

“朱丝婷？不会是朱丝婷！”梅吉喊道。

他伸手抓住了她那只激动得发狂似的敲打着膝盖的手。“不，不，**不**，奥尼尔太太！朱丝婷完全没有意识到，我但愿她永远不会知道！请相信我。她是无意之中泄露出来的。”

“你肯定吗？”

“是的，我发誓。”

“那么，以上帝的名义告诉我，为什么她不回家？她为什么不愿意来看我？为什么她不愿意见我一面？”

不仅仅是她的话，还有她那声音中流露出的极度痛苦都向他表明，朱丝婷这两年不露面，对她的母亲是一种什么样的折磨。他个人大事的重要性降低了，现在，他有了一个新的任务，减轻梅吉的恐惧。

“关于这一点，应该**怨我**，”他坚定地说道，“朱丝婷本来是打算和戴恩一起去希腊的。她确信，如果她和他一起去了，他现在仍然会活着。”

“胡扯！”梅吉说道。

“没错。尽管我们知道这是胡扯，但朱丝婷却不这么想。应该由你来使她明白这一点。”

“由我？你不明白，哈森先生，朱丝婷长这么大从没听过我一句话，在目前这个阶段，我也许曾经拥有过的影响已经完全丧失了。她甚至不愿意见到我。”

她的声音是沮丧的，但是并不悲伤。“我觉得我落进了和我母亲一样的陷阱，”她继续平平淡淡地说道，“德罗海达就是我的生活……这房子，这些书……这里需要我，生活中依然有某种目的。这里的人们信赖我。你知道，我的孩子们从来不信任我，从来不。”

“事实不是这样的，奥尼尔太太。如果不信任你的话，朱丝婷就能心安理得地回家找你来了。你低估了她对你所抱有的爱的实质。当我说我有责任，是因为朱丝婷为了我才留在伦敦的。但你却认为，她是为了你而受着折磨，并不是为了我。”

梅吉直起了身子。“她没有权利为我受折磨。要是她一定要受苦，就让她为自己受苦吧，但是不要为**我**。绝不要为了**我**！”

“那么，当我说她根本不知道戴恩和红衣主教的事的时候，你相信我了？”

她的神态为之一变，好像她想起了还有其他存亡攸关的事，而她忽视了它们。“是的，”她说道，“我相信你。”

“我来看你，是因为朱丝婷需要你的帮助，但她又不能寻求这种帮助，”他说道，“你必须使她相信，她需要再次毅然面对生活中的威胁——不是德罗海达的生活，而是她自己的生活，这种生活和德罗海达毫不相干。”

他往椅子后一靠，叠起了腿，又燃着了一支烟。“朱丝婷已经穿上了苦行者的马毛衬衣，但是其理由是大错特错的。如果说有什么人能使她明白这一点的话，那就是你。然而我提醒你，倘若你选择这样做的话，她也许永远也不会回到这里来了。”

“舞台对朱丝婷这种人来说是不够的，”他继续道，“当她认识到这一点的时候，这一天就来到了。这时，她就要对人们进行选择——或是选择她家里人和德罗海达，或是选择我。”他带着深为体谅的表情向她微笑着。“但是，一般人是不能满足朱丝婷的，奥尼尔太太。如果朱丝婷选择了我，她还可以在舞台上表演，这是德罗海达无法给她的好处。”这时，他坚定地望着她，就像望着一个敌手一样。“我是来请求你让她务必选择我的。说这话似乎很残酷，但是，我对她的需要超过你可能对她的需要。”

生硬的神态又回到了梅吉的脸上。“德罗海达并不是这样糟糕的一种选择，”她反驳道，“听你这么一说，就好像这里的生活走上了穷途末路似的，但是你知道，完全不是这么回事。她可以留在舞台上。即使她嫁给了博伊·金——正如这些年来他的祖父和我所希望的那样，她的孩子在她不在的时候也会像她嫁给你所生的孩子那样受到很好的照顾。这是她的**家**！她熟悉、理解这种生活。如果她选择了这种生活，她肯定十分清楚这种生活的含义。你能说你向她提供的生活也有同样的东西吗？”

“不能，”他冷淡地说，“但是，朱丝婷好奇心太盛，在德罗海达她会感到寂寞的。”

“你的意思是，她在这里会不幸福。”

“不，不完全是这样。我并不怀疑，要是她选择回到这儿来，并且嫁给这位博伊·金——顺便问一句，这位博伊·金是谁？”

“是邻近产业布格拉的继承人，是一个愿意超出朋友关系的童年老友。他的祖父因为产业继承的缘故希望成就这门亲事。我希望成就这门亲事，是因为我觉得这是朱丝婷所需要的。”

“我明白了。嗯，要是她回到这里，并且嫁给博伊·金，她是会渐渐幸福的。但是，幸福是一种相对的状态。我并不相信她会认为博伊·金比我还好。因为，奥尼尔太太，朱丝婷爱我，而不是博伊·金。”

“那么，她表现这种爱的方式也太奇特了，”梅吉说着，拉了拉要茶的铃索，“此外，哈森先生，正如我刚才说过的，我认为你把我对她的影响估计得过高了。她对我说的话从不放在心上，更甭说需要我的影响了。”

“你是谁都骗不了的，”他答道，“你知道你能影响她，只要你愿意的话。我不要求别的，只请求你考虑我说的话。你可以从从容容地考虑，不必着急。我是个有耐性的人。”

梅吉微微一笑。“那么你是个罕见的人。”她说道。

他没有再提起这个话题，她也同样如此。在他停留的一个星期中，他的举止和其他的客人没有什么两样，虽然梅吉感到他试图向她表明他是哪一种人。她的兄弟们对他的喜欢是显而易见的。他到来的消息一传到牧场，他们就全都回来了，一直待到他回德国。

菲也喜欢他。她的眼睛已经坏到无法管理账簿的程度了，但是，她还远远谈不上年老力衰。去年冬天，史密斯太太在安睡中去世了。与其麻烦明妮和凯特中的一位当新管家——两个人虽然已经老了，但仍然精神矍铄——倒不如把账簿全部交给梅吉，而她自己或多或少地替补了史密斯太太的位置。雷纳与戴恩共同度过的那一段生活德罗海达的人都不了解。首先看到这一点的是菲，因此，她就要求他讲一讲那段生活。他很高兴地答应了，并且很快地注意到，德罗海达的人都愿意听他谈戴恩，并从这些新鲜事中得到了很大的快乐。

尽管梅吉表面上彬彬有礼，但她并不能摆脱雷恩向她讲的那些话，他向她提供的选择使她无法忘怀。她很久以前就已经放弃了朱丝婷回转乡井的希望，她只不过是想迫使他承认如果朱丝婷真的回来的话，是会幸福的。而对另外一件事她是十分感激他的：他驱除了她对于朱丝婷已经发现戴恩和拉尔夫之间关系的莫名其妙的恐惧。

至于说到和雷恩的婚姻，梅吉不知道她应该做些什么才能把朱丝婷推到她显然不愿意去的地方。或许是她不想知道吧？她终于非常喜欢雷恩了，但是，他的幸福在她的心中不可能像她女儿的利益、德罗海达的人们和德罗海达本身那样重要。最关键的问题是：雷恩对朱丝婷将来的幸福有多重要？尽管他认为朱丝婷爱他，但是，梅吉记不起她的女儿说过任何话，可以表明雷恩对女儿有拉尔夫对自己那样重要。

“我认为你早晚会见到朱丝婷的。”当梅吉开车送雷恩去机场的时候，她对他说道，“见到她的时候，我希望你不要提起这次对德罗海达的拜访。”

“如果你愿意这样的话，”他说，“我只请求你考虑考虑我说过的话，从容不迫地考虑。”但是，即使在他提出他的请求时，他还是禁不住感到梅吉从他这次拜访中的收获比他得到的要多。

4 月中旬来到的时候，距离戴恩死去已有两年半了。朱丝婷产生了一种压倒一切的愿望，即远离这些栉比鳞次的高楼大厦和熙来攘往、阴沉着脸的人。在这个春风和煦、艳阳高照的佳日，伦敦城区突然叫人无法忍受。于是，她便坐市郊线的火车到国立植物园去了，使人满意的是，那天是个星期二，她可以置身在一个几乎只有她一人的地方。那天晚上她也没有工作，因此，她要是在小路上逛累了也没有关系。

当然，她非常熟悉这个公园。伦敦和它那许许多多的花坛对任何一个德罗海达人都是一种乐事，但是，国立植物园完全是自成一格。早年，从 10 月到来年 4 月底，这里是她常来的地方，每个月都有不同的植物群争奇斗艳。

4月中旬是她最喜爱的一段时间，这是一个黄水仙、杜鹃花和其他各种花竞相怒放的时期。有一个地方，她自认为可以成为世界上最可爱的、属于私人的小胜地之一。在那里，她可以坐在潮湿的地面上，只有她一个观众，饱餐着它的秀色。在目光所及的地方，是一片绵延的黄水仙，稍近处，一株开得正盛的大杏树上随风飘动的密密层层的钟状黄花在微微点着头，而树枝上却开满了白色的花，沉甸甸地压弯了枝头。完美无瑕，静止不动，就像是一幅日本画。万籁俱寂。要是有人从旁边经过，那真是叫人难以容忍。

随后，她的思绪从这片黄色花海中那株繁花满枝的杏树无与伦比的美之中拉了回来。某种远为不美的东西闯进了视线。不是别人，恰恰就是雷纳·莫尔林·哈森小心翼翼地从黄水仙丛中穿了过来，他那件从不离身的德国皮外衣在凉飕飕的微风中保护着他的身体，阳光在他那银白色的头发上闪闪发光。

“你的肾脏会受凉的。”他说着，脱掉了自己的外衣，展开，里子朝上地铺在地上，这样他们便可以坐在上边了。

“你怎么知道我在这里？”她问道，扭了扭身子，坐在了棕色的缎子衣角上。

“凯利太太告诉我你到国立植物园来了。这样找你容易了。我只需在园子里走，直到发现你就是了。”

“我猜，你以为我应该高高兴兴地回到你的身边，是不是啊？”

“你是要高高兴兴地回到我身边吗？”

“还是老样子的雷恩，用一个问题来回答一个问题。不，我见到你并不高兴。我想，我愿意想方设法让你永远在一根空心的木头上慢慢地爬。”

“让一个好男人永远在一根空心木头上爬是很难的。你身体怎么样？”

“很好！”

“你已经把伤口舔够了吗？”

“没有。”

“嗯，我想这是预料之中的。但是，我开始认识到，你一旦抛开了我，你就绝不会再放下自尊心向和解迈出第一步。然而，亲爱的，我是很聪明的，明白自尊心会使一个同床人非常孤独的。”

“别打算把事情踢开，好为你自己让出活动余地，雷恩，因为我要警告你，我不打算给你机会。”

“我现在不想要你给我什么机会。”

他的这个干脆的回答激怒了她，但是她采取了缓和的态度，说道：“是老实话吗？”

“如果我说的不是老实话，你认为我能容忍你离开我这么久吗？你离开我以后，你就好像是水中月、镜中花。不过，我依然认为你是个好朋友，失去你就像失去了一个亲密的朋友。”

“哦，雷恩，我也是这样的！”

“那好。那么，承认我是个朋友啦？”

“当然。”

他仰面躺在外衣上，把两手垫在脑后，懒洋洋地向她微笑着。“你多大了，30岁？穿着那身不光彩的衣服就像是个难看的女学生。朱丝婷，要是你因为其他理由而在生活中不需要我的话，你当然是要做你个人风度的仲裁人喽。”

她笑了起来。“我承认，在我想到你也许会突然平地里冒出来的时候，我确实对我的外表多加了几分注意。可是，如果我有30岁的话，那你也没有什么值得夸耀的，你至少也有40岁了。现在似乎没有那么大的差别了，是吧？你瘦了。身体好吗，雷恩？”

“我从来没胖过，只是身架子大，所以，整天坐在写字台旁没让我发福，只令我消瘦，使我没法展体伸腰。”

她滑躺了下来，一转身，肚子贴着地趴着，把她的脸靠近了他的脸，微笑着。“哦，雷恩，见到你真是太好了！其他任何人都不能和我匹敌。”

“可怜的朱丝婷！这些年你得到了许多，是吗？”

“钱吗？”她点了点头，“奇怪，红衣主教可能把他所有的财产都留给我了。哦，一半给我，一半给戴恩，但是，我当然是戴恩唯一的遗产继承人。”她的脸不由自主地扭动了一下。她把头闪开了，假装看着花海中的一株黄水仙，直到她能控制住自己的声音。“你知道，雷恩，我愿意以失去我的犬齿的代价得知红衣主教和我们家是什么关系。一个朋友，仅仅如此吗？从某种神秘的意义上讲，不仅仅是这样的。但是我就是不知道是什么关系。我要是知道就好了。”

“不，你不会知道的。”他站了起来，伸出一只手，“喂，亲爱的，你认为在哪里人们能看到红头发的澳大利亚女演员和德国内阁的某个成员重修旧好，我就在哪里请你吃一顿饭。自从你抛弃我以来，我那花花公子的名声已经荡然无存了。”

“你还会得到这名声的，我的朋友。他们不再叫我红头发的**澳大利亚**女演员了——这些年来，我成了广受欢迎、美丽出众的金发**英国**女演员了，这还要感谢我那经典的克莉奥佩特拉的表演呢。你不会跟我说你不知道批评家们称我是这些年来最富有异国情调的克莉奥[1]吧？”她竖起了胳臂和手做出了一个埃及象形文字式的姿势。

他的眼睛闪着光。“异国情调？”他疑惑地问道。

“是的，异国情调。”她坚定地说道。

维图里奥红衣主教已经去世，因此，现在雷恩不那么常到罗马去了。相反，他常来伦敦。起初，朱丝婷很高兴，她没有看到他有任何超出友谊关系的表示，但是，几个月过去之后，他的言词顾盼

① 克莉奥佩特拉的简称。

之间根本没有任何涉及他们以前的那种关系的意思，而她那轻微的愤慨便变成了某种不安。她并不是想要恢复另一种关系，她不断地对自己说，她已经完全结束了那一类事情，不需要，也不再想要它了。她不允许她的头脑中总盘旋着雷恩的形象，因此，她成功地压下了这件事，只是在身不由己的梦中才想起它来。

戴恩死后的最初几个月是非常可怕的，她抵御着去找雷恩的渴望，以及希望他在肉体和精神上都和她在一起的感觉。她非常清楚，只要她让他这样的话，他是会这样的。但是，她不能允许他的面孔遮住戴恩的面孔。让他离开是正确的，努力抵御想要找他的最后一丝愿望是正确的。随着时间的流逝，似乎他将永远留在她的生活之外了，她的身体陷入了无法唤醒的麻木之中，她的思想被束缚起来，忘却了过去。

但是，雷恩现在回来了，事情变得非常难办了。她渴望问问他，他是否还记得另一种关系——他怎么**能**忘掉呢？当然，对她自己来说，她已经结束了这种事情，但是，得知他并没有忘记这些事是令人高兴的。这当然就证明了，在这些事上他迷上了朱丝婷，只迷上了朱丝婷。

想入非非的白日梦。雷恩不是那种在不需要的爱情上空耗自己的精神和肉体的人，他从没有表示过恢复二人亲密关系的丝毫愿望。他希望她做一个朋友，像一个朋友那样欣赏她。好极了！这也是她的愿望。只是……他**能够**忘记吗？不，这是不可能的——但是，如果他已经忘记了，那他可真该死！

那天晚上，朱丝婷的思想走得如此之远，以至她扮演的麦克白夫人[①]和往日的表演大不一样，具有一种引人注目的残酷。此后，她

① 莎士比亚剧《麦克白》中的女主人公。

睡得不太好，第二天早晨便接到了一封她母亲寄来的信，这封信使她心中充满了一种隐约的不安。

妈妈现在不常写信了，这是她们俩长期离别的一种现象，凡是往来的信件都是呆板而贫乏的。但这封信可不一样，信中带着一种老年人淡淡的哀怨，一种隐隐的厌倦，这种厌倦之情像冰山一样潜藏在表面十分空洞的一两个词中。朱丝婷不喜欢这封信。老了。**妈妈老了！**

德罗海达出了什么事？妈是否在遮盖着什么严重的麻烦？是姥姥病了？是一位舅舅病了？但愿没有此事，是妈自己病了？自从她最后一次看到他们，已经有三个寒暑了，在这些年中会发生许多事情的，尽管朱丝婷·奥尼尔没有出什么事。她不应该因为自己的生活是停滞而又枯燥的，就认为其他人的生活也是如此。

那天晚上是朱丝婷"完事"的一夜，只有一次《麦克白》的演出了。白天过得慢吞吞的，叫人无法忍受，甚至连想到和雷恩吃饭也没有像往常那样带来预期的快乐。她一边匆忙穿着那件恰好是他最讨厌的橘黄色的衣服，一边对自己说，这种友谊是毫无用处的、无益的、寂如死水的。保守的老古板！要是雷恩不喜欢她这种样子的话，他也得忍着点儿。随后，她把围在她那清瘦胸脯上的紧身围腰的饰边松开，眼睛往镜子里看了看，沮丧地笑了起来。哦，简直是小题大做！她的行动正像她所看不起的那种女人。也许事情是很简单的。她疲惫不堪了，她需要一次休息。谢天谢地，麦克白夫人的演出结束了！**可是妈妈怎么了？**

近来，雷恩在伦敦度过的时间愈来愈多，朱丝婷对他轻而易举地在波恩和伦敦频繁往来感到十分惊异。毋庸置疑，一定有一架私人飞机帮忙，不过，这样一定使人非常疲劳。

"你为什么要这么经常地来看我？"她蓦地问道，"欧洲的每一个传布流言蜚语的专栏作家都认为这是件大事，坦白地说，我有时很疑惑，你不是利用我作为访问伦敦的一个借口吧。”

“确实，我时常利用你做挡箭牌，”他镇静地承认道，“事实上，你已经是某些人的眼中钉了。不过，这对你没有什么伤害，因为我愿意和你待在一起。”他那双黑眼睛若有所思地停在她的脸上。“你今天晚上很沉默，亲爱的，有什么事叫你发愁吗？”

“没有，真的没有。”她玩弄着自己的那份甜点心，一口没吃地推到一边去了，“至少，只有一件愚蠢的小事。妈和我现在不是每个星期都通信——有很长时间了，因为我们都互相看出我们没有任何可谈的。可是，今天我接到了她一封很奇怪的信。根本不是那种象征性的信。”

他的心头一沉。梅吉确实从从容容地考虑了这件事，但是，本能告诉他，这是她行动的开端，但不是他所喜欢的那种行动。梅吉开始要弄把她的女儿弄回德罗海达，以使那个家族传之久远的把戏了。

他从桌子上伸出胳臂抓住了朱丝婷的手。他想，尽管她穿着那套糟糕透顶的衣服，但是，她更显出一种成熟的美。瘦小的身条开始使她那山雀般的脸带上了端庄的神态，这正是那张脸极其需要的，并且使她隐约显出了一种绰约的风姿。但是，她这种表面的成熟究竟有多深？朱丝婷的全部麻烦正在于此。她甚至连看一看这种麻烦的要求都没有。

“亲爱的，你母亲很孤独。”他破釜沉舟地说道。如果梅吉需要的就是这个，他为什么要继续认为他是对的，而她是错的呢？朱丝婷是她的女儿。她一定远比他要了解她。

“是的，也许吧，”朱丝婷皱了皱眉，说道，“但是，我总是不由自主地感到在这下面还有更多的东西。我是说，她这些年来一定很孤独，所以，究竟为什么突然提起这话头来了呢？雷恩，我无法正确地指出这是怎么回事，这是最叫我发愁的。”

“她日渐衰老了，这一点我想你恐怕忘记了吧。很可能许多事情都使她感到苦恼，她很容易发现这些事情和过去是矛盾的。”他的眼睛突然之间显得冷漠了，好像他的思想非常艰难地集中在与他说的话不同的事情上，“朱丝婷，三年之前，她失去了她唯一的儿子。你认为随着时间的流逝，这种痛苦会减轻吗？我认为会变得更厉害的。他已经去了，而她现在肯定感到你也去了。说到底，你连回家看看她都没有做到啊。”

她闭上了眼睛。“我会去的，雷恩，会去的！我保证我将去看她，而且不用多久！当然，你是对的，可是，你总是对的。我从来不认为我会到思念德罗海达的地步，可是，最近我对它的热爱好像增加了。好像我毕竟是它的一部分似的。”

他突然看了一下手表，苦笑了一下。“亲爱的，恐怕今天晚上我又要拿你做挡箭牌了。我极不愿意请求你自己回去，但是，在一个小时以内，我要在一个绝密的地点会见某位非常重要的先生。为此，我必须坐我的车去，由绝对忠诚的弗里茨驾驶。”

“阴谋活动！”她掩盖着自己受伤的感情，轻松地说道，“现在我知道为什么有那些突如其来的出租汽车了！我只配托付给一个汽车驾驶员，我决定不了欧洲共同市场的前途。好吧，我偏要让你看看我是如何不需要一辆出租汽车或你那绝对忠诚的弗里茨的。我要坐地铁回家去。现在天还早。”他的手指有些无力地放在她的手上，她抓起了他的手，贴在自己的面颊上，然后吻了吻它。“哦，雷恩，我不知道没有你我该怎么办！”

他把他的手放进了口袋里，站了起来，走过去用另一只手拉出了她的椅子。“我是你的朋友，”他说道，“交朋友就是这样的，没有朋友就办不成事。”

但是，朱丝婷一和他分手，便陷入沉思之中，这种情绪迅速地变成了一种郁悒的心情。今天晚上，是他所涉及的最关乎个人事情的讨论，而讨论的要点是他觉得她母亲极其孤独，已经衰老了，她应当回家。他说的是让她回家看看，但她情不自禁地感到疑惑，他实际的意思是不希望她在老家长住下去。这就表明，不管他以前对她的感情如何，这种感情已经实实在在地成为过去了，他没有使它再复活的愿望。

她以前从来没有产生过这样的疑虑：他是否认为她是个讨厌的人，是他过去生活的一部分，他愿意看到它被体面地埋葬在某个像德罗海达这样偏僻的地方。也许他是这样的。既然如此，他为什么要在 9 个月前重新进入她的生活呢？因为他觉得对不住她吗？因为他觉得他对她欠着某种债吗？是因为他觉得为了戴恩的缘故，需要有某种力量把她推向她的母亲吗？他非常喜欢戴恩，谁知道在他长期拜访罗马的过程中，当她不在场的时候他们谈了些什么？也许戴恩曾要求他照顾她，而他正是这样做的？体面地等上一段时间，确信她不会把他赶走，随后便重新返回她的生活以实现他对戴恩的许诺。是的，这个答案很有可能。当然，他不再爱她了。不管她曾经对他有什么样的吸引力，肯定已经早就烟消云散了。毕竟，她对他太坏了。她只能自怨自艾。

想到这些，她不禁凄楚地哭了起来。她告诉自己不要这么傻，于是便成功地抑制住了自己。她扭动着身子，捶着枕头，徒劳无益地想入睡，随后，她无可奈何地躺在那里试图读一个剧本。读了几页之后，字迹便开始不听话地变得模糊起来，搅成了一团。她又试图用她那老习惯强迫绝望退到思想深处的某个角落中去，她终于静了下来。最后，当伦敦最早的一线懒洋洋的曙光透进窗口时，她在书桌旁坐了下来，感到寒气阵阵，倾听着远处车水马龙的喧嚣，嗅着潮湿的空气，心中体味着辛酸苦恼。突然，回德罗海达的想法变得十分诱人了。那新鲜纯净的空气，深沉的静谧，安宁。

她拿起了一支黑色的马克笔，开始给她母亲写信。在她写着的时候，她的泪水干了。

我只希望你理解为什么自戴恩死后我就没有回家（她写道），可是，不管你对这件事是怎么想的，我知道你听到我要永远纠正我的失职时是会高兴的。

是的，这是对的。我要永远地返回故土了。你是对的——我渴望着德罗海达的时刻已经来到。我虽经奔波而不愿稍安，现在我发现这对我毫无意义。在我的余生中追名逐利于舞台对我有什么用？在这里，除了舞台以外，对我来说还有什么呢？我需要某种安全，某种持续而永远的东西，所以，我要回到故乡德罗海达去，它就是所有这一切。我不再做虚无缥缈的梦了。谁知道呢？也许我会嫁给博伊·金，如果他依然想要我的话，最后用我的生命做一些值得做的事，譬如养一群大西北的小平原居民。我厌倦了，妈，厌倦得不知道我在说些什么，但愿我有把我的感受写下来的能力。

哦，下次这种想法又会在我心里斗争起来的。麦克白夫人已经演完，我还没有决定下个季节做什么，因此，我不愿意因为放弃演戏的决定打扰任何人。伦敦的女演员有的是。克莱德要换掉我，有两秒钟就足够了，可是你不会这样的，是吗？我用了31年的时间才认识到这一点，我很难过。

要不是雷恩帮助我，我也许还要更长的时间才能认识到这一点，他是个感觉极其敏锐的人。他从来没见过你，然而他似乎比我还要理解你。当然，人们说旁观者清。这对他来说自然是千真万确的。我已经对他感到厌倦，他总是从他那奥林匹亚顶峰上监视着我的生活。他似乎认为他欠戴恩的某种债或承诺，他总是不厌其烦地突然出现在我面前照顾我。我终于认识到我是个讨厌的人。要是我平平安安地住在德罗海达，这欠债、承诺或不管什么就都一笔勾销了，对吗？不管怎么样，对于这次将会挽救他的飞机旅行，他是应该感激的。

我一把自己的事安排妥当，就会再给你写信的，告诉你什么时候接我。与此同时，请记住，我确实是用一种奇特的方式在爱着你。

她的签名不是往常那种龙飞凤舞的字迹，更像是她在寄宿学校的监督修女锐利目光下写在信下方的恭而敬之的字母“朱丝婷”。随后，她折起信纸，放进了一个航空信封，写上了地址。在到剧院去演最后一场《麦克白》的路上，她把这封信寄了出去。

她义无反顾地执行着自己离开英国的计划。克莱德心烦意乱，冲她发了一阵让她发抖的雷霆之怒。随后，一夜之间他完全改变了态度，气冲冲但通情达理地让步了。处理那套小公寓的租借权毫无困难，这类房子的需求量很大。事实上，消息一透露出去，每五分钟就有人来电话，直到她把话筒从支架上拿掉。从很久以前她头一次到伦敦时就和她“混熟”的凯利太太带着悲哀之色在乱七八糟的刨花和板条箱之间吃力地干着活，为她的命运哀叹，偷偷摸摸地把话筒放回支架上，希望某个能有力量劝说朱丝婷回心转意的人会打电话来。

在一片混乱之中，某个有这种力量的人打电话来了，只不过不是劝说她改变主意的。雷恩甚至还不知道她要走呢。他仅仅是来请她在他将于莱恩公园房子里举行的一次宴会上当女主人。

“你说什么，莱恩公园的房子？”朱丝婷惊讶万分地尖声说道。

“嗯，随着英国在欧洲共同市场作用的日益扩大，我得在英国度过很多时间，在当地有某个歇脚处[1]对我来说已经成为更加现实的事情了，所以，我就在莱恩公园租了一幢房子。”他解释道。

“天哪，雷恩，你这个叫人吃惊、守口如瓶的家伙！你租下它有多久了？”

“大约一个月。”

“那天晚上你什么都不讲，却让我参加那个愚蠢的字谜游戏？滚你的吧！”她愤怒至极，以至不知该怎么说才好了。

“我是要告诉你的，可是，你连脑子都没往这边转，以为我一直是飞来飞去，所以我忍不住想再多装一段时间。”他的声音里充满了笑意。

“我真能宰了你！”她咬牙切齿地说着，眨着眼睛挤掉泪水。

“别，亲爱的，求求你！不要哭！来做我的女主人吧，那时你就能心满意足地参观那幢房子了。”

“当然，还得有500万客人陪同呢！怎么啦，雷恩，和我单独在一起，你是不相信自己呢，还是不相信我？”

“你不是客人，”他回答着她那一通指责的前一部分，“你将是我的女主人，这是大不一样的。你愿意吗？”

她用手背擦去了泪水，气冲冲地说：“愿意。”

结果，事情比她所希望的更叫人愉快。雷恩的房子实在漂亮，而他自己心情很好，朱丝婷不禁受了他情绪的影响。她是打扮得合乎体统地到这里的，尽管从他的趣味来看长袍有点过于艳丽了。但是，在他头一眼看到她那身令人惊讶的粉红色缎子，不由自主地做了一个鬼脸之后，便让她挽住了自己的胳臂，在客人来到之前领她在这幢房子里转了一圈。随后，整个晚上他的举止都是无可挑剔的。

---

① 原文是法文：Pied-a-terre。

他带着一种随便而又亲密的态度在其他客人面前款待她，这使她感到自己是个有用的、必不可少的人。他的客人都是政界中十分重要的人物，她的头脑不愿意思考那些他们不得不做出的决定。他们也是如此**普普通通**的人。这使事情显得有些逊色。

“哪怕他们中间有一个人表现出具有出类拔萃之辈的特点，我也不会这样介意，”他们走了之后她对他说道，很高兴能有机会单独和他在一起，并且对他这么快就要送她回家而感到不解，“你知道，就像拿破仑或丘吉尔那样。有许多事情使人确信，如果一个人是个政治家，就能掌握命运。你认为你是个能掌握命运的人吗？”

他退缩了。“朱丝婷，当你挖苦一个德国人的时候，你应该选择一个更好的问题。不，我不能掌握，对政治家来说，自认为可以掌握命运是不利的。我很少产生这种想法。尽管我对此表示怀疑，但是，有许许多多这样的人给他们自己和他们的国家带来了无穷无尽的麻烦。”

她没有就这个观点进行争论的想法。让谈话按照某种方式进行下去的目的已经达到了。她可以不那么明显地改变话题了。“那些太太真是一群五花八门的人，是吗？”她直率地问道，“她们中间大部分人还不如我中看呢，尽管你不赞赏这身热烈的粉红色衣服。惠特茜太太还不太糟糕，胡贾太太简直让她那身精选羊毛的糊墙纸压没了，但是古姆芙兹勒太太才叫人厌恶。她的丈夫怎么样设法容忍她呢？哦，男人在选择妻子上真是傻瓜！”

“**朱丝婷**！你什么时候学会记住人名的？这样一来，你把我对你的看法全扭过来了，你可以成为一个优秀政治家的妻子的。我听说，当你想不起人们谁是谁的时候，你就嗯嗯啊啊的。许多娶了让人厌恶的妻子的人是非常成功的，同样有许多娶了无可挑剔的妻子的人却毫无成就。从长远来讲这是无足轻重的，因为接受考验的是男人的能力。纯粹由于政治原因而结婚的男人是寥若晨星的。”

往日那种使她不敢无礼的能力依然是惊人的。她向他模仿了一个额手礼，藏起了她的脸，随后坐在了炉边小地毯上。

“哦，快站起来，朱丝婷！”

她却挑衅地把脚缩到了身子下面，靠在了壁炉一边的墙上，摩挲着娜塔莎。她是到这里之后才发现，维图里奥红衣主教死后雷恩已经把他的猫收养了。他似乎很喜欢它，虽然它已经老了，而且脾气古怪。

“我告诉你我要永远回德罗海达老家去了吗？”她突然问道。

他从烟盒里取了一支烟。那双大手既没有犹豫，也没有发抖，反而灵活自如。“你很清楚你没有告诉我。”他说道。

“那我现在就告诉你了。”

“你什么时候做出这个决定的？”

“五天以前。我希望这个周末我能离开。这一天来得真够慢的。”

“我知道了。”

“你要说的就是这个吗？”

“除了希望你不管做什么，只要能幸福就好之外，我还能说什么呢？”他带着一种叫她畏缩的镇定说道。

“哦，谢谢你！”她轻快地说道，“我再也不会惹你生气了，你不高兴吗？”

“你并没有惹我生气，朱丝婷。”他答道。

她放下了娜塔莎，拿起了火钳，开始有些粗鲁地戳着碎裂的木柴，那些木柴已经被烧成空壳了。在短暂的火星飞舞中，它们坍了进去，火的热力突然减弱了。“它一定是令我们毁灭的恶魔，是把这些中空的柴戳灭的动力。它只是加速了结局的到来。但这是多么美好的结局啊，对吗，雷恩？”

显然，雷恩对戳火时发生了什么情况没有兴趣，因为他只是问道：“到这个周末，是吗？你不会浪费许多时间的。”

“耽搁有什么意义呢？”

“你的事业怎么办？”

“我已经厌恶我的事业了。不管怎么样，演完麦克白夫人之后还有什么可做的呢？”

“哦，成熟些吧，朱丝婷！你说出这种幼稚的废话来，我会向你挥拳头的！为什么你不直截了当地说，你没把握剧院还能否对你提出任何挑战，更何况你还想家呢？”

“很对，很对，**很对**！你想怎么说就随你怎么说吧！我还照常是粗率无礼的我。对于我的冒犯很抱歉！”她跳了起来，“该死，我的鞋到哪儿去了？我的外衣哪去了？”

弗里茨拿着两件衣服出现了，开车把她送了回去。雷恩对不能陪她道了歉，说他还有事要做。但是，当她离开的时候，他在重新生起的火旁坐了下来，娜塔莎放在他的膝头上，根本没显出忙的样子。

“哦，”梅吉对她母亲说道，“我希望咱们做的这件事是正确的。”

菲凝视着她，点了点头。“啊，是的，肯定是对的。朱丝婷的麻烦是，她没有做出这种决定的能力，所以我们就别无办法了。我们必须为她做出这个决定。”

“我不敢肯定我是不是总爱要弄上帝。我**认为**我知道她实际上想怎么做，即使我面对面地指责她，她也不会承认的。”

“克利里家的自傲，”菲淡淡地一笑，说道，“大部分爱自行其是的人身上都有这种自傲。”

“算了吧，不完全是克利里家的自傲！我总是想，其中还有一点儿阿姆斯特朗家的东西。”

可是菲却摇了摇头。“没有。不管我所做的事是为了什么，但很少带着自傲心。梅吉，这就是晚年时期的目标，在我们死前给我们一个呼吸的空间，在这个空间里去反省我们所做过的事。”

“首先，老态龙钟并不会使我们变得无能为力，”梅吉冷淡地说，“你没有任何危险。我想，我也是的。”

“也许，老态龙钟对那些不能面对往事的人是一种宽恕。不管怎么样，你还没有老到能说你已经躲过了老态龙钟的地步。再过20年吧。”

“再过20年！”梅吉惊愕地重复道，“哦，听起来这么久！”

“哦，你可以使这20年的孤独减轻一些的，是吗？”菲问道，起劲地打着毛衣。

“是的，我可以办到。可是不值得如此，妈，对吗？”她用一支旧毛衣针的头敲了敲朱丝婷的信，她的声音中有一丝疑虑。“我已经犹豫得够久了。自从雷纳到这里来的时候起，我就坐在这里，希望我不需要做任何事情，希望做决定的责任不要落在我的身上。然而他是对的。最终还是要由我来做。”

“嗯，你也许得承认我也出了一点儿力，”菲伤心地抗议道，“也就是，你曾经一度放弃了你的自尊心，把一切都告诉了我。”

“是的，你帮助了我。”梅吉温和地说道。

那只陈旧的座钟嘀嗒嘀嗒地响着。两双手不停地在她们那玳瑁杆的衣针上快速地动着。

“妈，告诉我一些事情吧，”梅吉突然说道，“为什么在戴恩的事情上你被弄蒙了，而在爸爸和斯图之死或弗兰克出走的事上却不是这样？”

“弄蒙？”菲的手停了一下，把织针放了下来。她依然可以像她视力正常时那样织得那么好。“你的意思怎么讲，弄蒙？”

“就好像这使你悲痛欲绝似的。”

“梅吉，他们都使我悲痛欲绝。可是，早先那三个人出事的时候我要年轻一些，所以，我有能力把感情隐藏得好一些。也还有更多原因，就像你现在那样。可是，爸爸和斯图死的时候我的感情拉尔夫是知道的。你还太小，没看出来。”她笑了笑，“你知道，我很喜欢拉尔夫。他是个……有些特殊的人。和戴恩像极了。”

“是的，他是这样的。我从来不知道你也看到了这一点，妈——我指的是他们的性格。有意思。你对我来说是个云笼雾罩的人。你的许多事情我都不知道。”

“我希望这样！”菲高声大笑地说道。她的手停住不动了。“还是谈最初那个话题吧——梅吉，要是你现在能这样对待朱丝婷的话，我要说，你会从你的麻烦中得到比我从我的麻烦中更多的教益。在拉尔夫要求我照顾你的时候，我是不情愿这样做的。我只关心我的记忆……除了我的记忆之外，什么都不关心。然而你也没有选择，你所得到的就是记忆。”

“唔，一旦痛苦消失，它们就是一种慰藉。你不这么想吗？我得到了戴恩整整26年，我已经学会了告诉我自己，他去世了反而好，不然他就得体验某种也许是他难以抵挡的可怕的折磨。也许就像弗兰克，只是痛苦不同罢了。世上还有比死更糟糕的事，咱们俩都懂得这个。”

“你一点儿也不痛苦了吗？”菲问道。

“哦，起初是痛苦的，但是为了他们，我告诫我自己不要痛苦。”

菲又重新织了起来。“所以，当我们去世的时候，就什么人都没有了，”她柔和地说道，“德罗海达将不复存在。哦，人们将在历史书上提到一笔，而某个认真的小伙子将到基里去见他所能找到的尚能记忆的人，为他将要写的有关德罗海达这个新南威尔士州最后一个巨大牧场的书提供材料。但是，他的读者没有一个人能知道它实际上是什么样子，因为他们不可能知道。他们只能了解它的一部分。”

“是的，”梅吉手中的毛线活儿连停都没停，说道，“他们只能了解它的一部分。”

用一封信向雷恩道别，用痛苦和震惊去折磨他，这是很容易的。事实上，用一种无情的方法去叫人心碎是痛快的，因此她反击了——我痛苦至极，所以你也应该悲伤欲绝。但是，这次用绝交信已无法动摇雷恩了。必须在他们所喜欢的饭馆里吃一顿饭才行。他没有建议在莱恩公园他的房子中吃饭，这很令人扫兴，但并没有使她感到意外。无疑，甚至连最后一声再见他都打算在他那个警卫兵宽厚的目光下进行。当然，她不会得到任何机会的。

她平生第一次发现要用自己的外表让他高兴。那个通常促使她穿上橘黄色镶边衣服的小魔鬼似乎可恨地隐退了。由于雷恩喜欢朴素的衣服，她穿上了一件长及地面的绸锻针织衣服，暗红色，领口直抵脖子，两袖又长又紧。她又加了一个大平领，上面装饰着石榴石和珍珠，曲曲弯弯，闪着金光，手腕上戴着和衣服相配的手镯。多么令人厌恶的头发。她的头发从来就没有约束得叫他满意过。为了掩饰她精神的郁悒，她的妆比往常要浓。好啦。要是他不靠得太近看的话，她这样就行了。

他似乎并没有仔细看。至少他没有说到她精神疲乏或可能生病，甚至连行李都没提到。这一点儿也不像他。过了一会儿，她开始体验到世界末日即将到来的感觉。他和他平时的样子大不一样。

他不能帮助她把这顿饭吃好，使它成为那种可以在旅行中缅怀往事时感到愉快、有趣的事情。只要她使自己相信他只是为她的离去而感到烦恼，也许事情就好办了。但是，她做不到。他也没有那种情绪。相反，他显得这样冷淡，使她觉得自己似乎和一个纸人坐在一起，薄薄的，真让人担心会让一阵清风吹走。以前她从来没有见过他这样。

“你又接到过你母亲的信了吗？”他彬彬有礼地问道。

“没有，不过老实讲，我不想再接到信了。她也许没词儿了。”

“你需要弗里茨明天把你送到机场吗？”

“谢谢，我还是叫一辆出租汽车吧，”她冷淡地说道，“我不想他不在你身边。”

“我一整天都有会，所以，我向你保证，一点儿不会让我感到不便的。”

“我说过，我还是叫一辆出租汽车！”

他抬起了眼皮。“没有必要喊叫，朱丝婷。不管你想怎么样我都无所谓。”

他再也不管她叫亲爱的了。最近以来，她已经注意到这个词的使用频率下降了，今天晚上他一次也没用这个旧日的昵称。哦，这真是一顿沉闷无趣、气氛压抑的饭！让它尽早结束吧！她发现自己在看着他的那双手，试图记起那双手的感觉，可是记不起来。为什么生活不是编织得井井有条，为什么非要发生戴恩那种事情？也许因为她想到了戴恩，她的情绪突然急转直下，到了一刻也坐不下去的地步了，她把两手放在椅子扶手上。

“要是咱们下车步行，你介意吗？”她问道，“我的头在剧烈地发疼。”

在朱丝婷小房子前高速公路的交叉路口，雷恩扶她下了车，吩咐弗里茨把汽车绕着街区开一圈；然后便把他的手礼貌地放在她的肘下，为她引路。他的触摸是相当冷静的。在阴冷潮湿的伦敦蒙蒙细雨中，他们缓缓地走过鹅卵石地面，踩着水的脚步声在他们周围回响着。哀伤、孤独的脚步声。

“好啦，朱丝婷，咱们道别吧。”他说道。

“哦，无论如何，分别是暂时的，”她欢快地答道，“你知道，不是永远啊。我会常常来的，我也希望你能抽空到德罗海达去。”

他摇了摇头。“不，朱丝婷，这就是道别了。我并不认为我们互相之间再有什么用处了。”

“你是说你对我再也没用处了，”她说道，勉强发出了一个爽朗的笑声，“好吧，雷恩！不要宽恕我，我能受得了的！”

他拿起了她的一只手，弯腰吻了吻，又直起身来，微笑着望了望她的眼睛，走开了。

在她房间的擦脚垫上有一封母亲的来信，朱丝婷俯身将它捡了起来，她放下了提包，把提包和外套放在一起，鞋子脱在一旁，走进了起居室。她沉重地在一个行李板条箱上坐了下来，咬着嘴唇，她的眼里充满了奇怪而又茫然的哀色，在戴恩为了纪念他的圣职授任而试画的一张动人而又相当有造诣的画上停留了一会儿。随后，她发现自己那光着的脚趾在蹭着已经卷起来的袋鼠皮毯，她索然无味地做了一个怪相，迅速站了起来。

走几步到厨房去吧，这才是她所需要的。于是，她便走了几步来到了厨房，打开冰箱，伸手拿奶油罐，又打开了冷冻室的门，拉出了一听过滤式咖啡。她一只手伸在冷水的水龙头上接了些水煮咖啡，一边张大眼睛四下看着，好像她以前从来没见过这个房间似的。她望着糊墙纸上的裂隙，望着挂在天花板上的篮子中的整齐的黄檗，望着那只黑色的猫型钟摇着尾巴，转着眼睛，似乎对时间毫无意义地浪费掉感到惊讶。黑板上用大写字母写着：**把发刷装进行李**。桌子上放着一幅她几个星期前给雷恩画的铅笔素描像。还有一盒香烟。她取出一支，燃着，把水壶放在炉子上。她想起了母亲的信，它还攥在她的一只手中呢。她在厨房桌旁坐了下来，把雷恩的画像扔到了地上，两只脚踩在上面。也在你身上待一会吧，雷纳·莫尔林·哈森！看我是不是在乎，你这个固执己见、穿着皮外衣的德国佬。对我再也没有用处了，是吗？好吧，我对你也不再有用了！

我亲爱的朱丝婷（梅吉写道）：

无疑，你正在以你通常那种爱冲动的速度行事，因此，我希望这封信能及时到你的手中。倘若是我上一封信中写的话引起你做出了这个突如其来的决定，那就请你原谅我吧。我并没有引起这样一个激烈反应的意思。我想，我只不过是寻求一点儿同情，但是，我总忘记在你那粗暴的外表下，心肠是相当软的。

是的，我孤独，孤独得可怕。然而它不是你回家就可能医治的。倘若你停下来想一会儿，你就会明白这是怎样的实话了。你希望回家达到什么目的呢？我所丧失的东西，你是无力恢复的，你也无法做出补偿。这纯粹是**我的**损失。这也是你的损失，姥姥的损失，其他所有人的损失。你似乎有一个想法，一个相当错误的想法，认为从某种角度来说你是有责任的。目前的这种冲动，我怀疑像是一个悔悟的行动。朱丝婷，这是自尊心和自以为是。戴恩是个成年人，不是一个无能为力的小孩。是**我**放他去了，对吗？要是我让我自己按照你的方式去想，我会坐在这里怨恨自己，直到进精神病院的，因为是我让他去过自己的生活的。但是，我并没有坐在这里怨恨我自己。我们都不是上帝，尽管我认为我比你更了解这一点。

在回家的事情上，你正在把你的生活像祭品一样献给我。**我不需要它**。我从来不想要它。现在我拒绝它。你不属于德罗海达，从来不属于。要是你依然没有想好你属于哪里，我建议你立刻坐下来，开始苦思冥想一番吧。有些时候，你真是愚蠢到家了。雷纳是个非常好的人，但是，我从来没有遇到过一个男人是你想象中的那种利他主义者。看在戴恩的分上，确实是这样的。成熟一些吧，朱丝婷！

我最亲爱的人，一道光明已经消失了。对我们**所有人**来说，一道光明已经消失了。对此你是绝对无能为力的，你难道不理解吗？我不打算极力装出一副完全幸福的样子来欺瞒你，这样是不合人情的。但是，如果你以为我们在德罗海达这里靠哭泣过日子，你就大错而特错了。我们的日子过得很有意思，其中最重要的原因之一就是你这团火光依然在燃烧着。戴恩的光明永远熄灭了。亲爱的朱丝婷，请尽力承认它吧。

务必要到德罗海达老家来，我们愿意见到你。但不是永远地回来。永久地定居在这里，你是不会幸福的。你所要做出的不仅是一种不需要的牺牲，而且是一种无谓的牺牲。在你的事业上，即使离开一年也会让你付出很高的代价。因此，留在你所归属的地方吧，做一个你的世界的好公民吧。

痛苦，就像戴恩死后最初几天的痛苦一样。同样徒劳无益、无法规避的痛苦。同样令人极端苦恼的软弱无能。不，她当然是无法可想的。没有办法弥补，没有办法。

尖叫！水壶已经响起了哨音，嘘，水壶，嘘！为了妈妈安静一下吧！水壶，作为妈妈唯一的孩子的感情是怎样的呢？问朱丝婷吧，**她**知道。是的，朱丝婷完全懂得作为一个独子的感情。但是，我并不是她所需要的孩子，那可怜的、日渐衰老的、待在大牧场里的女人。哦，妈！哦，妈……我不知道，你认为我是否能成为一个通人情的人？新的光要为旧的而闪亮，我的生命是为了他！这是不公平的，戴恩是个死去的人……她是对的。我回到德罗海达无法改变**他**已死这个永远无法改变的事实。尽管他已经安息在那里了，但是他永远无法改变。一线光明已经消逝，我是无法把它重新点燃的。但是我明白她的意思了。我的光明依然在她的心中燃烧。只不过不在德罗海达燃烧罢了。

来开门的是弗里茨，他没有穿他那身洒脱的海军司机制服，而是穿着他那套漂亮的男管家的衣服。但是，当他面带微笑刻板地一躬身，以优美的德国老派风度一碰鞋跟时，一个想法在朱丝婷心中油然而生：他在波恩也担任这种双重职务吗？

“弗里茨，你只是哈森先生的仆人呢，还是实际上是他的监督人？”她把外套递给他，问道。

弗里茨依然毫无表情。“哈森先生在他的书房里，奥尼尔小姐。”

他正微微向前倾着身子，望着火，娜塔莎蜷在炉边呼呼大睡。当门打开的时候，他抬起头来，但没有讲话，似乎见到她并不高兴。

于是，朱丝婷穿过房间，跪了下来，把前额放在他的膝头上。“雷恩，这些年来真是对不起，我是无法弥补我的过失的。”她低低地说着。

他没有站起来，把她拉到自己的身上，他也跪倒在她旁边的地板上。

“这是一个奇迹。”他说道。

她向他微笑着。“你从来也没有中止过对我的爱，是吗？”

“是的，亲爱的，从来也没有过。”

“我一定使你的感情受了很多伤害。”

“不是你想的那种方式。我知道你爱我，我可以等待。我总是相信，一个有耐性的男人最终会胜利的。”

“所以，你打算让我自己做出决定。当我宣布我要回德罗海达老家的时候，你有一点儿担心，是吗？”

“哦，是的。除了德罗海达之外，是不是还有另外一个我没有想到的男人？有一个令人生畏的对手？是的，我担心。”

“在我告诉你之前你就知道我要走了，是吗？”

“是克莱德把这个秘密泄露给我的。他打电话到波恩，问我是否有办法阻止你。于是我告诉他，无论如何让他和你周旋上一两个星期，我看看我能做些什么事。亲爱的，这不是为了他，而是为了我自己。我不是个利他主义者。”

“我妈妈就是这么说的。可是这幢房子呢？你是一个月之前搞到的吗？”

“不，它也不是我的。但是，如果你要继续你的生涯，我们在伦敦就需要一幢房子，我最好看看我怎么能搞到它。如果你真心实意答应不把它弄成粉红色或橘黄色的话，我甚至会让你去装饰它的。”

“我从来没想到你肚子里还有这么多弯。为什么你不直截了当地说你爱我？我会希望你这样说的！”

“不。爱的迹象就摆在那里，要你自己看出它是给你的，如果它是给你的，你一定会明白的。”

“恐怕我长期以来视而不见。其实我自己不了解我自己，不得不需要某种帮助。我母亲终于迫使我睁开了眼睛。今天晚上我接到了她的一封信，告诉我不要回家。”

“你母亲是个了不起的人。”

“我知道你见过她了——什么时候？”

“我大概是一年前去看她的。德罗海达真是壮观，但它不是你的，亲爱的。那时候，我到那里去，是试图让你母亲明白这一点的，尽管我认为我说的话并不很有启发性。”

她把手指放到了他的嘴上。“雷恩，我怀疑我自己。我一直是这样的。也许将来永远是这样。”

“哦，亲爱的，我希望不会这样！对我来说，世上再无其他人了。只有你。这些年来，整个世界都知道这一点。但是蜜语情话是一钱不值的。我可以一天向你说上几千遍，但对你的疑心丝毫不会有影响。因此，我没有说起过我的爱情，朱丝婷，我就是活生生的爱情。你怎么能怀疑你最忠诚的求爱者的感情呢？”他叹了口气，“哦，至少我是无能为力的。也许，你将会继续发现你母亲的话是相当正确的。”

“请不要这样说吧！可怜的雷恩，我想，我甚至把你的耐性都快磨没了。别因为这决定是我母亲促成的而感到伤心！这没关系！我已经低眉俯首地跪在你的脚下了！”

“谢天谢地，这种低眉俯首只是在今晚，”他更加高兴地说道，“你明天就会蹦出去的。”

她开始解除紧张了。最糟的事情已经结束。“我最喜欢——不，最爱——你的一点是你没有虚度光阴，这一点我从来赶不上你。”

他摇了摇肩膀。“那么，就这样看待将来吧，亲爱的。和我同住在一幢房子里，也许会使你有机会看到它的结果会怎么样的。”他吻着她的眉毛、脸颊和眼皮。“朱丝婷，我不会让你改变现在的样子，变成另外一个样。就连你脸上的一个雀斑或大脑里的一个细胞都不会变的。”

她用胳膊搂住了他的脖子，手指插进了他那令人满意的头发里。“哦，要是你知道我是多么渴望这样就好了！”她说道，“我一直无法忘怀这一切。”

电报上写着：**刚才已成为雷纳·莫尔林·哈森太太。已在梵蒂冈举行了非公开的婚礼。这地方到处都是教皇的祝福。我们确实结婚了！我们将尽快去度已经被耽搁的蜜月，但是，欧洲将是我们的家。爱你们大家，雷恩也爱你们大家。朱丝婷。**

梅吉将电报放到了桌子上，睁大眼睛透过窗子凝望着花园里四处盛开的玫瑰。馥郁芬芳的玫瑰，蜜蜂翻飞的玫瑰。还有那木槿、问荆、魔鬼桉、正在怒放的紫茉莉、胡椒树。这花园是多么美丽，多么生机盎然啊。眼看着小东西长成大的，变化、凋萎，新的小东西又开始了同样无穷无尽、生生不息的循环。

德罗海达的时代要终止了。是的，不仅仅是时代。让未知的后人去重新开始这种循环吧。一切都是我自己造成的，我谁都不怨恨。我不能对此有片刻的追悔。

鸟儿胸前带着棘刺，它遵循着一个不可改变的法则。她被不知其名的东西刺穿身体，被驱赶着，歌唱着死去。在那荆棘刺进的一瞬，她没有意识到死之将临。她只是唱着、唱着，直到生命耗尽，再也唱不出一个音符。但是，当我们把棘刺扎进胸膛时，我们是知道的。我们是明明白白的。然而，我们却依然要这样做。我们依然把棘刺扎进胸膛。

初译稿完成于 1980 年 10 月 31 日
二译稿完成于 1986 年 8 月 17 日
三译稿完成于 1989 年 12 月 24 日圣诞节